HEYNE <

Das Buch

»Ich muss jetzt wirklich zurück zur Arbeit«, murmelte Grace und warf einen Blick aus dem Fenster. Sie konnte kaum glauben, dass dort draußen eine normale Londoner Straße lag und nicht das Phantasialand. Der Fremde schmunzelte, als betrachte er einen Seehund, der einen Ball auf der Nase balancierte, und genau das raubte Grace beinahe den letzten ihrer ohnehin schon überstrapazierten Nerven.

»Stellen Sie sich nicht so an!«, sagte er leichthin, als sei ihm der Gedanke, zur Arbeit zu müssen, absolut fremd. »Trinken Sie lieber Ihren Champagner!«

Also beschloss Grace zu bleiben, jedoch nur, weil sie nicht die geringste Lust verspürte, sich aus dem Sessel herauszuwuchten wie ein angeschlagener Springteufel. Außerdem hatte er recht: Sie konnte tatsächlich einen Drink vertragen.

Die Autorin

Sarra Manning ist Journalistin und Autorin und lebt in England. Sie begann ihre Karriere als Autorin für verschiedene Jugendzeitschriften und schreibt zurzeit unter anderem für Elle und Guardian über Mode und Lifestyle. Ihre Romane avancierten in England und Deutschland zu Bestsellern.

Lieferbare Titel

Was sich küsst, das liebt sich

SARRA MANNING

Im Eifer des Gefühls

Roman

Aus dem Englischen
von Heike Holtsch

WILHELM HEYNE VERLAG
MÜNCHEN

Die Originalausgabe UNSTICKY
erscheint bei Corgi Books, einem Imprint von Transworld Publishers,
The Random House Group Ltd., London

MIX
Papier aus verantwortungsvollen Quellen
FSC® C014496
FSC
www.fsc.org

Verlagsgruppe Random House FSC® N001967
Das für dieses Buch verwendete
FSC®-zertifizierte Papier *Holmen Book Cream*
liefert Holmen Paper, Hallstavik, Schweden.

Vollständige deutsche Erstausgabe 04/2014

Printed in Germany 2014
Redaktion: Eva Philippon
Umschlaggestaltung: Eisele Grafik·Design, München,
Umschlagabbildung: © Frank P Wartenberg/PicturesPress/GettyImages
Satz: Buch-Werkstatt GmbH, Bad Aibling
Druck und Bindung: GGP Media GmbH, Pößneck
ISBN 978-3-453-41151-7

www.heyne.de

In Erinnerung an Kate Jones,
Mentorin des Buches und der Autorin

»Es scheint mein Schicksal, durch die Welt zu gehen, ohne sie anzustoßen oder sie zu bewegen – ein gnädiges Schicksal oder ein schweres, ich kann es wirklich nicht sagen. Ich kann nicht sterben – ich kann mich nicht verlieben. Und wenn es anderen Menschen widerfährt, dass sie sterben oder sich verlieben, bin ich nie zugegen.«

E. M. Forster, *Engel und Narren*

Kapitel 1

»Ich liebe dich einfach nicht«, sagte er.

Es war die gemeinste Art, Schluss zu machen, die Grace jemals erlebt hatte. Und diesbezüglich hatte sie schon einiges erlebt.

Aber wenn Grace ehrlich zu sich selbst war – was nicht allzu häufig vorkam –, war es keine große Überraschung. Sie hatte längst bemerkt, dass das Leuchten in Liams Augen immer schwächer wurde, wie bei einer Taschenlampe, der die Batterien ausgingen. In der letzten Zeit hatte er sie eher mit einem verwirrten Blick angesehen, ganz so, als sei es eine riesige Enttäuschung, wirklich mit ihr zusammen zu sein, nachdem sie monatelang miteinander geflirtet und abends an der Bushaltestelle wild rumgeknutscht hatten. Er nahm nicht einmal mehr ihre Hand, wenn sie gemeinsam irgendwohin gingen, und so hatte Grace keine Hellseherin sein müssen, um die Zeichen zu deuten: Sie wurde abgeschossen, Schluss, aus, Ende.

Aber ausgerechnet an ihrem Geburtstag! Damit hatte sie nicht gerechnet. Bei Liberty's. Genau vor der neuen Marc-Jacobs-Taschenkollektion.

»Du machst mit mir Schluss?«, vergewisserte sie sich in metronomischem Tonfall. »An meinem Geburtstag?«

Erst jetzt konnte sich Liam dazu überwinden, ihr in die Augen zu sehen, doch sogleich schweifte sein Blick wieder ab zu einer knallroten Hobo Bag in Übergröße, mit der sich Grace bereits angefreundet hatte – bis Liam aufgetaucht war und mit seinen abgelatschten Turnschuhen den gesamten Tag in die Tonne getreten hatte.

Sie hätte es sich denken können – anstatt voller Vorfreude bei Liberty's zu erscheinen, in der Hoffnung, Liam würde endlich einmal etwas auf die Reihe kriegen und ihr irgendein Designer-Prachtstück zum Geburtstag schenken. Sie war ja nicht anspruchsvoll, ein Schlüsselanhänger oder eine heruntergesetzte Haarspange hätten es schon getan.

»Ich wollte gar nicht mit dir Schluss machen. Jedenfalls nicht heute. Aber dann, ich weiß auch nicht ... Als ich dich hier stehen sah ... da musste ich es einfach loswerden«, sagte Liam matt und mit hängenden Schultern unter der Lederjacke. Eigentlich war es viel zu warm für eine Lederjacke, selbst für einen Möchtegern-Rockstar aus der Indie-Szene.

»Warum? Warum trennst du dich jetzt von mir? Sollte ich vielleicht noch einmal darauf hinweisen, dass heute mein Geburtstag ist? Herrgott noch mal, Liam, was ist eigentlich mit dir los?« Graces Tonfall näherte sich langsam aber sicher dem roten Ende der Skala mit der Markierung »hysterisch« – aber in diesem Fall mussten mildernde Umstände gelten.

Liam nahm sie unauffällig am Arm und kaute an seiner Unterlippe. Sie machte es ihm nicht so leicht, wie er gedacht hatte. Dabei war Grace eigentlich genau der Typ Mädchen, das er sonst einfach an der nächsten Straßenecke stehen ließ, ohne einen weiteren Gedanken daran zu verschwenden.

»Gracie, lass es gut sein«, sagte er hilflos, kniff die Augen zusammen und strich sich durch das schmutzig-blonde Haar. »Eigentlich wollte ich noch ein paar Tage warten, aber dann wurde mir das Ganze irgendwie zu viel. Wir kommen einfach nicht miteinander klar, verstehst du?«

»Liegt es an mir?«, fragte Grace. Mittlerweile tat er ihr fast leid, und so stöberte sie in ihrer Handtasche nach der Miu-Miu-Sonnenbrille, um ihn nicht länger ihren vorwurfsvollen Blicken auszusetzen. »Habe ich was falsch gemacht?«

»Du hast nichts falsch gemacht. Wir passen einfach nicht zusammen.« Dafür, dass er sich für den größten noch unentdeckten Singer/Songwriter seiner Zeit hielt, klangen seine Worte unerträglich nichtssagend. Grace sah ihm an, dass er verzweifelt nach einer Ausrede suchte.

»Deine Haare«, murmelte er schließlich. »Ich finde, du hättest sie nicht schwarz färben sollen.«

»Du machst mit mir Schluss wegen meiner *Haare?«*

»Nein«, gab Liam ausweichend zurück. »Ja – ich weiß nicht. Wir können uns doch trotzdem heute Abend treffen und ein bisschen rummachen oder so. Ich kann mir nur nicht vorstellen, dass es mit uns etwas Ernsthaftes ist. Aber ich habe eine Karte für dich – hier.« Er förderte einen zerknitterten pinkfarbenen Umschlag zutage, als ob die Sache damit erledigt wäre und sie nun weiter durch die Geschäfte bummeln könnten, weil es hier nichts Interessantes mehr zu sehen gab. Zum »Rummachen oder so« war sie also gut genug, aber sie würde sein Herz niemals höherschlagen lassen.

»Du Arschloch!«, zischte sie ihn an, kurz davor, in Tränen auszubrechen. »Du hättest dir jeden anderen Tag aussuchen und dir eine blöde Ausrede zurechtlegen können, aber es musste unbedingt heute sein, ausgerechnet hier. Und dabei hast du nicht mal den Anstand, hinter meinem Rücken mit einer anderen zu vögeln.«

»Jetzt mach nicht so ein Theater, Gracie …«, flüsterte Liam geschockt.

»Ich mache Theater, wann es mir passt, verflucht noch mal!«

Liam trat von einem Fuß auf den anderen, als wolle er sich schleunigst davonmachen, aber Grace war noch längst nicht mit ihm fertig. Mit schwachen Fäusten boxte sie ihn gegen die Brust. Das war ja wohl das Mindeste, was er verdient hatte!

Liam verlor das Gleichgewicht, ruderte mit den Armen und riss die Marc-Jacobs-Tasche von ihrem Plexiglassockel.

Eine quälende Sekunde lang schwang die Tasche bedrohlich hin und her, dann baumelte sie verloren an der Sicherheitskette, was sogleich den Alarm losschrillen ließ. Normalerweise hätte sich Grace die Ohren zugehalten, aber sie hatte genug damit zu tun, nach einem zerknüllten Taschentuch zu suchen. Denn sie spürte, wie die Tränen ihre Wimperntusche langsam tiefer rutschen ließen.

»Du willst wissen, warum ich mit dir Schluss mache?«, fragte Liam genervt und senkte den Kopf, damit er es ihr direkt ins Gesicht sagen konnte: *»Deswegen* mache ich mit dir Schluss! Weil du manchmal unglaublich peinlich bist.«

Im Anschluss an diese prägnante Erklärung versetzte er der bedauernswerten Marc-Jacobs-Tasche einen hinterhältigen Stoß und stolzierte davon.

Vorsichtig wischte sich Grace unter ihrer Sonnenbrille an den Augen entlang – und wie erwartet waren ihre Daumen schwarz von der Wimperntusche. In dem Moment eilte auch schon eine Horde Verkäuferinnen herbei. Bei Liberty's konnte man sich sonst jederzeit auf die höfliche Diskretion des Personals verlassen. Ganz anders als bei Harvey Nichols, wo man Grace herablassend mit »Madam« ansprach, während sie sich Kleider anhielt, die sie sich ohnehin nicht leisten konnte. Doch siehe da, offenbar kannte die Freundlichkeit auch bei Liberty's Grenzen.

Ihr Freund hatte mit ihr Schluss gemacht, ihre Chefin war mit der neuen Praktikantin – dieser Schleimscheißerin – Kaffee trinken gegangen, und sie hatte eine E-Mail von ihrer Mutter bekommen. Das reichte, um den Tag zum schlimmsten Geburtstag aller Zeiten zu machen. Lebenslänglich von Liberty's verbannt zu werden, wäre das Sahnehäubchen gewesen. Auf einer imaginären Torte, versteht sich, denn im Büro würde wohl kaum jemand auf die Idee kommen, sie an diesem Nachmittag in die Patisserie Valerie einzuladen.

Grace schluckte heftig, um nicht laut zu schluchzen. Aber der nächste und der übernächste Schluchzer ließen sich nicht so leicht unterdrücken, und ihr verzweifeltes Ringen nach Luft artete aus in Husten und Prusten, sodass …

»Nicht weinen!«, befahl jemand hinter ihr. »Das macht es nur schlimmer.« Zu der Stimme gehörte ein Arm, der sich um Graces Schultern legte und sie in Richtung Ausgang drängte. Sowohl der Tonfall als auch der feste Griff ließen keinen Zweifel: Widerstand war zwecklos. »Raus hier, bevor man Sie wegen Gewalt gegen teure Handtaschen vor Gericht bringt.«

Nun zeigten sich auch Füße, in blank polierten braunen Halbschuhen. Hustend sah Grace sie an einem Blumenstand vorbei neben ihren abgetragenen Ballerinas in Richtung Regent Street herlaufen. Und bei jedem Schritt schlug ihr ihre Tasche gegen die Hüften. Es war einfach lächerlich – sich vollkommen verheult aus Liberty's abführen zu lassen, von einem namenlosen und gesichtslosen Fremden, der sich den Weg durchs Gedränge bahnte, als befänden sie sich auf einem Schlachtfeld. Grace verlangsamte ihre Schritte – in der Absicht, im Verkehrsgewirr der Straße zu verschwinden. Aber sie wurde unerbittlich vorwärtsgeschoben.

Nachdem der Fremde sie sicher auf die andere Seite der Regent Street gebracht hatte, blieb Grace stehen und zerrte an seinem Ärmel. »Es geht schon wieder, vielen Dank«, sagte sie und zog die Nase hoch. Nie zuvor war sie sich so albern vorgekommen.

Dann aber siegte die Neugier, und sie sah sich den Fremden an. Ein markantes Gesicht mit intelligentem Ausdruck. Mit seinen blauen Augen blinzelte er gegen das Sonnenlicht, verzog die Mundwinkel zu etwas, das man im weitesten Sinne als Lächeln hätte bezeichnen können. Sein dunkelblondes Haar war ein wenig zerzaust von der leichten Brise. Seinen Anzug einzuordnen war eine von Graces leichtesten Übungen: cremefarben, sommerlich leichter Wollstoff, Marke: Dries van Noten – wenn Grace sich nicht täuschte. Und Grace täuschte sich nie, wenn es um Mode ging.

»Sie machen nicht den Eindruck, als ginge es wieder«, bemerkte der Fremde in geschliffenem Privatschul-Tonfall. »Sie machen mir eher den Eindruck, als könnten Sie einen Drink vertragen.«

Er sah altmodisch aus, stellte Grace fest. Nicht nur wegen des Anzugs, der ihm den Anstrich gab, als gehöre er in einen dieser Filme aus den Fünfzigern, die an der französischen Riviera spielten. Ach nein, er wirkte eher wie die zweite Hauptrolle in einem dieser Filme. Nicht so umwerfend wie der, der das Mädchen bekam, aber immerhin so gut aussehend wie der beste Freund von dem, der das Mädchen bekam. Oder der Erzfeind von dem, der das Mädchen bekam, der seinen Auftritt immer erst zehn Minuten vor dem Abspann hatte.

Und er war alt. Genauer gesagt, *älter.* Ende dreißig, Anfang vierzig, was die Situation noch bizarrer erscheinen ließ, als sie ohnehin schon war.

»Tut mir wirklich leid, dass ich so einen Aufstand gemacht habe, und vielen Dank, weil Sie mich da rausgebracht haben, aber jetzt geht es wieder. Ganz bestimmt.«

»Wo sollen wir hingehen?«, fragte er und sah sich um. »Wo genau sind wir überhaupt?«

»Conduit Street, und ich kann wirklich nicht …« Sie konnte sehr wohl – aus dem einfachen Grund, dass sein Arm sich wieder um ihre Schultern legte, der Fremde sich mit großen Schritten in Bewegung setzte, und ihr gar nichts anderes übrig blieb, als neben ihm herzuhasten oder sich mitschleifen zu lassen. »Ich muss zurück zur Arbeit«, protestierte sie atemlos. »Ich kriege wirklich Ärger, wenn ich länger als eine Stunde Mittagspause mache.«

»Tatsächlich? Äußerst lästiger Chef.«

»Chefin«, korrigierte Grace und versuchte, mit seinen ausladenden Schritten mitzuhalten. Das war eine Entführung, und zwar eine ziemlich dreiste! Am helllichten Tag, und sie versuchte nicht einmal, sich zu wehren oder zu fliehen. Trotz der Eile warf sie einen Blick ins Schaufenster von Moschino – offenbar hatte der Schock darüber, erst verlassen und dann auch noch entführt zu werden, zu Fehlzündungen ihres Denkprozessors geführt.

»Na los, hopp, hopp!«, befahl der Fremde. Er zerrte Grace um eine Ecke und dann um eine weitere. Vor einer schwarzen Tür ohne Namensschild blieb er stehen und tippte einen Sicherheitscode in das Tastenfeld. Graces Fluchtinstinkt meldete sich schließlich doch noch und signalisierte, schreiend davonlaufen, am besten direkt zum nächsten Polizeirevier. Wild entschlossen versuchte sie, sich loszureißen, aber seine Hand lag noch immer auf ihrer Schulter und hielt sie zurück. »Hier entlang«, sagte er.

Es ertönte ein Summen, woraufhin der Fremde die Tür aufstieß und Grace über die Schwelle schob, hinein in einen düsteren Gang mit Wänden in sattem Rubinrot, poliertem Holzfußboden und einer Reihe Türen auf der rechten Seite, die einen Spalt breit offen standen. Auf gar keinen Fall würde sie sich auch nur einen Schritt von der Stelle bewegen – es sei denn in die Richtung, aus der sie gekommen waren.

Jemand kam auf sie zu: eine Frau mit einem Lächeln auf den Lippen, in einem schwarze Rüschenkleid mit Schürzchen, ganz im Stil von Laura Ashley – wenn die überhaupt eine Gothic-Phase gehabt hatte. »Schön, Sie wieder begrüßen zu dürfen, Sir«, sagte die Frau über Grace hinweg. »Bleiben Sie zum Lunch?«

»Wahrscheinlich nur auf ein paar Drinks. Vielleicht noch zu Tee und Gebäck«, antwortete der Fremde und nahm endlich seine Hand von Graces Schulter. Er schob sich an Grace vorbei, und sie zuckte zusammen, als er ihren Arm streifte.

Mit dezentem aber endgültigem Klicken fiel die Tür ins Schloss, und Grace kam sich vor wie in einem dunklen roten Kokon. Gesprochen wurde in gedämpftem Tonfall, offenbar galt hier alles, was eine gewisse Lautstärke überstieg, als nicht akzeptabel. Dennoch schien die Atmosphäre seltsam tröstlich, und Grace fing wieder an zu weinen.

Genauer gesagt, nun weinte sie erst richtig, denn die paar Tränen bei Liberty's waren nur der Auftakt gewesen. Entführt zu werden konnte man da nur als eine willkommene Ablenkung betrachten. Schließlich war noch immer ihr Geburtstag, immer noch hatte man gerade mit ihr Schluss gemacht, und noch immer war ihr Leben ein einziges Chaos. Ihr Brustkorb bebte, und die Schluchzer, die sie zehn Minuten zuvor noch hatte unterdrücken können, bahnten sich nun gnadenlos ihren Weg – und hallten wie das Geröchel eines Todeskampfes von den roten Wänden wider.

»Oje«, sagte der Fremde mit sanfter Stimme. Er nahm Grace am Ellbogen und führte sie behutsam den Gang entlang. Die Frau im schwarzen Rüschenkleid bildete die Nachhut. »Er ist es ganz bestimmt nicht wert, dass Sie sich die Augen ausweinen. Magda wird Ihnen ein stilles Plätzchen zeigen, wo sich Ihre Tränenschleusen wieder schließen können. In der Zwischenzeit bestelle ich Ihnen ein Glas Champagner.«

Grace zuckte mit den Schultern – das heißt, sie hätte es getan, wenn ihre Schultern nicht so sehr gebebt hätten. Sie ließ sich durch eine schmale Seitentür eine enge Wendeltreppe hinaufführen. Das Ganze kam ihr vor wie ein tiefrotes Labyrinth. »Die Toiletten sind dort hinten«, hörte sie die gedämpfte Stimme der Frau im schwarzen Kleid.

Grace stürzte auf die erstbeste Kabine zu, ließ sich auf die Toilette fallen und schluchzte hemmungslos.

Als sie wieder herauskam, wandte ihre Begleiterin dezent den Blick ab, als hätte sie vorhin keinerlei gedämpftes Geheul aus der Kabine vernommen. Gewissenhaft tupfte sie die chromglänzenden Wasserhähne ab, während Grace sich die Hände wusch und entmutigt auf ihr Spiegelbild starrte. Eine Tube mit getönter Feuchtigkeitscreme griffbereit, wusch sie sich die schmierig-grauen Rinnsale von den Wangen und warf einen skeptisch prüfenden Blick auf das, was darunter zum Vorschein kam.

Gegen bestimmte Partien ihres Gesichts hatte Grace nichts einzuwenden, gegen andere schon. Sie mochte ihre grauen Augen – ein dunkles Grau wie das einer Schuluniform, das man unmöglich für Blau, Grün oder Braun halten konnte –, so dicht umrahmt von langen Wimpern, dass sie stets aussah, als hätte sie sich am Abend zuvor den Eyeliner nicht abgeschminkt. Sie hatte Sommersprossen – als Teenager ein Fluch, aber mittlerweile hoffte sie, dadurch jünger zu wirken – und leicht abwärts geschwungene Mundwinkel, auch dann, wenn sie lachte. Als sie noch klein war, hatte ihre Großmutter immer gesagt, sie solle aufhören zu schmollen, aber eben diesem Schmollen hatte sie die volle Unterlippe zu verdanken.

Ihre Nase jedoch schien viel zu markant, als dass sie sich damit hätte anfreunden können, besonders wenn man sie im Profil betrachtete, dann hatte sie etwas beängstigend Römisches. Zwischen ihren Augenbrauen lag eine tiefe Stirnfalte, und ihr Kinn schwankte unentschlossen zwischen eckig und spitz.

Nicht unbedingt ein Gesicht, an dem man sich nicht sattsehen konnte, eher ein Gesicht, das mit ein wenig frischem Rot auf den Lippen sogleich viel lebendiger wirkte. Nun jedenfalls war eine leichte Tönung angesagt, etwas Wimperntusche und ein Hauch von Beerenrot auf den Lippen.

»Schon besser«, sagte der Fremde, als Grace an seinem Tisch erschien. Sie hatte schon mit dem Gedanken gespielt, sich in Richtung Ausgang davonzumachen, aber eine weitere Frau, ebenfalls mit einem Lächeln auf den Lippen und gedämpftem Tonfall, hatte sie am Fuß der Treppe in Empfang genommen und sie in den Raum hinter einer der wuchtigen Doppeltüren geleitet, die Grace zuvor erspäht hatte. Wie angekündigt erwarteten sie ein Glas Champagner – und ihr herrischer Entführer. Mit einem seiner schlanken Finger tippte er sich gegen das Grübchen in seinem Kinn, während Grace stocksteif Platz nahm.

An diesem Morgen hatte sie sich für ein einfach geschnittenes Minikleid im Stil der Seventies entschieden – das perfekte Outfit, um in der Kleiderkammer des Magazins herumzuwühlen und den ganzen Tag lang auf dem einen oder anderen Barhocker abzuhängen. Nun aber fiel ihr auf, dass das Blumenmuster ganz und gar nicht zu dem orangefarbenen Samtbezug des dick gepolsterten Sessels passte, und sie kam sich nicht mehr vor wie eine Stilikone der Seventies sondern eher wie ein drittklassiger Kinderstar, der beim Casting durchgerasselt war.

»Ich muss jetzt wirklich zurück zur Arbeit«, murmelte sie und warf einen Blick aus dem Fenster. Sie konnte kaum glauben, dass dort draußen eine normale Londoner Straße lag und nicht das Fantasialand. Der Fremde schmunzelte, als betrachte er einen Seehund, der einen Ball auf der Nase balancierte, und genau das raubte Grace beinahe den letzten ihrer ohnehin schon überstrapazierten Nerven.

»Stellen Sie sich nicht so an!«, sagte er leichthin, als sei ihm der Gedanke, zur Arbeit zu müssen, absolut fremd. »Trinken Sie lieber Ihren Champagner!«

Also beschloss Grace zu bleiben, jedoch nur, weil sie nicht die geringste Lust verspürte, sich aus dem Sessel herauszuwuchten wie ein angeschlagener Springteufel. Außerdem hatte er recht: Sie konnte tatsächlich einen Drink vertragen.

»Ich heiße Grace«, sagte sie, und es klang, als hätte sie seit Wochen kein Wort mehr gesprochen. Mit ernsthafter Miene schüttelte er ihr die Hand – seine Finger fühlten sich warm an und berührten sie gerade so lange, dass sie ihre Hand hastig zurückzog.

»Vaughn«, stellte er sich vor und widmete sich wieder der Speisekarte.

»Ist das Ihr Vor- oder Ihr Nachname?«

Er zuckte die Achseln. »Spielt das eine Rolle?«

Eigentlich nicht. Grace hob ihr Glas, prostete ihm zu und trank einen Schluck. Das perlende Prickeln auf ihrer Zunge verflüchtigte sich sogleich, als sie drei größere Schlucke nahm.

»Ich habe nicht die leiseste Ahnung, was *Fleur de Sel* oder *Nougatine de Grué* sein sollen. Können Sie damit etwas anfangen?«, fragte er im Plauderton, während er weiter die Speisekarte studierte.

»*Fleur de Sel* ist eine Art Meersalz, ist gerade schwer in Mode. Und *Grué* sind geröstete Kakaobohnen. Mit *Nougatine* kann ich allerdings auch nichts anfangen. Ich backe gern«, fügte sie zu ihrer Verteidigung hinzu, als er fragend eine Augenbraue hochzog – und damit der zweiten Hauptrolle in einem französischen Film vollkommen gerecht wurde.

»Sollen wir Schokoladenkuchen nehmen? Und dazu Tee. Tee auf jeden Fall. Aber nicht Earl Grey, der ist zu wässrig. Darjeeling vielleicht?«

Grace war klar, dass dem nichts entgegenzusetzen war. »Darjeeling ist mir recht«, sagte sie und griff erneut nach ihrem Glas.

Er brauchte nur den Finger zu heben – dezent und ohne ein Wort zu verlieren –, und schon erschien wie aus dem Nichts die Bedienung und nahm die Bestellung über viererlei Gebäck auf.

Als sie wieder verschwand, schlug Grace die Beine übereinander. Der Champagner fand prickelnd seinen Weg in ihren nüchternen Magen und machte sie so rastlos, dass sie mit dem Fuß wippte, während sie sich fragte, was sie eigentlich hier machte – abgesehen von einer Unterhaltung in gestelztem Ton, die ihr ansonsten gar nicht entsprach. Mittlerweile war das Gespräch ohnehin verstummt, und Grace sah sich um.

Der Raum wirkte wie aus einem der morbiden Landhäuser, die von der *BBC* gern als Kulisse für historische Filme genutzt wurden: Stühle, die nicht zueinander passten, einige gepolstert, andere nicht, und verkratzte, aber blank polierte Tische. All das sah eindeutig eher nach Geld aus als nach vornehmer Bescheidenheit. Das mochte aber durchaus auch an den Gästen liegen, stellte Grace mit einem Blick auf die Nachzügler fest, die spät zum Lunch gekommen waren und nun bei Kaffee und Brandy saßen, als hätten sie alle Zeit der Welt und nicht den geringsten Anlass, sich über die allgemeine Wirtschaftskrise Sorgen zu machen – oder über irgendetwas anderes. Dann fiel ihr Liams zerknitterter, pinkfarbener Umschlag auf, der vor ihr auf dem Tisch lag, und sie stieß einen unterdrückten aber inbrünstigen Seufzer aus.

»Immerhin weinen Sie nicht mehr«, sagte Vaughn, wieder mit diesem Beinahe-Lächeln. »Wer an seinem Geburtstag weint, weint sein Leben lang.«

»Das hat meine Großmutter auch immer gesagt«, gab Grace zu, ebenfalls mit einem Beinahe-Lächeln. »Und dass man neue Schuhe nicht auf den Tisch stellen soll, weil es Unglück bringt.«

»Unsere Großmütter waren offenbar verwandt. Meine war auch sehr streng, beispielsweise wenn es um die Gefahren zu hastigen Essens ging.« Es war unglaublich, wie er es schaffte, so locker zu wirken und sie dabei mit dem Blick aus seinen blauen Augen zu durchbohren. »Also, wie alt sind Sie heute geworden?«

»Dreiundzwanzig.«

Wenn er richtig lächelte, machte er gleich einen ganz anderen Eindruck. Jugendlicher, attraktiver – ein etwas älterer Mann, in den Grace sich Hals über Kopf hätte verlieben können, weil er lächelte, als sei sie der einzige Mensch auf der Welt, der seinen Witz verstanden hatte. »Und dann noch am 23. Juli? Das muss ein Glückstag sein. Wussten Sie, dass man der 23 eine mystische Bedeutung nachsagt? Das griechische Alphabet besteht aus 23 Buchstaben, unser Blut braucht 23 Sekunden, um einmal durch den Körper zu zirkulieren …«

»David Beckham hatte bei Real Madrid die 23.« Na toll! Jetzt redete sie sich total um Kopf und Kragen. »Nicht dass es ihm etwas gebracht hätte.«

»23 ist eine gute Zahl«, sagte Vaughn energisch. In dem Moment wurden Teekanne und Tassen ehrfürchtig auf dem Tisch platziert – so fein gearbeitet, dass sie wirkten wie Puppengeschirr. »Ihnen steht ein äußerst interessantes Jahr bevor, das garantierte ich Ihnen.«

»War es ein interessantes Jahr für Sie, als Sie 23 waren?«

»Ja«, antwortete er knapp. »Würden Sie einschenken? Milch, zwei Löffel Zucker.«

Grace nahm die Teekanne und prüfte, wie schwer sie war. Vorsichtig füllte sie die Tassen und goss Milch hinzu, bis die Farbe des Tees exakt der Nuance »sonnengebräunt« entsprach, die man bei blickdichten Feinstrumpfhosen so oft fand. Sie ließ zwei Löffel Zucker dazurieseln, und bevor sie der Mut wieder hinterrücks verlassen konnte, fragte sie: »Machen alle Menschen grundsätzlich genau das, was Sie wollen?« Dann fügte sie hinzu: »Es macht nämlich niemand, was *ich* will.«

Vaughn warf einen kritischen Blick auf seine Tasse und entschied offenbar, dass das Resultat seinen Ansprüchen genügte. »Mit ›niemand‹ meinen Sie wohl Ihren Ex?«

Grace überlegte kurz. »Nicht nur Liam. Alle. Die Leute rennen einfach an mir vorbei, als gäbe es mich gar nicht.« Kopfschüttelnd fuhr sie fort: »Tut mir leid. Eigentlich bin ich nicht so. Also, ich bin nicht immer so mies drauf. Ich leide wohl an einem schweren Geburtstagstief.«

»Sie haben bloß noch nicht gelernt, wie andere Menschen Sie ernst nehmen«, sagte Vaughn. Er beugte sich vor und fügte hinzu: »Ich persönlich halte es für äußerst hilfreich, niemals Bitte oder Danke zu sagen.«

»Ich bin genetisch darauf programmiert, Bitte und Danke zu sagen, auch dann, wenn ich gar keinen Grund dazu habe …« Und darauf, die Ellbogen nicht auf den Tisch zu stützen, zuerst die Milch einzugießen, und auf all die weiteren Lebenslektionen, die sie sich unter Todesqualen und den missbilligenden Blicken ihrer Großmutter hatte einhämmern lassen. »Und Sie? Entführen Sie regelmäßig junge Frauen aus Warenhäusern?«

»Ich warte schon die ganze Zeit darauf, dass Sie mich das endlich fragen.«

»Tja, ich hätte Sie wohl lieber während der Entführung danach fragen sollen, aber ich war viel zu verschreckt …«, gab Grace in kessem Ton zurück, um zu signalisieren, dass sie sich keineswegs einschüchtern lassen würde.

»Ach, ich wollte Sie noch um einen kleinen Gefallen bitten.«

Immer wieder fiel er Grace ins Wort, und das ärgerte sie allmählich. Es ärgerte sie jedoch weitaus weniger als die plötzliche Erkenntnis, dass die Einladung zu Tee und Gebäck und das harmlose Geplauder möglicherweise einen sehr viel ernsteren Hintergrund hatten – einen Hintergrund, bei dem es um Schulmädchenverkleidungen, Peitschen und womöglich eine Ehefrau mit lesbischen Neigungen ging, was er dann alles filmte.

Grace wuchtete sich aus den unendlichen Tiefen ihres Sessels, genau in dem Moment, als der Kuchen serviert wurde. Eigentlich schade, denn das Vollmilchtörtchen sah verlockend aus. »Ich verschwinde«, verkündete sie eisig. Zumindest hatte es so klingen sollen, in Wirklichkeit klang es wohl eher mürrisch. »Ich weiß genau, um welche Art von Gefallen es hier geht, und die Antwort lautet: Nein. Eindeutig nein!«

Vaughn schenkte ihr ein Lächeln, das hart an der Grenze zu einem Grinsen lag. Und allmählich fiel Grace auf, dass sie ihn nicht leiden konnte, so wie sie Kiki, ihre Chefin, nicht leiden konnte, ebenso wenig wie Mrs. Beattie, ihre Vermieterin, und Dan, Liams besten Freund, und eine ganze Menge anderer Leute, die sie mit der gleichen Mischung aus Spott und Herablassung behandelten. »Seien Sie ein nettes Mädchen und setzen Sie sich wieder«, sagte Vaughn ruhig. »Für heute haben Sie sich genug aufgeregt, oder nicht?«

»Für wen halten Sie sich eigentl…«

»Als ich Sie bei Liberty's sah, dachte ich mir gleich, Sie machen den Eindruck, als ob Sie mit Manschetten umgehen könnten.« Er zog eine kleine, violette Schachtel aus der Jackentasche, und Grace verstummte so hastig, dass sie sich beinahe auf die Zunge gebissen hätte. »Heute Morgen habe ich einen meiner besten Manschettenknöpfe verloren, und ich bin sofort losgerannt, um mir neue zu kaufen. Ich finde, nachdem ich Sie zu einem Glas Champagner eingeladen habe, könnten Sie mir wenigstens helfen, sie anzulegen.«

Plump sackte Grace in ihren Sessel zurück. »Wie haben Sie es denn heute Morgen geschafft, die Manschettenknöpfe anzulegen?«, fragte sie misstrauisch. Schließlich bestand ja nach wie vor die Möglichkeit, dass irgendwo eine Ehefrau lauerte.

»Mehr schlecht als recht«, antwortete Vaughn und hob eine Hand, um Grace zu demonstrieren, dass er an dem Ärmel keinen Manschettenknopf trug. »Ich wäre Ihnen zu ewigem Dank verpflichtet.«

Grace verdrehte die Augen und deutete mit einer vagen Handbewegung auf seinen Arm. Vaughn senkte den Kopf, mit unschuldigem Blick – was Grace jedoch wenig überzeugend fand. Sie nahm die Manschettenknöpfe aus der Liberty's Schachtel und griff nach seiner Hand.

Es folgte ein Augenblick unerwarteter Intimität. Vaughns Hand ruhte auf ihren Knien, während sie ihm die Manschettenknöpfe anlegte. Und sie, die schon alles Mögliche mit allen möglichen jungen Männern erlebt hatte, errötete, als sie Vaughns Puls unter ihren Fingern spürte. Dabei hatte sie weder einen Vaterkomplex noch eine Schwäche für ältere Männer. Mit diesem Klischee hatte sie eindeutig nichts am Hut. Nein, sie hatte lediglich einen miesen Tag und auf nüchternen Magen ein Glas Champagner getrunken.

»Fertig«, verkündete Grace und ließ Vaughns Hand los. Er hatte schöne Hände – schlank und irgendwie elegant, trotz der knochigen Handgelenke. »Jetzt wird es aber höchste Zeit, sonst denken meine Kollegen noch, man hätte mich entführt.«

»Möchten Sie ein Stück Kuchen mitnehmen?«

Nichts lieber als das, aber ... »Nein danke«, antwortete Grace in geziertem Tonfall und erhob sich.

Sich selbst im Weg zu stehen war eine ihrer Spezialitäten, und Vaughns amüsiertem Blick auf die blank polierten Manschettenknöpfe nach zu urteilen, hatte er das längst durchschaut. »Tja, machen Sie das Beste aus dem, was von Ihrem Geburtstag noch übrig ist«, sagte er, als ginge ihn alles Weitere nichts mehr an.

Grace blieb zögernd stehen, und der Saum ihres Kleids streifte die Armlehne von Vaughns Sessel. »Tut mir leid, dass ich Sie so angeschnauzt habe«, platzte sie heraus.

»Ein weiterer Grund dafür, dass ich von anderen Menschen ernst genommen werde, besteht darin, dass ich mich niemals entschuldige, selbst dann nicht – nein, besonders dann nicht –, wenn ich allen Grund dazu hätte«, sagte Vaughn ganz cool. »Kein Bitte, kein Danke, kein Tut-mir-leid. Denken Sie daran! Und vielleicht erleben Sie dann das interessante Jahr, von dem ich bereits sprach.«

Nun war wohl kurzes Händeschütteln angesagt, doch als Grace Vaughn die Hand reichen wollte, beugte er sich vor und gab ihr einen Handkuss. Einen unverfänglichen Kuss – flüchtig und warm. Hastig zog sie die Hand zurück und murmelte eine knappe Verabschiedung.

Sie nahm ihre Tasche, durchquerte den Raum und eilte den roten Gang entlang. Einen Moment lang blieb sie draußen stehen, um sich zurechtzufinden. Asphalt unter ihren Füßen, der Geruch nach Abgasen – also war es kein Traum. Durch das große Panoramafenster sah sie Vaughn, wie er sich über den Teller mit Schokoladengebäck beugte. Sollte er doch einen Zuckerschock bekommen!

Plötzlich hob Vaughn den Kopf und sah, dass sie ihn anstarrte. Er hielt ihrem Blick stand, bis sie dem Impuls folgte, ihm kurz zuzuwinken. Er winkte nicht zurück, aber er sah sie noch immer an – wie bei einer Bestandsaufnahme. Es dauerte ein Weilchen, bis Grace bewusst wurde, dass sie einfach gehen konnte.

Und obwohl sie sich alle Mühe gab, es auszublenden, verspürte sie noch den ganzen Nachmittag an der Stelle, wo seine Lippen ihre Hand berührt hatten, ein Kribbeln.

Kapitel 2

Die Büroräume des *Skirt Magazine* befanden sich im siebten Stockwerk eines hohen Gebäudes am südlichen Ende der Oxford Street – leider auf der falschen Seite, sodass man nicht behaupten konnte, man arbeite in Mayfair.

»Wir sind gleich um die Ecke bei Selfridges«, hieß es immer wieder, aber in Wirklichkeit lag Selfridges einige Blöcke weit entfernt, und an der nächsten Ecke befand sich nichts weiter als einer der größten KFCs in ganz England.

Graces Chefin Kiki – laut Reisepass Kimberly – Curtis war eine dieser schlank gehungerten, übermäßig gepflegten Modepuppen, die direkte Sonneneinstrahlung mieden und gedeckte Farben bevorzugten. Engagiert worden war Grace von Kikis Vorgänger, dem damaligen Leiter der Styling-Redaktion, nachdem Grace monatelang unbezahlt als Praktikantin geschuftet hatte und ihre Hände vom Kopieren, Ablegen und Zerschnippeln ganzer Stapel von Papier mit feinen Schnitten übersät waren. Trotzdem waren es die schönsten Monate ihres Lebens gewesen, denn Tag für Tag hatte sie mit Seide, Chiffon, Satin und Kaschmir zu tun, so weich, dass sie jedes Mal einen hingebungsvollen Seufzer ausstieß, wenn sie ihre Wange daran rieb. Wahrscheinlich hätte sie weiter kostenlos bei *Skirt* gearbeitet, doch dann wurde eine untergeordnete Position frei, und der großartige Derek hatte Grace die Chance zu einer Bewährungsprobe gegeben – die unter anderem darin bestand, Kaffee zu holen. Und als sie ihm seinen frisch gemahlenen Karamell-Macchiato mit Sojamilch brachte, hatte er sie sofort engagiert.

Es war schon seltsam, wenn Träume in Erfüllung gingen – in diesem Fall Graces neue Träume. Ihren alten Träumen nach hatte sie nämlich das neue Wunderkind der britischen Modeszene werden wollen. Aber das hatte sie gründlich vermasselt, als sie ein paar Tage vor ihrer Abschluss-Show am Central Saint Martin's College of Arts and Design alles hingeworfen hatte. Ihr neuer Traum, eine Super-Stylistin zu werden, war die zweitbeste Möglichkeit, und Fashion-Assistant bei *Skirt* war der erste Schritt auf dem Weg dorthin. Der Freudensprung, den sie gemacht hatte, als Derek ihr mitteilte, dass sie den Job hatte, war ihr noch bestens in Erinnerung. »Für diesen Job kommst einfach nur du infrage«, hatte er bei einem feucht-fröhlichen Lunch im Wolseley verkündet, und hinzugefügt: »Halt dich an mich, Kleines!«

Zwei ganze Tage lang hatte Grace sich an Derek halten können, bevor er von der deutschen *Vogue* abgeworben wurde. So war Grace an Kiki vererbt worden, und Kiki setzte alles daran, dieses Erbe auszuschlagen. Schon nach einer Woche fiel die bei *Skirt* stets hochgehaltene Anti-Pelz-Politik ihrer Herrschaft zum Opfer, aber Grace ließ sich nicht so schnell unterkriegen. Darüber hinaus war sie innerhalb des Fashion-Teams die Einzige, der die Durchwahl der Poststelle bekannt war.

So waren sie zu einer stillschweigenden Übereinkunft gelangt: Kiki machte Grace das Leben zur Hölle und ließ dabei keine Demütigung aus. Grace ihrerseits schluckte all das wie eine tägliche Dosis Lebertran – irgendwann musste es sich doch positiv auswirken.

Nun hielt Grace die Mappe mit ihren Entwürfen an sich gepresst wie einen Schutzschild. »Ich habe ein paar Ideen für die nächste Ausgabe.«

»Hast du sie schriftlich formuliert?«, fragte Kiki zuckersüß.

»Ja, mit zweizeiligem Abstand, wie du gesagt hast.«

»Hauptsache, nicht dein übliches Gekritzel, dann werden wir sie schon entziffern.« Hoheitsvoll streckte Kiki die Hand aus, während Grace den Stapel Zeichnungen und Entwürfe, die sie mühsam gesammelt hatte, kaum noch tragen konnte.

»Ich würde gern etwas dazu erklären«, sagte Grace beharrlich. Sie war es leid, immer wieder losgeschickt zu werden, um irgendetwas Kalorienarmes zu besorgen, und dann festzustellen, dass ihre Entwürfe in der Zwischenzeit anderweitig verteilt worden waren.

»Also echt, Grace, da steige ich auch alleine durch«, gab Kiki mit Bestimmtheit zurück. »Mach einfach das, was du am besten kannst, und hol mir was zum Lunch.«

Sogleich brach Hektik aus, und Grace wurde aus allen Richtungen bestürmt.

»Wenn du gerade dabei bist, kannst du mir auch gleich eine Tafel Bioschokolade mitbringen, Gracie? Und einen Orangensaft, frisch gepresst, aber ohne Fruchtfleisch.«

Grace schnappte sich ein paar Post-it-Zettel und notierte die Bestellungen. Aber wenn Lucie, die Senior Moderedakteurin, erwartete, dass sie sich die Hacken wund lief, um mexikanische Bioschokolade aufzutreiben, sollte sie verflucht noch mal im Voraus bezahlen.

Als Grace ins Büro zurückkam, war eine lebhafte Diskussion im Gange – darüber, dass diese Vorstadtgören eine Schande für das Image von Hermès seien und man dem unbedingt einen Riegel vorschieben müsse, und dass die ach so tolle Bunny supergern etwas Superlustiges über Mode schreiben wolle, um ihr Profil bei *Cherwell* aufzupolieren.

»Grace!«, rief Kiki und schnippte mit den Fingern nach der Salatbox. »Ich dachte schon, du warst in Schottland, um den Lachs zu besorgen. Wir hatten niemanden, um Notizen zu machen, schließlich hat Posy sich geopfert.«

»Tut mir leid.« Hatte ihr nicht erst kürzlich jemand eingeschärft, sie solle sich niemals entschuldigen? *Er* hatte gut reden, *er* bekam ja nicht Kikis Ärger ab. »Ich musste Schlange stehen, und dann …«

»Du hast einiges für mich zu erledigen«, ordnete Kiki an – und Grace wünschte, irgendjemand würde sie irgendwann einmal ausreden lassen. Nur ein einziges Mal. »Wir sind hier sowieso fertig«, fügte Kiki hinzu.

Grace hatte längst gesehen, dass ihre Entwürfe auf den Schößen der Kollegen lagen. Junge, hungrige Modefreaks waren das Herzblut einer jeden Zeitschrift, das wusste sie. Aber ihr Jahreseinkommen lag noch immer bei 14 000 Pfund, und sie wurde von Woche zu Woche hungriger. Also würde sie sich dieses Mal nicht so einfach kampflos geschlagen geben. »Ich hätte wirklich gern ein Feedback zu meinen Ideen«, sagte sie in Richtung von Kikis gepolsterten Schultern, die in dem Michael-Kors-Kaschmirpullover steckten, den Grace für sie besorgt hatte. »Du hast doch gesagt, ich könnte vielleicht die Gestaltung der Accessoires für die kommende Ausgabe übernehmen.«

»Oh, das soll jetzt Bunny machen«, mischte sich Posy mit strahlendem Lächeln ein. »Ihr Patenonkel sitzt nämlich im Vorstand. Und dafür, dass sie noch Praktikantin ist, hat sie echt schon einiges drauf.«

Bunny soll zur Hölle fahren, dachte Grace, während Bunny selbst sie mit einem kecken Grinsen bedachte. »Ich möchte jetzt wirklich gern wissen, wann in dieser Woche wir meine Ideen besprechen«, beharrte Grace frustriert. »So voll ist dein Terminkalender doch nun auch wieder nicht.«

Kiki schürzte die Lippen, soweit es ihr nach all dem Botox noch möglich war, und Grace konnte sich ein inbrünstig verzweifeltes »Bitte« nicht verkneifen.

»Na gut, aber schnell«, gab sich Kiki geschlagen und stieß mit ergebener Miene die Tür zu ihrem Büro auf.

»Also, das scheint mir ein bisschen sehr trendy«, sagte Kiki wenig später mit einem Blick auf Graces Entwürfe, die aufgefächert auf dem Schreibtisch lagen. »Du solltest es nicht übertreiben.«

Grace nickte eifrig, um zu signalisieren, wie flexibel sie war – so flexibel, dass sie auf Kikis Anweisung wohl auch einen Salto rückwärts gemacht hätte.

»Nächsten Monat haben wir ein Shooting in New York, und wenn du ein braves Mädchen bist, nehme ich dich mit.«

»Du nimmst mich mit nach New York? Du lieber Gott, das ist ja cool. Vielen, vielen Dank. Ich verspreche dir, du wirst es nicht bereuen.«

»Ich bereue es schon jetzt«, gab Kiki zurück, mit dem Anflug eines Lächelns auf den aufgespritzten Lippen. »Aber bilde dir bloß nicht ein, dass du im Village herumschwirren und dir noch mehr von diesen Billigtretern zulegen kannst. Der Plan lautet: Hotel, Studio, Starbucks und zurück ins Studio.«

»Ist klar. Aber es wird sicher trotzdem total genial, und ich freue mich echt riesig, dass du mich mitnimmst.« Als Grace Kikis warnenden Blick sah, ergänzte sie hastig: »Eventuell mitnehmen willst, meine ich.« Sie konnte Kiki ihr Zögern nicht einmal verdenken, denn mittlerweile ging ihr Übereifer ihr selbst auf die Nerven.

»Schauen wir mal«, sagte Kiki und stocherte in dem Lachs auf ihrem Salat herum. »Ach ja, du musst unbedingt Paola in Mailand anrufen und sie bequatschen, uns für die Modenschau das Kleid mit den Federn zu leihen. Anscheinend kann sie ganz gut mit dir. Oh, und reservier mir einen Tisch für Samstagabend neun Uhr im Ivy. Und dann schick meiner Schwiegermutter einen Blumenstrauß, mit einer Karte, die keinen Zweifel daran lässt, dass mir ihr Geburtstag am Arsch vorbeigeht.«

»Mach ich sofort«, sagte Grace strahlend. Sie wollte sich von ihrer besten Seite zeigen, bis sie für New York fest eingeplant war, auch wenn es sie an den Rand der Erschöpfung bringen würde, rund um die Uhr Begeisterung vorzugeben.

»Weltbeste Assistentin«, sagte Kiki mit hoheitsvollem Kopfnicken. »Du bist selbst schuld, Grace, weil du dich so unentbehrlich machst.«

»Heißt das, wenn ich meinen Job weniger gut erledigen würde, könnte ich Shootings planen und Artikel schreiben oder mal was Anspruchsvolleres machen?«, fragte Grace zweifelnd, während sie einen Stapel Papiere zurechtrückte, der drohte, vom Aktenschrank zu rutschen – denn jenseits all der teuren kosmetischen Behandlungen war Kiki schon immer schlampig gewesen.

»Nein, du würdest einen gehörigen Anschiss kriegen, und wenn das nicht reicht, würdest du gefeuert werden«, gab Kiki in so blutrünstigem Tonfall zurück, dass man kaum glauben konnte, dass sie seit 1997 kein Fleisch mehr gegessen hatte. »Jeder muss seinen Beitrag leisten, Gracie. Mit diesem Thema sind wir doch durch. Du hast ja nicht mal ein Diplom.«

»Ich habe *fast* ein Diplom. Es haben nur zwei Wochen gefehlt.«

»Und dann hast du einfach gekniffen«, stellte Kiki klar. »Das ist nicht gerade vertrauenerweckend, insbesondere weil du nie eine Erklärung dafür hattest, die auch nur einigermaßen plausibel gewesen wäre.«

Es gab eine Erklärung. Selbstverständlich gab es die, aber Grace würde sie Kiki nicht mitteilen. Nicht allein deshalb, weil sie niemanden etwas anging und Grace es nicht über sich brachte, darüber zu sprechen, sondern auch, weil Kiki sie Grace bei jeder sich bietenden Gelegenheit unter die Nase reiben würde. Sollte sie doch glauben, Grace hätte alles hingeworfen. Das war immer noch besser, als ihr die Wahrheit zu erzählen. Denn Grace hatte sich für das Saint Martin's abgerackert. Unzählige Male war sie in den drei Jahren dort kurz davor gewesen, alles hinzuwerfen. Immer hatte sie das Gefühl gehabt, nicht dazuzugehören. Sie war einfach nicht so wie all die Möchtegern-Modedesigner ihres Semesters, die über ein unerschütterliches Selbstbewusstsein verfügten. Grace wurde stets geplagt von Selbstzweifeln. Sie hatte drei Nebenjobs, um Miete, Essen und meterweise Stoffballen bezahlen zu können. Und dann kam dieser unselige Tag, an dem ihr die Nähmaschine kaputtging und alle anderen sie fertigmachten. Sie riss sich zusammen, nahm weiter an dem Kurs teil – bis zwei Wochen vor der Abschlusspräsentation. Zehn fertiggestellte Kreationen für den Laufsteg, nach monatelangem, unermüdlichem Drapieren, Zuschneiden, Nähen und Auftrennen. Und dann hatte sie sich sang- und klanglos verabschiedet, aus Gründen, die niemanden etwas angingen.

Das einzig Gute daran war, dass sie nie wieder etwas derart vermasseln würde wie ihr Diplom. Das war nämlich gar nicht möglich. Sie begegnete Kikis missbilligendem Blick mit ausdrucksloser Miene. »Das ist zwei Jahre her«, sagte Grace leise. »Wann wird der Beitrag, den ich leiste, endlich honoriert?«

»Wenn eine der andern zu *Vogue* wechselt oder schwanger wird und nicht schon das Patenkind eines Vorstandsmitglieds oder irgendeines anderen hohen Tiers in den Startlöchern steht«, gab Kiki ungehalten zurück. Ihr Blick fiel auf die Cherrytomate, die sie gerade aufgespießt hatte, und aus einem unerfindlichen Grund verdüsterte sich ihre zuvor heitere Miene. Ihre Gesichtsmuskeln zuckten vor Anstrengung beim Versuch, die Stirn zu runzeln. »Und wenn du es endlich hinkriegst, mir zu bringen, was ich bestellt habe. Ich hatte doch extra gesagt: ohne Dressing!« Sie schleuderte Grace die Salatbox entgegen, obwohl sie bereits die Hälfte des Inhalts verputzt hatte. »Das kann ich unmöglich essen. Hol mir ein paar Sonnenblumenkerne! Aber schnell, sonst kriege ich noch Kopfschmerzen vor Hunger.«

»Du sagtest: mit kalorienarmem Dressing«, brachte Grace zu ihrer Verteidigung vor. Sie hob die Salatbox auf und besah sich die Reste. Dann fügte sie hinzu: »Dafür gibt es Zeugen.«

»Wenn du weniger rechthaberisch wärst und dich ein bisschen mehr um deine Arbeit kümmern würdest, könntest du längst Redakteurin sein«, zischte Kiki und warf das Protokoll der letzten Planungsbesprechung nach Grace. Sie traf daneben, aber der Punkt ging dennoch an sie. »Jetzt verschwinde und mach die Tür hinter dir zu. Ich habe genug Zeit mit dir verschwendet.«

Kapitel 3

Das Fashion-Team des *Skirt Magazine* war im hinteren Bereich eines riesigen Großraumbüros angesiedelt, und am Ende dieses Bereichs lag die Kleiderkammer – ein winziger L-förmiger Raum ohne Fenster. Abgesehen von Liberty's war es für Grace der schönste Ort der Welt, ihr Refugium, wo sie schalten und walten konnte, wie sie wollte: Kleiderstangen bogen sich entlang der Wände, darunter sorgfältig gestapelte Schuhe und Taschen, und auf den Regalen darüber allerlei Accessoires, von Strumpfhosen, Schals und Gürteln in knallig-bunten Farben bis hin zu durchsichtigen Plastikkisten voller Modeschmuck.

Als Grace ihre Arbeit angetreten hatte, herrschte heilloses Chaos. Mittlerweile jedoch hatte sie ein System entwickelt, und das Fashion-Team hielt sich daran. Von Respekt zu sprechen, wäre sicher übertrieben gewesen, aber als Grace eine Liste von Verhaltensregeln bekannt gab, hörten alle aufmerksam zu. Nach monatelangen Hinweisen wurde sogar im *Ein- und Ausgangsjournal der Kleiderkammer* vermerkt, was entnommen oder zurückgebracht wurde. Wenn zahlreiche Foto-Shootings anstanden und dementsprechend viele Lieferungen kamen, bot die Kammer kaum Platz für zwei Personen – was Grace sehr gelegen kam. Dann ließ sie sich eine vage Ausrede wie »Inventur machen« einfallen, woraufhin sich alle anderen sogleich bemühten, einen schwer beschäftigten Eindruck zu erwecken, sodass Grace die Tür hinter sich schließen und die neuen Outfits anprobieren konnte.

Nach dem Gespräch mit Kiki und der Aussicht auf eine Reise nach New York zog sich Grace in ihr Refugium zurück und machte einen doppelten Freudensprung. Dann hockte sie sich in eine Ecke, um Sandalen mit Keilabsatz paarweise zu sortieren. Sie war vollkommen vertieft in ihre Arbeit, als mit lautem Krachen die Tür aufgerissen wurde.

»Gracie, warum hast du mir gar nicht erzählt, dass mit Liam Schluss ist?«, fragte Lily, Graces beste Freundin. Die Arme in ihre Wespentaille gestemmt, fügte sie hinzu: »Jedenfalls ist mir das total neu!«

»Das habe ich dir doch Donnerstagabend erzählt.« Grace verstaute das letzte Paar Sandalen. »Da war ich allerdings ziemlich betrunken, und du warst total besoffen. Ich glaube, ich habe sogar geheult.«

»Stimmt, du hast geheult. Aber ich dachte, weil du zu viel Wodka getrunken hattest und weil dir die schwarzen Haare nicht mehr gefielen.«

»Ich habe geheult, weil Liam mit mir Schluss gemacht hat. Und er hat Schluss gemacht wegen meiner Haare. Deshalb bist du wohl darauf gekommen.« Seit mindestens einer Stunde hatte Grace nicht mehr an Liam gedacht, und schon trübte der erneute Gedanke an ihn die Vorfreude auf New York. »Er hat jedenfalls gesagt, es wäre wegen meiner Haare, aber das war natürlich nur eine blöde Ausrede.«

»Ich glaube, seine Blödheit macht ihm schon zu schaffen. Gestern Abend, als er mit Dan in den Pub wollte, war er total mies drauf. Nicht zu fassen, dass er genau an deinem Geburtstag mit dir Schluss gemacht hat! Echt mies.«

»Hat er dir auch erzählt, wo er Schluss gemacht hat? Das war nämlich bei Liberty's. Vor lauter Wut hat er noch auf eine Marc-Jacobs-Tasche eingedroschen.«

»Das ist ja grauenhaft!« Lily riss die Augen auf und schnappte nach Luft. »Auf eine der gesteppten Taschen aus der neuen Kollektion? Wie konnte er nur! Dazu werde ich ihm noch ein paar Takte erzählen. Ach Gracie, du Ärmste! Soll ich dich mal drücken?«

Grace schüttelte den Kopf. »Geht schon. Aber wenn du wirklich etwas für mich tun willst, dann besorg mir diesen *Crème de la Mer*-Lippenbalsam.«

»Mach ich. Ich bestelle auch noch die Handlotion«, versprach Lily und drückte kurz Graces Arm, ungeachtet dessen, dass Grace ja eigentlich nicht gedrückt werden wollte.

Es hatte durchaus etwas für sich, eine aufstrebende Beautyredakteurin seine beste Freundin nennen zu dürfen. Und es hatte etwas für sich, jemanden wie Lily seine beste Freundin nennen zu dürfen – auch wenn es Grace manchmal vorkam, als kämen sie aus verschiedenen Welten, wenn nicht gar aus verschiedenen Sonnensystemen.

Grace konnte sich noch genau daran erinnern, wann Lily ihr zum ersten Mal aufgefallen war. Lilys Promi-Pendant war nämlich Marianne Faithfull – bevor die Stones sie in ihre schmierigen Finger gekriegt hatten. Mit ihrem silbrig-blonden Haar – nicht dank guter Tönung, sondern dank guter Gene – und ihrem knappen, gold schillernden Outfit hatte Lily in einem kleinen Club in Hoxton sogleich einen bleibenden Eindruck auf Grace hinterlassen.

Eigentlich stand Grace gar nicht auf Frauen, aber Lily hatte sie schwer beeindruckt, weil Lily so war, wie man es sich erträumte – das Mädchen, das man hätte sein wollen, wenn man nicht schon eine andere gewesen wäre. Doch Grace und Lily hatten nie ein Wort miteinander gewechselt, bis zu Graces erstem Tag bei *Skirt.* Sie hatte ihren Tee in der Küche getrunken – vor lauter Angst, etwas auf dem schäbigen Praktikanten-Schreibtisch oder gar auf wichtigen Papieren zu verschütten –, und in dem Moment spazierte Lily herein.

Es war der Beginn einer wunderbaren Freundschaft, denn Lily und Grace hatten alles und nichts gemeinsam. Beide arbeiteten in untergeordneten Positionen bei einer Modezeitschrift, allerdings mit dem Unterschied, dass Lilys Chefin, die Leiterin der Beauty-Redaktion, Lily wirklich mochte und sie regelmäßig mitnahm nach Saint Barths in der Karibik, wo Cocktails geschlürft und Fotoserien für Hautpflegeprodukte gemacht wurden.

Beide schafften es regelmäßig, ihre Kreditkarten gnadenlos zu überziehen, aber Lilys Vater, der erfolgreich eine Gebrauchtwagenkette in Surrey betrieb, stellte mit Begeisterung fette Schecks aus, damit sich seine Prinzessin nicht einen polnischen Akzent und einen verwirrten Gesichtsausdruck zulegen musste, weil wieder einmal der Gerichtsvollzieher vor der Tür stand.

Beide hatten mit Musikern derselben Band angebändelt. Doch nach drei Monaten hatte Dan Lily unsterbliche Liebe geschworen und war in ihr schickes Apartment in Tufnell Park eingezogen, das ihr Vater für sie gekauft hatte, wohingegen Liam Grace abgeschossen hatte.

Beide trugen Größe 36, aber Lily hatte einen extrem schnellen Stoffwechsel, wohingegen sich Grace überwiegend von Bananen und japanischen Suppennudeln ernährte.

Ja, sie hatten einiges gemeinsam. Aber vieles auch nicht. Und obwohl Grace gelegentlich zähneknirschend feststellen musste, dass Lily ihr vorkam wie eines dieser oberflächlichen Partygirls, deren Leben sich in erster Linie um Schoßhündchen und Wellness drehte, konnte sie nach wie vor ihr Glück kaum fassen, weil sie in puncto Freundin das große Los gezogen hatte.

Voller Begeisterung klatschte Lily in die Hände, als zwei Mitarbeiter der Poststelle einen schwer beladenen Trolley hereinschoben. »Neue Klamotten!«, quietschte sie aufgeregt.

Grace warf einen Blick auf den Trolley. Hochwertige Einkaufstüten mit Designer-Logo und auffallendem Schriftzug waren stets ein besonderer Anlass zur Freude. Und in diesem Fall thronte auf den Tüten bedrohlich schwankend eine Geschenkbox von Liberty's.

»Das ist nicht für uns«, sagte Grace, denn sie hatte bei Liberty's Pressestelle nichts angefordert. Doch dann fiel ihr Blick auf das dazugehörige Schildchen: *Für Grace, 23 Jahre alt, c/o Skirt Magazine.*

Merkwürdig.

Grace kniete sich hin und stellte die Geschenkbox auf den Boden, um das Klebeband an den Seiten aufzuschneiden. Sie hob den Deckel und wühlte in dem Seidenpapier, bis ihr Blick auf tomatenrotes Leder fiel.

Sehr merkwürdig.

Mit leicht zitternden Händen nahm sie die Tasche aus dem Karton – die unselige Marc-Jacobs-Tasche, die gestreichelt, getätschelt, geboxt und mit Tränen benetzt worden war.

Noch merkwürdiger.

Hatte Liam sein mieses Verhalten eingesehen und eine Bank

überfallen, weil er Wiedergutmachung leisten wollte? Oder handelte es sich um eine Sinnestäuschung? Andächtig strich Grace über die Tasche und entdeckte in einer der Seitentaschen eine Karte.

Spuren von Tränen haben den Verkaufspreis erheblich gemindert, stand in schwarzem Gekritzel darauf geschrieben. *Mit verspätetem Glückwunsch zum Geburtstag. V.*

Vaughn. Vier Tage waren seit der ungewöhnlichsten Teestunde aller Zeiten vergangen, und Grace war jede einzelne Minute ihrer gewaltsamen Entführung noch lebhaft in Erinnerung. Aber sie hatte sich alle Mühe gegeben, nicht daran zu denken, denn bei jedem Gedanken an seinen ungerührten Blick und seine geschliffene Ausdrucksweise wurde ihr flau im Magen, und sie bekam Gänsehaut.

Sie drehte die Karte um.

J. Vaughn
Einkaufsberater

Eine Adresse in Mayfair und eine Mobiltelefonnummer mit internationaler Vorwahl.

Einkaufsberater. Was sollte das denn heißen? Waffenschieber? Mädchenhändler?

Und wofür stand dieses J. überhaupt? Jeremy? Jonathan? Justin? Oder Jezedbiah?

»Zeig mal!« Lily schnappte sich die Tasche und prüfte, wie sie ihr stand. Besser als ihr selbst, musste sich Grace eingestehen – so wie alles. »Für welche Ausgabe ist die Tasche?«, fragte Lily.

Grace warf einen flüchtigen Blick über die Schulter. »Für keine. Sie ist für mich. Von diesem Typen«, antwortete sie der bedeutungsvollen Situation angemessen in verschwörerischem Flüsterton.

»Von welchem Typen?«, fragte Lily alarmiert. »Welcher Typ schickt dir eine Marc-Jacobs-Tasche für tausend Pfund? Jetzt spann mich doch nicht auf die Folter!«

»Meine Güte, Lily, du musst dir mal angewöhnen, auch zu behalten, was ich dir erzähle, wenn du betrunken bist! Der Typ! Der Typ, den ich bei Liberty's kennengelernt habe, zwei Sekunden, nachdem Liam abgehauen ist. Der mich zu Champagner und Gebäck mitgezerrt hat. Irgendwie war der ein bisschen – *schräg.*«

»Ja? Und dann?« Lily bebte vor Neugier.

»Dann hat er mich gefragt, ob ich ihm einen Gefallen tun kann, und ich dachte … Na ja, ich habe gesagt, er kann mich mal. Also, genauso habe ich das nicht gesagt, aber ich bin ganz schön böse geworden.«

Viel mehr gab es eigentlich nicht zu berichten, dachte Grace betrübt – nur ein paar einzelne Szenen, die ihr noch immer im Kopf herumschwirrten. Dennoch brannte sie darauf, Lily alles ganz genau zu erzählen – wenn auch schon zum zweiten Mal.

»Ist ja irgendwie sexy, das musst du doch zugeben«, sagte Lily.

»Sexy? Kein bisschen!« Graces Gesicht hatte die gleiche Farbe angenommen wie die Tasche. »Dafür war er zu alt.«

»George-Clooney-alt oder Hugh-Hefner-alt?«

»Nicht so alt wie Clooney«, gab Grace widerwillig zu, »aber sexy fand ich ihn nicht. Er war so kompromisslos – sein Gesichtsausdruck, die Art zu reden. Und er hat mich die ganze Zeit angestarrt.«

»Tja, für so eine Tasche würde ich mich auch ein Weilchen anstarren lassen«, seufzte Lily.

»Ich kann die Tasche auf keinen Fall behalten.«

»Warum nicht? Hast du Angst, er taucht hier auf und will als Gegenleistung mehr, als dich nur anstarren?«, fragte Lily kichernd.

»Nein, das nicht«, antwortete Grace. »Aber ich kann sie doch für ein bisschen Taschengeld bei eBay verkaufen.

Kapitel 4

In einer Peacock's Einkaufstüte hatte Grace die Tasche nach Hause geschleppt.

Eingewickelt in Plastikfolie, damit sie durch die Feuchtigkeit in der Wohnung keinen Schaden nahm, lag die Designer-Tasche nun im Backofen wie das verräterische Herz unter den Dielenböden in der Geschichte von Edgar Allan Poe.

Dort lag sie auch noch am folgenden Samstagabend. Und selbst als Grace sechs Meilen weit entfernt in einer heruntergekommenen Bar auf der heruntergekommenen Kingsland Road im heruntergekommendsten Teil des Londoner East End saß, kribbelten ihr beim Gedanken daran auf eigenartige Weise die Hände.

Zurück in ihrer Wohnung – nicht mehr nüchtern, das Mobiltelefon in der Hand –, öffnete Grace die Backofentür. Hätte er nicht gewollt, dass sie anrief, hätte er bloß die Telefonnummer auf der Visitenkarte durchzuixen brauchen. Und ohne einen Gedanken an das Wo und Warum oder Fragen wie *Was fällt dir eigentlich ein, Grace?* zu verschwenden, wählte sie seine Nummer – in der Absicht, eine unbekümmert klingende Nachricht zu hinterlassen, nach dem Motto »Danke an jemanden, der nie Danke sagt«. Denn das gehörte sich doch wohl.

»Hallo?«

Grace riss das Telefon vom Ohr und starrte es ungläubig an. Er ging schon beim ersten Klingeln ran? Das entsprach ganz und gar nicht ihrem Plan.

Ein zweites »Hallo« – diesmal blechern und leicht gereizt.

»Hi«, sagte Grace hastig und zermarterte sich in aller Eile den Kopf nach einem Grund dafür, dass er noch wach war – und dafür, dass sie ihn zu dieser Uhrzeit anrief. »Hier ist Grace. Wir haben uns letztens bei Liberty's kennengelernt.«

»Oh, ja, ich erinnere mich.« Seine Antwort kam ein wenig verzögert, was Grace noch mehr irritierte.

»Tut mir leid, dass ich so spät anrufe. Ich wollte nur eine Nachricht hinterlassen«, plapperte sie drauflos.

Vaughn ließ ein leises Lachen hören. »So spät ist es gar nicht, hier jedenfalls nicht.«

»Wo sind Sie denn?«

»In Miami. Ich komme von einem furchtbar langweiligen Geschäftsessen.«

»Wirklich?« Echtes Erstaunen übertrumpfte gespielte Unbekümmertheit.

»Ja, wirklich. Wenn Sie einen Beweis brauchen, kann ich den Hörer aus dem Wagenfenster halten und ein paar Salsa-Klänge auffangen.« Wieder leises Lachen, und Grace hätte sich in den Hintern treten können, weil sie sich zu diesem Anruf hatte hinreißen lassen.

»Schon gut, ich glaube Ihnen auch so«, sagte sie. »Tja, eigentlich wollte ich nur …«

»Aber bei Ihnen ist es schon sehr spät«, unterbrach Vaughn sie, und Grace fiel wieder ein, dass er ihr auch immer ins Wort gefallen war, als sie in dem Raum mit den roten Wänden gesessen hatten. »Warum sind Sie noch wach?«, fuhr er ungerührt fort.

»Ich bin gerade erst nach Hause gekommen und wollte noch nicht zu Bett gehen. Da dachte ich mir, ich könnte meine unbeantwortete Korrespondenz aufarbeiten.« Das klang schon besser. Beinahe unbefangen. »Woher wussten Sie, wo ich arbeite?«

»Ich habe eine Art flüssigen Sender in Ihren Champagner gemogelt. Na, kaufen Sie mir das ab? Nein? Sie trugen einen äußerst kleidsamen Sicherheitsausweis um den Hals«, gab Vaughn zurück. »Was machen Sie beim *Skirt Magazine?*«

»Offiziell bin ich die Assistentin der Leiterin der Styling-Redaktion, aber ich verbringe die meiste Zeit in der Kleiderkammer.«

»In der Kleiderkammer?«

»Jawohl, in der Kleiderkammer. Da lagern wir die Klamo…, äh, die Mode.«

»Und, macht Ihnen das Spaß?«

»Das mit der Mode, ja. Die Kammer weniger. Was machen Sie? Vermutlich Waffenlieferant oder Menschenhändler.«

Das leise Lachen steigerte sich zu herzhaftem Gelächter, und Grace versuchte sich vorzustellen, wie Vaughn aussah, wenn er so lauthals lachte. »Viel schlimmer! Ich bin Kunsthändler.«

Das war nun wohl das Stichwort für einen prägnanten, intelligenten Kommentar über die Welt moderner Kunst, basierend auf all den Artikeln im *Evening Standard,* die Grace stets nur überflog und noch nie ganz gelesen hatte. So entschied sie sich für ein schlichtes: »Cool.« Die Verzögerung in der Leitung verlängerte sich von zwei Sekunden auf fünf und auf noch mehr. »Tja, ich wollte mich für die Tasche bedanken, aber Sie haben es ja nicht mit dem Dankesagen. Deshalb dachte ich, ich könnte Sie vielleicht irgendwann zu einem Drink einladen.«

Wie war sie denn darauf gekommen? Eigentlich konnte Vaughn sich die Antwort auch sparen. »Sie wollen mich zu einem Drink einladen?« Das klang keineswegs abgeneigt. »Ist ja rührend. Ihr Mädels aus der unteren Mittelschicht seid wirklich gut erzogen.«

»Ich bin *nicht* aus der unteren Mittelschicht«, zischte Grace.

»Ich komme aus Worthing, und mein Großvater war Abteilungsleiter bei einer Bank.«

»Sind Sie jetzt beleidigt?«, fragte Vaughn.

»Nein!«, log Grace. »Aber die Einladung nehme ich zurück. Vergessen Sie es einfach.«

»Die Einladung können Sie nicht zurücknehmen«, sagte Vaughn in süffisantem Tonfall. »Sie haben sie ausgesprochen, und nun steht sie im Raum. Ich schaue gerade in meinen BlackBerry.«

»Also, übernächste Woche bin ich in New York«, sagte Grace, »deshalb habe ich im Moment auch wahnsinnig viel zu …«

»Genau dann bin ich auch in New York.«

Na klar!!

Natürlich musste Vaughn genau dann auch nach New York. Natürlich verbrachte er sein halbes Leben in New York. Natürlich war New York seine zweite Heimat, und er hatte dort einen Lieblingsfeinkostladen, kaufte seine Manschettenknöpfe bei Barney's und ging in die New Yorker Filiale des Clubs, in den er Grace entführt hatte, wo die gesamte Belegschaft ihn natürlich mit Namen ansprach und ihm seinen bevorzugten Champagner kredenzte.

»Ich war noch nie in New York«, hörte sich Grace zögernd sagen. Irgendetwas hatte Vaughn an sich, was sie immer wieder dazu brachte, einfach drauflos zu reden.

»Welch glücklicher Zufall, dass wir zur selben Zeit dorthin müssen«, sagte er ruhig. »Schön, dann machen wir das mit den Drinks, wenn Sie zwischen einer Stadtrundfahrt und der Suche nach dem Empire State Building etwas Zeit erübrigen können. In welchem Hotel werden Sie wohnen?«

»Meine Güte, Sie sind aber hartnäckig«, sagte Grace seufzend.

»Zielstrebig!«, korrigierte Vaughn mit Nachdruck.

Nach mehreren Anläufen, weil Kiki zuvor die Details stündlich geändert hatte, leierte Grace die richtige Adresse herunter und fügte hinzu: »Ich gehe wahrscheinlich gar nicht ans Telefon, wenn Sie anrufen. Also wundern Sie sich nicht.«

»Natürlich nicht«, sagte er lachend. »Es ist spät, und Sie sollten jetzt schlafen gehen. Müdigkeit bereitet Ihnen offenbar schlechte Laune.«

Dann legte er auf, bevor Grace ihm zeigen konnte, was schlechte Laune wirklich bedeutete.

Kapitel 5

Die ersten drei Tage in New York bestanden aus Botengängen, Kleidung schleppen, Faxen und Telefonaten. Das war der übliche Ablauf, bevor Grace in den jeweiligen Studios ankam, wo die Aufnahmen gemacht wurden. Dort musste sie Kleidung aufbügeln, sich um launische Models kümmern und all die Feuer austreten, die Kiki entfacht hatte. Sie hatte sich längst damit abgefunden, während des gesamten Aufenthalts nichts anderes als Geschrei von ihrer Chefin zu hören.

Als alles aufgebügelt und sämtliche Models bei Laune waren, spielte Grace mit dem verlockenden Gedanken, sich unauffällig auf eins der Sofas zu setzen und sich das nächste Shooting anzusehen. Doch dann erschien Posy und verkündete mit düsterer Miene: »Gracie, Kiki braucht dich sofort. Irgendwas stimmt nicht mit einem der Marchesa-Outfits.«

Die Worte »Kiki« und »stimmt nicht« in Kombination verhießen nichts Gutes. Grace eilte in den Ankleideraum, wo Kiki bereits ungeduldig mit dem Fuß auf den Boden tippte. »Welche Farbe ist das?«, fragte sie ohne weitere Erklärung und hielt Grace ein Kleid vor die Nase, das diese zuvor stundenlang gebügelt hatte.

»Rot?«, riskierte Grace zögernd eine Antwort, denn von Fangfragen machte Kiki ebenso häufig Gebrauch wie von Gesichtsbehandlungen.

»Nicht Rot, sondern Hellrot!« Kiki warf Grace das Kleid vor die Füße. »Ich hatte doch gesagt, du solltest das Karmesinrote bestellen.«

»Das ist das Karmesinrote«, sagte Grace, ohne sich das Für und Wider einer Meinungsverschiedenheit mit Kiki klarzumachen. »Jetzt sieht es aus wie Hellrot, aber auf Fotos ist es Karmesinrot. Ich habe extra noch mit dem Werbeleiter von Marchesa gesprochen.«

»Willst du dich etwa mit mir anlegen?«, fragte Kiki so frostig, dass Grace ihre Worte wie Eiswürfel auf dem Rücken spürte. »Nach zwanzig Jahren in der Modebranche werde ich ja wohl Karmesinrot und Hellrot unterscheiden können.«

»Ich behaupte doch gar nicht, dass du falsch liegst«, beeilte sich Grace zu sagen, obwohl ihr klar war, dass sie lieber den Mund hätte halten sollen. In dem Moment blitzte etwas Metallisches vor ihrem Gesicht auf. Das Armband, das Kiki ihr entgegengeschleudert hatte, verfehlte nur knapp ihr rechtes Auge, aber das Türkishalsband, das folgte, traf sie genau an der Wange. »Scheiße!«, schrie Grace, im selben Augenblick, als das Halsband auf dem Fußboden zerschellte.

Immerhin besaß Kiki den Anstand, ein geschocktes Gesicht aufzusetzen, während Grace sich die Wange hielt und Blut ihr über die Finger lief. Und Kiki hätte wohl noch geschockter ausgesehen, wenn sie nicht eine Woche zuvor ihre alljährliche Botox-Behandlung gehabt hätte. »Nun starr mich nicht so an! Ich habe dich ja kaum getroffen«, sagte sie ein wenig versöhnlicher. Ich kann mich jetzt nicht auch noch mit dir herumschlagen, Grace.« Sie stolzierte davon, während Grace bestürzt ihr Gesicht im Spiegel betrachtete. Die Wunde war zwar nicht so tief, dass sie genäht werden musste, aber dennoch unangenehm.

»Himmel! Ist alles okay?«

Grace drehte sich um. In der Tür stand Posy, mit unbezahlbar entgeistertem Gesichtsausdruck.

»Ist doch völlig egal, ob das Kleid nun hellrot oder karmesinrot ist. Sie lässt die Aufnahmen doch sowieso mit Photoshop nachbearbeiten.«

»Ja, ja, ich weiß.« Wenn die anderen Mitarbeiter des Fashion-Teams nicht in der Nähe waren, war Posy eigentlich ganz nett. Verstohlen legte sie einen Arm um Grace. »Du weißt doch, dass Kiki bei Shootings immer unausstehlich ist. Vielleicht gehst du ihr lieber ein Weilchen aus dem Weg.«

Grace beherzigte Posys Ratschlag. Sie verzog sich auf die Dachterrasse und streckte alle viere von sich. Der Gebäudekomplex der Industria Studios lag im ehemaligen Schlachthofviertel, das sich zum Zentrum der New Yorker Modeszene entwickelt hatte. Hier, von der Dachterrasse aus, war Grace nur einen Sprung plus fünf Minuten entfernt vom West Village und dem Marc Jacobs Shop in der Bleecker Street, dessen heilige Hallen sie noch immer nicht betreten hatte.

Sie zündete sich eine Zigarette an, gewissermaßen als Gegenmittel für einen Herzinfarkt aus Stress. Rauchen oder Weinen – eine weitere Alternative gab es nicht. Und Grace war zum Heulen zumute! Sie spürte die Kieselsteine der Dachterrasse unter ihrem Rücken und versuchte, sich daran zu erinnern, wie man Ringe blies. Solch ein Mist, jetzt verpasste sie das Shooting! Denn es war so ziemlich das Einzige, was sie an ihrer Arbeit mochte – abgesehen von Kleidern und Accessoires natürlich, die zudem keinen Streit vom Zaun brachen. Versunken in ihren liebsten Tagtraum – ein eigenes Modeshooting bei einem Roller Derby –, schreckte sie auf, als ihr Handy klingelte.

Mit einer Hand schnappte sie sich das Telefon. »Was?«

Irritiertes Räuspern. »Grace? Hier ist Vaughn.«

Hastig setzte Grace sich auf. In Sekundenbruchteilen wechselte ihre Stimmung von niedergeschlagen zu aufgeregt, dann zu nervös und wieder zu aufgeregt. »Oh! Hallo! Hi! Wie geht's denn so?«

»Nun, da ich feststelle, wie sehr Sie sich über meinen Anruf freuen, gleich viel besser.«

»Und? Waren Sie auf vielen Eröffnungen interessanter neuer Galerien?«

»Bei ein oder zwei guten und ziemlich vielen schlechten. Wo wir gerade davon sprechen, haben Sie morgen Abend Zeit?«

»Moment«, murmelte Grace. Sie steckte sich eine neue Zigarette an und warf einen Blick in ihren Terminkalender. »Was ist denn morgen Abend?«

»Sie schulden mir einen Drink, und anschließend lade ich Sie zum Essen ein«, sagte Vaughn. »Vielleicht ins Pastis. Aber ich weiß noch nicht genau, worauf ich Hunger habe.«

Grace gab sich alle Mühe, unbeeindruckt zu bleiben, was ihr jedoch nicht gelang.

»Vorher müssen wir allerdings zur Eröffnung einer Ausstellung. Wird mit Sicherheit sterbenslangweilig, lässt sich aber nicht vermeiden.«

Es entstand eine Pause, denn Grace wusste nicht, was sie sagen sollte.

»Also, Grace, wie sieht es mit Ihren Terminen aus?«

Blitzartig rief sich Grace ins Gedächtnis, was für den nächsten Abend geplant war. Der Bekannte einer Bekannten legte in einer Bar in Williamsburg auf. Das bedeutete: kein Gratisbüffet und nur ein Freigetränk, wenn überhaupt. »Gut, ich könnte ein paar Termine verschieben«, sagte sie gedehnt, um nicht zu eifrig zu klingen.

»Fein. Ich hole Sie um acht Uhr ab«, sagte Vaughn.

Erst eine halbe Stunde später, als Grace ihr Exil von der Dachterrasse in den Ankleideraum verlegte, fiel ihr auf, dass Vaughn ihre Zustimmung überhaupt nicht abgewartet hatte.

Am Tag zuvor war die Verletzung an Graces Wange nur ein roter Schnitt gewesen, doch über Nacht hatte sich eine Kruste gebildet. Und es war der angenehmste Arbeitsunfall aller Zeiten – schon wegen Kikis entsetztem Gesichtsausdruck am nächsten Morgen.

»Ich wollte dir noch für die harte Arbeit in dieser Woche danken«, sagte sie zögernd. »Das war wirklich toll.«

Niemals würde sich Kiki entschuldigen – so etwas war einfach nicht ihre Art. Aber so nah war sie einer Entschuldigung noch nie gekommen, und so ließ sich Grace jedes einzelne Wort genüsslich auf der Zunge zergehen.

»Ist mein Job«, sagte sie in gleichgültigem Tonfall.

»Eigentlich kann Posy sich heute um die Vorbereitungen kümmern, dann kannst du mir beim Styling helfen«, schlug Kiki vor. Und spätestens um fünf machst du Feierabend. Du hast dir ein bisschen Freizeit verdient.«

Kiki hielt Wort, und als die Uhr im Studio einige Minuten vor fünf anzeigte, wurde Grace von einer empörten Posy zur Tür hinauskomplimentiert.

»Kiki hat gesagt, du kannst jetzt gehen«, sagte sie säuerlich. »Und ich muss das ganze Zeug wieder einpacken. Meine Güte, ich wünschte, sie würde sich bei mir auch mal eine Körperverletzung zuschulden kommen lassen!«

Eine Stunde später stand Grace vor dem Spiegel – in einem himbeerfarbenen Chiffonkleid von Moschino, das sie sich aus dem Ankleideraum »geborgt« hatte. Ein schlichtes Designerkleid, das ihr schmeichelte, aber keineswegs aufdringlich schien. Auch die Farbe wirkte Wunder, denn auf einmal war ihre Haut nicht mehr bettlakenweiß, sondern schimmerte in sanftem Perlmutt. Das Haar hatte sie sich mit glitzernden Spangen hochgesteckt, und nun konzentrierte sie sich darauf, Eyeliner aufzutragen. Anschließend ein wenig Lipgloss, aber allerhöchstens zwei Nuancen dunkler als der Farbton des Kleids, um Vaughn nicht auf falsche Gedanken zu bringen.

Doch das Spiegelbild war trügerisch. Denn unter dem Kleid hatte Grace ihren BH mit Tape befestigt, damit nicht bei der ersten falschen Bewegung etwas verrutschte. Ihre Füße steckten in unnatürlicher Haltung in zehenfreien High Heels – alles andere als feministisch, aber Grace war der Auffassung, dass man sich als Frau ordentlich quälen musste, um derart gut auszusehen.

Das Telefon klingelte, und augenblicklich spürte Grace ein Kribbeln im Magen. Wer weiß, was in den nächsten paar Stunden geschehen würde? Doch wenn es ihr gelang, eine gewisse Leichtigkeit beizubehalten und sich unbedachtes Geplapper zu verkneifen, konnte eigentlich nichts schiefgehen. Sie verstaute Handy, Lippenstift und Geldbörse in ihrer Vintage-Unterarmtasche, ging zum Fahrstuhl und betrat um exakt 20.01 Uhr die Lobby des Soho Grand, wo Vaughn sie bereits erwartete.

Vaughn war größer und schlanker und Furcht einflößender, als Grace ihn in Erinnerung gehabt hatte. Vielleicht lag es an seinem perfekt sitzenden, dunkelgrauen Anzug in Kombination mit einem schwarzen Hemd, dass er so streng und bedrohlich wirkte. Oder es lag an der Art, wie er sie betrachtete – mit geneigtem Kopf und ohne ein Wort zu sagen.

»Hallo, ich bin es«, sagte Grace ein wenig unsicher, als er noch immer nicht lächelte. Bei ihrer ersten Begegnung hatte sie ein geblümtes Minikleid getragen, und ihr Gesicht war tränenverschmiert gewesen – möglicherweise erkannte er sie nun gar nicht.

»Ich weiß, dass Sie es sind«, sagte er leise. Er ging einen Schritt auf sie zu und streifte ihre Wange mit einem kaum wahrnehmbaren Kuss.

»Möchten Sie zuerst Ihren vertragsgemäß vereinbarten Drink, oder müssen wir uns sofort zu dieser Ausstellung auf den Weg machen?«

»Erst der Drink, dann die Ausstellung. Haben Sie sich schon überlegt, wo?«

»An der Hotelbar«, sagte Grace entschieden.

Vaughns Hand schloss sich um ihren Ellbogen, und während er sie die Stufen hinauf zur Lounge führte, fragte er: »Woher haben Sie den Schnitt an der Wange?«

Grace ließ die gemütlichen Sofas links liegen und steuerte zielstrebig auf die Bar zu. Sie setzte sich auf einen Hocker und antwortete nebulös: »Es gab da so einen Zwischenfall mit etwas Modeschmuck. Aber es sieht schlimmer aus, als es ist.« Dann fragte sie: »Was möchten Sie trinken?«

Eigentlich lief es doch recht gut, dachte Grace wenig später, als sie an ihren Wodka-Martinis nippten, die so trocken waren, dass sich ihre Zunge beim ersten Schluck vor Schreck zusammenzog. Sie plauderten über das Wetter, wie Engländer im Ausland es üblicherweise taten, und dann über New York.

»Sollen wir?«, fragte Vaughn und nahm Grace abermals sachte am Arm – und dieses Mal fühlte es sich nicht mehr so fremd an. Darüber hinaus waren Männer mit guten Manieren, die Frauen die Tür aufhielten und auf der Straßenseite des Bürgersteigs gingen, ohnehin eine aussterbende Spezies.

Ein Schwall feuchtwarmer Luft empfing sie vor dem Hotel, und kurz darauf saß Grace auf den weichen Ledersitzen einer teuren Limousine, deren Klimaanlage so hoch eingestellt war, dass sie Gänsehaut bekam. Vaughn setzte sich ebenfalls auf den Rücksitz, denn er hatte einen Fahrer. Einen echten Fahrer, mit echter Uniform. Meine Güte, wenn das ihre Leute zu Hause sehen könnten!

»Wohin fahren wir?«, fragte Grace und konnte die Aufregung in ihrer Stimme nicht verhehlen – vollkommen ausschließen konnte sie die Möglichkeit des Menschenhandels ja noch nicht.

»Chelsea«, antwortete Vaughn seufzend. »Immer wieder lande ich in Chelsea, in irgendeiner winzigen Galerie, wo es schlechten Wein gibt. Ich muss Ihnen noch einiges erklären.«

Er begann mit einer knappen Zusammenfassung: eine Galerie in London. Eine Galerie in New York. Aufstrebende Künstler, die »gehegt und gepflegt« werden wollten wie junge Haustiere und die er gewissermaßen mit der Flasche großziehen musste. »Die brauchen so viel Unterstützung«, klagte er, »besonders die Älteren. Die Jüngeren haben schon ihre Manager, bevor sie überhaupt mit dem Studium fertig sind.«

Wenn Vaughn nicht damit beschäftigt war, Künstler aufzupäppeln, kaufte und verkaufte er Kunstwerke im Auftrag von Privatkunden und Sammlern, außerdem war er Berater von Museen und Nationalgalerien. Und das mit Erfolg, was die Limousine samt Chauffeur und der spontane Kauf einer Marc-Jacobs-Tasche eindeutig belegten. »Alle Welt weiß, dass ich momentan in Kauflaune bin, deshalb müssen Sie mir helfen.«

»Ich soll doch wohl nicht bei einer Versteigerung mitbieten?«, fragte Grace und versuchte panisch, sich an ihr Abiturfach Kunstgeschichte zu erinnern.

»Nein, keine Sorge«, sagte Vaughn. »Aber wenn ich von dem Besitzer der Galerie oder – was Gott verhüten möge – von dem Künstler oder seinem Agenten belagert werde, müssen Sie zu meiner Rettung herbeieilen. Ich werde mir ans Kinn tippen, und dann müssen Sie mich befreien.«

Das versprach ja, äußerst amüsant zu werden. Am besten legte sie sich einen ausländischen Akzent zu und mimte die verwöhnte Freundin. »Kein Problem«, sagte Grace und sah Vaughn grinsend an. »Ich kann einen richtig bösen Blick aufsetzen.«

»Allerdings«, stimmte Vaughn ihr zu. »Aber wenn Sie lächeln, sind Sie viel hübscher.«

Da sie sich bereits der 23. Straße näherten, blieb es Grace erspart, nach einer Antwort zu suchen. Die Limousine hielt an der rechten Straßenseite, und anstatt sich wie sonst aus dem Sitz zu wuchten, wartete Grace, bis der Fahrer ihr die Tür aufhielt. Abermals nahm Vaughn sie am Arm und geleitete sie die sechs Stufen hinauf zum Eingang der Galerie.

Als sie die Blax Galerie betraten, wich das aufgeregte Stimmengewirr augenblicklich erwartungsvollem Schweigen – als sei von unsichtbarer Hand der Ton ausgeschaltet worden. Grace hob den Kopf und sah ein Meer neugieriger Gesichter, deren Blicke ausschließlich auf Vaughn gerichtet waren.

»Als hätten die noch nie einen Kunsthändler gesehen«, raunte er ihr zu. Er legte einen Arm um ihre Taille und ging zielstrebig weiter. »Dann wollen wir mal einen Blick auf die Meisterwerke riskieren.«

Vaughn nahm zwei Gläser Wein von dem Tablett, das ein Kellner über den Köpfen der Menge balancierte, und reichte Grace eins davon. »Denken Sie daran, wenn ich Ihnen das Zeichen gebe, kommen Sie und retten mich!« Mit diesen Worten begab er sich in die Höhle des Löwen. Und er hatte recht: Der Wein war miserabel.

Vaughn war tatsächlich groß. Das war Grace zuvor gar nicht so deutlich aufgefallen. Kein Wunder, wenn man selbst nur

1,60 Meter groß war, mussten einem alle anderen groß erscheinen. Mit seinem dunkelblonden Haarschopf überragte Vaughn die Menschenmenge, sodass sie ihn mühelos im Auge behalten konnte, während sie ihr leeres Glas gegen ein volles tauschte.

Nach einem weiteren Gläsertausch fiel ihr auf, dass er sich ans Kinn tippte. Vielleicht unwillkürlich, dachte sie, doch dann wiederholte er die Geste und blickte sich suchend um.

Sie ging auf ihn zu und stieß ihn in die Rippen. »Ich habe Hunger!«, sagte sie vorwurfsvoll mit russischem Akzent. »Du hast mir Essen versprochen.«

Eine von Vaughns Augenbrauen schoss in Richtung Decke, während er sich dezent bemühte, seinen Arm dem Griff einer Frau zu entwinden, die ihn hartnäckig belagerte. Als diese ihn endlich losließ, legte er Grace den Arm um die Taille und zog sie an sich. »Da bist du ja, Darling«, sagte er. »Ich hatte die Suche schon fast aufgegeben.«

Zurück auf den Ledersitzen der Limousine, auf dem Weg weiter nach Downtown, musste sich Grace zusammenreißen, um Haltung zu bewahren. Ihr knurrte der Magen, verschwommen zog die Außenwelt an den Wagenfenstern vorbei, und wie aus weiter Entfernung mischte sich Vaughns gedämpfte Stimme mit dem beruhigenden Summen der Klimaanlage, als er einen Anruf entgegennahm. Sie hatte eindeutig zu viel getrunken!

Mit einem kaum merklichen Ruck hielt die Limousine in der Bank Street. Grace spähte aus dem Fenster und konnte ihren Augen kaum trauen: Sie standen vor dem Waverly Inn. Das Waverly Inn gehörte Graydon Carter, dem Redakteur von *Vanity Fair,* und es war so was von up to date, so trendy und so hip, dass nicht einmal Kiki hineingelassen wurde. Man hatte sie einmal mit einem Tisch auf der Terrasse abspeisen wollen, und Kiki hatte abgelehnt, weil ein Tisch auf der Terrasse in New York bedeutete, dass man sich gesellschaftlich in Sibirien befand.

Grace versuchte cool zu bleiben, denn sie spürte Vaughns Blicke, als sie von dem Türsteher vorbeigewinkt und durch die Bar in das Allerheiligste der New Yorker Power Player geführt wurden. Das Restaurant – kaum größer als Graces Einraum-Apartment – war dekoriert mit Gegenständen, die auf den ersten Blick nach Trödel aussahen: uralte Bücher, vergilbte Baseballfotos und ein paar schäbig-kitschige Gemälde. Während die Blicke aller Anwesenden sich auf sie richteten, wurden sie in den hinteren Teil des Raums geführt.

Grace ließ sich auf die freie Bank gleiten und musste sich beherrschen, um nicht vor Begeisterung loszujubeln. Vaughn nahm ihr gegenüber Platz. »Graydon überlässt mir immer seinen Tisch, wenn er selbst nicht in der Stadt ist«, sagte er ohne weitere Erklärung – und Grace war froh, dass sie wusste, wer Graydon war. Neben ihrem Tisch befand sich ein Spiegel, sodass sie, ohne sich den Hals zu verrenken, den gesamten Raum überblicken konnte, um eventuell eine Scarlett oder Gwyneth zu erspähen. Und dabei wäre sie mit einer Sienna schon zufrieden gewesen.

»Das Essen ist gut«, sagte Vaughn. »Ich hoffe, Sie sind nicht so eine sparsame Esserin.«

»Ich esse alles«, antwortete Grace. »Außer Artischocken.«

Ein überraschend heimischer Küchenduft stieg ihr in die Nase, und ihr fiel wieder ein, wie ausgehungert sie war. Doch nachdem sie sich die Vorspeise – eine Portion Krabbenküchlein – geteilt hatten, fühlte sie sich schon etwas wohler.

Normalerweise bestand eine Unterhaltung für Grace aus unbehaglichem Schweigen, unterbrochen von Kommentaren, die ihr gerade einfielen. Vaughn jedoch schien ein geübter Plauderer zu sein, und sobald eine Pause entstand, konnte er sogleich mit der nächsten Anekdote aufwarten.

Als von der 45-Dollar-Portion Makkaroni mit Käse an frisch geraspelten Trüffeln nur noch ein paar Spuren auf Graces Teller zu sehen waren, unterhielten sie sich gerade angeregt über die Kunst des zwanzigsten Jahrhunderts.

»Ihre Eltern waren also auch Kunstliebhaber?«, fragte Vaughn.

»Großeltern«, korrigierte Grace. »Kunstliebhaber ist wohl übertrieben. In erster Linie kam es ihnen darauf an, dass ich mich mit etwas anderem beschäftigte als mit Fernsehen und Videospielen.«

»Und was machen Ihre Eltern?«

»Mein Vater arbeitet irgendwo in Worthing. Als Versicherungsvertreter, glaube ich. Meine Mutter lebt in Australien.«

»Dann sind Sie also bei Ihrem Vater aufgewachsen?«

»Ich spreche nicht gern über meine Familie«, sagte Grace und stellte ihr Glas so heftig auf den Tisch, dass es überschwappte.

»Offensichtlich nicht«, sagte Vaughn achselzuckend. Dann fragte er mit einem beinahe dämonischen Lächeln: »Warum ist Ihre Mutter fortgegangen?«

Unglaublich, dass er gar nicht merkte, wie unangenehm Grace das Thema war. Doch demnach, wie er sie unentwegt beobachtete, hatte er es bemerkt und störte sich einfach nicht daran.

»Mein Privatleben ist keine Gratisbeilage zum Essen«, stellte Grace klar. »Meine Eltern haben jung geheiratet, und sie haben sich jung scheiden lassen. Also bin ich bei meinen Großeltern aufgewachsen. Reicht das?«

»Und was machen Ihre Großeltern? Sind sie Rentner?«

Nun musste Grace doch lächeln. »Großvater spielt Golf, und Großmutter setzt sich für die Rechte von Rentnern ein – das heißt, sie schreibt wütende Briefe an die *Daily Mail.*« Sie überlegte einen Augenblick und fügte hinzu: »Und sie sind ständig auf Wanderurlaub.« Dann fragte sie: »Was ist mit Ihnen? Haben Sie auch eine so interessante Vergangenheit? Wie war Ihre Kindheit?«

Vaughn rückte unbehaglich hin und her und zeichnete imaginäre Muster auf die Tischplatte. »Da gibt es nichts zu erzählen.«

»Haben Sie schon immer in London gewohnt?«, bohrte Grace beharrlich weiter.

Vaughn hob den Kopf, und trotz des gedämpften Lichts sah Grace das warnende Funkeln in seinem Blick. »Hin und wieder«, antwortete er ausweichend.

Einfach locker zu lassen, war ganz und gar nicht Graces Art, und so fragte sie hartnäckig: »Inwiefern?«

»Insofern, dass ich in London aufwuchs, wenn meine Familie nicht gerade im Ausland war. Später kam ich auf ein Internat in Hampshire.« Vaughn zögerte einen Moment, doch dann warf er seine Bedenken über Bord. »Mein Vater gehörte zum Diplomatischen Corps.«

Grace spürte es: Er zog sich zurück, und das feine Band, das sie im Lauf des Abends geknüpft hatten, zerriss. Darüber hinaus war es alles andere als ein Vergnügen, seinem eisigen Blick ausgesetzt zu sein, und so besann sie sich auf ihre ursprüngliche Absicht, ein gewisses Maß an Leichtigkeit auszustrahlen.

»Wenn jemand von einer Botschaft erzählt, er sei Kulturattaché, dann heißt es ja angeblich, derjenige ist in Wirklichkeit ein Spion. Stimmt das?«, fragte sie mit einem verschmitzen Lächeln.

Sogleich hörte Vaughn auf, sie mit seinen Blicken zu durchbohren. Er lachte, und das Eis zwischen ihnen schmolz ebenso dahin wie das in dem Schälchen, das Grace serviert worden war. Er streckte sogar den Arm nach ihrer Hand aus, doch dann besann er sich und spielte mit dem Salzstreuer.

»Ich kenne einige Kulturattachés, aber ich glaube nicht, dass einer von ihnen mit internationaler Spionage zu tun hat. Eine weitere Illusion zerstört?«

Grace nickte, und einen Moment lang konzentrierte sie sich ganz auf ihr Dessert – eines der besten, die sie jemals probiert hatte. »Früher oder später werden alle Illusionen zerstört.«

Nun richtete auch Vaughn seine Aufmerksamkeit auf ihr Dessert, das sie nach wenigen Löffeln von sich schob. »Ich kann nicht mehr«, sagte sie. »Da waren die Augen wieder einmal größer als der Mund.«

Nach einem Sekundenbruchteil des Zögerns schnappte sich Vaughn das Schälchen und leckte sich genüsslich die Lippen. »Sie gestatten?«, fragte er, den Löffel schon halb im Mund.

»Greifen Sie zu!«

»Eigentlich bin ich gar kein Süßer«, sagte er, und beinahe hätte Grace ihm geglaubt. Doch dann fiel ihr wieder ein, dass er an ihrem Geburtstag viererlei Gebäck bestellt hatte.

In dem Zusammenhang musste sie auch daran denken, wie durcheinander sie gewesen war, nachdem sie sich voneinander verabschiedet hatten. Wie würden sie sich an diesem Abend voneinander verabschieden? Nach wie vor galt der Nicht-Ausgeh-Status, und dementsprechend hatte es keinerlei zufällige Berührungen unter dem Tisch gegeben, auch kein Aneinanderstoßen ihrer Knie. Aber in der Galerie hatte er seinen Arm um ihre Taille gelegt, und er hatte gesagt, sie sei hübsch.

Wahrscheinlich, so beschloss Grace, würde sie einfach aus der Limousine aussteigen und ihm einen Kuss auf die Wange hauchen. Jedenfalls wollte sie dieses Mal alles unter Kontrolle haben und ihn auf mehr hoffen lassen.

Noch war Vaughn allerdings damit beschäftigt, das Dessertschälchen auszukratzen, mit einem genüsslichen Lächeln auf den Lippen. Und zum ersten Mal kam er Grace wirklich lebendig vor – wie ein kleiner Junge und nicht wie ein Mann mit maßgeschneidertem Anzug und einer gehörigen Portion Sarkasmus. Mit entrücktem Gesichtsausdruck hob er den Kopf, als hätte er Graces Anwesenheit vergessen.

»Sie hätten auch einen Nachtisch bestellen sollen«, sagte Grace.

»Oh, ich esse nie Nachtisch«, erklärte er. »Möchten Sie einen Kaffee?«

Grace trug keine Uhr, aber ihrem Gefühl nach war es ziemlich spät. »Nein danke«, sagte sie und erhob sich. »Entschuldigen Sie mich einen Moment?«

Eben doch nicht untere Mittelschicht! Sonst hätte sie wohl eine dieser dämlichen Floskeln wie »Nase pudern«, benutzen müssen, dachte sie auf dem Weg zur Toilette, wo sie bei einem Blick in den Spiegel feststellte, dass ihre geröteten Wangen perfekt zur Farbe ihres Kleids passten – und dass sie betrunkener aussah, als sie sich fühlte. Aber das hatte nicht viel zu sagen.

Als sie an den Tisch zurückkehrte – einigermaßen sicheren Schrittes, wenn man sämtliche Unwägbarkeiten bedachte –, zückte Vaughn eine schwarze Amexcard. Grace war gar nicht bewusst gewesen, dass so etwas außerhalb von Büchern überhaupt existierte. Sie beobachtete, wie er die Quittung unterschrieb und dem Kellner mit geübter Geste diskret einen Hundertdollarschein Trinkgeld zusteckte.

Ohne einander zu berühren gingen sie zur Tür, doch dort streifte Vaughn mit der Hand ihre Hüfte. Es fühlte sich an wie ein Funkenregen – und dabei war es doch nur eine einzige Berührung gewesen. Prompt rannte Grace gegen die Tür, und sie wusste, dass Vaughn es *wusste.*

Der Weg zur Limousine kam ihr vor, als würde sie durch Watte laufen, und sobald der Wagen sich in Bewegung gesetzt hatte, zog Vaughn sie an sich. Eine Hand sanft um ihren Hals gelegt, zog er sie immer näher zu sich heran.

Aber noch küsste er sie nicht. Mit dem Handrücken strich er über ihre Wange, und irgendwie fühlte es sich fremd an. Sie konnte doch nicht neben jemandem ... jemandem wie Vaughn sitzen und sich über die Wange streichen lassen.

Es gab nur eine Möglichkeit, ihn damit aufhören zu lassen. Also küsste Grace ihn – weil es keinen Grund gab, es nicht zu tun. Und Vaughn erwiderte ihren Kuss – aber anders, als sie je zuvor geküsst worden war. Er küsste sie auf die gleiche Weise, wie er zuvor sein Dessert genossen hatte, als wolle er ihren Mund vollkommen auskosten. Grace kam es vor, als sage er ihr auf diese Weise alles, was er zuvor nicht hatte aussprechen können – denn es war eine Verbindung zwischen ihnen entstanden, dessen war sie sich ganz sicher. Schon als die Tür des Fahrstuhls sich öffnete, hatte sie es gespürt. Und auch wenn es ansonsten nicht viel gab, dessen sie sich sicher war, wusste sie eines genau: Sex mit Vaughn wäre gut. Mehr als gut.

Seine Hand glitt über ihre Brüste und über ihre Hüften, und seine Zunge umkreiste eine Stelle hinter ihrem linken Ohr, die über ein kompliziertes System aus Adern und Nervensträngen offenbar direkt mit ihrer Klitoris verbunden war. Ein kurzes Zerren und Grace saß halb auf seinem Schoß, halb kniete sie auf der Rückbank. Sex in einer Limousine war aus ergonomischer Sicht offenbar eine ebenso große Herausforderung wie Sex in einem Mini. Gottlob saß der Fahrer hinter einer getönten Scheibe!

Vaughn flüsterte ihr etwas ins Ohr, doch Grace war viel zu sehr damit beschäftigt, mit ihren Fingern durch sein Haar zu streichen. Erst jetzt wurde ihr bewusst, dass sie das schon seit Stunden hatte tun wollen. Er zog sie an sich, und seine Hand glitt unter ihr Kleid und über ihre Schenkel, während er mit der anderen Hand über die Konturen ihres Dekolletés fuhr. Grace spürte sein kaum merkliches Zögern, und so küsste sie ihn abermals.

Sie spürte, dass seine Hand sich dem Tape unter ihrem Kleid näherte, und für einen kurzen Moment spannte sie sich an, vor Angst, entlarvt zu werden. Doch dann schob Vaughn sie zur Seite, was ihr ganz recht war, denn so konnte sie sich das Kleid zurechtziehen und sich vergewissern, dass ihr Lipgloss nicht verschmiert war.

»Danke für den wunderbaren Abend«, sagte Vaughn. Er strich sich die Falten aus dem Jackett und schlug die Beine übereinander. Und Grace konnte kaum glauben, dass sie kurz zuvor noch auf seinem Schoß gesessen hatte.

Noch mal zurück! Was hier geschehen war, war alles andere als ein unverfänglicher Abschiedskuss – es war ein Vorspiel. Dann war es vielleicht nur ein taktischer Rückzug, um nicht den Eindruck entstehen zu lassen, er hätte sie überrumpeln wollen.

Noch immer berauscht von dem Endorphinschub und zu viel Weißwein, griff Grace nach seiner Hand. »Ist schon gut«, sagte sie, »lass uns weitermachen.«

»Lieber nicht«, gab er zurück und tätschelte ihr die Hand, beinahe väterlich. »Es ist spät, und sicher musst du morgen früh aufstehen.«

»Ich brauche nicht viel Schlaf«, sagte Grace und wollte ihm einen Kuss auf die Wange geben.

»Es ist spät«, wiederholte er und sah stur geradeaus. »Es war ein toller Abend, und du bist ein tolles Mädchen, aber wir werden das hier nicht fortsetzen.«

Und während Grace versuchte, all das zu verarbeiten, fügte er hinzu: »Du hast viel zu viel getrunken.«

Da war durchaus etwas dran, dachte Grace. Auch wenn ihr eine Minute zuvor noch alles absolut richtig erschienen war, wollte sie nicht am nächsten Morgen im selben Kleid nach Hause schleichen, mit ausgedörrtem Gefühl im Mund und brennenden Augen – wie so oft, wenn sie mit jemandem ins Bett gegangen war, den sie nie wiedersehen würde.

Und offenbar wollte sie Vaughn wiedersehen.

Doch das allein konnte nicht der Grund sein, warum er sie nicht mit in sein Hotel nehmen wollte. Nein, der Grund dafür war, dass sie den ganzen Abend lang vorgegeben hatte, eine andere zu sein. Und Vaughn hatte sie durchschaut, wahrscheinlich schon in dem Moment, als die Fahrstuhltür sich öffnete und sie die Lobby betrat – in ihren unbequemen Schuhen, die sie zum halben Preis gekauft hatte, weil einer der Absätze eine winzige Schramme hatte. Denn wäre sie tatsächlich eine andere gewesen, hätte sie das Ganze mit einem Lachen abgetan. Aber sie war Grace. Und so hob sie abwehrend die Hand und sagte gekränkt: »Wie du meinst.«

Vaughn seufzte und sah sie missmutig an. »Sei nicht albern«, sagte er und gab ihr damit vollständig den Rest.

»Kannst du mich an meinem Hotel absetzen?«

Vaughn sah sie nicht einmal mehr an, sondern strich sich abermals das Jackett glatt. »Natürlich. Du hast doch nichts dagegen, dass ich bis dahin meine Nachrichten überprüfe?«

Grace hatte etwas dagegen, aber sie konnte nichts sagen. Sie starrte aus dem Fenster und konzentrierte sich auf ihre schmerzenden Füße und das unbequeme Tape unter ihrem Kleid – und auf die bei jedem Schlagloch aufkommende Übelkeit. Oder war ihr schlicht und einfach übel vor Scham? Sie hätte es nicht sagen können.

Als die Limousine vor dem Hotel zum Stehen kam und der Fahrer ihr die Tür aufhielt, war die einzige Aufmerksamkeit, die Vaughn ihr noch zukommen ließ, ein abweisender Blick, als er kurz von seinem BlackBerry aufsah.

Dann stand Grace allein vor dem Soho Grand, West Broadway. Auch der Türsteher warf einen geringschätzigen Blick auf ihr zerzaustes Haar, das zerknitterte Kleid und ihr enttäuschtes Gesicht, während sie gegen die Tränen ankämpfte.

Kapitel 6

In den folgenden zwei Wochen strickte Grace so gut wie pausenlos. Mittlerweile war es Ende August, und eine endlose Hitzewelle hatte London fest im Griff. Die Sonne brannte über ihrem gesenkten Kopf, während sie im Bus oder im Café saß, Maschen aufnahm und eins rechts, eins links oder Perlmuster strickte. Einmal, in Highgate, saß sie so lange im Waterloo Park und strickte, bis sie von einer Horde Kapuzen vertrieben wurde. Stricken war Balsam für ihre Seele, und da Grace sich nach ihrem vermasselten Diplom geschworen hatte, nie wieder eine Nähmaschine anzufassen, war es genau das Richtige.

Sie mochte das rhythmische Klappern der Nadeln, das Gefühl des fest um ihren Finger gespannten Fadens und die Befriedigung, Reihe um Reihe perfekt gestrickter Maschen fertiggestellt zu haben. Sie war gar nicht katholisch, aber Stricken war ihre Version des Rosenkranzes – ohne Ave Maria und Keuschheitsgelübde. Und in den vergangenen beiden Wochen war sie derart rastlos gewesen, dass es nur zwei Möglichkeiten gab: Stricken oder Beruhigungsmittel. Da sie ohnehin keine Zeit hatte, um zum Arzt zu gehen, strickte sie ein Paar Handschuhe mit dem Schriftzug *Liebe* und *Hass,* eine Mütze mit Ohrenklappen für ihren Großvater, damit er im Winter auf dem Golfplatz nicht fror, und einen gestreiften Pullover aus Wollresten. Gegenwärtig war sie mit Entwürfen für gestrickte Accessoires beschäftigt, beispielsweise einem iPod-Schoner und einem

Schminktäschchen, sowie mit dem noch nicht ganz konkreten Plan, auf diese Weise genügend Geld zu verdienen, um eine ihrer Kreditkarten zumindest teilweise auszugleichen.

Bei ihrer Rückkehr aus New York hatte der Stapel brauner Umschläge mit gut gemeinten Warnungen wie *Letzte Zahlungsaufforderung,* die Anita und Ilonka aus der oberen Etage ihr vorsorglich auf die Fußmatte gelegt hatten, ein kritisches Maß angenommen. Und so beschlich Grace ganz allmählich das unangenehme Gefühl, dass die Sache fortan unerfreulich werden könnte – so unerfreulich wie im Jahr zuvor, als der Privatdetektiv eines Inkassobüros sie aufgespürt und all ihre Kreditkarten eingezogen hatte.

Außerdem war es momentan auch nicht so, dass sich Grace in die Arbeit hätte stürzen können. Es war zwar erst August, aber die November- und Dezemberausgaben waren schon in Planung, und wie üblich waren sowohl der redaktionelle als auch der Anzeigenteil recht dünn. Dementsprechend brauchte Grace kaum Kleidung oder Schuhe für Foto-Shootings zu bestellen. So blieb ihr nichts anderes übrig, als sich von Posy, die wieder Single war, Horrorgeschichten über irgendwelche Blind Dates mit ehemaligen Eton-Absolventen anzuhören und Lucies Vorträge über Arbeitsplatten aus Granit für die neue Küche zu ertragen.

Das Schlimmste aber war, dass Lily wie jeden Sommer zwei Wochen auf Mallorca verbrachte – in der Familienvilla, dort, wo nicht so viele Touristen waren. Und Dan hatte Grace vorsorglich eine SMS geschickt und eindringlich darauf hingewiesen, sie solle Lily gefälligst so lange in Ruhe lassen. Ausgerechnet jetzt, wo Grace ihre Freundin so sehr gebraucht hätte. Wie gern hätte sie ihr in einer langen durchzechten Nacht alles erzählt: von der Ausstellung, dem Waverly Inn und dem Essen mit Vaughn. Und immer wieder liefen die zehn Minuten in der Limousine vor ihrem geistigen Auge ab. Lily hätte ihr garantiert klargemacht, was für ein Riesenarschloch Vaughn war und dass Grace froh sein konnte, ihn los zu sein. Dann wäre es ihr gleich besser gegangen. Zumindest ein wenig.

So zog sich Grace möglichst oft in die Kleiderkammer zurück und mied jeglichen Kontakt, bis von ihren Großeltern eine Einladung für das kommende Wochenende kam. Ungeachtet der Hitze stand für Samstagnachmittag Kuchenbacken auf dem Programm und für Sonntagmittag Brathähnchen auf dem Speiseplan. Zum Abschied würde sie dann eine Zwanzigpfundnote in die Hand gedrückt bekommen, damit sie sich »etwas Nettes kaufen« konnte. Das Übliche – Geborgenheit und ein wenig Langeweile. Doch manchmal war auch Langeweile genau das Richtige.

So fand sich Grace am Samstagvormittag etwas irritiert in einer Carphone-Warehouse-Filiale in Worthing wieder, weil ihre Großeltern beschlossen hatten, einen Schritt ins 21. Jahrhundert zu wagen. Und dieser Schritt bestand darin, sich Mobiltelefone mit Partnervertrag zuzulegen. An die Verkaufstheke gelehnt, verfolgte Grace, wie ihre Großmutter die picklige Samstagsaushilfe mit Fragen zu Vor- und Nachteilen von Monats- oder Prepaid-Tarifen löcherte.

»Oma«, sagte Grace seufzend, »nimm ein Prepaid-Handy.«

Ihre Großmutter sah sie fragend an. »Prepaid?«

»Du brauchst es doch nur für Notfälle, und bis du eine SMS schreiben kannst, dauert es bestimmt sechs Monate«, erklärte Grace mit Engelsgeduld. »Ich garantierte dir, es dauert mindestens ein Jahr, bis du die 10 Pfund an Guthaben aufgebraucht hast.«

Aber ihre Großmutter – die nie schneller als 30 Meilen pro Stunde fuhr und sich gern auch mal eine Viertelstunde Zeit ließ für eine Portion Erbsen – war auch hier nicht bereit, die Dinge zu überstürzen. »Ich werde mich nicht durch deine Ungeduld zu einer Entscheidung drängen lassen, mein Fräulein«, sagte sie in typisch großmütterlichem Ton.

»Ich lechze nach einer Tasse Tee«, jammerte Grace, aber mittlerweile ging es bereits um Telefone mit extragroßen Tasten. »Meine Augen sind auch nicht mehr das, was sie mal waren.«

Später – viel später –, in der Cafeteria eines Kaufhauses, bei Tee und Scones, kam dann die Offensive. »Du musst dir unbedingt etwas mit deinen Haaren einfallen lassen, Grace! Diese dunkle Farbe steht dir überhaupt nicht. Ich kann auch gar nicht verstehen, warum du nicht mit dem zufrieden bist, was die Natur dir mitgegeben hat.«

»Weil die Natur mir mausbraunes Haar beschert hat«, gab Grace lasch zurück.

»Warum bist du denn so teilnahmslos?«, fragte ihre Großmutter. »Hast du wieder Ärger mit der Bank? Du zahlst doch jeden Monat deine Raten?«

Besagte Raten waren so zahlreich, dass Grace wohl ewig etwas abzuzahlen hatte. »Na klar. Die zahle ich noch. Das Thema ist doch längst erledigt, Oma«, antwortete Grace in möglichst unbekümmertem Ton. Sie war längst zu der Ansicht gekommen, dass eine Lüge um des lieben Friedens willen durchaus verzeihlich war. »Mir ist einfach zu heiß, und bei der Arbeit ist zurzeit eine Menge los.«

»So viel, dass du nicht einmal Zeit hast, deiner Mutter zu schreiben?« Sollte die CIA jemals an revolutionären Verhörmethoden interessiert sein, würde es sich garantiert lohnen, einen Spezialisten nach Worthing zu schicken, um herauszufinden, wie ihre Großmutter es schaffte, diesen speziellen Blick aufzusetzen. »Sie hat sich beklagt, dass du noch immer nicht auf ihre Geburtstags-E-Mail geantwortet hast. Hast du eigentlich die Fotos von der kleinen Kirsty schon gesehen? Süß, die Kleine.«

»Wie alle Kleinkinder in rosa Klamotten«, brummte Grace.

»Immerhin ist sie deine Schwester.«

»Halbschwester!«, korrigierte Grace und kramte ihr Strickzeug aus der Tasche. »Oma, sie hat mich sitzen gelassen! Und nicht nur das. Sie ist ans andere Ende der Welt gezogen, um möglichst weit von mir weg zu sein. Und dann ist ihr nach – wie viel? – fünfzehn Jahren plötzlich eingefallen, dass sie ein schlechtes Gewissen hat. Also echt, ich bin froh, dass sie wieder geheiratet hat und noch mal auf den Trip gekommen ist, Mutter zu werden. Aber ihre dauernden E-Mails kann sie sich sparen.«

Für einen Augenblick richtete sich die Aufmerksamkeit ihrer Großmutter auf das Totenkopf-Muster des Schals, den Grace strickte. Dann füllte sie die beiden Tassen mit dem Rest Tee, der noch in der Kanne war. »Na, ganz so war es ja nun nicht. Wenn du dich bitte mal daran erinnerst …«

»Ich habe genug davon! Sie soll mich einfach in Ruhe lassen.«

Graces Stimme wurde schriller. Normalerweise ermahnte ihre Großmutter sie, sich nicht so aufzuregen, doch dieses Mal starrte sie lieber das Paar am Nebentisch in Grund und Boden, bis beide den Blick senkten. Dann drückte sie Graces Hand. »Sie gibt sich doch Mühe, Liebes. Sie will es wieder gutmachen.« Nach einem unbehaglichen Moment des Schweigens fügte sie hinzu: »Weißt du eigentlich schon, dass Opa und ich dieses Jahr Weihnachten vielleicht runterfliegen wollen – um unsere kleine Enkelin kennenzulernen, und Gary. Er scheint ganz nett zu sein.«

Gary war der neue Ehemann. »Dir ist doch wohl klar, dass der Flug 24 Stunden dauert?«, polterte Grace los. »In Australien ist dann Hochsommer, es gibt Schlangen, und alle sind Republikaner da. Du wirst es ganz schrecklich finden.«

»Wir dachten, vielleicht möchtest du ja mitkommen, wenn

wir dir das Flugticket zu Weihnachten schenken. Was hältst du davon?«

»Erwartest du darauf eine Antwort?«, brauste Grace auf, doch als sie den angespannten Gesichtsausdruck ihrer Großmutter sah, schaltete sie einen Gang zurück. »Sobald ich Zeit habe, schicke ich ihr eine Mail und bedanke mich. Und jetzt genug davon. Das Thema ist durch. Können wir uns nun über was anderes unterhalten? Bitte!«

Ihre Großmutter wischte sich einen Krümel vom Mund. Und auf einmal fiel Grace auf, dass sie älter aussah. Ihre Haut schien dünner, wie zerknittertes Paketpapier. Die festen Locken waren grauer geworden. Und das machte Grace zu schaffen. Für alle anderen war ihre Oma einfach nur eine kleine alte Dame, und zuvor, auf dem Weg über die South Street, hatte Grace ein paar jungen Mädchen böse Blicke zugeworfen, weil sie sie angerempelt hatten, ohne sich zu entschuldigen. Ach, was war aus ihren Großeltern geworden – tatterige, hilflose Zielscheiben für Straßenräuber und …

»Und, hast du irgendeinen netten Mann kennengelernt? Allmählich wird es Zeit, dass du ein bisschen häuslicher wirst. Als ich so alt war wie du, war ich schon längst verheiratet.«

Korrektur. Ihre Großmutter war keineswegs hilflos. »Als ich gefragt habe, ob wir uns nicht über etwas anderes unterhalten können, dachte ich eher daran, ob wir gleich Schokoladenkuchen backen oder Ingwerbrot.« Plötzlich musste Grace kichern, und auch ihre Großmutter musste lächeln. Sie zwinkerte ihr verschwörerisch zu, und Grace nahm ihre Hand, die voller Altersflecken war. »Ich war ein Weilchen mit jemandem zusammen, aber wir haben uns getrennt. Aus dem wäre ohnehin nichts geworden.«

Ihre Großeltern legten Wert darauf, dass aus den Leuten etwas wurde, und so antwortete ihre Großmutter mit einem verständnisvollen Kopfnicken: »Unerträglich, wenn Männer zögerlich sind. Hast du denn noch andere Verehrer?«

»Oh, na klar. Bei mir stehen die Jungs Schlange, alle sind ganz wild nach mir und wollen mich zum Tanzen auffordern. Manchmal habe ich das Gefühl, ich ziehe immer die falschen Typen an. Vielleicht sollte ich mir mal einen älteren suchen, einen, der ein bisschen zielstrebiger ist.« In Wirklichkeit hatte Grace nie darüber nachgedacht, aber es konnte ja nicht schaden, mit dem Gedanken zu spielen, und sei es auch nur, um das konsternierte Gesicht ihrer Großmutter zu sehen.

»Ich dachte auch immer, so ein Altersunterschied ist vielleicht ganz romantisch, bis es mit Charles und Diana so ein schlimmes Ende nahm«, lautete ihr vernichtendes Urteil.

Ein Wochenende unter den Fittichen zweier Mittsiebziger war wie immer nicht das Schlechteste, dennoch war Grace froh, als sie am Sonntagabend gegen sieben Uhr im Zug zurück nach London saß. Ihre Großeltern hatten sie überreden wollen, noch eine Nacht zu bleiben und den Zug am nächsten Morgen zu nehmen – in aller Herrgottsfrühe, was natürlich ein frommer Wunsch bleiben sollte.

Das Stricken machte den Zug auch nicht schneller und die Luft nicht frischer. Grace musste eine ganz Reihe wieder auftrennen, als sie durch das Klingeln ihres Handys unterbrochen wurde. Fünfmal hatte ihr Großvater schon angerufen, weil er beim Versuch, eine Mailbox einzurichten, wild irgendwelche Tasten drückte.

»Opa? Du musst die Taste mit dem Stern drücken, und dann die Eins«, brüllte Grace am Rande der Verzweiflung ins Telefon. »Wie oft soll ich das denn noch …«

»Spreche ich mit Grace Reeves?«

Es war die Stimme einer Frau, so geschliffen, dass Grace augenblicklich hellhörig wurde. Normalerweise kamen solche Anrufe morgens, unter dem Vorwand, man sei eine alte Freundin, und sobald Grace bestätigte, dass sie am Apparat war, bekam sie eine Drohung nach der anderen zu hören, von wegen Gerichtsvollzieher und Schuldeneintreiber und dass sie am besten gleich ihren Erstgeborenen opfern solle. Aber sonntagabends anzurufen war selbst für solche Leute unter aller Kanone. Gab es denn kein Gesetz, was denen verbot, am heiligen Sonntag zu arbeiten?

Grace überlegte kurz, ob sie ihr Handy abschalten sollte. Aber ihre Großeltern gerieten sicher in Panik, wenn sie in den nächsten zehn Minuten für all die fehlgeleiteten Anrufe nicht erreichbar war. »Wer spricht dort?«, fragte sie – mit forscher Stimme angesichts der bedrohlichen Situation.

»Mein Name ist Madeleine Jones. Ich rufe im Auftrag von Mr. Vaughns Büro an.«

»Vaughn? J. Vaughn, der Kunsthändler?«

»Sind Sie Ms. Reeves?« Die Dame am anderen Ende der Leitung klang leicht genervt – aber wenn Grace an einem Sonntagabend hätte arbeiten müssen, wäre es ihr wohl ebenso gegangen.

»Ja. Womit kann ich Ihnen denn weiterhelfen?«

»Mr. Vaughn würde gern einen Termin mit Ihnen vereinbaren. Passt es Ihnen morgen früh um elf?«

Äh, was soll denn das?, dachte Grace. »Da bin ich bei der Arbeit«, sprach sie ins Telefon. »Aber gegen Mittag ließe es sich vielleicht …«

Gedämpfte Rückfragen am anderen Ende der Leitung, und dann: »Neunzehn Uhr dreißig? Brauchen Sie die Adresse der Galerie?«

»Worum geht es denn überhaupt? Und warum ruft er nicht selbst an? Ist er da irgendwo im Hintergrund?« Grace hatte

Fragen ohne Ende, aber ein strenges Hüsteln schnitt ihr das Wort ab.

»Ich gebe Ihnen jetzt die Adresse. Haben Sie etwas zu schreiben?«

»Moment.« Grace kramte in ihrer Tasche und fand einen zerknitterten Flyer und einen Augenbrauenstift. »Ich höre.«

Die Adresse in Mayfair, die auch auf der Visitenkarte stand, wurde genannt. »Es ist direkt an der Bond Street.«

»Könnten Sie mir vielleicht noch sagen …«

»Mr. Vaughn erwartet Sie um neunzehn Uhr dreißig. Ich wünsche Ihnen noch einen angenehmen Abend.« Entschlossenes Klicken in der Leitung, und das Gespräch war beendet.

Grace beschloss, gar nicht auf diese gebieterische Vorladung zu reagieren. Nicht, nachdem Vaughn sie auf der Straße hatte stehen lassen wie einen kaputten Kühlschrank. Na ja, eigentlich nicht auf der Straße, sondern vor dem Hotel, aber das war ein und dasselbe.

Als sie am nächsten Morgen aufstand, nahm sie sich vor, um neunzehn Uhr dreißig in der Buslinie 134 zu sitzen, auf dem Weg zurück nach Archway. Doch um sich alle Optionen offenzuhalten, zog sie vorsichtshalber das schwarz-weiß getupfte Sommerkleid im Stil der 50er an – das, in dem ihre Brüste bis fast unters Kinn hochgequetscht wurden. Sie holte die Marc-Jacobs-Tasche aus dem Backofen und stellte sich vor, dass sie bei Vaughn hineinspazieren und ihm die Tasche auf den Tisch knallen würde. Und dann würde sie sich ohne weiteren Kommentar auf dem Absatz umdrehen. Um ihm zu zeigen, dass sie auch ihren Stolz hatte.

Aber irgendeinen Grund musste Vaughn doch haben, dass er sie wiedersehen wollte. Vielleicht um ihr zu sagen, dass er pausenlos an sie denken musste und sich in den Hintern treten könnte, weil er sie so eiskalt abgefertigt hatte. Aber nein, das war nicht sein Stil. Und das war ein Jammer, dachte Grace am späten Vormittag während ihrer Google-Suchanfrage »j vaughn + kunsthändler« – woraufhin sich ein Foto nach dem anderen öffnete: Vaughn im Smoking, Vaughn mit Repräsentanten aus Island, Vaughn mit irgendwelchen Künstlern … In Wirklichkeit sah er eindeutig besser aus.

Gegen Mittag war Grace zu dem Schluss gekommen, dass Vaughn ihr einen Job anbieten wollte. Weil es ihr so prima gelungen war, aufdringliche Agenten in Schach zu halten, und weil seine Assistentin am Telefon einfach nicht gut rüberkam. Das war bestimmt auch der Grund, warum er sich so sehr gegen ihren Charme gewehrt hatte. Sie malte sich bereits aus, wie sie sein Angebot mit einem zynischen Lächeln ablehnen würde. Sollte er doch mal sehen, wie man sich dann fühlte!

Bei ihrer üblichen Diät-Coke am späten Nachmittag spielte Grace mit dem Gedanken, zunächst doch nach Gehalt und Bonus zu fragen. Nur interessehalber. Und um neunzehn Uhr schlenderte sie durch die Bond Street in Richtung Mayfair und blieb vor den Schaufenstern stehen, um sich teure Handtaschen mit vergoldeten Schnallen, Kleider, die ihr Leben schlagartig verändern würden, und Schuhe, die Sinnbild für die Worte »Nimm mich!« waren, anzusehen – bis sie geradezu hören konnte, wie die einzige Kreditkarte, die ihr noch geblieben war, danach schrie, endlich zum Einsatz zu kommen. Und das machte ihr noch einmal klar: Sie liebte Mode. Und sie wollte in der Modebranche bleiben, solange es ging – oder bis Kiki sie die Treppe hinunterschubste, weil sie irgendeinen Gürtel bestellt hatte, der auf Fotos nicht so toll wirkte.

Kapitel 7

17 Thirlestone Mews war ein schickes Stadthaus, mit Stuck verziert und einem diskreten Messingschild links neben der imposanten schwarzen Eingangstür. Grace wischte sich die schweißnassen Hände an ihrem Kleid ab und drückte auf die Klingel. Sie hörte, dass ein Riegel zurückgeschoben wurde, und wappnete sich für eine unerfreuliche Gegenüberstellung mit der unerfreulichen Madeleine Jones. Doch Vaughn selbst öffnete die Tür, in Hemdsärmeln und grauer Anzughose mit messerscharfer Bügelfalte – und mit gestresstem Gesicht, das sich bei ihrem Anblick sogleich entspannte.

»Grace«, sagte er seelenruhig, als hätte es die Horrorszene in der Limousine nie gegeben. Er ging einen Schritt zur Seite, um sie hereinzulassen. »Schön, dass du es so kurzfristig einrichten konntest.«

Grace wollte an ihm vorbeistürmen, aber er packte sie am Arm, ließ seine Finger in ihre Armbeuge gleiten und zog sie an sich. Also doch kein Job, dachte Grace, und hielt Vaughn ihre Wange hin, damit er ihr einen Kuss daraufhauchen konnte.

Was er allerdings nicht tat. Für einen flüchtigen, unglaublichen Augenblick berührte er ihre Lippen. Grace strich sich über die kribbelnde Stelle an ihrem Mundwinkel – wenn sie schon nichts Dämliches sagte, tat sie etwas Dämliches. Sie sah Vaughn zögernd an, aber ausnahmsweise hatte er kein zynisches Grinsen aufgesetzt. Stattdessen bedachte er sie mit einem eindringlichen Blick, den sie nicht deuten konnte und der ihr Blut langsam aber sicher zum Kochen brachte.

»Ich zeige dir erst mal die Galerie«, sagte er ebenso ruhig, wie er sie begrüßt hatte, und wies nach rechts.

Ein riesiges Dachfenster im hinteren Bereich eines langen Raums tauchte die makellos weißen Wände in sanftes Abendlicht. Die ausgestellten Leinwände zeigten gewagte Klecksereien in grellem Blau und knalligem Pink, matschigem Rot und einem so stechendem Giftgrün, dass Grace die Augen flimmerten.

»Unsere derzeitige Ausstellung«, hörte sie Vaughn hinter sich. »Ein Künstler aus Österreich, Wilhelm Bauer. Ich kaufe seit Jahren seine Werke auf.«

»Stehen die Bilder zum Verkauf, oder ist es eher eine Retrospektive?« Wenn er so tat, als sei nichts gewesen, konnte sie es auch. Obwohl er weitaus besser darin war.

»Natürlich sind sie zu verkaufen«, antwortete Vaughn. Er stand neben ihr, sodass sie aus dem Augenwinkel sein amüsiertes Lächeln sehen konnte.

»Tut es dir leid, sie zu verkaufen, nachdem du sie jahrelang gesammelt hast?«, fragte Grace – und dachte an die Kleider, die sie bei eBay hatte versteigern müssen, weil ihr ehemaliger Vermieter gedroht hatte, seine Ansprüche vor Gericht geltend zu machen. Sie hatte sich gefühlt, als sei ein Familienangehöriger gestorben. »Es muss doch schlimm sein, Bilder, an denen man hängt, einzupacken und zu verschicken.«

»Wenn ich es so sehen würde, wäre ich längst pleite«, sagte Vaughn lachend. »Ich hänge nicht an Bildern. Ich erkenne ihr Potenzial, sammle sie diskret, damit ich den Preis nicht in die Höhe treibe, und einige Jahre später verkaufe ich sie für eine Menge mehr, als ich selbst bezahlt habe. Ob sie mir gefallen, spielt dabei keine Rolle.«

»Aber einige müssen dir doch gefallen«, protestierte Grace. Sie folgte ihm in den Empfangsbereich und eine herrschaftliche Treppe hinauf. Wohnte er über dem Laden? Sollte sie jetzt einen blöden Witz machen und fragen, ob er ihr seine Briefmarkensammlung zeigen wollte? Lieber nicht.

Sie kamen in die erste Etage, kurz bevor Grace die Puste ausging. Mit klatschenden Flip-Flops lief sie über das Parkett, als Vaughn sie in einen minimalistisch eingerichteten Raum führte, mit weißen Ledersesseln und schwarzen Wänden. Auf einer Seite stand ein Schreibtisch im Bauhaus-Stil, darauf ein schicker, kleiner Laptop. »Mein Büro«, sagte Vaughn und blätterte in ein paar Unterlagen. »Setz dich.«

Grace setzte sich in einen der quadratischen Sessel mit hohen Lehnen und hatte das Gefühl, darin zu versinken.

»Kann ich dir etwas zu trinken anbieten?«

»Am liebsten Wasser«, sagte Grace. »Ohne Kohlensäure, wenn du hast«, kam sie der nächsten Frage zuvor.

Grace beobachtete, wie Vaughn eine große blaue Flasche Ty Nant und zwei Gläser aus dem Kühlschrank nahm. Gläser im Kühlschrank kalt zu halten war etwas lässig Stylisches, das Grace ungeheuer beeindruckte. Manchmal wünschte sie, sie wäre weniger oberflächlich.

Als sie das Glas in der verschwitzten Hand hielt und sich alle Mühe gab, nichts zu verschütten, nahm Vaughn auf dem Sofa gegenüber Platz und legte einen Stapel Papiere auf das längliche Tischchen zwischen ihnen. »Ich möchte etwas mit dir besprechen, aber vorher musst du eine Geheimhaltungsvereinbarung unterschreiben«, sagte er sachlich. So sachlich, dass Grace zustimmend nickte, bevor ihr eingerostetes Alarmsystem ansprang.

»Warum? Ich hatte mir schon fast gedacht, dass du mir einen Job anbieten willst, aber …«

»Grace, ich weiß, es wirkt ziemlich abenteuerlich, aber bevor ich dir alles Weitere erkläre, musst du diese Vereinbarung unterzeichnen.«

»Warum muss ich denn überhaupt etwas unterschreiben?« Grace schoss ein Horrorgedanke durch den Kopf: *All das* war die ausgetüftelte Undercoveraktion eines Finanzimperiums, das ihre Schulden aufgekauft hatte. Doch sie verwarf den Gedanken gleich wieder. *So* viele Schulden konnte sie gar nicht angehäuft haben. Sie zog die beiden Bögen zu sich herüber und überflog den trockenen Juristenkram. »Das Einzige, was ich verstehe, ist mein Name!«

Vaughn murmelte etwas Unverständliches. Dann schenkte er ihr ein entwaffnendes Lächeln, wobei Grace ein Zucken an seinem linken Ohr auffiel. Interessant, dachte sie. »Keine Sorge«, sagte er. »Es geht nur um eine vertrauliche Abmachung.«

»Du bräuchtest mir doch nur zu sagen, dass ich mit niemandem darüber reden soll«, schlug Grace vor und runzelte beim Gedanken an Paragraphen und Schadenersatzklauseln die Stirn.

Das Zucken an Vaughns Ohr wurde deutlicher. Tat das nicht weh? Er hielt Grace einen Füllfederhalter hin. »Jetzt unterschreib einfach.«

Es klang derart bestimmt, dass Grace dem nichts mehr entgegenzusetzen hatte. Sie stellte das Glas auf den Tisch, unterschrieb auf der gestrichelten Linie und gab Vaughn die Vereinbarung zurück.

Vaughn sah eindringlich auf das Blatt Papier, vielleicht um ihre Handschrift zu analysieren. Sie wusste es nicht, und er machte keinerlei Anstalten, ihr Näheres zu erklären.

»Also, was wolltest du …«

»Du bist wirklich hübsch.« Er sog den Atem scharf ein und legte die Hände aneinander.

»Ja, danke …«

»Du bist gebildet, und für einen Laien verstehst du einiges von Kunst«, setzte er die Liste ihrer Pluspunkte fort – die nicht allzu lang werden würde, also konnte er auch gleich zur Sache kommen, dachte Grace.

»Wobei ich natürlich nicht ausschließen kann, dass du dich mit deinem Ex versöhnst.«

An Liam hatte sie in den letzten zwei Wochen kaum gedacht. »Ach Gott … wer's glaubt!«

»Und du bist nicht mit jemand anderem zusammen?«, fragte er und trommelte mit den Fingern nervös auf die Knie.

»Nein, warum?«, fragte sie zögernd. »Und ich weiß nicht, was dich das überhaupt angeht. Nach New York ist es doch sowieso ziemlich daneben …«

»Ist es nicht«, unterbrach er sie brüsk. »Ganz und gar nicht. Ich möchte nämlich, dass du meine Geliebte wirst.«

Fassungslos starrte Grace ihn an. Sie wollte etwas sagen, doch sie schnappte nur nach Luft.

»Das war wohl ein bisschen sehr direkt«, sagte Vaughn mit einem Lächeln, als wolle er Grace beruhigen. Aber sie lächelte nicht zurück, sondern starrte ihn nur an. »Ich möchte mehr Zeit mit dir verbringen, und zwar in exklusivem Rahmen.«

»Was? Du willst, dass ich deine Freundin werde?«

Vaughn schüttelte den Kopf. »Das nicht unbedingt. Weißt du noch, dass ich dir in New York erzählt habe, ich kümmere mich um junge Künstler? Dass ich ihr Potenzial erkenne und ihr Talent fördere? Das Gleiche möchte ich mit dir machen.«

»Aber ich bin keine Künstlerin«, sagte Grace.

»Ich spreche von einer Partnerschaft«, erklärte Vaughn. »Ähnlich wie eine Geschäftsbeziehung.«

»Lieber Himmel! Du hältst mich für eine Hure?«, rief Grace empört. »Ich lasse mich doch nicht fürs Vögeln bezahlen! Nein, danke!«

»Natürlich nicht«, sagte Vaughn, und er klang so gekränkt, dass Grace für einen Moment ihre Empörung vergaß – einen kurzen Moment. »Ich habe mich wahrscheinlich etwas unklar ausgedrückt. Ich würde dich gern öfter mitnehmen – Art Basel in Miami, Art Cologne und so weiter. Ich würde dich mit interessanten Leuten bekannt machen, deinen Horizont erweitern, und ich hätte jemanden, mit dem ich bei all den trockenen Veranstaltungen reden kann. Um es anschaulicher zu formulieren: Einmal im Monat gebe ich eine Dinnerparty, und da stehen sehr wichtige Leute auf der Gästeliste. Du könntest als Gastgeberin fungieren und das Ganze etwas bunter machen, während ich Verhandlungen führe. Bei diesen Essen mache ich die besten Geschäfte.«

Er konnte reden, so viel er wollte. ›Geliebte‹ hatte er gesagt. Als Erstes, und Grace konnte es noch immer nicht fassen. Das mit den Reisen klang ja alles wunderbar – vielleicht hatte er sogar einen Privatjet, damit hatte sie schon immer mal fliegen wollen –, aber sie war dazu erzogen worden, ein braves Mädchen zu sein. Und allein beim Gedanken an eben diese Erziehung sah sie das entsetzte Gesicht ihrer Großmutter schon vor sich.

»Nein!«, sagte sie mit Bestimmtheit. »Nein!« Daran gab es nichts zu rütteln. »Das kann ich nicht.«

Vaughn zuckte lässig die Achseln. »Mir ist klar, dass ich einen Großteil deiner Zeit beanspruchen würde. Von daher gäbe es natürlich ein monatliches Honorar zuzüglich einer Vergütung für Kleidung und Kosmetik.« Offenbar wollte er sie falsch verstehen, und wie so oft funktionierte auch dieses Ablenkungsmanöver. Aber von Vergütung zu sprechen, machte das Hurenszenario noch konkreter.

»Ich gehe jetzt«, sagte Grace und wuchtete sich aus dem Sessel. »Es gibt bestimmt einen Eskortservice, der diskret ist und …«

»Ich dachte so an 5000 Pfund im Monat – und … und 2000 Pfund zusätzlich für Kleidung«, sagte Vaughn, bevor Grace voll und ganz auf den Füßen stand.

»Verdammt noch mal!« Sie setzte sich wieder, besser gesagt, fiel beinahe zurück in den Sessel. »Das ist ein Haufen Geld. Viel zu viel!«

»Nicht für jemanden wie mich«, sagte Vaughn.

»Aber für jemanden wie mich.« Grace senkte den Kopf, stützte die Ellbogen auf die Knie und strich sich durchs Haar. »Wie reich bist du eigentlich?«

»Tja, ich könnte dir die Kontoauszüge der letzten fünf Jahre zeigen, aber es geht nicht um Geld, Grace. Es geht um uns beide und darum, was wir füreinander tun können.«

Sie hörte, dass Vaughn aufstand und zu ihr herüberkam. Trotzdem erschrak sie, als er plötzlich vor ihr hockte und ihre Hand nahm. »Ich verstehe ja, dass das alles ziemlich verwirrend ist.«

Grace konnte keinen klaren Gedanken mehr fassen. 5000 Pfund! Damit könnte sie die dringendsten Schulden bezahlen – Monatsraten, überzogene Kreditkarten, rückständige Mieten. Schluss mit der ständigen Angst, eines Tages ihren Hausrat auf der Straße wiederzufinden, weil ihre Vermieterin sie vor die Tür gesetzt hatte.

»Du sagst ja gar nichts, Grace.« Vaughn wollte ihr über die Wange streichen, aber Grace wich zurück.

»Dann war der Abend in New York also ein Probelauf?« Wenn sie sauer klang, umso besser! »Habe ich die rote Karte bekommen, oder ein Sternchen?«

»Nennen wir es ein informelles Bewerbungsgespräch«, sagte Vaughn. »Und es muss dir nicht unangenehm sein. Ich fühlte mich sehr geschmeichelt, und es hat mir noch einiges klargemacht.«

Grace hob den Kopf und sah ihn an. »Das fällt dann wohl in die Kategorie ›Entschuldigung‹. Du hattest mir doch gesagt, das soll man nicht.«

Vaughn nickte, und er konterte nicht mit einer ironischen Bemerkung, die ihm sicher schon auf der Zunge lag. Grace war kurz davor, loszukichern und die Pflanze in der Ecke nach einer versteckten Kamera zu untersuchen. Das konnte doch alles nicht wahr sein!

»Ich komme da einfach nicht mit«, sagte sie leise. »Ich weiß, was du von mir denkst. Du denkst, ich bin leicht rumzukriegen. Aber das bin ich nicht. In New York hast *du* mich zuerst geküsst! Und dann hast du mich stehen lassen wie …«

»Das hatte ich nicht vor. Ich war … Na, ja, glaubst du nicht, du bist mehr wert als einen One-Night-Stand?« Vaughn stand auf, zog mit dem Fuß einen Lederhocker heran und setzte sich.

O ja! Grace glaubte sehr wohl, dass sie mehr wert war. Aber was spielte das schon für eine Rolle? »Ja, klar, aber …«

»Weißt du noch, als wir uns zum ersten Mal begegnet sind? Du hast dir bei Liberty's die Augen ausgeheult. Ich habe ihn gesehen, Grace.« Vaughn schüttelte den Kopf, als bereite der Gedanke an Liam ihm innere Qualen. »Warum verschwendest du deine Zeit mit so armseligen Losern, die überhaupt nicht zu schätzen wissen, dass du etwas Besonderes bist?«

Grace fühlte sich genötigt, Liam zu verteidigen, und damit auch sich selbst. »O nein, so schlecht ist er auch wieder nicht. Anfangs lief es sogar ganz gut, und dann …«

»Er wollte dein Wesen kaputt machen«, sagte Vaughn, als sei das eine unverrückbare Tatsache. »Männer wie er haben weder genug Verstand noch die Vorstellungskraft, um zu erkennen, wie viel Leben in dir steckt. Du hast etwas Besseres verdient, Grace, und ich kann es dir geben.«

Vaughn sprach leise und beschwörend, und seine Augen glänzten vor Eifer, als er ein vollkommen neues, wesentlich strahlenderes Bild von Grace zeichnete. Grace beugte sich vor, damit sie nicht ein einziges Wort verpasste. Offenbar wollte er nicht nur mit ihr ins Bett. Er wollte das gesamte Paket. Das war neu. Und ungeheuer schmeichelhaft, denn er hatte Geld, er war erfolgreich, er war attraktiv. Und aus irgendeinem unerklärlichen Grund wollte er sie.

Grace fiel nichts Geistreiches ein, was sie noch hätte sagen können. »Dann wären wir also zusammen oder so.«

»Es ist eine Partnerschaft, ein vertragliches Abkommen – für, sagen wir mal, sechs Monate.«

Sie hatte sich wohler gefühlt, als er ihre Stärken aufzählte. Nun stieg Panik in ihr auf. »Ich unterschreibe gar nichts mehr!«, stieß sie hervor. »So läuft das nicht. Das ist so kalt und berechnend. Du willst mich bezahlen, und soweit ich weiß, nennt man das Prostitution.«

»Aber wir können doch Spaß miteinander haben und den Dingen einfach ihren Lauf lassen. Letztens in New York warst du gar nicht abgeneigt.«

»Ich weiß überhaupt nicht, warum du mich zu deiner Geliebten machen willst. Ich bin nichts Besonderes. Und sechs Monate sind eine lange Zeit. Du wirst mich garantiert schon nach drei Monaten leid.«

»Das mit den sechs Monaten können wir uns noch mal überlegen«, sagte Vaughn, und Grace wusste, er würde keine weiteren Zugeständnisse machen.

Sie stand auf. »Das ist doch alles totaler Blödsinn!«

Aber Vaughn ließ sich nicht aus der Fassung bringen. »Grace, stell dich nicht so an. Ich kann dich ja verstehen, aber wenn du es einmal logisch betrachtest, hat eine solche Vereinbarung nur Vorteile. Brauchst du vielleicht eine Woche Zeit, um darüber nachzudenken?«

Grace war schon auf dem Weg zur Tür. Sie drehte sich wütend um. »Wie kommst du darauf, eine Woche wäre genug, um einen dermaßen idiotischen und erniedrigenden Vorschlag anzunehmen?«

Vaughn sah sie verwundert an. »Weil du noch nicht Nein gesagt hast.«

Kapitel 8

Am nächsten Tag kam Lily zurück zur Arbeit, mit perfekter Sonnenbräune. In ihrem ganzen Leben hatte Grace sich noch nie so sehr gefreut, jemanden wiederzusehen. Wenn es nach ihr ginge, hätte Lily sofort alle Verabredungen für den Rest der Woche absagen können, damit sie Zeit hatten, das Vaughn-Desaster von vorne bis hinten durchzukauen.

»Ich hab dich so vermisst, und ich muss dir ganz viel erzählen!«, rief Grace, als Lily ihr um den Hals fiel – was an sich schon ungewöhnlich war, denn Graces Abneigung gegen Umarmungen war allgemein bekannt und zwischen den beiden längst ein Running Gag. »War es schön?«

»Der tollste Urlaub aller Zeiten«, sagte Lily. »Ich muss dir auch was erzählen. Das heißt, ich muss dich etwas fragen.«

»Mich etwas fragen?«

Lily nahm Graces Hand und setzte einen ernsthaften Gesichtsausdruck auf – woraufhin bei Grace sofort die Alarmglocken läuteten. Normalerweise tat sie das nur, wenn sie eine ganz spezielle Bitte hatte – so wie damals, als ihre Cousine vorübergehend bei Grace einzog, während Grace in Worthing war. »Du bist meine allerbeste Freundin, Gracie …«

»Lily, spuck's aus! Ich sterbe fast vor Neugier. Kommt deine Cousine etwa …«

»Ich will, dass du meine Brautjungfer wirst«, verkündete Lily und wedelte mit der linken Hand herum.

»Ist das etwa …?« Grace schielte auf den Ring an Lilys Finger und auf den winzigen Stein, der offenbar ein Diamant hatte werden wollen. »Du bist *verlobt?* Mit *Dan?«*

»Mit wem denn sonst?«, fragte Lily. »Ach, es war so romantisch, Gracie. Wir saßen im Mondlicht am Strand und hatten ein paar Joints geraucht. Dan hat mich gefragt, ob ich noch einen drehen könnte, und in der Tüte mit Gras lag dann der Ring.«

»Echt romantisch«, stimmte Grace zu und zauberte ein leicht verunglücktes Lächeln auf ihre Lippen. Ihre beste Freundin wollte einen Typen heiraten, den sie absolut nicht leiden konnte und der sie absolut nicht leiden konnte. Und es gab nur eins, worin Grace und Dan sich einig waren: Sie wollten es Lily auf keinen Fall spüren lassen.

»Ich freue mich so für dich!«, sagte Grace – und es war aufrichtig gemeint. Sie umarmte Lily noch einmal. »Wow, du heiratest! Dann bist du ja bald richtig erwachsen.«

»Ich weiß, und ich kann es selbst noch gar nicht glauben«, sagte Lily strahlend. »Und du sollst nicht nur meine Brautjungfer sein, sondern auch das Hochzeitskleid mit mir aussuchen. Wir müssen unbedingt zu *Browns Bride,* damit meine Mum keine Chance hat, mich in irgendeinen Fummel mit Rüschen zu stecken.«

Dieses Mal war Graces Lächeln zu hundert Prozent echt. »Keine Rüschen auf deiner Hochzeit, das verspreche ich dir.«

»Ich wusste, auf dich ist Verlass. Eigentlich würde ich am liebsten im Frühling heiraten, aber Dan hat gesagt, er will es so schnell wie möglich, damit ich keine Chance habe, mich in einen anderen zu verlieben. Er ist so süß! Oh, was wolltest du mir denn erzählen?«

Grace hatte darauf gebrannt, Lily ausführlich über die Sache mit Vaughn Bericht zu erstatten, doch nun hatte sie das Gefühl, es war Lilys Moment im Rampenlicht – und den wollte sie nicht mit ihrer schrägen Geschichte verderben. Heute sollte es einzig und allein um Lily gehen. Doch ohne es zu wollen, spürte sie einen winzigen Anflug von Neid: Dan wollte Lily heiraten, weil sie für ihn unbezahlbar war. Und Vaughn wollte sie, Grace, zu seiner Geliebten machen, weil er dachte, er könne sie bezahlen.

»Ist alles okay, Gracie?«, fragte Lily. »Keine Angst, ich verwandle mich nicht in Brautzilla.«

»Das würde ich auch nicht zulassen«, versicherte ihr Grace. »Ich dachte nur, dass wir das eigentlich feiern müssen. Ich könnte im Hat and Fan anrufen und fragen, ob wir Samstag den hinteren Raum haben können. Wenn du magst.«

»Und ob! Mein Dad macht sicher ein bisschen was locker für Getränke und so«, rief Lily begeistert. »Ach, das ist so lieb von dir. Vielleicht kannst du mir ja auch helfen, so eine Event-Geschichte auf *Facebook* einzurichten.«

Aus dem Stand eine Verlobungsparty zu organisieren, schien genau das Richtige, um auf andere Gedanken zu kommen. Denn schon von ihrer Großmutter hatte Grace gelernt: Beschäftigung ist das beste Krisenmanagement.

So verzichtete sie am Samstagmorgen darauf, ihr Schlafdefizit auszugleichen. Stattdessen stand sie auf einer Leiter in Lilys Lieblings-Pub, dekorierte die Wände mit Luftschlangen – und trauerte den verlockenden 5000 Pfund hinterher. Dreimal 5000 Pfund, und sie hätte sogar die Kaution für eine kleine Wohnung bezahlen können. Und dann die Extravergütung – damit hätte sie sich ein paar der Designerkleider leisten können, die sie ansonsten nur in die Finger bekam, um sie irgendwelchen abgemagerten Models zu reichen.

»Lieber Himmel, du bist wohl schon seit Stunden hier!«

Grace warf einen Blick über die Schulter. Lily und Dan kamen herein, begraben unter Massen von Tupperdosen. Grace selbst hatte am Abend zuvor ihren Backofen seiner eigentlichen Bestimmung zugeführt und Hunderte von Cupcakes gebacken.

»Hi«, nuschelte sie mit ein paar Heftzwecken zwischen den Zähnen. »Stellt sie in einen der großen Kühlschränke hinten in der Küche.« Dan brummte etwas Unverständliches und verschwand.

»Das sieht ja toll aus!«, rief Lily begeistert und drehte sich langsam einmal um die eigene Achse, um sich die Lampions und Lichterketten anzusehen, die Grace installiert hatte. »Super!«

»Ist es dir nicht zu kitschig?«

»Meine Güte, Gracie, wann lernst du endlich, dich über Komplimente zu freuen? Kannst du mal da runterkommen? Ich will dich nämlich etwas fragen.«

Grace kletterte die Leiter hinunter. »Worum geht's?«

»Um dich. Du warst die ganze Woche lang so bedrückt«, sagte Lily und ließ sich auf einen Stuhl fallen. »Ich habe das Gefühl, dich belastet etwas.«

»Alles im Lot«, sagte Grace reflexartig, doch dann besann sie sich, denn immer, wenn sie das sagte, wurde Lily besonders hellhörig. »Ich mache mir bloß über alles Mögliche Gedanken. Lohnt sich gar nicht, darüber zu reden – Arbeit, Geld, das Übliche.«

»O Gracie, ich wünschte, du wärst auch so glücklich wie ich. Ganz ehrlich«, sagte Lily inbrünstig – und wieder einmal machte Grace Lilys Großherzigkeit zu schaffen. Es war nicht schwer, nett und verständnisvoll zu sein, wenn man noch nie etwas Schlimmes erlebt hatte. Grace hatte Erfahrungen gemacht, die Lily sich wohl nicht einmal vorstellen konnte. Und sie hatte festgestellt: Leiden führte nicht dazu, dass man ein besserer Mensch wurde. Es führte nur dazu, dass man sich mies fühlte und nichts Gutes mehr vom Leben erwartete.

Gottlob bekam Lily keine Gelegenheit, tiefer zu bohren. Dan kam wieder herein. Als er sah, wie Grace den Raum dekoriert hatte, pfiff er anerkennend durch die Zähne. »Schön«, stellte er fest. »Sehr schön, Grace.«

»Dan, du könntest dich ein bisschen wortreicher bedanken«, maulte Lily. »Grace hat sich die ganze Woche lang den Hintern aufgerissen.«

»Ja, ja, aber dann wird Grace wieder so passiv-aggressiv, weil sie es nicht haben kann, wenn man ihr etwas Nettes sagt.«

»Quatsch!«, sagte Grace.

Lily rang verzweifelt die Hände. Selbst ihr großzügiger Vorrat an guter Laune war nicht unerschöpflich. »Warum sind denn heute alle so unleidlich? Dan, sag was Nettes zu Grace, und Gracie, lass Dan um Himmels willen etwas Nettes sagen!«

Grace warf Dan einen herausfordernden Blick zu, und Dan schien darauf anzuspringen, doch dann grinste er. »Wie wär's, wenn ich nichts Nettes sage und euch lieber etwas Champagner serviere?«, fragte er und zog zwei Flaschen Moët hinter dem Rücken hervor. »Das ist unser Dankeschön – na ja, eigentlich von Lilys Dad, der hat ihn ja bezahlt.«

Champagner, darüber konnte sich Grace freuen. Sie musste ebenfalls grinsen, und für ein paar Sekunden waren Dan und sie sich ausnahmsweise einig. »Na dann, her damit!«

Lily strahlte wieder, Dan war zwar immer noch nicht gut genug für sie und würde es nie sein – aber was konnte schöner klingen als das Knallen eines Champagnerkorkens? Nichts.

Grace nahm die Flasche, trank einen kräftigen Schluck und reichte sie den glücklich Verliebten. »Auf euch!«

Kapitel 9

Grace wusste nicht, warum sie nicht mehr schlafen konnte. Weil sie dringend zwei Liter kaltes Wasser hinunterstürzen musste, weil die Sonne ihr in die Augen schien – oder weil sie mit Liam im Bett gelandet war?

Und Vaughn sollte recht behalten: Sie hatte etwas Besseres verdient!

Nachdem sie Liam vor die Tür gesetzt und eine halbe Stunde lang in der Badewanne gelegen hatte, holte sie ihre Notfallkreditkarte aus dem Eisfach und machte sich auf den Weg Richtung Oxford Street.

Seit Wochen hatte sie sich keine Shopping-Orgie mehr gegönnt. Sie fing bei Liberty's an und arbeitete sich vor bis Marble Arch – ohne Zwischenstopp bei Primark oder New Look. 10-Pfund-Klamotten wirkten nämlich nicht gegen ihren Schmerz. Sie achtete nicht auf Preisschilder und machte sich nicht die Mühe, etwas anzuprobieren, sondern schnappte sich etwas Smaragdgrünes aus Satin, weil Smaragdgrün ihre Lieblingsfarbe war, oder ließ sich das erstbeste Paar Schuhe einpacken, weil sie dem butterartigen Ledergeruch wie immer nicht widerstehen konnte. Noch eine Halskette hier und eine Balenciaga-Tasche da – Grace wollte gar nicht mehr wissen, wie viel Geld sie verpulvert hatte. Sie wollte nur die quälende Leere mit schicken Sachen füllen. Und wie so oft redete sie sich ein, dass diese Shopping-Exzesse, die nur dann vorkamen, wenn sie besonders mies drauf war, bei all den anderen Schulden auch keine Rolle mehr spielten. Sie war doch schon mit Abertausenden im Minus, weil sie mit dem Geld, das sie bei *Skirt* verdiente, einfach nicht auskam.

Was kümmerten Mister Visa oder Master Card da ein paar Tausender mehr?

Es war schon komisch, dass sie sich angewöhnt hatte, ihre emotionalen Defizite durch unkontrolliertes Shopping zu kompensieren, wo ihre Großeltern doch Musterbeispiele für Sparsamkeit waren: Da wurden Nähte herausgelassen und Säume verlängert, und wenn ein Kleidungsstück absolut nicht mehr zu retten war, schnitt ihr Großvater es in Streifen und hatte noch zigmal Verwendung dafür. Brotkanten wurden zu Brotpudding verarbeitet. Um Benzin zu sparen, erledigten sie alle Wege zu Fuß, die nicht weiter als drei Meilen waren. Lektionen dieser Art hatte sich Grace seit ihrem achten Lebensjahr vorkauen lassen. Aber es war wohl nichts davon hängen geblieben, dachte sie und ließ sich auf eine der Steinbänke vor Selfridges fallen, weil ihr die Henkelschnüre der schicken Einkauftüten allmählich die Hände aufschnitten. Für ein paar Minuten saß sie nur da und starrte auf die Striemen in ihren Handflächen. Dann kramte sie ihr Handy hervor.

Vaughn meldete sich in dem Moment, als Grace schon auf das Anspringen der Mailbox hoffte.

»Ich bin's, Grace«, sagte sie matt.

»Oh, ich habe mich schon gefragt, ob ich jemals wieder etwas von dir höre.« Aus jeder Silbe konnte sie seine Wachsamkeit heraushören. »Sagst du Ja oder Nein?«

Das war so ziemlich das Einzige, was sie an ihm mochte: Er schwafelte nicht drum herum, sondern kam gleich zur Sache.

»Ich habe noch ein paar Fragen. Zu dieser Vereinbarung«, brachte sie mühsam hervor.

»Jetzt? Am Telefon?«

»Ja.« Direktheit schien doch angesagt.

»Ich weiß nicht … Wo bist du denn? Dem Lärm nach auf einem Fußballplatz.«

Grace wartete, bis der Bus hinter ihr vorbeigefahren war. »Oxford Street«, gab sie zu – wenn auch ungern, denn sie ahnte, welcher Vorschlag nun kommen würde.

»Perfekt. Ich bin hier gleich fertig. Komm vorbei.«

Eigentlich sinnvoll, hätte Liam ihr nur nicht diesen blöden Knutschfleck verpasst und wäre sie nicht mit all den Tüten beladen gewesen. »Ist nicht so günstig«, wollte sie sich herausreden. »Ich muss noch was erledigen.«

»Was? Ich verstehe kaum ein Wort.« Und ob er sie verstanden hatte! »Sei ein braves Mädchen und komm rüber.«

»Ich bin kein braves Madchen«, gab Grace sauer zurück. »Und ist es nicht genau das, worum es dir geht?«

»In einer halben Stunde«, sagte Vaughn und hatte tatsächlich den Nerv, aufzulegen.

Eine halbe Stunde und immerhin sieben Minuten später stand Grace vor der Galerie und sah zweifelnd an sich herunter auf die ärmellose Biesenbluse und die schwarze Dreiviertelhose, die offiziell bei einem Shooting verloren gegangen und nie wieder aufgetaucht waren. Dann zupfte sie sich das Halstuch zurecht, das sie gekauft hatte, um den Knutschfleck zu verbergen.

Länger konnte sie es nicht hinauszögern, also drückte sie auf den Summer. »Ich bin's, Grace«, sagte sie, als Vaughns Stimme aus dem Lautsprecher ertönte.

Für einen nervtötenden Augenblick kämpfte sie mit Ziehen und Drücken, und als es ihr endlich gelungen war, die Tür innerhalb des dafür vorgesehenen Zeitfensters zu öffnen, war von Vaughn nichts zu sehen. Sie stellte die Einkaufstüten hinter dem Empfangsschalter ab und atmete tief durch.

»Da bist du ja«, sagte Vaughn hinter ihr. »Ich dachte schon, du kommst nicht mehr.

Möglichst unauffällig vergewisserte sich Grace, dass das Halstuch noch richtig saß, und tarnte ihre Bewegung als Achselzucken. »Diese Touristen laufen einem ständig vor den Füßen herum«, war die einzige Erklärung, die ihr einfiel. Hoffentlich blieb Vaughn auf dem Treppenabsatz stehen. Dann konnte sie sich hinter dem Empfangsschalter verschanzen und sagen, was sie sich zurechtgelegt hatte. Aber schon ging er die letzten Stufen hinunter.

Er trug Jeans und ein verwaschenes grünes T-Shirt mit einem abgeblätterten Logo, das Grace nicht erkennen konnte. Vaughn in Freizeitklamotten. Wer hätte das gedacht?

»Heute ist es fast genauso heiß wie in New York. Ich habe auf der Dachterrasse gearbeitet – die Aussicht ist ziemlich spektakulär.« Er redete zu viel, erklärte viel zu viel. War er etwa genauso nervös wie sie? »Gehen wir nach oben?«

Grace nickte und folgte ihm die Treppe hinauf. In der ersten Etage blieb er stehen. »Lohnt es sich, eine Flasche Champagner aufzumachen?«

»Bloß nicht! Ich bin noch dabei, mich von gestern Abend zu erholen. Und eigentlich habe ich aufgehört zu trinken.«

Das war wohl genau der richtige Ton, denn Vaughn musste schmunzeln. »Das nehme ich mir auch immer vor, aber es dauert nicht mal einen Tag, dann habe ich es wieder vergessen. Möchtest du etwas Kaltes?«

Am liebsten einen heißen Tee, dachte Grace. »Cola light, wenn du hast.«

»Die Terrasse ist da hinten«, Vaughn wies mit dem Kopf auf eine Flügeltür und verschwand.

Und die Dachterrasse war wirklich perfekt. Eine kleine Oase, ruhig und kühl, mit Wasserspeier – ungeachtet des Bewässerungsverbots – und Kieselsteinen, die unter Graces Ballerinas knirschten, als sie sich den Weg durch üppiges Grün zu einem schmiedeeisernen Tisch mit Stühlen bahnte.

Grace warf einen Blick über Dächer und Schornsteine und erspähte weitere Dachgärten. Wenn sie sich auf die Zehenspitzen stellte, konnte sie sogar die Platanen am Hyde Park sehen. Den Hyde Park selbst sah sie auch zum ersten Mal aus dieser Perspektive – ohne Gefahr zu laufen, von Touristenhorden niedergetrampelt oder von Skatern über den Haufen gefahren zu werden. Richtig friedlich, beinahe entspannend – und nebenbei eine Lektion darin, dass man mit Geld alles kaufen konnte, sogar eine bessere Aussicht.

»Es ist echt schön hier oben«, sagte sie, als sie Vaughns Schritte hinter sich hörte. »Wie ein geheimer Kontrollpunkt.«

»Ja, an einem Tag wie heute ist es toll. Aber leider gibt es nicht allzu häufig die Gelegenheit, hier oben zu sitzen«, sagte Vaughn und stellte zwei Gläser auf den Tisch. Er rückte Grace einen der Stühle zurecht, und schon wurde ihr wieder flau im Magen. Hastig trank sie einen Schluck Cola, um den metallischen Geschmack loszuwerden. Vaughn betrachtete sie eindringlich und fragte: »Also, was hast du auf dem Herzen?«

»Bist du verheiratet?«

»Geschieden, schon seit einer ganzen Weile.«

Doch damit war für Grace noch längst nicht alles geklärt. »Weißt du, ich dachte … Ich habe mir überlegt, vielleicht könnte ich dir bloß bei diesen Partys helfen, ich meine, ohne Sex.«

»Nein, das geht nicht«, antwortete Vaughn schlicht. »Korrigier mich, wenn ich falsch liege, aber soweit ich mich erinnere, wolltest du Sex. Sonst wärst du jetzt gar nicht hier.«

»Ja – stimmt«, sagte Grace und errötete. »Aber das war, bevor du mit dieser Vereinbarung angekommen bist. Und außerdem war ich echt nicht mehr nüchtern! Aber das mit dem Sex … Also, ich weiß nicht, ob ich das kann, wenn ich gar nicht verliebt bin.«

»Ach so, du musst verliebt sein, um mit jemandem ins Bett

zu gehen?«, fragte Vaughn in scharfem Ton. »Das ist ja was ganz Neues.«

»Nein, aber normalerweise spielt sich da gefühlsmäßig schon was ab.«

»So interessant es auch ist, mir deine Gewissensbisse anzuhören, du musst dich entscheiden«, sagte Vaughn klipp und klar – und wenn Grace erwartet hatte, dass er seinen Charme spielen lassen und sich ordentlich ins Zeug legen würde, hatte sie sich gründlich geirrt –, »und zwar in den nächsten fünf Minuten, sonst ziehe ich mein Angebot zurück. Soll ich die Zeit stoppen?«

»Hör auf damit! Ich bin völlig konfus. Und du könntest wenigstens mal versuchen, mich zu verstehen.«

»Mache ich ja, aber du drückst dich ein bisschen vage aus«, brummte Vaughn und sah demonstrativ auf die Uhr. »Noch vier Minuten …«

»Herrgott noch mal!« Grace stand auf, sah hinunter auf den Hyde Park und versuchte, einen klaren Gedanken zu fassen. Sie konnte einfach gehen und sich da unten weiter abstrampeln. Oder sie konnte hier oben bleiben, wo die Luft deutlich frischer war.

Außerdem stimmte es. In New York hätte sie mit Vaughn geschlafen. Wenn sie diese Tatsache in Betracht zog und sich klarmachte, dass das Geld nicht dafür gedacht war, sondern für ihre Dienste als Vaughns Begleiterin, schien das Ganze schon weitaus weniger dubios. Mit dem Chef ins Bett zu gehen, war doch eigentlich nichts Anrüchiges – Tausende anderer Frauen taten das auch. Bei *Skirt* waren alle mit reichen Männern verheiratet. Kikis Mann war Hedge-Fonds-Manager, und zwar ein grottenhässlicher – also konnte es wohl kaum so gewesen sein, dass Kiki wegen seines guten Aussehens aus ihren Jimmy-Choo-Latschen gekippt war. Und Posy und Lily hatten reiche

Väter. Grace runzelte nachdenklich die Stirn, denn plötzlich fiel ihr auf, dass fast alle Frauen, die sie kannte, von reichen Typen gesponsert wurden. Na ja, abgesehen von ihrer Großmutter natürlich, die ganz bestimmt ausrasten würde, wenn sie jemals …

»Die Zeit ist um, Grace«, hörte sie Vaughn sagen. »Bist du dabei oder nicht?«

War sie dabei?

Würde sie Ja sagen?

Grace schloss die Augen. Sie *würde* Ja sagen. Schon seit Montag war ihr das eigentlich klar gewesen. Vaughns Geliebte zu werden, war die Chance, auf die sie gewartet hatte – die Chance, sich die lästigen Schulden und die permanente Unzufriedenheit vom Hals zu schaffen. Viel zu lange schon spielte sich ihr Leben ab wie in Zeitlupe. Liam ging weiter. Lily ging weiter. Und sie, Grace, trat mal wieder auf der Stelle.

»Ich bin dabei«, sagte sie, froh, dass ihre Stimme nicht zitterte oder schrill wurde.

Und es gab keinen lauten Knall. Man dachte immer, die Welt müsse stehen bleiben, wenn sich etwas so gravierend änderte. Dabei drehte sie sich für alle anderen einfach weiter – wie damals, als ihre Eltern sich darüber in die Haare gekriegt hatten, wer von ihnen sich *nicht* um sie kümmern musste. Sie saßen sich gegenüber und gifteten sich an, weil keiner von beiden das kürzere Streichholz ziehen wollte. Als die Sozialarbeiterin Grace dann mit ihrem oberfreundlichen Lächeln bombardierte und fragte, bei wem sie denn wohnen wolle, hörte sie sich sagen: »Bei keinem.« Die Busse rumpelten weiter unter dem offenen Fenster entlang, auf dem Gang lachte jemand, und die Sonne schien wie zuvor – aber in Grace war etwas zerbrochen, das sich nie wieder kitten ließ.

Also konnte es ihr auch egal sein, wie beängstigend Vaughn war. Er konnte ihr sowieso nichts anhaben. Innerlich war sie doch längst kaputt. Und hier war er derjenige, der den Kürzeren zog – denn er kaufte beschädigte Ware.

»Ich bin dabei«, wiederholte Grace, weil Vaughn noch immer nichts sagte und sie sich gar nicht sicher war, ob er sie überhaupt gehört hatte.

»Schön. Dann komm von der Brüstung weg, sonst brichst du dir noch den Hals. Und wir müssen noch ein paar Details klären.«

Grace setzte sich wieder, und es gelang ihr, die Beine übereinanderzuschlagen und an ihrer Cola zu nippen, ohne das Gefühl zu haben, sich innerlich zu verzehren. Noch war sie alles andere als entspannt, aber sie konnte wenigstens so tun.

Vaughn sagte nichts – und Grace dementsprechend auch nicht. Sie starrte nur auf die flirrende Hitze über der Stadt.

»Also«, begann sie dann doch, als sie das Schweigen nicht mehr aushielt. »Fang du lieber an.« Sie klammerte sich an ihre Cola wie an eine Rettungsinsel. »Du willst einen Rückzieher machen, oder?«

»Wie kommst du denn auf den Unsinn?«, gab Vaughn in so barschem Ton zurück, dass ihr Ego keinen weiteren Schaden nahm. »Und ist es vielleicht zu viel verlangt, wenn du mich ansiehst?«

Grace beugte sich vor und sah ihm in die Augen. Vaughn aber starrte nur auf die Konturen ihrer Brüste, die sich unter der gerafften Bluse abzeichneten. Das hatte sie nicht erwartet, und es war ungewohnt schmeichelhaft.

»Wie soll das denn nun ablaufen?«, fragte sie voller Neugier. »Muss ich bei dir wohnen?« Sie sah schon vor sich, wie sie Vaughn einen perfekt gemixten Wodka-Martini reichte, wenn er nach Hause kam, und mit verführerischem Gurren fragte: »Anstrengender Tag im Büro, Darling?«

Doch Vaughns prustendes Gelächter machte diese Aussicht

sogleich zunichte. Er schlug sich sogar mit der Hand auf die Schenkel, was natürlich vollkommen überflüssig war. »So viel Extra-Bonus, dass jemand es sieben Tage die Woche mit mir aushält, kann es gar nicht geben!«

»Bist du wirklich so schlimm?«, fragte Grace.

»Ja, bin ich. Ich hoffe, es wird eine interessante Erfahrung für dich, aber man hat es nicht leicht mit mir. Du solltest dir also klarmachen, worauf du dich einlässt«, riet Vaughn und fixierte sie unentwegt. »Ich gebe dir noch eine letzte Chance auszusteigen, und dann gibt es kein Zurück mehr.«

Grace musste an die Einkaufstüten denken, die sie unten am Empfang deponiert hatte. Die Entschädigung für die Nacht mit Liam. Mit Vaughn würde es wenigstens so richtig dreckig. Keine Grauzonen mehr – Grau stand ihr sowieso nicht. Dann doch lieber jemand, der gar nicht auf die Idee kam, so zu tun, als wäre sie seine Traumfrau. Und immerhin würde er ihr das Ganze versüßen und ihr schicke Sachen kaufen.

»Ich mache keinen Rückzieher«, sagte Grace mit fester Stimme und vergewisserte sich, dass das Halstuch noch saß.

»Auch nicht, wenn ich dich täglich einmal zum Weinen bringe? Am Wochenende sogar zweimal?« Vaughn klang lässig, aber er trommelte mit den Fingern auf die Tischplatte und beobachtete Grace genau. »Wenn ich sage, mir gefällt nicht, was du anhast, oder dich zwinge, mit einem fiesen russischen Oligarchen zu flirten? Oder wenn ich nicht mit dir reden will, weil ich den ganzen Tag in irgendwelchen Konferenzschaltungen gesessen habe? Bist du dir sicher, dass du das aushältst?«

Grace blieb ungerührt sitzen. Vaughns Liste mit Horrorszenarien war gar nichts im Vergleich zu allem, was sie mit ihren Verflossenen erlebt hatte. Da war zum Beispiel Paul Gold, der sie entjungfert und seine Bewertung an die Wand der Herrentoilette bei Burger King gekrickelt hatte. Oder der Grafiker, damals im ersten Semester, der sie nach einem Besuch bei seinen Eltern einfach auf dem Randstreifen der Autobahn abgesetzt hatte, weil sie sich gestritten hatten. Oder der koksende DJ, der ihren Fernseher, ihren DVD-Rekorder und ihre Stereoanlage verhökert hatte, um sich Stoff zu kaufen. Und dann Liam … Ja, Grace war sich sicher, dass sie alles aushalten würde, was Vaughn ihr überhaupt antun konnte.

»Du hast mir klar gesagt, was Sache ist. Ich glaube, das ist eine gute Voraussetzung für unsere … unsere Vereinbarung«, sagte sie. »Alles ist geregelt, also kann ich nicht viel vermasseln, aber ich glaube trotzdem, das mit den sechs Monaten wirst du bereuen.«

Vaughn winkte ab und zog einen Tablet-PC heran, um sich Notizen zu machen. »Lass das mal meine Sorge sein. Wie viel Urlaub hast du?«

»Sechs Wochen plus Feiertage.« Grace hatte Glück, wenn sie die Hälfte davon nehmen konnte. Denn ungeachtet aller gegenteiligen Behauptungen war sie für Kiki jedes Mal unabkömmlich, wenn es darum ging, ihren Urlaubsschein abzuzeichnen.

»Das lässt sich regeln, aber ich muss natürlich darauf bestehen, dass deine freien Tage ab jetzt mir gehören.«

Nun hätten wohl sämtliche Alarmglocken angehen müssen, aber Grace hörte nichts weiter als das entfernte Hupen eines Autos. »Okay, ich frage mal, wie viel Tage ich noch übrig habe, und dann schicke ich dir eine Mail.«

»Ich sage meiner Assistentin, sie soll dir ein Konto bei einem Wellnesscenter einrichten. Sollen die anderen Vergütungen auf dein Konto überwiesen werden, oder willst du sie lieber in bar?« Vaughns Stimme klang so sachlich, als wolle er Grace noch eine Cola anbieten.

»Was?«

»Wie willst du die Bezahlung?«, wiederholte Vaughn und trommelte ungeduldig auf den Rand des Tablets.

Grace dachte hastig nach. Sobald das Geld auf ihrem Konto einging, würden irgendwelche Inkassofirmen es sich unter ihre schmierigen Krallen reißen. Aber sie brauchte einen Teil des Geldes, um sich die passende Kleidung zu kaufen und sich ein wenig Luxus zu leisten, beispielsweise etwas zu essen, und sie musste ihre Oyster-Card für die U-Bahn aufladen. »Ähm, bar wäre mir lieber. Aber sag mal, ist das nicht doch zu viel?«, fragte sie. »So viel brauche ich gar nicht. Siebentausend pro Monat – für einen Teilzeitjob. Umgerechnet auf Vollzeit wären das hunderttausend im Jahr.«

»Ich weiß. Und glaub mir, weniger würde heißen, dass ich dich ausnutze«, versicherte Vaughn ihr und sah sie verständnislos an. »Wenn du nicht alles ausgibst, spende es einer Wohltätigkeitsorganisation. Wirklich, mir ist es egal.«

Er musste tatsächlich steinreich sein, dachte Grace. So was von reich, dass hunderttausend im Jahr nichts weiter waren als ein Taschengeld – auf das er locker verzichten konnte. Und dabei war es genug, um ihr Leben umzukrempeln, von heute auf morgen, mehr, als sie je erwartet hatte. Auf einmal kam ihr die Situation vollkommen irreal vor, so als würde sie über den Wolken schweben, und da unten saß jemand, der aussah wie sie und sich anhörte wie sie. All das konnte doch nicht wirklich passieren – nicht in *ihrem* Leben, denn das lief einfach nicht so.

»Was noch?«, fragte Grace mit einer Mischung aus Neugier und Angst – Angst, er könne ihr im nächsten Moment die Klamotten vom Leib reißen.

Doch Vaughn unterstrich nur eine der Notizen in seiner krakeligen Schrift, dann schaltete er den Tablet-PC aus. »Ich habe meinem Anwalt schon gesagt, er soll den Vertrag aufsetzen. Müsste im Lauf der Woche fertig sein.«

»Du bist also davon ausgegangen, dass ich Ja sagen würde?« Grace konnte den leicht gereizten Tonfall nicht vermeiden. War sie so vorhersagbar?

»Ich hatte gehofft, du würdest Ja sagen. Nun hast du Ja gesagt, und alles ist vorbereitet«, antwortete Vaughn mit einer Spur Sarkasmus. Doch als Grace lächelte, entspannte er sich wieder. Sie musste herausfinden, wie sie am besten mit ihm zurechtkam, und das möglichst bald. »In der nächsten Zeit werden wir uns ohnehin nicht sehen. Morgen früh fliege ich für eine Woche nach Moskau, und du wirst einiges zu tun haben. Meine Assistentin meldet sich noch wegen genauer Einzelheiten.« Er stand auf und reichte Grace die Hand, sodass ihr gar nichts anderes übrig blieb, als ebenfalls aufzustehen. »Als Erstes solltest du dich *darum* kümmern«, sagte er und streifte mit den Fingern ihr Haar. »Das ist wirklich nicht ganz passend.«

Die mutige Wahl ihrer Haarfarbe würde wohl niemals Anklang finden. »Mal sehen, was sich da machen lässt«, sagte Grace artig, wenn auch wenig enthusiastisch.

»Tu das.«

Doch all das schien nichts weiter als der Austausch von Worten, um der Tatsache aus dem Weg zu gehen, dass sie die Vereinbarung nun eigentlich offiziell machen mussten.

Und es war seltsam: Vaughns Hand lag auf ihrer Hüfte, und sie standen so dicht beieinander, dass ihre Körper sich berührten, aber noch immer war da diese Distanz. Grace bewegte sich zuerst. Sie stieß dabei mit dem Knie gegen Vaughns Beine und musste kichern.

Sie dachte, Vaughn würde auch lachen, doch stattdessen küsste er sie.

Zunächst war es nur ein flüchtiger Kuss, nicht viel mehr als ein Handschlag, um ihren Pakt zu besiegeln. Und doch war es vollkommen anders als mit Liam. Grace stellte sich auf die Zehenspitzen und legte die Arme auf Vaughns Schultern, damit sie seinen Kuss erwidern konnte. Noch erkundeten sie lediglich das Terrain, doch ein Teil von Grace hätte am liebsten die Augen geschlossen und alles andere um sich herum vergessen.

Aber sie wusste, dieser Kuss würde nicht bis zum Äußersten führen. Vaughn lockerte seine Umarmung, seine Hand streifte ihre Taille, und er nahm ihre Unterlippe sanft zwischen seine Zähne. Dann ließ er sie los, und bevor Grace sich beherrschen konnte, entfuhr ihr ein leiser Laut des Protests.

Das mit der Lust war doch verflixt kompliziert!

»Tja, dann bin ich jetzt wohl deine Geliebte«, sagte sie und wünschte sofort, sie hätte den Mund gehalten. Wie dämlich!

Vaughn dachte offenbar das Gleiche und ignorierte ihre Bemerkung. Stattdessen strich er über ihr Halstuch. »Davor hattest du die ganze Zeit Angst«, sagte er ruhig, und Grace zuckte zusammen. Doch dann fragte er: »Warum hast du deine Meinung geändert?«

Das Halstuch erfüllte also noch immer seinen Zweck und überdeckte die Spuren der vergangenen Nacht, dennoch hätte Grace es am liebsten noch einmal zurechtgezupft. »Das kam einfach so«, antwortete sie leise. »Auf einmal fand ich es richtig, als ich darüber nachdachte, wohin alles in meinem Leben führt.« Wohin auch immer, Hauptsache nicht zurück zu heute Morgen!

»Ich konnte deine Reaktion bei unserem letzten Treffen gar nicht verstehen. Du hast mir die schlimmsten Absichten unterstellt und gedacht, ich wollte dich ausnutzen und es ginge nur um Sex«, sprach Vaughn weiter und strich ihr eine Haarsträhne aus dem Gesicht. Und diese unwillkürlichen Gesten machten Grace wahnsinnig! Warum musste er sie immer berühren? »Aber so war es nicht.«

»Na ja, ein bisschen schon. Aber ich nutze dich ja auch aus«, gab Grace zurück und starrte auf das Grübchen in seinem Kinn, das genau auf ihrer Augenhöhe lag. Als er die Arme sinken ließ, fuhr sie fort: »Wir profitieren beide. Aber was mich angeht, ist es nicht nur das Geld, sondern die Chance, mein Leben zu ändern, anders behandelt zu werden. Vielleicht werden die anderen wenigstens …«

»Sag lieber nichts mehr«, sagte Vaughn warnend, und es war unglaublich, wie kalt seine Stimme plötzlich klang. »Niemand wird ausgenutzt. Wir haben lediglich eine Vereinbarung, die uns beiden Vorteile bringt.«

Grace beschloss, die Frage, ob sie sich fühlte wie die Nutznießerin oder wie die Ausgenutzte, auf den nächsten Tag zu verschieben, wenn sie 5000 Pfund in den Händen hielt.

Vaughn ging einen Schritt zur Seite, und sie wartete beinahe darauf, dass er das Arrangement doch noch abblies. Aber er sah sie nur nachdenklich an, ganz so, als könne er durch alles hindurchsehen – Kleidung, Haut –, und als sei er der Erste, der verstand, wer sie wirklich war. Was er sah, war offenbar nicht das Schlechteste, denn er lächelte. Und als es Grace vorkam, als spräche ein wenig Traurigkeit, eine Verletzung, aus seinem Blick, tat sie es damit ab, dass das Licht merkwürdige Schatten warf.

»Ich sagte doch, es wird ein interessantes Jahr.«

Mehr sagte Vaughn nicht.

Kapitel 10

Grace rechnete damit, dass sich auf dem Heimweg ihr schlechtes Gewissen melden würde, aber das tat es nicht. Es meldete sich erst später – als sie zu Hause war und ihre Frustkäufe auspackte. Auch der Gedanke, sich all das schon sehr bald leisten zu können, machte es nicht besser. Panik stieg in ihr auf wie bittere Galle, also tat sie, was sie immer tat: Sie stopfte sämtliche Einkäufe in Plastiktüten und verbannte sie aus ihrem Blickfeld in die hinterste Ecke des Kleiderschranks. Danach legte sie sich ins Bett – obwohl es erst fünf Uhr nachmittags war – und schlief wie ein Murmeltier. Vierzehn Stunden gnädiges Vergessen, und in den ersten Sekundenbruchteilen nach dem Aufwachen konnte sie sich an den Tag zuvor überhaupt nicht mehr erinnern. Erst als sie die Augen aufschlug, fiel ihr allmählich alles wieder ein.

Und erst als sie im Taxi saß – denn mit über 80 000 Pfund im Jahr war Bus fahren wohl kaum noch angesagt –, hatte sie das dringende Bedürfnis, sich zu übergeben.

Grace konnte es selbst kaum fassen. Gestern hatte sie Vaughn ein Freiticket für sämtliche Bereiche ihres Körpers ausgestellt. Da konnte er ihr noch so viel erzählen und ein paar komplizierte Begriffe einstreuen, um die Sache zu beschönigen. Sie war seine Geliebte, und nie wieder würde sie dieselbe sein. Sie würde aufhören zu existieren und zu einer vollkommen anderen werden, die sich Vaughns Launen und Ansprüchen zu fügen hatte. Und die Ansprüche waren es, was sie am meisten quälte.

Doch als das Taxi dann vor dem *Skirt*-Gebäude hielt und Grace noch kurz ins Caffè Nero hineinsprang, um sich einen dreifachen Latte ohne Milchschaum und ein Blaubeer-Muffin zu holen, machte sie sich klar, dass sich allein durch die Tatsache, dass sie nun offiziell Vaughns Geliebte war, gar nichts in ihrem Leben geändert hatte.

Die einzige neue Entwicklung war eine Flut von E-Mails – alle von Ms. Jones, Vaughns Assistentin: ein Verzeichnis mit Kunstausstellungen, die Grace in ihren Mittagspausen abklappern sollte, und Lektürelisten, damit auch das letzte bisschen Freizeit draufging. Wenig begeistert überflog sie einen Katalog mit Büchern über moderne Kunst mit spaßigen Titeln wie *Primitivismus, Kubismus, Abstraktion: Frühes 20. Jahrhundert.*

»Hi, was machst du denn so?«, fragte Lily, die hinter ihr aufgetaucht war, während sie missmutig bei Amazon nach Büchern stöberte und hoffte, dass ihre Kreditkarte all das noch hergab.

Hastig schloss Grace das Fenster auf dem Bildschirm und drehte sich um zu Lily, die ausnahmsweise ein wenig blass aussah. »Bist du etwa immer noch verkatert?«, fragte Grace.

Lily schnitt eine Grimasse. »Ich hatte einen Kater, hab gestern noch was getrunken, um ihn loszuwerden, und jetzt habe ich wieder einen. Heute Morgen konnte ich nicht mal an Frühstück denken.«

Grace nickte mitfühlend. »Das wird sowieso überschätzt, ich frühstücke nur in der Woche nach dem Zahltag.«

»Gracie«, seufzte Lily, »ich würde dir ja was leihen, aber wegen der Hochzeit …«

»Nein! Nein, nein! So war das nicht gemeint. Und wann bin ich denn einmal nicht pleite?«

Lily murmelte etwas Unverbindliches, denn in all der Zeit, die sie sich nun kannten, war Grace von einer finanziellen Krise in die nächste gerutscht.

»Außerdem habe ich wahrscheinlich bald einen Nebenjob«, ergriff Grace die Gelegenheit beim Schopf.

»Was denn für einen?«

»In so einem privaten Club«, antwortete sie nebulös, dank jahrelanger Übung meisterhaft in Nicht-Präzision. »Wenn ich den kriege, gehen natürlich eine Menge Abende und Wochenenden drauf.«

»Aber du wolltest mir doch bei den Vorbereitungen für die Hochzeit helfen!«, stieß Lily hervor.

»Deine Hochzeit ist erst im Frühling, und mein Vertrag geht

nur ein halbes Jahr – wenn ich nicht nach drei Monaten schon gefeuert werde«, versicherte Grace. Das waren doch wohl nicht erste Anzeichen einer Verwandlung in Brautzilla!

»Ach, ich habe etwas für dich«, sagte Lily und kramte in ihrer Chloé-Handtasche. »Einen Gutschein für diese Kosmetikerin, die gerade eine Pflegeserie mit Mineralien rausgebracht hat.«

Unglaublich, wie schnell die Aussicht auf Gratisprodukte für eine Stimmungsaufhellung sorgte. »Danke«, sagte Grace und nahm den Gutschein entgegen. Dann raschelte sie demonstrativ mit einem Stapel Papiere.

Ausgestattet mit einem Körbchen voll Cremes und Tinkturen kehrte Grace von ihrer Schönheitsbehandlung zurück. Die Kosmetikerin hatte darauf bestanden, Grace sei ein Wintertyp, wohingegen Grace selbst nach wie vor der Ansicht war, sie sei eher ein Frühlingstyp. Als Erstes hatte sie ihr Schminktäschchen ausleeren müssen, und der gesamte Inhalt war kurzerhand in den Mülleimer geflogen. »Zeit für eine radikale Veränderung«, hatte die Kosmetikerin verkündet, und einmal mehr hatte Grace sich fragen müssen, was denn auf einmal alle gegen sie hatten. *So* schlimm war die alte Grace doch nun auch wieder nicht.

»Da wartet jemand auf dich an der Rezeption«, rief Lucie strahlend, während Grace ihr neues Ich in einem Taschenspiegel betrachtete.

»Okay, ich gehe schon«, sagte Grace und klappte den Spiegel zu.

Als sie an der Rezeption ankam, stand dort kein Kurier, sondern ein schlanker junger Mann in ihrem Alter. Er trug einen Dior-Anzug und blätterte in einer Ausgabe von *Real Women,* einer weiteren Zeitschrift der Magnum Media Gruppe, allerdings für den Massenmarkt. Der junge Mann schien ganz vertieft und hob erst den Kopf, als Grace sich räusperte.

»Kommen Sie von Chanel?«, fragte sie.

»Sind Sie Ms. Reeves?«

Nicht der, den sie erwartet hatte, dachte Grace und signalisierte etwas unbeholfen, sie sollten es noch einmal versuchen.

»Mein Name ist Piers«, sagte er in verschwörerischem Tonfall. »Von Vaughns Büro. Ich soll hier etwas abgeben.«

Grace sah hinunter auf den dicken weißen A4-Umschlag, der vielversprechend auf dem Sofa lag, und schüttelte Piers' ausgestreckte Hand.

»Ich bin Grace«, sagte sie und versuchte, seinen erstaunten Blick zu ignorieren. Piers sah hinunter auf seine Schuhe, und trotz der tadellosen Kleidung hatte sie das Gefühl, er fühlte sich ebenso unbehaglich wie sie. »Ist das für mich?«

Beide starrten auf den weißen Umschlag. »Erst müssen Sie mir etwas unterschreiben«, sagte Piers und schluckte. »Der Vertrag ...«

Nun erröteten sie um die Wette. Grace warf einen Blick über die Schulter, aber die beiden Leute an der Rezeption waren mit einem riesigen Blumengebinde beschäftigt und nahmen überhaupt keine Notiz von ihr. »Ich kann den Vertrag mitnehmen und in die Post geben, sobald ich ihn unterschrieben habe«, schlug Grace vor, aber Pierce war schon dabei, die Papiere aus dem Umschlag zu ziehen.

»Vaughn bestand darauf, dass Sie ihn sofort unterschreiben«, erklärte er und verzog das Gesicht. »Eigentlich sollte ich schon längst zurück sein. Er will nämlich heute nach Moskau fliegen.«

Vaughn war wohl sehr daran gelegen, schnellstmöglich alles in trockene Tücher zu bringen – als fürchtete er, Grace würde doch noch abspringen. Sie wusste, dass er sie wollte, darum ging es ja schließlich bei dem Vertrag und bei so viel Geld. Doch es wäre um einiges leichter gewesen, wenn er ihr das einfach gesagt hätte, anstatt ihr einen seiner Laufburschen zu schicken.

»Könnten Sie nicht gleich hier unterschreiben?«, fragte Piers. »Ich warte seit Stunden, und Vaughn hat schon zweimal angerufen. Und ich habe bestimmt nichts mehr zu lachen, wenn ich mit leeren Händen zurückkomme.«

Vermutlich hatte Vaughn keine Ahnung, was Piers so alles ausplauderte. Aber Grace musste selbst oft genug die Drecksarbeit für Kiki erledigen – ihre Sachen zur Reinigung bringen war da noch das Wenigste –, und so konnte sie Piers' Sorge nachempfinden. »Meine Chefin würde mich auch köpfen, wenn sie nicht gerade im Urlaub wäre. Ich habe nämlich zwei Stunden Mittagspause gemacht«, gestand Grace und verdrehte im Einklang mit Piers die Augen. »Okay, ich werde ihn nur kurz überfliegen.«

Es waren ohnehin nur zwei Blätter, das zweite davon kaum beschrieben, bis auf eine gestrichelte Linie, wo Grace unterschreiben sollte. Sie überflog die Seiten und stellte fest, es war ein ganz normaler Arbeitsvertrag, so ähnlich wie der, den sie bei *Skirt* unterschrieben hatte. Auch die Floskel *Überstunden und Mehrarbeit über die vereinbarte Tätigkeit hinaus* durfte natürlich nicht fehlen.

Piers fingerte an den anderen Umschlägen herum, und Graces Aufmerksamkeit richtete sich auf ein dickes Bündel. »Ms. Reeves … Grace … Ich will Sie ja nicht drängen«, sagte Piers in verzweifeltem Ton, und dann klingelte auch noch sein Handy. »Hier ist ein Kugelschreiber.«

Grace hatte nur die erste Seite überflogen, doch es reichte ihr, um sicher zu sein, dass es keine versteckten Haken gab. Sie unterschrieb, und Piers unterzeichnete als Zeuge.

»Bekomme ich eine Kopie?«, fragte sie. Von dem Vertrag mit *Skirt* hatte es damals zwei Ausfertigungen gegeben. Aber eigentlich war sie viel mehr interessiert an den anderen drei Umschlägen.

»Da bin ich mir nicht sicher. Ich werde Madeleine fragen, wenn ich wieder im Büro bin«, antwortete Piers und steckte den Vertrag wieder ein. »So, die soll ich Ihnen geben. Vaughn hat gesagt, Sie wüssten schon wofür.«

Das hatte er richtig verstanden. Grace hatte Mühe, sich zu beherrschen und nicht laut loszuquietschen, als Piers ihr die Umschläge reichte. »Danke«, sagte sie hastig.

Sie brachte Piers zum Haupteingang. Dann rannte sie die sieben Treppenfluchten hinauf und schloss sich in der Behindertentoilette ein. Dort riss sie den dicksten Umschlag auf. Er enthielt zwei Bündel Scheine, nagelneue Zehner und Zwanziger, so glatt und glänzend, dass Grace nicht umhinkam, daran zu schnuppern. Dann öffnete sie den zweiten Umschlag, auf dem sinnigerweise *Kleidungspauschale* stand, und fand die vereinbarten 2000 Pfund. Sie ließ sich auf die Toilette sinken, und starrte auf die Scheine in ihrem Schoß.

7000 Pfund! Auf einmal schienen alle Demütigungen der vergangenen Wochen vergessen. Pfff! Alles egal, mit etwas Cash in den Händen. Und das Geld gehörte wirklich ihr, nach einer Kette von Ereignissen, die sie noch immer nicht ganz begreifen konnte. Jetzt würde sie das Leben führen, von dem sie bisher nur in Zeitschriften wie *Skirt* gelesen hatte: Partys, Champagner, First-Class-Reisen und Klamotten vom Feinsten. Und Schuhe. Und Taschen.

Wenn das noch nicht reichte, erledigten sich die bohrenden Zweifel spätestens mit dem letzten Umschlag. Er enthielt eine Mitgliedskarte für ein Spa-Center, das genau zwischen *Skirt* und Vaughns Galerie lag. Eine dieser noblen Adressen, die nicht einmal eine Hausnummer hatten, und wo man nur auf Empfehlung Eintritt erhielt. Und Gott sei Dank kam Kiki dort nicht rein. Grace konnte sich noch erinnern, dass Lily wochenlang versucht hatte, eine Mitgliedskarte für sie zu bekommen, aber sie wurde einfach immer wieder abgelehnt.

Grace hatte befürchtet, bei ihrem ersten Besuch im Spa-Center vielsagende Blicke zu ernten. Vielleicht war sie ja die Letzte in einer langen Reihe von Vorgängerinnen, die alle von Vaughn dorthin geschickt worden waren, sodass man längst Bescheid wusste. Aber die Mitarbeiter hätten gar nicht freundlicher sein können. Jemand holte ihr sogar ein Sandwich von Pret a Manger, als klar wurde, dass sie ihre Mittagspause opferte. Dabei war das Spa derart exklusiv, dass Grace Angst hatte, ihr könnte Mayonnaise auf das weiße Leder tropfen, mit dem so gut wie alles bezogen war – von den Wänden bis hin zu der Liege, auf der sie splitternackt lag, während ihre blasse Haut bearbeitet wurde.

In den folgenden Tagen zeigte sich eine ganz neue Grace. Und das war nicht allein das Werk der Beauty-Spezialisten mit ihren Tri-Enzym-Gesichtsbehandlungen und dynamischen Haarkuren. Ausradiert schienen der verspannte Gesichtsausdruck und die Sorgenfalte auf der Stirn, die sie sich durch das ständige Grübeln wegen Geld, Kiki und all den gescheiterten Beziehungen zugelegt hatte.

Eine Schönheit würde sie wohl niemals werden, aber wie sagte ihr Großvater immer: Sie machte was her. Und Grace wollte das Beste aus sich machen. Die kleinen Fehler, die sie jedes Mal aufgelistet hatte, wenn sie sich nach dem Duschen nackt von allen Seiten im Spiegel betrachtete, gehörten der Vergangenheit an. Alle Unebenheiten an Armen und Beinen waren wegmassiert, sämtliche Hautunreinheiten beseitigt, und ihr Haar hatte sich vom Aufhellen erholt und schimmerte schokoladenbraun.

Die Wachsbehandlung stand noch bevor, und Grace war ein wenig mulmig. Sie hatte die wildesten Geschichten darüber gehört, aber mit einer kleinen, untersetzten Frau, die mit osteuropäischem Akzent sagte: »Ich bin Galya«, und dann befahl: »Hose runter!«, hatte sie nicht gerechnet.

»Auf den Tisch!«, kommandierte Galya und warf einen kritischen Blick auf Graces Schambehaarung. »Selbst gemacht, hä?«

Grace stützte sich auf die Ellbogen und nickte. Ihre Rasierkünste zu verteidigen schien zwecklos, denn Galya schnaubte nur verächtlich und erhitzte das Wachs.

»Brasilianisch?«, fragte sie nach einem Moment unbehaglicher Stille.

»Ist es das mit der kleinen Landebahn?« Es war schon eine Weile her, seit *Skirt* etwas über die neuesten Trends bei Wachsbehandlungen gebracht hatte.

Galya platzierte den Topf Heißwachs zwischen Graces Beinen. »Neuer Freund?«, schnaubte sie. »Erste Behandlung ist immer wegen neuem Freund.«

Hilflos sah Grace zur Decke. »So ungefähr. Ist nicht leicht zu erklären.« Sie warf einen misstrauischen Blick auf Galya und den Spachtel in ihrer Hand.

»Wie ist er?«

Wie sollte man einer Frau, deren Muttersprache eine ganz andere war, Vaughn mit wenigen Worten beschreiben? »Tja … älter«, war das Beste, was Grace einfiel.

Galya gackerte wissend. Und Grace fühlte sich ein wenig wohler. »Wie alt?«

Grace musste schätzen. »Neununddreißig«, sagte sie mit Bestimmtheit.

»Dann lieber alles weg. Ältere mögen das. Beine hoch!«

Am nächsten Tag brachte Grace ihrer Vermieterin sechs Monate rückständige Miete, und in der Mittagspause ging sie zu Top Shop und bezahlte 2318 Pfund und 35 Pence, um ihre Storecard auszugleichen. Damit waren die 5000 Pfund auch schon aufgebraucht, und sie musste die Kleidungspauschale anbrechen, um sich einen Blazer aus der neuen Kollektion von Kate Moss zu kaufen. Anschließend schloss sie sich der restlichen Belegschaft des Fashion-Teams an und leistete sich eine 20-Pfund-Box mittelmäßiges Sushi aus dem Laden um die Ecke.

Am Samstag kaufte sie sich ein Zac-Posen-Seidenkleid in einem ähnlichen Grün wie eins der Bilder, die in Vaughns Galerie hingen, und ein Paar zehenfreie Slingbacks von Oscar de la Renta. Damit blieb von der Kleidungspauschale auch nichts mehr übrig, und es hieß wieder Nudeln essen und Kleingeld für die Oystercard zusammenkratzen. Dennoch nahm sie sich fest vor, nächsten Monat wieder einen Riesenbatzen Schulden abzuzahlen, bevor sie einen Gedanken an neue Klamotten verschwendete.

Nun gab es nur noch eins, was ihr Sorgen machte. Doch nachdem eine weitere Woche vergangen war, schien Vaughn nichts weiter als ein geheimnisvoller Gönner im Hintergrund. Selbst Kiki mit ihren bissigen Bemerkungen schaffte es nicht, ihr strahlendes Lächeln zu vertreiben. Dennoch war Grace immer wieder froh, wenn sie sich in die Kleiderkammer zurückziehen konnte.

Sie war gerade dabei, ein exklusives Stück von Roland Mouret anzuprobieren, als ihre verwaschene Jeans, die auf dem Boden lag, vibrierte. Langsam, damit die Nähte des engen Kleids nicht platzten, bückte sie sich und griff nach dem nagelneuen BlackBerry. Er war noch gar nicht zum Einsatz gekommen, seit man ihn ihr geliefert hatte, und die Nummer hatte sie niemandem gegeben. Das konnte nur bedeuten …

»Hallo?« Gar nicht so leicht, mit rauchiger Stimme zu sprechen und verführerisch zu klingen, wenn man ein Kleid anhatte, in dem man kaum Luft bekam.

»Grace, Mittwochabend musst du mit zu einer Party«, sagte Vaughn – als sei es eine Selbstverständlichkeit, Montagmorgens um 12.35 Uhr mit so etwas anzukommen, nachdem sie zwei Wochen lang nichts von ihm gehört hatte.

»Ähm, ist gut«, murmelte sie, und ihre Wangen glühten, denn schon ein Telefonat mit Vaughn kam ihr anrüchig vor. Sie musste unbedingt daran denken, ihr Spa – *ihr Spa!* – anzurufen und eine Notfall-Wachsbehandlung zu buchen, und Maniküre, und wenn es ging, auch noch Waschen und Föhnen, am besten Mittwoch direkt nach der Arbeit. Du lieber Himmel, noch vor zwei Wochen hatte die einzige Behandlung, die sie sich regelmäßig gönnte, aus einem Peeling bestanden, das sie sich auftrug, während die *Topmodels* im Fernsehen liefen!

»Grace«, riss Vaughn sie aus ihren Gedanken, und ihr wurde klar, dass er sicher genauso schwierig war wie Kiki. Plötzlich fühlte sich ihr Mund an wie ausgetrocknet. »Ein bisschen kommunikativer könntest du schon sein.«

»Tut mir leid.« Grace klemmte sich den BlackBerry zwischen Ohr und Schulter und vergewisserte sich, dass die Tür richtig zu war. »Ja, wie geht es dir denn?«

»Wie es mir geht?«, ertönte das verblüffte Echo auf eine so ungewöhnliche Frage. »Mir geht es gut. Wie weit bist du mit der Lektüreliste? Und was hältst du von der Karvovsky-Ausstellung?«

Grace machte eine Verrenkung, soweit es ihr in dem hautengen Seidenkrepp überhaupt möglich war. Eins der langweiligen Bücher über Kunst hatte sie sich bei Borders gekauft – die waren die Einzigen gewesen, die es vorrätig hatten. Ansonsten hatte sich ihre Recherche größtenteils auf die Biografie von Madame Pompadour beschränkt. Nach langem angespannten Schweigen sagte sie: »Ich war in der Tate Modern.«

Ein tiefer Seufzer am anderen Ende der Leitung. »Rumstehen und hübsch aussehen reicht nicht«, sagte Vaughn – so wie es sich anhörte, mit zusammengebissenen Zähnen. »Ich dachte, ich hätte mich klar ausgedrückt.«

Dass sie hübsch war, hatte er ihr schon einmal gesagt, aber jetzt klang es wie ein Vorwurf. »Tut mir leid«, sagte Grace kleinlaut. »Ich hatte kaum Zeit, wegen der vielen Spa-Termine.«

»Na gut«, antwortete Vaughn, und es klang, als dächte er genau das Gegenteil. »Madeleine schickt dir ein paar Infos. In Stichworten, wegen deiner Termine. Bis Mittwoch, Grace. Spätestens um sieben in meinem Büro, und sei pünktlich!«

»Was für eine Party ist das denn? Muss ich mich richtig schick machen? Sind da lauter Angeber?«

»Grace! Für so was habe ich jetzt keine Zeit. Ruf Madeleine an, die kann dir alles erklären«, sagte Vaughn, und Grace spürte förmlich, dass er schnellstens auflegen wollte. »Bis Mittwoch.«

Kapitel 11

Mittwochabend um genau 18.57 Uhr stand Grace vor 17 Thirlestone Mews. Sie sah hinunter auf die Vintage Roland-Cartier-Sandalen und ihre perfekt lackierten Zehennägel und redete sich ein, dass alles gut gehen würde.

Piers öffnete die Tür und bekam sofort glühende Wangen. Er war wohl der einzige Mensch, den Grace kannte, der ebenso schnell errötete wie sie, und wäre sie nicht davon ausgegangen, dass er schwul war, hätte sie gedacht, er wäre in sie verknallt.

»Hi. Ich habe einen Termin …«

»Hi. Ich glaube, er erwartet Sie schon …«

Grace fühlte sich ein wenig verschwitzt in ihrem teuren neuen Kleid, das ihr allmählich auf der Haut klebte.

»Soll ich schon mal hochgehen?«, fragte sie und dachte, es könnte nicht schaden, sich einen blasierteren Tonfall zuzulegen.

Sie folgte Piers die Treppe hinauf, nachdem sie mit Interesse die beiden Frauen hinter dem Empfangsschalter zur Kenntnis genommen hatte. Ziemlich nobel – das erkannte sie sofort. Selbstsichere Haltung, glänzendes Haar und schicke Klamotten, die aussahen, als seien sie erst vor fünf Minuten gebügelt worden. Die beiden würdigten Grace kaum eines Blickes, doch Grace hätte nicht sagen können, ob sie zu beschäftigt waren oder einfach nur desinteressiert.

»Er ist da hinten«, sagte Piers und zeigte auf eine Tür am Ende des Flurs, nachdem sie in der ersten Etage angekommen waren. Grace ging zögernd weiter und klopfte leise.

»Herein.«

Sie straffte die Schultern und öffnete die Tür.

Vaughn saß am Schreibtisch und starrte angestrengt auf den Bildschirm. Grace überlegte, ob sie sich auf einen der kubistischen Sessel setzen sollte, aber dann hob Vaughn den Kopf, und seine Miene entspannte sich ein wenig.

»Hey«, sagte Grace und hob zum Gruß eine verschwitzte Hand.

»Hallo«, sagte Vaughn. Er schob den Stuhl zurück und ging auf sie zu. Am liebsten hätte Grace einen Schritt zurück gemacht, aber sie rührte sich nicht von der Stelle.

Vaughn trug eins seiner blütenweißen Hemden und eine maßgeschneiderte Hose. Seine Wangen waren sonnengebräunt, wodurch das Blau seiner Augen noch intensiver wirkte, als er Grace prüfend ansah.

»Du bist pünktlich«, sagte er und gab ihr einen flüchtigen Kuss auf die Lippen. Seine Hand streifte ihre Hüften und strich über den Seidenjersey ihres Kleids – eine besitzergreifende Geste, die Grace zusammenzucken ließ. »Deine Haare gefallen mir nicht.«

»Aber du hast doch gesagt, ich soll mir was einfallen lassen«, versuchte Grace sich zu verteidigen. Sie strich sich durch die neue Frisur. Ihr gefiel der Haarschnitt – stumpf geschnittener Pony und lange, glatte Strähnen, die ihre Wangenknochen betonten. »Sie sind doch gar nicht mehr schwarz.«

»Warum hast du dir nicht eine neue Farbe ausgesucht? So sieht es aus wie ein Mars-Riegel«, gab Vaughn ungerührt zurück und betrachte Graces Frisur von allen Seiten. Dabei sollten die Strähnen das Ganze doch ein wenig aufpeppen. Das neue Zac-Posen-Kleid, das Grace den größten Teil der Kleidungspauschale gekostet hatte, fand jedoch seine Anerkennung. »Bis auf die Haare alles sehr hübsch. Grün steht dir.«

Vaughn nahm sein Jackett von der Stuhllehne und verließ den Raum, ohne sich zu vergewissern, ob Grace ihm folgte wie ein gehorsames Hündchen.

Draußen wartete ein großer, schicker Wagen mit laufendem Motor. Ein Fahrer in Uniform hielt die Tür auf, und Grace sank auf die Ledersitze und versuchte, sich zu entspannen.

Vaughn schlug die Beine übereinander und sah sie an. »Ich will, dass du auf der Party nicht so viel trinkst«, sagte er. »Ein Glas, mehr nicht.«

»Was soll das denn heißen?«, fragte Grace pikiert.

»Das soll heißen, als wir uns das erste Mal gesehen haben, hast du ein Glas Champagner in einem Zug geleert«, erklärte Vaughn. »Dann hast du mich betrunken angerufen. In New York warst du total dicht und bei unserem letzten Treffen verkatert.«

Wenn das so war, konnte der Fahrer sie ja gleich bei den Anonymen Alkoholikern absetzen.

»Schon klar«, gab Grace beleidigt zurück.

»Du kannst hinterher noch etwas trinken, beim Essen«, gestattete Vaughn, und Grace fühlte sich etwas besser. Doch sie wurde sofort hellhörig. Ms. Jones hatte nichts von einem Essen erwähnt, und Grace hatte gedacht, im Anschluss an die Party würde Vaughn direkt zur Sache kommen. Aber nichts da, er wollte ihre Qualen wohl in die Länge ziehen.

»Jetzt bist du sauer«, sagte Vaughn, »aber höflicher konnte ich es nicht formulieren.«

Grace sah ihn mit vorwurfsvollem Augenaufschlag an. »Doch, konntest du, aber du wolltest nicht.«

Vaughn zuckte die Achseln. »Ich habe dir ehrlich gesagt, womit du es zu tun bekommst. Mit *wem* du es zu tun bekommst. Also gibt es keinen Grund, ein mürrisches Gesicht zu machen.«

Es kostete Grace einiges an Anstrengung, eine freundlichere Miene aufzusetzen. »Tut mir leid. Aber ich bin ein bisschen aufgeregt.«

Eigentlich hätte Vaughn nun etwas Beruhigendes sagen müssen. Aber zu Graces großem Ärger lächelte er nur milde und sagte für den Rest der Fahrt kein weiteres Wort.

Gastgeber der Party war ein russischer Geschäftsmann, der Kunst und Trophäen in Form von Frauen sammelte. Ort der Veranstaltung war sein Haus in Kensington – nicht gerade die Art Behausung, die Grace gewohnt war, wo man seine Schuhe an der Eingangstür abstellte und sofort eine Tasse Tee angeboten bekam. Nein, es war eine der imposanten Regency-Villen mitten in der Stadt, die fast einen ganzen Straßenzug einnahmen. Davor stand eine Reihe Limousinen und am Ende der steinernen Treppe ein Lakai in Livree, der die Gäste nach ihren Namen fragte, um sie anzukündigen.

Sobald Grace die Eingangshalle betreten hatte, wurde sie erschlagen von Blattgold und Kristall, selbst die Geländer der Freitreppe waren vergoldet. Eine Horde Menschen schob sich über den importierten Marmorfußboden – sämtliche Frauen mit dicken Klunkern behangen –, und hundert französische Parfums wetteiferten um die olfaktorische Vorherrschaft. Schon auf den ersten Blick entdeckte Grace mindestens fünf Roberto-Cavalli-Kleider, also kamen die meisten Gäste aus dem ehemaligen Ostblock. »Cavalli tragen doch nur Rapper und russische Gangsterbräute«, hatte sich Kiki des Öfteren ausgelassen.

Dann sah Grace sich in dem riesigen bronzeverzierten Spiegel, der fast die ganze Wand einnahm, und schauderte. Nach der Spa-Behandlung hatte sie gedacht, sie sähe so gut aus wie nie zuvor. Aber hier, als Vaughns Anhängsel, fühlte sie sich absolut fehl am Platz, was allerdings auch daran liegen konnte, dass Vaughn noch immer ein finsteres Gesicht machte. Dabei trug er den maßgeschneiderten Anzug mit der gleichen Lässigkeit wie Jeans und T-Shirt, wohingegen Grace ihr 1000-Pfund-Kleid vorkam wie eine Verkleidung. Außerdem musste sie Vaughn recht geben: Ihre Haare sahen tatsächlich unmöglich aus – ebenso wie die verschlissenen Sandalen. Tja, Vintage war eben doch bloß ein anderes Wort für secondhand.

Entsetzt wich Grace vor ihrem Spiegelbild zurück und trat beinahe der Dame hinter ihr auf die Füße, was diese ganz und gar nicht mit Humor nahm.

»Los, raus aus diesem Gedränge!« Vaughn packte Grace, am Ellbogen, um weiteres Unheil zu verhindern. »Da hinten ist der Festsaal.«

»Was? Die haben hier einen Festsaal?«, flüsterte Grace, der Verzweiflung nahe. »Davon hat Ms. Jones mir überhaupt nichts gesagt. Muss man da etwa tanzen?«

»Quatsch!«, gab Vaughn im Flüsterton zurück und dirigierte Grace mit Entschlossenheit durch die Menge in einen riesigen

Raum, wo es tatsächlich eine Tanzfläche gab. »Hier stellt Boris ein paar Stücke seiner Sammlung aus.« Grace warf einen flüchtigen Blick auf ein paar der scheußlichen Gemälde. Dann erspähte sie die riesigen Türen, die in den Garten führten, und sie hätte sich nicht gewundert, eine Landebahn oder einen olympiatauglichen Swimmingpool dahinter vorzufinden.

»Jetzt brauche ich aber meinen einzigen Drink«, sagte sie und sah kurz zu einer Frau hinüber, die im Pelzmantel an ihnen vorbeistolzierte – an einem lauen Sommerabend! Grace schnappte sich ein Glas Champagner von einem der Kellner und nippte daran. Das musste nun also für die nächsten Stunden reichen.

Einen Moment lang beobachtete sie ein Trio Frauen, die ebenso gut Transvestiten hätten sein können, dann wurde ihre Aufmerksamkeit abgelenkt von einem fetten, verschwitzten Typen in pinkfarbenem Anzug. »Wackelpudding«, murmelte sie, während Vaughn zum anderen Ende des riesigen Festsaals hinüber gestikulierte.

Er wollte sich in Bewegung setzen, doch Grace hing an ihm wie eine Klette. »Ich muss da hin, Grace«, sagte er ganz ruhig, »geschäftlich.«

»Okay. Kann ich nicht mitkommen?«

»Nein, du wirst dich unter die Leute mischen und keinen Tropfen mehr trinken«, erklärte Vaughn. Geschickt entwand er sich ihrem Griff und verschwand in der Menge.

Grace schnitt ihm eine Grimasse hinterher und fragte sich, wie sie es anstellen sollte, sich unter die Leute zu mischen. »Woher haben Sie denn das Kleid?« oder »Wir kennen uns doch vom Glastonbury-Festival!« lauteten ihre üblichen Eröffnungszüge, aber die konnte sie hier nicht gebrauchen.

Also schlenderte sie durch den Festsaal und setzte ein schwaches Lächeln auf, das hoffentlich lässig wirkte.

Irgendwann schlängelte sie sich an die Seite einer Frau mittleren Alters, die mit hoffnungslosem Blick vor einem der Gemälde stand. »Tolle Arbeit, nicht wahr? Obwohl manche sein Frühwerk für wesentlich besser halten«, zwitscherte Grace.

Die Frau sah Grace konsterniert an und ging. Was soll's, dachte Grace, immerhin hatte sie es versucht. Und das Wichtigste war, sie war Vaughns Argusaugen entkommen, und er bekam nicht mit, was für ein Reinfall in puncto Smalltalk sie war.

Nachdem sie das für sich geklärt hatte, schlenderte sie weiter, hinaus in den Garten. Es wurde bereits dunkel, und mehrere Hundert Kerzen in weihevollen Haltern säumten den Weg, der durch die sanft hügelige Rasenfläche zu einer überdachten Sitzecke führte. Grace schnupperte genüsslich. Aha, der offizielle Raucherbereich.

Abgesehen von einem Pärchen, das in ein angeregtes Gespräch vertieft war, und einem Mann, der ungerührt in sein Handy grölte, war niemand zu sehen. Grace schnappte sich einen der geschmacklos vergoldeten Stühle und war froh, dass sie sich setzen konnte. Sie tauschte ihr leeres Glas gegen ein volles und kramte ihre Zigaretten hervor.

Hastig rauchte sie die erste Zigarette bis zum Filter, dann zündete sie sich die nächste an. Dafür ließ sie sich mehr Zeit, schließlich war sie Gelegenheitsraucherin, was mittlerweile jedoch auf eine Packung pro Tag hinauslief.

»Hallo«, sagte jemand in affektiertem Ton.

Grace hob den Kopf. Vor ihr stand ein junger Mann mit schweren Lidern.

»Hallo.«

»Kann ich eine bei Ihnen schnorren?«, fragte er. Ohne ihre Antwort abzuwarten, setzte er sich und griff nach der Schachtel auf dem Tisch. Er ignorierte Graces empörtes Schnauben, zündete sich eine Zigarette an und blies ein paar Ringe.

Schon auf den ersten Blick konnte Grace ihn nicht leiden.

»Ich bin Alex«, sagte er.

»Und ich bin nicht interessiert«, gab Grace zurück. Seine Arroganz war genauso nervtötend wie sein Rasierwasser.

Er lachte, und zwar so dämlich, dass Grace ihm am liebsten eine runtergehauen hätte. Mehr als eine. »Bild dir nichts ein, Schätzchen, ich bin schwul.«

Grace bedachte ihn mit ihrem arrogantesten Blick. »Und ich bin trotzdem nicht interessiert.«

»Nein, du bist ja auch die Neue«, sagte Alex mit schmierigem Grinsen. »Dabei bist du eigentlich gar nicht sein Typ.«

Wieder einmal siegte die Neugier. »Ach ja?«

»Die anderen waren älter«, erklärte Alex in herablassendem Ton. »Aber keine Sorge. Nach ein paar Monaten hast auch du deine Frische verloren.«

»Sprechen Sie von Vaughn?«, fragte Grace und hoffte, er würde ihr den Schreck nicht anhören. »Was meinen Sie damit?«

Alex drohte übertrieben mit einem Finger. »Du hättest dich erst mal nach ihm erkundigen müssen, Schätzchen.«

Damit, einen lässigen Eindruck zu machen, war es nun ohnehin vorbei, trotzdem versuchte Grace es mit dem alten Trick. »Ich weiß überhaupt nicht, wovon Sie reden«, log sie. »Vaughn und ich sind uns über den Weg gelaufen, wir haben eine Menge Gemeinsamkeiten, wir verstehen uns blendend, und das ist auch schon alles.«

»Na, du bist ja reizend! Wir sollten mal zusammen essen gehen.«

»O nein, ich wüsste nicht warum. Oder wollen Sie vielleicht meinen Beschützer spielen?«, gab Grace zurück. Sie riss Alex die Zigarettenschachtel aus seinen diebischen Händen. »Und jetzt lassen Sie mich in Ruhe!«

»Du bist eindeutig amüsanter als die anderen. Für gewöhnlich sucht er sich diese eiskalten Maschinen, die immer freundlich lächeln und auf alles nicken. Wenn du mich fragst, ist Vaughn ein Soziopath, aber weil er obendrein ein Kontrollfreak ist, will er es nicht wahrhaben. Ist dir das noch gar nicht aufgefallen?« Jetzt besaß Alex auch noch die Frechheit, Grace in die Rippen zu stupsen, als wären sie alte Freunde.

»Ich finde, er ist ein toller Typ«, sagte Grace beharrlich. »Total nett, und wir verstehen uns richtig gut.«

Alex versuchte es mit einem verächtlichen Schnauben, aber affektiert wie er war, ging das natürlich daneben. »Wie du meinst, Schätzchen. Aber warum versucht du es nicht mal mit der Wahrheit?«

Grace konnte sich eine Antwort sparen, denn plötzlich stand Vaughn zwischen den Büschen vor dem Raucherbereich, wieder einmal mit kritischem Blick. »Grace«, sagte er kurz angebunden, »hier bist du.«

»Hier bin ich«, bestätigte Grace und sprang auf. Sie konnte gar nicht schnell genug von Alex wegkommen und griff demonstrativ nach Vaughns Hand, um den Eindruck liebevoller Hingabe zu unterstreichen. Zunächst fühlte es sich an wie ein Stück Holz, doch dann drückte er kaum merklich ihre Hand. »Da hängt ein irres Bild im Haus«, sagte Grace. »Das musst du mir unbedingt erklären.«

»Tatsächlich?«

»Ja, das mit den Pinguinen. Vielleicht sind es auch Männer im Frack. Kann man schlecht erkennen, deshalb sollst du mir ja was dazu sagen«, sagte Grace und schmiegte sich beinahe an Vaughn. Der Abstand zwischen ihnen war nur noch hauchdünn. Sie spürte seine Hitze und seine Energie, und zum ersten Mal, seit sie auf dieser schrecklichen Party angekommen waren, fühlte sie sich geerdet.

»Ich glaube, ich weiß, welches du meinst«, sagte Vaughn bedeutungsvoll. Denn jetzt hatte er Alex erkannt. Der wiederum hatte die Szene mit herablassendem Grinsen beobachtet. »Alex, Harry sucht schon die ganze Zeit nach dir.«

»Oh, der findet mich noch früh genug«, versicherte Alex gleichgültig. »Grace, wir müssen uns unbedingt zum Lunch verabreden.«

Damit war Grace entlassen, und sie machte sich nicht die Mühe zu antworten. Stattdessen marschierte sie über den von Kerzen erleuchteten Weg und zog Vaughn mit sich.

»Du wirst dich nicht mit ihm zum Lunch verabreden«, sagte Vaughn, und es klang, als wäre alles andere eine Todsünde gewesen.

»Hatte ich auch gar nicht vor«, knurrte Grace.

«Er ist der Letzte auf dieser Party, mit dem du dich unterhalten solltest«, fuhr Vaughn fort, als hätte er gar nicht gehört, was Grace gesagt hatte. Und nun, als sie sich außerhalb von Alex Sichtweite befanden, ließ er ihre Hand sofort los. »Der Allerletzte, Grace! Und du hast es wahrhaftig geschafft, ihm über den Weg zu laufen.«

»Er ist mir über den Weg gelaufen, nicht umgekehrt«, stellte Grace empört richtig. »Was hat er dir denn getan?«

Sie standen schon vor dem Festsaal, aber Vaughn zerrte Grace in eine dunkle Ecke neben den Türen. »Der Kerl ist unverschämt und bösartig. Es macht ihm Spaß, Leute zu verletzen, und dieses Mal hat er sich meine … meine Geschäftspartnerin ausgesucht.«

Grace hatte schon gedacht, er würde »Freundin« sagen, aber Geschäftspartnerinnen waren natürlich eher sein Stil. »Das kriege ich schon selbst hin. Kaum hatte er den Mund aufgemacht, wusste ich auch schon seine Telefonnummer – und nein, du brauchst gar nicht erst danach zu fragen, ich habe ihm meine Nummer nicht gegeben.«

Vaughns Gesichtsausdruck zu deuten schien schwieriger

denn je, hier in dieser düsteren Nische. Er zupfte Grace eine Ponysträhne zurecht, die einfach nicht richtig liegen wollte. »Ich weiß, du behauptest, du hättest selbst eine scharfe Zunge, aber der Typ ist eine ganze Nummer härter.«

Vaughn ging zurück in Richtung Festhalle, wedelte mit der Hand und rief Grace über die Schulter etwas zu, von wegen Auto.

Offenbar war diese Party ihr offizieller Einstand gewesen, und sie hatte es vermasselt, dachte Grace, als sie wieder im Wagen saßen und Vaughn in rasend schnellem Französisch telefonierte. Musste das nun auch noch sein? Gab es denn gar nichts, was er nicht konnte? Und dann auch noch Französisch, fließend und so leise. Das war geradezu klischeehaft sexy! Grace musste daran denken, wie sie sich in Monsieur Taylor, ihren Französischlehrer, verknallt hatte, obwohl der Glubschaugen hatte und noch bei seiner Mutter wohnte.

»D'accord, oui, d'accord.« Das klang ja richtig verführerisch, und zum ersten Mal an diesem Abend, nein, zum ersten Mal seit dem Kuss auf der Dachterrasse, spürte Grace ein Kribbeln im Magen. Und wenn es so weiterging, würde dieses Kribbeln ihr Herz rasen lassen und ihren Pakt besiegeln.

Mit entschlossenem Blick starrte Grace aus dem Fenster.

Der Wagen fuhr durch die Seitenstraßen von Kensington und hielt vor einem Restaurant, an das sich Grace nach einer Rezension im Feuilleton vage erinnerte.

Als der Fahrer die Tür öffnete, beendete Vaughn den Anruf und stieg aus. Er reichte Grace die Hand, um ihr aus dem Wagen zu helfen, und dieses Mal ließ er sie nicht gleich wieder los. Sie wurden durch das Foyer geleitet. Der einzige Blickfang war ein riesiges Arrangement aus Lilien, das auf dem Empfangsschalter stand und einen penetranten Geruch in sämtliche Richtungen verströmte. Am liebsten hätte Grace sich die Nase zugehalten. Die Aufregung, die sie den ganzen Abend nicht hatte loswerden können, drohte umzuschlagen in Panik. Und so biss sie die Zähne zusammen, um nicht damit zu klappern, und richtete den Blick stur auf den stocksteifen Rücken des Maître d'hôtel?, der sie durch das Restaurant führte – eine kalte, weiße Hommage an den Minimalismus.

Endlich hatten sie ihren Tisch in einer einsamen Nische erreicht. Grace wurde der Stuhl zurechtgerückt, und noch bevor ihr Hintern den gebürsteten Stahl berührte, lag eine blendend weiße Serviette auf ihrem Schoß. All das war um so vieles exklusiver als das, was sie in puncto Essen und Trinken gewohnt war, dass man hätte meinen können, Vaughn wolle ihr imponieren und ihr die Welt zeigen, in der er sich bewegte.

Eine Welt, die nur darauf wartete, dass sie aufhörte, sich ins Hemd zu machen, und anfing, sich zusammenzureißen.

Erst als der Kellner erschien und eine Flasche in den Armen wiegte, als wolle er Vaughn seinen Erstgeborenen präsentieren, entspannte sie sich ein wenig.

»Ich habe Champagner bestellt«, sagte Vaughn leise, »damit wir gebührend feiern können.«

Grace sah zu, wie ihr Glas von geübter Hand gefüllt wurde. Und anstatt es in einem Zug zu leeren, legte sie die Finger um das filigrane Kristall und wartete, bis Vaughn sein Glas erhob.

»Worauf wollen wir anstoßen?«, fragte er, und es klang ein wenig provokativ. »Auf alle Neuanfänge?«

»Klingt gut«, stimmte Grace zu. Sie hob ihr Glas und nippte so vorsichtig an ihrem Champagner, als befürchte sie, der gute Louis Roederer wäre mit Betäubungsmitteln versetzt.

Nun ließ Vaughn seinen Charme spielen. Grace fand es beinahe rührend, wie er ihr und ihrem lückenhaften Schulfranzösisch auf die Sprünge half, damit sie die Speisekarte lesen konnte, wie er sich erkundigte, was denn in der Kleiderkammer so los sei, und ihr einen anerkennenden Blick schenkte, als sie nach der neuen Damien-Hirst-Ausstellung fragte. Doch als ihr Ziegenkäsesalat und seine Langostinos serviert wurden, war die Unterhaltung so trocken wie ein Sandwich vom Tag zuvor.

Hilflos sah Grace sich um. Vermutlich stand Vaughn nicht der Sinn danach, über die Frau am Nebentisch und ihre gewagte Entscheidung, bei derart blasser Haut senfgelben Satin zu tragen, herzuziehen. Also beschränkte sie sich auf die unverfängliche Frage: »Und, wie sind die Langostinos?« Dabei musste sie sich beherrschen, um nicht selbst zusammenzuzucken.

Es war nicht unbedingt das schlimmste Essen aller Zeiten. Diese Auszeichnung gebührte nach wie vor einzig und allein dem letzten Weihnachtsessen mit ihren Eltern – bevor sie nur noch über Anwälte kommunizierten. Es hatte mit Preiselbeersoße an der Decke geendet, und ihr Vater hatte das neue Barbie-Traumhaus zertreten, als er überstürzt den Ort des Geschehens verließ. Aber dieses Essen hier war verflucht nah dran.

Irgendwann während des Hauptgangs kamen Grace und Vaughn zu der stillschweigenden Übereinkunft, überhaupt kein Wort mehr zu sagen und lieber hübsche Muster aus ihrem Essen zu formen. Mit einem tadelnden Blick räumte der Kellner dann die nahezu unberührten Teller ab. Und alles, was Grace noch wahrnehmen konnte, war, dass ihr das Herz bis zum Hals schlug – was allerdings hervorragend zu dem verräterischen Zucken an Vaughns Ohr passte.

Als die zweite Flasche bis auf ein paar Tropfen geleert war, unterschrieb Vaughn die Rechnung, ohne auch nur einen Blick auf die Summe zu werfen.

»Sollen wir aufbrechen?«, fragte er, und es klang ungewohnt zögernd. Grace wusste, darauf gab es nur eine Antwort. Und sie wusste auch, »Sollen wir aufbrechen?«, war der nicht gerade schwer zu knackende Code für »Sollen wir zusammen ins Bett gehen, wenn wir bei mir sind?«

»Guter Plan«, hörte sie sich sagen, als hätte sie mit nichts anderem gerechnet und als sei sie zu allem bereit. Da sie den Löwenanteil von zwei Flaschen Champagner intus hatte, hätte sie das eigentlich auch sein sollen. Aber abgesehen davon, dass ihr die Zähne taub wurden, fühlte sie sich beängstigend nüchtern.

Vaughns Berührung glühte auf dem Seidenjersey, als er mit der Hand ihre Schulter streifte und sie gekonnt an den Tischen vorbeidirigierte. Und als sie die Tür erreichten und er eine Haarsträhne befreite, die sich am Träger ihres Kleids verfangen hatte, musste Grace sich auf die Zunge beißen, bis ihr die Tränen kamen. Sie konnte sich unmöglich weiter aufführen wie eine Jungfrau, die geopfert werden sollte, dachte sie und sah stur zu Boden, um Vaughns Blicken auszuweichen.

Auf dem Rücksitz eines weiteren Wagens mit Chauffeur rückte Vaughn näher als üblich an sie heran, sodass sich ihre Arme beinahe berührten. Doch als sie am Regent's Park vorbeifuhren und Bäume und Hecken in der Dunkelheit hinter sich ließen, wirkte er abwesend und schien in Gedanken versunken.

Zum ersten Mal hing er nicht am Telefon, und Grace hatte das Gefühl, er wartete darauf, dass sie den ersten Schritt machte. Aber ihr fielen nur drei ziemlich banale Gesprächsthemen ein, und so verwarf sie den Gedanken. Warum konnte sein blöder BlackBerry jetzt nicht klingeln?

»Sag mal, dein BlackBerry, macht der auch so komische Sachen, wenn du eine E-Mail schicken willst?«, hörte Grace sich mit piepsiger Stimme fragen.

Vaughn schreckte auf, als hätte er ihre Anwesenheit vollkommen vergessen. »Was für komische Sachen?«

»Er hinterlässt eine Signatur, dass ich die Mail von meinem BlackBerry aus gesendet habe. Und dann komme ich mir immer so angeberisch vor«. Grace schloss für einen Moment die Augen. Wann würde ihr Gehirn ihrem Mund endlich das Reden verbieten? »Ich möchte gern wissen, wie man das abschaltet.«

»Kann ich mir vorstellen, dass das nervig ist«, murmelte Vaughn und strich sich durchs Haar. »Hast du mal in der Betriebsanleitung nachgelesen?«

»Klar, da hab ich schon reingesehen«, sagte Grace und wünschte, sie hätte das Thema niemals angeschnitten. »Irgendwie werde ich es schon rausfinden. Ich kenne massenhaft Models, die auch einen BlackBerry haben. Da kann es ja so schwer nicht sein.«

»Aber abgesehen davon, kommst du damit zurecht?«

Mensch, sie hatte sich ja noch gar nicht bedankt! Ihre Großmutter wäre erschüttert. »Oh, nicht dass du mich falsch verstehst, ich finde ihn richtig gut«, versicherte Grace hastig – und war trotz der diffusen Beleuchtung überzeugt, sie hatte ein Lächeln gesehen. »Das war wirklich nett von dir.«

Der Wagen rollte die Steigung nach Hampstead hinauf, als der Fahrer plötzlich links abbog in enge, gewundene Seitenstraßen und weiterfuhr bis zu einem Doppeltor, das sich langsam öffnete. Nun kam also der Teil des Abends, wo die unglaublich naive, leicht zu beeindruckende Fashion-Assistentin an einen unbekannten Ort gebracht wurde, wo ein Irrer, der anstelle eines Vornamens nur Initialen hatte, sie in Stücke hackte. Und dann ward sie nie wieder gesehen.

Grace spähte neugierig aus dem Fenster. Sie standen vor einem eleganten klassizistischen Haus. Sie rief sich ins Gedächtnis, dass sie sitzen bleiben musste, als wäre sie nicht im vollen Besitz ihrer körperlichen Kräfte, bis der Chauffeur die Tür öffnete. Das tat er auch, aber nicht ihre, sondern die auf Vaughns Seite.

»Ich melde mich«, sagte Vaughn und strich ihr über die Wange. Dann stieg er aus und ließ sie verblüfft und ungeküsst zurück.

Am Tag darauf saß Grace an ihrem Schreibtisch, öffnete lustlos die Post und fragte sich, ob sie jemals wieder etwas von Vaughn hören würde. Es war nicht unbedingt so, dass sie darauf brannte, ihn in die Finger zu kriegen, aber wenn es nach ihr gegangen wäre, hätte sie sich an ihren Teil der Abmachung gehalten, wohingegen er jegliches sexuelles Interesse an ihr verloren zu haben schien.

Es war wohl das Beste, sich in die Kleiderkammer zu verziehen, um nicht ununterbrochen darüber zu grübeln. Sie war noch nicht dazu gekommen, die Lieferungen der letzten beiden Tage zu sortieren, und bei dem Durcheinander an den Kleiderstangen und auf den Regalen brauchte sie sich nicht zu wundern, dass es in ihrem Leben genauso aussah – ein heilloses Chaos.

Sie war gerade dabei, Strumpfhosen nach Farben zusammenzulegen, als eine der Praktikantinnen den Kopf hereinsteckte. »Da ist etwas für dich gekommen.«

Grace machte sich nicht die Mühe aufzusehen. »Sei so gut und stell es unter meinen Schreibtisch. Dann kann es sich niemand unter den Nagel reißen.«

»Nein, das musst du dir selbst ansehen«, rief die Praktikantin. »Die sind ja so was von schön!«

Jetzt hatte Grace angebissen. Sie sprang von der Trittleiter und warf einen Blick um die Ecke. Ihr Schreibtisch war begraben unter einem riesigen Strauß Blumen, eingewickelt in braunes Seidenpapier – genau das, das die angesagten Floristen so gern benutzten. Zögernd blieb Grace stehen. Sie war kaum zwei Schritte gegangen, und schon stieg ihr der pfeffrig-zarte Duft von Freesien in die Nase.

»Die sind wunderschön!«, zwitscherte die Praktikantin. »Dein Freund hat wohl einiges gutzumachen, wenn er dir Blumen von Wild at Heart schickt.«

»Ich hab keinen Freund«, brummte Grace und strich über die Freesien und Rosenknospen – alle in dunklem Violett gehalten. Und da war sie: die Karte.

Danke für den wunderbaren Abend. Aber es war nicht Vaughns Gekrakel in schwarzer Tinte, sondern die Schrift irgendeines Angestellten aus dem Blumenladen, dem Ms. Jones den Text wahrscheinlich am Telefon diktiert hatte. Sicher eine ihrer Routineaufgaben, die sie regelmäßig in ihren elektronischen Kalender einprogrammierte, für all die Vormittage, wenn Vaughn am Abend zuvor ein Date gehabt hatte.

»Die sind von einer PR-Firma«, sagte Grace und schob sich die Karte in die hintere Hosentasche. »Wenn du willst, kannst du sie mit nach Hause nehmen. Ich habe Heuschnupfen, da kann ich die sowieso nicht vertragen.«

Seit ihrem Geburtstag die erste vernünftige Handlung! Und obwohl sie sich abends auf dem Heimweg fragte, ob es sinnvoll war, die Karte in einem der Seitenfächer ihrer Marc-Jacobs-Tasche zu deponieren, hatte sie keine Lust, noch einen Gedanken daran zu verschwenden.

In den nächsten Tagen gab es ohnehin genug, worüber sie sich Gedanken machen konnte. Beispielsweise die tägliche Flut offizieller Schreiben oder Kiki, der nicht ein einziges der Kleidungsstücke gefiel, die Grace für eine Rubrik über Wintermäntel geordert hatte. Und zu allem Überfluss verwandelte sich Lily nun doch in Brautzilla – genau vor Graces Augen.

»Würdest du es mir sehr übel nehmen, wenn ich dich bitte, als Brautjungfer ein butterblumengelbes Kleid zu tragen?«, fragte sie nach der Arbeit auf dem Weg zu Sainsbury's.

Für Grace war das überhaupt keine Frage. »Allerdings! Und wo wir gerade davon reden: Für Dunkelbraun, Rotbraun, Senfgelb und Khaki gilt dasselbe.«

»Niemals würde ich von dir verlangen, Senfgelb zu tragen«, rief Lily empört. »Aber ich darf mir auf keinen Fall von meinen Brautjungfern die Show stehlen lassen.«

Grace kam kurz der Gedanke, Lily mit dem Einkaufskorb ein paar leichte Schläge auf den Hinterkopf zu verpassen. »Du weißt doch, wie toll du immer aussiehst«, sagte sie unverblümt. »Auf deine Brautjungfern wird sowieso niemand achten.«

»Soll ja auch keiner«, gab Lily zurück und betatschte prüfend ein paar Avocados. »Ich habe auch schon gesagt, ich will Dans Nichten und die Töchter meiner Cousine nicht in der Nähe des Gangs sitzen haben. Auf Fotos machen kleine Kinder ja immer ganz gut was her, aber ansonsten wollen sie einfach nicht hören.«

»Egoistische kleine Biester«, gab Grace mit trockenem Humor zurück. Sie nahm sich drei Granny-Smith-Äpfel und ging hinüber zu den Tütensuppen. »Ich habe alles«, rief sie, nachdem sie sich »Karotten und Koriander« ausgesucht hatte.

»Kannst du dir mehr nicht leisten?« Lily schob die Gedanken an ihre Hochzeit einen Moment lang beiseite und begutachtete erstaunt Graces Einkäufe. »Ich könnte dir ein Fertiggericht spendieren, eins von den richtig guten.«

»Ich muss abnehmen«, redete Grace sich heraus. Denn sollte Vaughn sie doch wiedersehen wollen, würde sie sicher nicht darum herumkommen, sich auszuziehen, und bevor das geschah, musste sie unbedingt den Umfang ihres Hinterns ein Stück reduzieren. »Bei der Hitze schaffe ich von der Suppe bloß einen halben Teller, und auf Äpfel schwören die Models doch alle.«

»Echt? So dick wirkst du aber gar nicht«, sagte Lily und stieß ihrer Freundin prüfend in die Rippen. Jedem anderen hätte Grace dafür die Hand abgehackt. »In letzter Zeit siehst du sowieso ziemlich scharf aus, Gracie. Wer hat dir eigentlich die Haare gemacht?«, fragte Lily mit kaum hörbar gereiztem Unterton. »Ich hätte dich doch gratis bei jemandem unterbringen können.«

»Ach, ich hab mir ein bisschen L'Oreal über den Kopf geschüttet. Die Strähnen hat mir einer der Hairstylisten beim Shooting gemacht, und der hat mir die Haare dann auch gleich geschnitten«, antwortete Grace und starrte angestrengt auf die Salattheke. »Du hattest übrigens recht, schwarz gefärbt steht mir wirklich nicht.«

»Deine Haut ist auf einmal auch total super, das hat selbst Maggie gesagt.« Maggie war die Leiterin der Beauty-Redaktion, also Lilys Chefin, und sie hatte ebenso wenig übrig für Hautunreinheiten und vergrößerte Poren wie Kiki für Flip-Flops und Stiefel über der Hose. »Liegt das an dieser Suppen-und-Apfel-Diät?«

Grace konnte wohl davon ausgehen, dass Lily momentan nichts hörte, was nicht mit dem Wortstamm Braut- begann. Also hätte sie auch gegen eine Wand reden können. »Es liegt an dem Make-up mit Mineralien, Lily«, sagte sie mit matter Stimme. »Das ist wirklich toll.«

»Aber ehrlich!«, stimmte Lily zu und studierte Graces Gesicht genauer. Da sie eine Ausbildung zur Beauty-Spezialistin genossen hatte, war Grace nicht sicher, ob sie die Spuren einer Tri-Enzym-Behandlung erkennen konnte. Also wich sie vorsichtshalber einen Schritt zurück. Doch offenbar konnte Lily nichts Verdächtiges am außergewöhnlich makellosen Teint ihrer Freundin entdecken. »Gut, dann noch mal zu den Brautjungfern-Kleidern«, kam sie auf das leidige Thema zurück. »Wie wäre es denn mit einem blassen Zitronengelb?«

Grace blieb es erspart, sich mit dieser heiklen Frage auseinanderzusetzen, denn in dem Moment meldete sich ihr sonst so stummer BlackBerry. Gottlob! Sie war schon kurz davor gewesen, bei Zitronengelb zuzustimmen, weil sie Lily gegenüber ein schlechtes Gewissen hatte wegen all der Lügen. »Hi«, meldete sie sich aufgeregt mit heiserer Stimme.

Entwarnung. »Miss Reeves?«, fragte Madeleine Jones kühl wie immer. »Störe ich gerade?«

Lily war mit der Nährwerttabelle einer Packung Spaghetti bolognese beschäftigt und bewegte beim Lesen die Lippen. »Einen Moment lang habe ich Zeit«, antwortete Grace.

»Ich schicke Ihnen morgen früh ein Bahnticket«, sagte Ms. Jones. »Wie lange werden Sie am Freitag arbeiten?«

Grace sackte gegen eine der Kühltheken – er fand sie also doch nicht total unattraktiv. »Wohin soll ich denn fahren?«

»Vaughn will sich mit Ihnen in Babington House treffen«, wurde Grace aufgeklärt. »Miss Reeves, um wie viel Uhr können Sie in Paddington sein?«

Wenn Kiki Streit mit ihrem Mann hatte und sich wieder versöhnen wollte, beauftragte sie Grace manchmal, ein Zimmer im Babington House in Somerset zu buchen, oder sie fuhr übers Wochenende allein dorthin und ließ sich mit Wellness verwöhnen. Wie auch immer, alles was das Kiki-Curtis-Gütesiegel trug, sollte Grace recht sein. Mehr als das. »Nennen Sie mich ruhig Grace. Ich könnte um fünf Uhr da sein.« Freitags machte Kiki nämlich früher Feierabend.

»Ich schicke Ihnen einen Wagen zu Bath Spa. In Babington werden Sie dann erwartet. Ich maile Ihnen noch die Details.«

»Soll das fürs ganze Wochenende sein?«, fragte Grace zögernd. Die Vorstellung, 48 Stunden mit Vaughn verbringen zu müssen, trübte ihre Vorfreude auf diese Country-House-Geschichte ein wenig. Außerdem wollte sie wissen, wie viele Slips sie im Gepäck haben musste. »Wird Vaughn zusammen mit mir anreisen? Soll ich in Paddington auf ihn warten?«

»Bis Sonntagnachmittag. Und Vaughn fliegt direkt nach Babington«, antwortete Ms. Jones mit gewohnt kühler Stimme. Weiß der Himmel, was die eigentlich immer hatte!

»Fliegt direkt?«, wiederholte Grace und konnte es kaum glauben.

»Ja, mit dem Helikopter.«

Inzwischen war Lily fertig mit Kalorienzählen und sah Grace fragend an.

»Okay, alles klar. Danke für die Information«, sagte Grace hastig. »Ach, und danke für die Blumen. Die haben Sie doch wahrscheinlich gesch…«

»Keine Ursache«, gab Ms. Jones zurück, doch es klang, als sei das Eis ein wenig geschmolzen. »Einen schönen Abend, Grace.«

»Ihnen ebenfalls«, sagte Grace. »Arbeit«, fügte sie an Lily gerichtet hinzu, in der Hoffnung, damit weiteren Fragen aus dem Weg zu gehen.

»Arbeit? Wie läuft es denn? Willst du deshalb abnehmen? Musst du da eine Uniform tragen? Kriegst du viel Trinkgeld? Und seit wann hast du einen BlackBerry?

»Ja, Arbeit. Läuft ganz gut. Aber ich bin noch in der Probezeit. Nein, deshalb will ich nicht abnehmen. Ich trage keine Uniform, aber es gibt einen Dresscode. Trinkgeld habe ich noch keins bekommen, und bei Carphone Warehouse gab es eine Sonderaktion.« Grace lächelte vage, und Lily holte Luft für weitere Fragen. »Ist ein ganz normaler Job, nichts Tolles, aber ich muss mich ein bisschen schicker machen als damals im Queen's Head.«

Lily gluckste vor Lachen. »Weißt du noch, an deinem letzten Abend, da warst du so besoffen, dass sie dich in ein Taxi setzen und nach Hause schicken mussten?«

»Ja, auf halbem Weg mussten wir anhalten, und ich habe mir die Seele aus dem Leib gekotzt«, beendete Grace die Anekdote an Lilys Stelle. »Seitdem habe ich keinen Gin mehr getrunken.«

»Gin ist sowieso nur was für alte Damen.« Lily hakte sich bei Grace unter, und dann gingen sie zur Kasse. »Also, wenn dir Gelb absolut nicht gefällt, wie wäre es denn mit einem zarten Orange?«

Kapitel 12

Grace öffnete das Fenster des hellen, luftigen Mansardenzimmers, in das man sie nach ihrer Ankunft im Babington House geführt hatte. Sie streckte den Kopf hinaus so weit es ging, ohne sich gleich zu Tode zu stürzen. Die frische Landluft tat gut, denn sie hatte sich gefühlt wie zugeschnürt. In der Abendsonne sah sie auf sanft hügelige Wiesen, im Hintergrund Felder und Hecken, getupft mit bunten Wildblumen. Und wenn sie sich darauf konzentrierte, konnte sie sicher auch das Summen der Bienen hören, oder das Muhen der Kühe auf den Weiden. Doch dann stieg ihr der Geruch nach Dung in die Nase, und sie knallte das Fenster zu.

Es war acht Uhr abends, und ihr blieb noch eine Stunde, um sich zurechtzumachen, bevor Vaughn ankommen würde – es sei denn, sein Helikopter stürzte ab und zerschellte. So etwas kam ja schon mal vor. Nicht dass Grace es ihm gewünscht hätte, aber ohne Vaughn war das Zimmer richtig gemütlich. Genauso hatte sie sich schwedische Bauernhäuser immer vorgestellt: offene Balken, sparsam möbliert, alles sorgfältig ausgewählt. Probeweise ließ sie sich auf das wuchtige Doppelbett fallen –

die tadellos blütenweißen Laken wären später sicher nicht mehr ganz so frisch! Dann widmete sie sich der Wanne auf Rädern.

Um 20.50 Uhr schlüpfte Grace in ein weißes Kleid mit Lochstickerei und betrachtete sich im Spiegel. Nein, das sah zu jungfräulich aus. Also wählte sie das gute alte Ossie-Clark-Sommerkleid. Im Zweifelsfall war auf Vintage doch immer wieder Verlass. Das Haar steckte sie sich hoch zu einem leicht zerzausten Knoten, noch ein Hauch Farbe auf die Lippen, ein paar Schichten Mascara auf die Wimpern und ein bisschen Puder auf die Wangen, nur, um nicht zu glänzen. Mehr war bei der Hitze einfach nicht drin, wenn man vermeiden wollte zu zerfließen.

Eine halbe Stunde später war noch immer kein Säbelrasseln zu hören, keine Schritte auf den Stufen und kein Vaughn, der hereinspazierte, um konstruktive Kritik an ihrem Outfit zu üben. Grace schnappte sich die neue Ausgabe von *Vogue Italia* und das Buch von Michael Chabon, das sie vor zwei Monaten angefangen hatte, und verließ das Zimmer. Erstaunt über ihre eigene Courage, schickte sie Vaughn auf dem Weg die Treppe hinunter eine Nachricht: *Erwarte Dich auf der Terrasse. Hoffe, es ist alles ok.* Keine Smileys, keine fehlenden Buchstaben, denn das wäre ganz sicher nicht sein Stil.

Als Grace an einem ruhigen Tisch am Rand der Terrasse saß, bei einer leichten Brise und Kerzenlicht, um die Mücken fernzuhalten, fühlte sie sich gleich wohler. Sie hatte nicht mehr das Gefühl, sie würde jenen Moment hyperventilieren, und ein Glas Sauvignon Blanc, so groß wie eine Terrine, tat das Übrige. Sie blätterte die *Vogue* durch, aber *Die unglaublichen Abenteuer von Kavalier und Clay* konnten warten.

Alle anderen Tische waren belegt von den Gästen eines Polterabends. Grace verschanzte sich hinter der Speisekarte und beobachtete die Gesellschaft. War das etwa der Bräutigam, der ein Gesicht machte, als läge die Welt um ihn herum in Trümmern? Die Braut wurde von zwei älteren Frauen in die Zange genommen, beide den Tränen nahe – das mussten Mutter und künftige Schwiegermutter sein. Grace gab dem Paar allenfalls zwei Jahre, aber bevor sie im Stillen über das Thema Ehe philosophieren konnte, was sie ohnehin nur mies draufgebracht hätte, betrat Vaughn die Terrasse.

Er sah sich um, und kein Lächeln huschte über seine Lippen, als er Grace erspähte. Mit ernster Miene bahnte er sich den Weg vorbei an den anderen Tischen, und Grace sank das Herz in die Hose. Sie hatte es schon wieder vermasselt. Wahrscheinlich hatte er ein Büffet mit Hummer und Austern erwartet, oder sonst etwas Dekadentes, natürlich auf dem Zimmer serviert, damit er anschließend sofort mit ihr ins …

»Du sitzt ja hier wie ein Mauerblümchen«, sagte Vaughn, als er vor ihr stand. Er gab ihr einen flüchtigen Kuss auf die Wange und setzte sich. »Liest sich das gut?«, fragte er und griff nach dem zerfledderten Taschenbuch.

»Ganz interessant, aber ziemlich lang«, antwortete Grace. »Dicke Bücher schrecken mich immer ab, bevor ich überhaupt angefangen habe, sie zu lesen. Ist das okay mit dem Tisch auf der Terrasse? Ich meine, dass wir hier draußen essen? Es ist so heiß, und sie wollten den Tisch freihalten, bis du kommst.«

Vaughn nickte. Er trug Jeans und ein weißes Hemd – über der Hose, wie Grace erfreut feststellte. Aber die Freizeitkleidung machte ihn auch nicht weniger bedrohlich. Genau genommen kam seine ernste Haltung darin erst richtig zur Geltung, ebenso wie sein angespanntes Gesicht in der milden Abendsonne.

»Ist bei dir alles okay?«, fragte Grace, bevor sie sich selbst den Mund verbieten konnte.

Vaughn nickte wieder. »War ein langer Tag«, erklärte er. »Und dann mussten wir auch noch Schlange stehen, bis wir starten konnten. Ich mag sowieso keine Helikopter. Die wirken so unsolide.«

Genau der Gedanke war Grace ja auch schon gekommen. »Dann brauchst du erst mal was zu trinken«, riet sie ihm zu ihrer eigenen Medizin. Sie nahm die Flasche Sauvignon Blanc aus dem Eiskübel und schenkte ihm ein Glas ein. Ganz wie eine Geliebte – daher vielleicht seine anerkennenden Blicke.

»Gut, mal aus London rauszukommen«, wagte sich Grace weiter vor, nachdem Vaughn einen Schluck getrunken hatte. »Hier ist es wirklich schön.«

»Lass uns bestellen.« Vaughn winkte einen beflissenen Kellner herbei. Dabei hatte Grace es gar nicht eilig, mit ihm zurück auf ihr Zimmer zu gehen. Am liebsten hätte sie das Essen durch ein Drei-Gänge-Menü in die Länge gezogen und wäre danach noch für einen Kaffee sitzen geblieben, aber unter Vaughns strengen Blicken bestellte sie einen Salat mit Mozzarella.

»Als Hauptgericht, und als Beilage Pommes frites.« Mehr würde sie bei dem Kloß im Hals bestimmt nicht herunterbringen. Aber die Kohlehydrate brauchte sie als Grundlage für den Alkohol, sie war nämlich nicht mehr ganz nüchtern.

Keins der Themen, die sie sich zurechtgelegt hatte, funktionierte. »Frag mich lieber gar nicht danach«, antwortete Vaughn seufzend, als sie sich erkundigte, wie es weltweit auf dem Kunstmarkt so lief. Und ihre Ausführungen über die neue Ausstellung in der Tate Modern, die sie auf der Zugfahrt einstudiert hatte, wurden ebenfalls abgetan. »Ist nur was für Touristen. Nichts als Effekthascherei, dieser ganze Müll für die Leute auf den billigen Plätzen.«

Noch 46 Stunden, dachte Grace im Stillen. Aber was sind schon 46 Stunden in einem ganzen Leben? Irgendwie wird man die doch wohl rumkriegen! Doch dann musste sie an die nächsten 46 Stunden denken, am nächsten Wochenende, plus ein paar Abende die Woche, das machte zusätzlich noch mal acht Stunden. In absehbarer Zukunft würde ihr Leben nur noch aus Zeitblöcken bestehen, in denen sie nicht wusste, was sie sagen oder wie sie sich verhalten sollte, oder wie sie Vaughn irgendetwas recht machen konnte.

Vaughn stocherte in seiner Seezunge herum, mit – wie so oft – kritischem Blick. Grace legte Messer und Gabel auf ihren Teller und schob ihn zur Seite. Am anderen Ende der Terrasse genehmigte sich die Braut einen Cocktail auf die Schnelle, mit schuldbewusstem Gesicht, denn schon waren die beiden Mütter ihr wieder auf den Fersen. Eigentlich müsste sie jetzt ihr Handy zücken, dachte Grace, um das Ganze zu fotografieren und Lily zu schicken – mit dem Kommentar *So wird es dir auch mal gehen!*

»Was gibt es denn zu grinsen?«, fragte Vaughn, und Grace fühlte sich ertappt bei ihren finsteren Plänen.

»Ach, eigentlich gar nichts«, nuschelte sie hastig. Vaughn schien ihr Grinsen auch gar nicht zu stören, aber Grace hatte keine Ahnung, was er wirklich dachte. »Mir kam da nur so ein blöder Gedanke.«

Und zum ersten Mal an diesem Abend hatte sie Vaughns volle Aufmerksamkeit – auch wenn sie nicht sicher war, ob sie die überhaupt wollte. Er sah sie so erwartungsvoll an, als hätte sie tatsächlich ungeahnte Tiefen. Das konnte ja nur noch in die Hose gehen! »Möchtest du deinen Gedanken nicht mit mir teilen?«, fragte er gedehnt. Es klang ein wenig provokativ, und nun konnte Grace nicht mehr zurück.

»Ach, es ist wirklich nur was ganz Blödes.« Wenn sie mit einer Einschränkung begann, konnte Vaughn ihr keinen Vorwurf machen. Das hieß, er konnte schon, aber er sollte nicht behaupten, sie hätte ihn nicht gewarnt. Unauffällig zeigte sie auf die anderen Tische. »Da hinten ist eine Hochzeitsgesellschaft. Und die Braut wird die ganze Zeit von ihrer Mutter und ihrer zukünftigen Schwiegermutter belagert. Der Typ in dem blauen Hemd ist, glaube ich, der Bräutigam. Er macht ein Gesicht, als wollte er das Ganze am liebsten abblasen.«

»Die offensichtliche Not anderer Menschen findest du also erheiternd?«

Grace wollte ihm die Zunge herausstrecken, aber das hätte er möglicherweise falsch verstanden. »Nein! Ich dachte nur an meine beste Freundin Lily. Die heiratet nämlich auch bald, und vielleicht wäre es ganz witzig, ihr ein Foto zu schicken, damit sie sieht, was sie sich damit einbrockt.«

Jetzt musste auch Vaughn lächeln – sogar eine Spur wärmer als sonst. »Kriegt sie kalte Füße?«

»Na eben nicht!«, schnaubte Grace alles andere als damenhaft. »Sie quasselt nur noch von Tischdekorationen und will mich in ein butterblumengelbes Brautjungfernkleid stecken. Ich wette, wenn es sein muss, setzt sie mich auf Diät.«

Vaughn taxierte sie mit einem milden Lächeln. »Du musst nicht abnehmen, das weißt du doch sicher.« Das war nett gemeint, aber das Ossie-Clark-Kleid mit Empire-Linie war wirklich schmeichelhaft, und dafür, dass er ihr weismachen wollte, sie sei nicht zu dick, bediente er sich doch recht großzügig an ihren Pommes frites. »Dann winkt den Gästen dort also keine rosige Zukunft?«, fragte er und wies mit dem Kopf auf die anderen Tische.

»Ich gebe ihnen höchstens ein Jahr«, antwortete Grace entschieden. »Zwei Jahre, wenn sie in der Hochzeitsnacht schwanger wird.«

Vaughn öfter so zum Lachen zu bringen – prustend und mit hochrotem Kopf – kam direkt auf die Liste laufender Projekte, die gegenwärtig darin bestand, ein kleines Schwarzes zu finden und klöppeln zu lernen. Wenn er so herzhaft lachte, wirkte Vaughn gleich zehn Jahre jünger.

»Was bringt dich zu dieser düsteren Voraussage?«, fragte er, noch immer in heiterer Stimmung.

Mit einem Grinsen machte Grace eine Geste in Richtung der anderen Tische. »Die Braut hat das Zeug zu einer echten Xanthippe – sieh dir doch nur mal die Mutter an! Und ich glaube, der Bräutigam steht auf seinen Trauzeugen. Herrgott, jetzt starr sie doch nicht so an! Sonst merken die noch, dass wir über sie reden.«

»Da hast du recht«, sagte Vaughn. Er stand auf, stellte seinen Stuhl neben den von Grace und setzte sich wieder. »Ich konnte sie gar nicht richtig sehen. Also, wer ist jetzt der Bräutigam?«

Als sie sich die Mäuler über eine Frau zerrissen, der Grace angedichtet hatte, sie hätte mit dem Vater der Braut geschlafen, und zwar 1987 nach einem Tanzabend bei der Freimaurerloge, legte Vaughn Grace einen Arm um die Schultern. Seine Finger strichen über die Beuge zwischen Hals und Nacken, und das Kribbeln auf ihrer Haut kam ebenso unerwartet wie zuvor sein Gelächter. Als er ihr eine Haarsträhne zurückstrich, die sich aus dem Knoten gelöst hatte, hätte sie sich fast zu ihm hinübergebeugt, um ihn zu küssen. Stattdessen griff sie mit zitternden Händen nach ihrem Glas und sagte: »Sieh mal, die in dem geschmacklosen roten Kleid, die hat sich bestimmt jemand per Katalog aus Russland bestellt.«

Vaughn schüttelte den Kopf. »Nein, die ist garantiert aus der Ukraine.« Er winkte dem Kellner. »Du möchtest doch sicher einen Nachtisch.«

»O nein danke, ich kann nicht mehr«, protestierte Grace.

»Du solltest ihn aber unbedingt probieren, Grace. Hier gibt es einen wunderbaren Sticky Toffee«, wollte Vaughn sie überreden. »Und du hast kaum etwas gegessen.«

Grace sah ihn verständnislos an. Sticky Toffee? Warmer Dattelpudding mit Karamellsoße bei dieser Hitze? »Mit zwei Löffeln bitte!«, konnte sie dem Kellner gerade noch hinterherrufen, als Vaughn den Pudding bestellt hatte und dazu zwei Gläser Brandy. Und während sie überlegte, ob sie weiter über die anderen Gäste herziehen sollte, ging »Bertie« – in Graces Version der Onkel des Bräutigams, der heimlich auch mal Frauenkleidung trug – an ihrem Tisch vorbei.

»Feiern Sie eine Hochzeit?«, fragte Vaughn und prostete ihm zu.

»Meine Patentochter heiratet«, lallte der Mann, der sich wohl gern einen genehmigte, wie Grace an seiner roten Nase erkannte. »Aber irgendwie kann ich den Kerl nicht leiden.«

»Dann wünsche ich den beiden sehr viel Glück«, sagte Vaughn. »Wir haben gerade noch darüber gesprochen, was für ein schönes Paar sie sind.«

»Doch nicht der Onkel des Bräutigams, da hast du dich wohl vertan«, sagte Vaughn, als der Kellner den Nachtisch brachte und wieder davongetrottet war.

Grace schaffte nicht mehr als ein paar Löffel. »Ist mir zu viel.«

Ohne zu zögern, zog Vaughn das Schälchen zu sich herüber. »Ganz sicher?«, fragte er pro forma, und bevor Grace überhaupt zustimmend nicken konnte, hatte er auch schon den ersten Löffel gegessen.

Als er die Reste aus dem Schälchen kratzte, nahm Grace sich vor: Sollte er wieder einmal so bedrohlich auf sie wirken, würde sie sich dieses Bild vor Augen halten. Dann beugte sie sich zu ihm hinüber und küsste ihn.

»Wollen wir den Brandy auf dem Zimmer trinken?«

Auf dem Weg hinauf rührte Vaughn Grace nicht an, und als er die Zimmertür geschlossen hatte, lehnte er sich dagegen. »Gar nicht schlecht«, sagte er so unverblümt, dass Grace nicht sicher war, ob er das Zimmer oder sie meinte. »Hast du hier drinnen geraucht?«

Grace schnupperte. Sie hatte das Fenster offen gelassen und konnte keine Spuren von Zigarettenqualm entdecken. »Ja, aber nur eine«, sagte sie und ging sofort in Verteidigungshaltung. Hoffentlich hielt er jetzt keinen Vortrag über die Nachteile des Rauchens!

Aber Vaughn lächelte nur. »Das sollst du doch nicht. Sonst kriegst du noch Falten in deinem hübschen Gesicht.« Er nahm ihre Hand und führte sie zum Bett.

So war das also. Keine gezwungenen Gespräche und verführerischen Küsse. Was soll's, dachte Grace, davon hatte sie in ihrem Leben ohnehin schon genug gehabt. Vaughn setzte sich auf die Bettkante und zog sie zu sich heran.

Hastig nahm sie noch einen Schluck Brandy, doch bevor sie den Rest hinunterstürzen konnte, nahm Vaughn ihr das Glas aus der Hand und stellte es auf den Nachttisch.

»Jetzt könntest du dich eigentlich ausziehen«, sagte er im Plauderton und schien vollkommen gelassen, bis auf das wohlbekannte Zucken an seinem Ohr.

»Okay«, flüsterte Grace und entwand sich seinem Griff. Ein wenig unsicher machte sie einen Schritt zurück – ein paar Schritte weiter, und sie hätte die Flucht ergreifen können.

Hätte … doch stattdessen zog sie mit zitternden Fingern den Reißverschluss hinunter und streifte das beinahe durchsichtige Chiffonkleid herunter über die Schultern.

»Lass dir Zeit«, sagte Vaughn leise. Dabei hatte sie gar nicht um Beteiligung des Publikums gebeten. Na, lass ihn doch, dachte sie, als sie ihre Brüste entblößte und Vaughn einen scharfen Atemzug machte.

Grace wusste, ihre Brüste konnten sich sehen lassen. Sie hatten jeden Bleistift-Test bestanden, und das würde auch noch ein paar Jahre lang so bleiben, bevor sie sich irgendwann dem Gesetz der Schwerkraft beugen mussten. Also konnte sie sich ganz darauf konzentrieren, sich das Kleid über die Hüften zu ziehen und ihre Flip-Flops zur Seite zu kicken. Nun stand sie da in ihrem Spitzenhöschen von Marks & Spencer, und bevor sie sich selbst davon abhalten konnte, hob sie das Kleid auf und legte es ordentlich gefaltet über die Stuhllehne.

Keine sehr verführerische Geste, aber Grace hatte das Studiendarlehen für ein ganzes Trimester in das Ossie-Clark-Kleid investiert. Es einfach auf dem Boden liegen lassen – absolut unmöglich!

Vielleicht sah Vaughn sie deshalb an, als hätte sie gerade einen doppelten Salto rückwärts gemacht. Wie auch immer, Grace zuckte nur die Achseln, und er richtete seine Aufmerksamkeit wieder auf ihren Oberkörper. Sie wollte das Spitzenhöschen abstreifen, doch sie wurde unterbrochen.

»Nein. Komm her!«, sagte Vaughn und tippte sich mit dem Finger auf die Oberschenkel.

Stimmte etwas nicht? Nein, dann hätte er sie nicht auf diese Art angesehen, denn seinem Blick nach hatte ihm ihre Vorstellung bislang gefallen.

»Hey«, sagte Grace, als sie auf seinem Schoß saß, die Arme um seinen Hals gelegt.

»Hey«, sagte Vaughn und legte seine Hände auf ihre Hüften, die Augen halb geschlossen, sodass Grace nicht hätte sagen können, was er dachte. »Du brauchst keine Angst zu haben.«

»Habe ich nicht«, sagte Grace empört, »oder sehe ich etwa so aus?«

Doch anstatt zu antworten, küsste er sie.

Und seine Küsse waren ebenso widersprüchlich wie sein Charakter. Energisch, fordernd, beinahe zielstrebig, aber auch sanft, als er mit den Lippen ihre Nasenspitze berührte und sie näher an sich zog. So musste man küssen können, damit Grace sich entspannte, und es war ein Trugschluss zu glauben, man müsse verliebt dafür sein. Nein, das war einzig und allein eine Frage der Technik. Und diesbezüglich rangierte Vaughn definitiv unter ihren Top Five.

Er hob sie an, als sei sie ein Federgewicht. Dann widmete er sich ihren Brüsten, nahm einen ihrer Nippel zwischen seine Lippen, und sie strich ihm durchs Haar. Ein kurzer Moment der Unsicherheit, als seine Hand zwischen ihre Schenkel glitt – und anerkennendes Seufzen, als er spürte, wie feucht sie war. Hatte sie überhaupt schon mal jemand dermaßen angeturnt? Die Situation hatte durchaus etwas für sich: ein Mann, der wusste, was er tat, und das Wissen, es war nichts weiter als ein Arrangement – das so abgeschmackt begonnen hatte und nun einen ganz besonderen Reiz entfaltete.

»Verfickter Himmel«, fluchte Grace leise, als sie die Knöpfe von Vaughns Hemd nicht schnell genug aufbekam.

»Nicht so hastig«, sagte Vaughn, »steh mal kurz auf.« Er streifte ihr das Höschen ab und griff mit beiden Händen nach ihrem Hintern.

Und Galya mit ihrer Heißwachsbehandlung hatte richtig gelegen. Denn Vaughn presste Grace auf die Kissen, arrangierte sie wie ein Kunstwerk und widmete sich dem Bereich zwischen ihren Beinen, als befände sich dort eine Kostbarkeit.

»Hast du das gern?«, fragte er und stützte sich auf die Ellbogen. Sofort war Grace irritiert. Eigentlich konnte sie solchen Gesprächen nichts abgewinnen, und es wäre ihr lieber gewesen, sein Mund hätte sich weiter mit ihr beschäftigt, ohne zu reden.

Auf einmal kam sie sich total lächerlich vor. »Du hast dich noch gar nicht ausgezogen«, bemerkte sie und ließ ihre Hand zwischen seine Beine gleiten. Sein Schwanz zuckte vor Vergnügen, sie hatte ihn also wunderbar abgelenkt!

Vaughns Hand legte sich um ihre, und gemeinsam zogen sie seinen Reißverschluss hinunter.

Als er kam, sagte Vaughn ihren Namen, als spräche er ein Gebet. Dann herrschte Stille, und er vergrub sein Gesicht zwischen ihren Brüsten, während Grace ihm durch das dichte Haar strich, das er wohl niemals so lang wachsen lassen würde, dass es sich wellte.

Grace spürte seinen Geruch in der Nase – ein bisschen zitrusartig und ein wenig verschwitzt –, den Geschmack nach Karamell auf der Zunge, und ein leichtes Ziehen zwischen den Beinen. Er hatte sie tatsächlich gevögelt! Und sie hatte so etwas schon oft genug erlebt, um zu wissen, dass es nichts weiter bedeutete. Als er sich mit einem letzten Kuss von ihr löste, war sie froh, seiner Umarmung zu entkommen, denn so eng umschlungen nebeneinanderzuliegen, dass sie seinen Puls spürte, war wesentlich schwieriger, als sie gedacht hatte. Es war eine Art von Intimität, die nichts mit Sex zu tun hatte, auch nicht damit, dass sie beide einen Vertrag unterzeichnet hatten. Warum bloß hatte sie damit nicht gerechnet? Wahrscheinlich war sie einfach zu dämlich dafür!

Grace wollte ein Stück von ihm abrücken, aber Vaughn hielt sie fest. »Bleib hier«, flüsterte er. »Lass uns noch eine Weile so liegen bleiben.«

Hinterher war immer alles zerwühlt und klebrig, auch das kannte Grace schon aus Erfahrung. Aber sie blieb neben Vaughn liegen und rührte sich nicht, eine Hand auf seinem Oberarm.

»Was ist denn das?«, fragte sie, als sie ein Pflaster auf seiner Haut entdeckte.

»Nikotinpflaster«, schnaubte Vaughn in die Kissen.

»Ach, du hast also auch mal geraucht.«

»Seit drei Jahren nicht mehr, deshalb das Pflaster.«

»Aber das soll man doch gar nicht so lange tragen.«

»Ist mir klar.« Was sollte auf einmal dieser genervte Ton? Eigentlich kam doch jetzt der Moment, wo man tiefe Blicke tauschte und sich Geschichten aus der Kindheit erzählte.

Grace erforschte die Sache genauer. Nikotinpflaster, von wegen! Das war nur die halbe Wahrheit. Vaughn hatte ein Tattoo. Und nicht ein dezentes chinesisches Schriftzeichen, dessen Übersetzung lautete *Ich bin weit und breit der größte Idiot.* Nein, es war eine ziemlich große Tätowierung, die nur zur Hälfte gelasert war. Spielkarten waren noch zu erkennen, und … ein Würfel vielleicht … und sollte das ein Skelett oder ein Kaninchen sein?

Aber wenn er sich schon wegen eines Nikotinpflasters so anstellte, wollte Grace ihn auf das Tattoo lieber gar nicht erst ansprechen.

Für ein paar Minuten blieben sie so liegen. Vaughns Hände ruhten auf ihren Hüften, und Grace versuchte, das Kribbeln an ihrem linken Knöchel zu ignorieren. Für Schmusereien war sie noch nie zu haben gewesen, und als das Kribbeln zu einem handfesten Jucken wurde, löste sie sich aus Vaughns Umarmung, um sich zu kratzen.

»Und, wie geht es dir?«, fragte sie und versuchte, sich möglichst beiläufig die Decke um die Schultern zu wickeln. Was sie eigentlich interessierte, war, ob sie seinen Vorstellungen entsprochen hatte, aber das konnte sie ihn wohl kaum fragen.

»Besser denn je«, antwortete Vaughn mit trägem Grinsen. »Kann ich als Erster ins Badezimmer?«

»Geh nur«, sagte Grace und strich sich durchs Haar, das vollkommen zerzaust war. »Das Bad gehört dir.«

»Wenn du das Fenster aufmachst, kannst du gern deine Zigarette danach rauchen«, murmelte Vaughn. Donnerwetter, Sex machte echt einen besseren Menschen aus ihm! Vaughn bei Laune zu halten hieß dann also, einen Großteil der Zeit in der Horizontalen zu verbringen, und Grace wusste nicht recht, was sie davon halten sollte.

Sie sah ihm hinterher, als er in der Badezimmernische verschwand. Sein Körper war der beste Beweis dafür, dass der eigene Fitnessraum, den er letztens erwähnt hatte, tatsächlich etwas für sich hatte. Was die Rückansicht betraf, zumindest. Vaughn hatte lange Arme und Beine, das hatte sie schon vermutet, und sein Hintern war so knackig wie bei all den jüngeren Typen. Genau genommen konnten 50 Prozent von denen da gar nicht mithalten, weil sie zu viel Bier in sich reinkippten und keinen Fitnessraum hatten. Aber ihr endgültiges Urteil würde sie sich aufheben, bis sie die Vorderansicht gesehen hatte, dachte Grace. Zunächst musste sie krampfhaft nach dem zweiten Bademantel suchen, denn bei ihren Großeltern zu Hause war es nicht üblich gewesen, splitternackt herumzulaufen.

Grace setzte sich in einen der Sessel und zog die Knie an, rauchte ihre medizinisch indizierte Zigarette und fragte sich, wie sie sich jetzt eigentlich fühlte. Enttäuscht in erster Linie, denn als sie sich küssten und er sie auf die Matratze presste, mit genau dem richtigen Maß an Stärke, hatte sie für einen Moment gedacht, sie würde kommen.

Vaughn hatte garantiert nicht gemerkt, dass es nicht so war. Mit dreiundzwanzig war man in Sachen Sex ja ebenso bewandert wie im Kalorienzählen. Es war nur ein schwacher Trost, aber sie konnte sich ihrer vorgespielten Orgasmen wirklich rühmen. Nicht wie all die anderen, mit denen sie gesprochen hatte. Niemals würde sie sich auf dieses Porno-Getue und dieses alberne Gehampel mit Fick-mich-Geschrei verlassen. Nein, sie warf den Kopf in den Nacken und begann atemlos zu keuchen, und wenn der kritische Moment dann kommen sollte, verlagerte sie ihre ganze Kraft in die Beckenbodenmuskulatur. Und dabei redete sie sich ein, dass ihre Vorstellung auch etwas Anständiges hatte – immerhin hatte sie tolle Kritiken dafür erhalten.

Als Vaughn aus dem Bad kam und genüsslich die frische Luft einatmete, drückte sie ihre Zigarette aus. »Das Bad ist dein«, sagte er. Er trug Boxershorts, und da Grace sich nun ein vollständiges Bild machen konnte, entschied sie: Auch von vorn sah er passabel aus. Kein Sixpack, aber das hatte sie sowieso noch bei keinem gesehen. Vaughn war schlank und durchtrainiert. Es sprach also nichts dagegen, dass er sich selbst einen Nachtisch bestellte, anstatt sich bei anderen schadlos zu halten. Die Muskeln seiner Oberarme hatte sie ja schon unter den Fingern gehabt, als sie …

»Nichts zu bemängeln?«, fragte Vaughn scherzhaft, und in dem Moment fiel Grace auf, dass sie ihn angestarrt hatte – hoffentlich nicht mit offenem Mund.

»Mm«, gab Grace unverfänglich zurück und wollte sich an ihm vorbeischieben. Er aber hielt sie fest, zog sie an sich und gab ihr einen Kuss auf die Stirn. »Heute war ein Horrortag, aber du hast mir geholfen, das Beste daraus zu machen. Danke dafür.«

»Ich dachte, du hältst nichts davon, dich zu bedanken«, erinnerte Grace ihn an seine eigenen Worte. Noch immer hielt er sie in den Armen, und barfuß reichte sie so gerade bis zu dem Grübchen in seinem Kinn. Sie gab ihm einen Kuss darauf.

»Das lasse ich natürlich nicht zur Gewohnheit werden«, gab Vaughn leichthin zurück und ließ sie los.

Er war in ein Buch vertieft und sah kaum auf, als Grace in einer Kombination aus Unterhemd und Shorts von Primark aus dem Badezimmer kam. Sie kroch unter die Decke, und er legte das Buch beiseite und schaltete die Nachttischlampe aus.

Grace hielt den Atem an, als er seine Kissen zurechtrückte und sich ausstreckte. Sie wappnete sich für die unvermeidliche Umarmung, doch wie sich herausstellte, hielt auch Vaughn nichts davon, eng umschlungen zu schlafen – oder sich über Gebühr auszubreiten. Er legte sich auf die Seite, und als Grace sicher sein konnte, dass er seine Schlafposition gefunden hatte, rollte sie sich zusammen und nahm sich vor, sich möglichst nicht zu bewegen. Warum nur war es so viel schwieriger, neben Vaughn zu schlafen als mit ihm? Das war doch Unsinn.

»Hast du einen leichten Schlaf?«, fragt er plötzlich.

Grace hatte die letzten beiden Jahre auf einem Ausziehsofa geschlafen, manchmal auch auf dem Boden, wenn ihr die ausgeleierten Federn zu sehr in den Rücken stachen. An eine anständige Matratze und ägyptische Baumwolle musste man sich natürlich erst gewöhnen, aber das war sicher nicht ihr größtes Problem. »Eigentlich nicht, und du?«

»Ja, total«, betonte Vaughn entschieden. »Also wirf dich bloß nicht herum!«

»Okay. Ich werde versuchen, es zu vermeiden«, antwortete Grace und nutzte den Moment, um sich noch einmal umzudrehen, ohne Vaughn aus der Fassung zu bringen.

Doch das sollte nicht lange währen. »Ich kann nicht begreifen, wie du bei dieser Hitze die Decke so hochziehen kannst«, sagte er gereizt.

»Ich habe es eben gern gemütlich«, murmelte Grace. Sie war müde, sie hatte fast eine ganze Flasche Wein getrunken, und sie hatte nicht die geringste Lust darauf, dass Vaughn sie beim Einschlafen störte, weil ihm aufgefallen war, dass ihre Schlafgewohnheiten gegen die vertragliche Abmachung verstießen. »Gute Nacht!«

Vaughn drehte sich auf die andere Seite und brummte etwas, aber Grace hörte gar nicht mehr hin. Sie machte die Augen zu und schlief ein.

Kapitel 13

Zurück in London am frühen Sonntagabend blieb Grace genug Zeit, um sich ein paar Lunchpakete für die kommende Woche zu kaufen. Als sie schließlich ihre Wohnung betrat, fühlte sie sich so beschwingt, dass sie kurz in Erwägung zog, sich einen der Schuhkartons mit Rechnungen vorzuknöpfen. Doch schon beim Anblick der pinkfarbenen Schachtel wurde ihr flau im Magen, und so beschloss sie, lieber die Wohnung zu putzen.

Kaum hockte sie auf den Knien, um den Küchenboden zu schrubben, klingelte auch schon das Telefon. Es war Lily, was Grace jedoch nur an der Nummer auf dem Display erkannte, denn alles, was sie hörte, war ein Schluckauf.

»Lily? Ist bei dir alles in Ordnung?«

Der Schluckauf wurde zu einem erbärmlichen Schniefen. »Nein, überhaupt nicht. Du musst sofort kommen.«

»Warum? Was ist denn?« Sollte es wieder um Tischdeko und diese verdammten Brautjungfernkleider gehen, hatte Grace nicht vor, sich in Bewegung zu setzen – nicht an diesem Abend! Auf BBC 1 sollte ein Kostümfilm laufen, und auf ihren DVD-Rekorder war kein Verlass. Vielleicht konnte sie sich nächsten Monat einen neuen leisten oder sogar eine Sky-plus-Box, wenn sie wieder einen Teil abgezahlt …

»Grace!« Lilys Jammern klang ohrenbetäubend. »Bitte, komm sofort. Bitte! Ich bin kurz davor durchzudrehen.«

Grace schrubbte weiter an einem Fleck auf dem Linoleum. »Sag mir doch wenigstens, worum es geht. Hat es was mit Dan zu tun?«

»In zehn Minuten«, stieß Lily schluchzend hervor, dann hatte sie auch schon aufgelegt.

Grace machte einen Zwischenstopp in dem Minimarkt auf halbem Weg zu Lilys Liebesnest, um Eiscreme und Wodka zu kaufen – das wirkte grundsätzlich Wunder gegen Lilys Probleme.

»Hey Süße, jetzt mach doch nicht so ein trauriges Gesicht«, zwitscherte Grace fünf Minuten später, als Lily die Tür öffnete.

Lily brach sofort in Tränen aus. Sie wollte etwas sagen, aber bei all den Schluchzern war es unmöglich, auch nur ein einziges Wort zu verstehen.

»Was ist los, Lily?«, fragte Grace und drückte tröstend ihren Arm. »Was hat Dan dir angetan?«

Sicher hatte Dan mal wieder etwas Abscheuliches verbrochen, darauf hätte sie wetten können. Sie schloss die Tür und nahm Lily in den Arm. »Komm, ich mache uns einen Drink, und dann kannst du mir alles in Ruhe erzählen.«

»Nein, ins Bad!«, schluchzte Lily noch lauter, als Grace sie ins Wohnzimmer führen wollte.

»Okay, dann gehen wir eben ins Bad«, gab sich Grace geschlagen.

»Da!«, rief Lily wild gestikulierend, und Grace sah sich suchend um. Ging es um die Boxershorts, die Dan auf den Boden geworfen hatte? Bei allem, was er sich sonst so leistete, konnte das doch so schlimm nicht sein. Dann fiel Graces Blick auf das Waschbecken …

»Ist das etwa das, was ich glaube?«, fragte Grace und starrte auf die weißen Stäbchen, die aufgereiht dort lagen.

Lily wedelte mit einem der Stäbchen herum, und hastig machte Grace einen Schritt zurück. »Ich bin schwanger, oder? Sieh dir das doch mal an!«

»Ich soll das anfassen? Aber da hast du doch draufgepinkelt!«, kreischte Grace. Sie warf einen Blick auf den blauen Punkt, die rosa Linie oder das Bild eines Babys. Sie selbst hatte vor lauter Angst, schwanger zu werden, stets darauf geachtet, die entsprechenden Vorkehrungen zu treffen, und war nie in die Verlegenheit geraten, einen solchen Test machen zu müssen. »Bist du sicher?«

»Ja«, sagte Lily zerknirscht und warf das Stäbchen wieder hin. »Ich weiß, ich hätte weiter die Pille nehmen sollen.« Lily hatte die Pille abgesetzt, weil sie überzeugt gewesen war, eine ihre Brüste sei davon größer geworden als die andere.

»Aber du hast doch sicher Kondome oder ein Diaphragma oder so was benutzt?«, wollte Grace wissen.

»Ja, meistens, aber manchmal, wenn wir so zugange waren, hätte das die ganze Stimmung zerstört«, sagte Lily und ließ sich auf den Rand der Wanne sinken. »Du weißt doch, wie das ist.«

Nein, das wusste Grace nicht. Aber ungeachtet dessen hockte sie sich neben Lily auf den Wannenrand und legte ihr einen Arm um die Schultern. »Auf die Schwangerschaftstests für zu Hause kann man doch sowieso nichts geben.«

»Aber ich habe zwölf davon gemacht. Die können sich doch nicht alle irren.« Lily fing wieder an zu weinen. »Und Dan hat total beschissen reagiert. Er hat gesagt, ich bin eine dumme Schlampe. Und dann ist er weggerannt, als ginge ihn das alles nichts an.«

Immerhin in dem Punkt konnte Grace Trost spenden. »Mein Gott, er ist aber auch wirklich ein blöder Wichser!«

Sie schraubte den Wodka auf und genehmigte sich einen

großzügigen Schluck. Dann hielt sie Lily die Flasche hin. »Ich glaube, du hast ihn nötiger.«

»Grace! Ich bin schwanger!«

»Lieber Himmel, sag nicht, du willst es behalten?«

Empört sprang Lily von der Badewanne. »Nicht *es,* es ist doch ein Baby! *Unser* Baby.« Sie war kurz davor, wieder in Tränen auszubrechen.

»Noch ist es nur ein Zellhaufen«, sagte Grace und nahm noch einen Schluck Wodka. Lily hätte jemand anderen rufen sollen, denn diese Situation brachte sie an den Rand ihrer ohnehin begrenzten sozialen Kompetenzen. »Tut mir leid, das sollte nicht so hartherzig klingen. Es ist nur … Du meine Güte, Lily. Ich weiß nicht, was du von mir hören willst. Du bist *schwanger!*«

»Schon gut«, sagte Lily leise. »So schlimm kann ein Schluck Wodka ja nicht sein. Auf der Verlobung habe ich ein paar Nasen Koks genommen, und seit ich das letzte Mal meine Tage hatte, war ich mindestens fünfmal besoffen. Jetzt ist das Baby bestimmt Alkoholiker oder drogensüchtig.«

»Red keinen Unsinn! Als meine Oma schwanger war, hat der Arzt gesagt, sie sollte jeden Tag einen großes Glas Guinness trinken.« Was natürlich einiges in Bezug auf ihre Mutter erklärte. »Und in Frankreich ziehen sich alle schwangeren Frauen immer Rotwein rein.«

»Aber ein Baby gehört einfach noch nicht zu meinem Plan«, sagte Lily.

»Was für ein Plan?«

»Der Plan eben. Jeder hat doch einen. Ich wollte erst ein schönes Haus, in einer Gegend mit guten Schulen, und dann zweimal befördert werden, und wenn ich Leiterin der Beauty Redaktion werde, dann will ich ein Baby kriegen und nur noch freiberuflich arbeiten, oder vielleicht ein Buch schreiben, so einen Ratgeber für Mamis, die gut aussehen wollen. So hatte ich mir das alles vorgestellt.«

Ein Plan, möglicherweise ein bisschen verwegen, aber immerhin hatte Lily einen – obwohl Graces Großmutter sie immer als flatterhaft bezeichnete.

»Vielleicht musst du nur ein bisschen umdisponieren. Das Leben ist nicht immer so, wie man es sich vorstellt«, sagte Grace voller Mitgefühl.

»Aber im Moment passt mir das gar nicht!«

»Manchmal muss man eben spontan entscheiden.«

»Danke, dass du versuchst, mich aufzuheitern.«

»Gehört zum Service«, versicherte Grace. »O Gott, warum weinst du denn wieder?«

»Ich weiß nicht«, schluchzte Lily, und sogar dabei sah sie blendend aus, als die Tränen von ihren langen Wimpern tropften. »Hoffentlich gehöre ich nicht zu den Frauen, die ihr Gewicht nicht wieder loswerden.«

»Komm, lass uns auf die Terrasse gehen«, schlug Grace vor. »Ich habe Eiscreme mit Baileys gekauft. Da ist nur ganz wenig Alkohol drin, das kann wirklich nicht schaden.«

Es gab nicht viel, was Grace hätte sagen können, aber vielleicht war es ja schon genug, einfach schweigend neben Lily zu sitzen. Und sie hatte immer noch Mühe, das Ganze zu verstehen, denn Lily hatte noch nie etwas verbockt. Das lag einfach nicht in ihren Genen. War es da verwerflich, ein bisschen Genugtuung zu empfinden, weil nun Lily diejenige war, die etwas vermasselt hatte? Wahrscheinlich.

»Ist das Top von Paul and Joe?«, fragte Lily.

Grace sah hinunter auf ihr graues Baumwollhängerchen. »Ja, war ein Musterstück, hab ich letztes Jahr bekommen. Und es ist viel zu heiß, um etwas Engeres zu tragen. Mann, das Wetter passt überhaupt nicht hierher!«

Lily nickte. »Gestern habe ich versucht, dich anzurufen, aber ich konnte dich nicht erreichen.«

»Oh, ich musste arbeiten.«

»Warum?«

»Da war eine Hochzeit«, sagte Grace und konnte sich zu dieser Formulierung nur gratulieren, denn technisch gesehen hatte sie ja nicht gelogen.

Lily begann erneut zu schluchzen. »Jetzt wird nichts aus dem schönsten Tag in meinem Leben.«

»Aber du kannst die Hochzeit doch verschieben.«

»Ich plane meine Hochzeit, seit ich dreizehn bin, aber ich hatte nicht vor, wie ein Fass durch die Kirche zu rollen.«

»Sieh mal, es ist doch erst September. Wenn du, sagen wir mal, im November oder Dezember heiratest, wird man es kaum sehen. Und du hast immer noch genug Zeit, um alles zu organisieren.« Lily wollte protestieren, aber Grace winkte ab. »Vielleicht musst du ein bisschen kürzer treten, aber wäre es nicht toll, den schönsten Tag in deinem Leben gemeinsam zu feiern – mit dem Baby.«

Lily nickte zögernd. »Könnte sein. So hab ich das noch gar nicht gesehen.«

Grace wusste, sie war nicht immer die beste Freundin. Nie tat sie das Richtige oder fand die richtigen Worte. Doch dieses eine Mal wollte sie dem entgegenwirken. »Erinnerst du dich noch an das Kleid, das wir mal gesehen haben, Haute Couture von Madame Grès? Wenn du im Winter heiratest und wir so etwas finden, aus richtig schwerer Seide, dann wirst du wunderbar aussehen, Lily.«

Und es wirkte. Ein heiteres Lächeln zeigte sich auf dem Gesicht ihrer Freundin, zum ersten Mal an diesem Abend. »Weiß kann ich gut tragen«, sagte Lily. »Meinst du, wenn es zu sehr aufträgt, könnte ich auf Elfenbein umschwenken?«

So saßen sie in Lilys Hollywoodschaukel, bis der Morgen dämmerte und ein wenig kühlere Luft brachte. Irgendwann kam Dan nach Hause, mit tausend Entschuldigungen und einem Strauß Blumen.

Und wieder zog das Leben an ihr vorbei, dachte Grace, als sie ihre Wohnungstür aufschloss. Lily würde ihr Baby bekommen, ihr Vater würde ihnen ein großes Haus kaufen, und arbeiten würde sie ganz sicher nie wieder. Und die Sache mit Vaughn würde bestimmt nicht ewig dauern, aber wer weiß, vielleicht konnte sie wenigstens das Beste daraus machen – etwas in ihrem Leben verändern und die Grace werden, die sie immer hatte sein wollen.

Das ungeduldige Summen ihres BlackBerrys riss sie aus ihren Gedanken. Grace sah auf das Display und öffnete die E-Mail:

Unter dem folgenden Link finden Sie die Daten für das nächste Wochenende.

Beste Grüße

M Jones

Grace klickte auf den Link:

Freitag, 19.30 Uhr, Flug nach New York.

Kapitel 14

Die nächsten Wochen schienen nur so vorbeizurasen, und Grace hatte das Gefühl, ständig irgendwo anzukommen oder wegzufliegen, ohne lange genug zu bleiben, um Luft zu holen und Erinnerungen zu sammeln – geschweige denn, einmal acht Stunden pro Nacht zu schlafen, und das musste sie eigentlich, um sich halbwegs wie ein Mensch zu fühlen.

Zwei Monate waren vergangen, es war Anfang November, und abgesehen davon, dass Grace sich daran gewöhnt hatte, Business Class zu fliegen anstatt auf den billigen Plätzen, und mit Wollstrumpfhosen herumzulaufen anstatt mit nackten Beinen, hatte sich seit September nicht viel geändert. Kiki benahm sich zickig wie immer, Lily redete von nichts anderem als den Hochzeitsvorbereitungen, und dann waren da noch die vertraglich vereinbarten Treffen mit Vaughn. Dreimal waren sie schon in New York gewesen, und in Paris waren sie im Plaza Athenée abgestiegen, in einer Art-déco-Suite.

Vaughn brachte sie nach wie vor aus der Fassung, und daran würde sich auch so bald nichts ändern. Mittlerweile betrachtete sie ihn wie zwei Personen: Vaughn, der Gute, der durchschimmerte wie ein Regenbogen nach einem Gewitter, der witzig sein konnte, anstatt nur verschroben, und der ihr in Paris ein Marc-Jacobs-Kleid für umgerechnet 3000 Pfund gekauft hatte. Doch es gab auch eine dunkle Seite, den bösen Zwilling, der im Hintergrund lauerte, und dem sie einfach nichts recht machen konnte.

Auf der zweiten New-York-Reise war er bei einer Auktion überboten worden, und anschließend hatte er so miese Laune, dass er den ganzen Abend kein Wort mehr sagte. Erst als sie zurück in seinem spartanisch eingerichteten Apartment am Central Park waren, hatte er wieder mit ihr gesprochen. Und das auch nur, um ihr zu sagen: »Jetzt behalt mal die Nerven!«, denn sie war viel zu angespannt gewesen, um überhaupt an Sex mit ihm zu denken.

Auch an diesem Abend im November hatte sie es offenbar mit Vaughns bösem Zwilling zu tun. Grace hatte ein Restaurant im Pembroke Hotel vorgeschlagen und Madeleine sogar dazu gebracht, dort einen Tisch zu reservieren.

»Biologisch-dynamisches Hähnchen mit gefüllten Pilzen«, rezitierte Vaughn mit höhnischem Grinsen aus der Speisekarte. »Lächerlich! Getrüffelte Pommes! Dieser Trend geht mir allmählich auf die Nerven.«

»Wie wäre es denn mit Hummer, den magst du doch«, schlug Grace vor.

»Nein, ich nehme das Lamm«, sagte Vaughn, in einem Ton, als wäre es seine Henkersmahlzeit.

»Ich werde nur zwei Vorspeisen und kein Hauptgericht bestellen, vielleicht Krabbenküchlein und Salat«, sagte Grace. »Und kein Dessert!«, fügte sie energisch hinzu und beobachtete, wie Vaughn zusammenzuckte. Den Teufel würde sie tun und sich einen Nachtisch bestellen, wenn er sich weiter so aufführte.

Das Essen verlief in eisigem Schweigen. Jedes Mal, wenn Grace versuchte, ein *Bonmot* anzubringen, erntete sie nichts weiter als mürrisches Grunzen. Und immer wieder meldete sich sein BlackBerry mit Anrufen, die er unbedingt entgegennehmen musste.

»Scheiße, was ist denn jetzt schon wieder«, zischte er und griff nach dem Telefon. »Was?«, bellte er in die Leitung, während Grace ihr Spiegelbild auf der Rückseite ihres Löffels betrachtete und versuchte, nicht hinzuhören. Es ging wohl um eine Sammlung von Fotografien für eine neue Ausstellung, die vom Zoll beschlagnahmt worden war, weil die Bilder zu obszön schienen. Vaughns Kopf sank tiefer und tiefer, bis es den Anschein hatte, als wäre sein Hals total verschwunden.

»Iss auf!«, befahl er. »Ich warte draußen. Muss noch mal telefonieren. Und wir müssen an der Galerie vorbeifahren.«

»Soll ich fragen, ob sie uns das Essen einpacken können?«, fragte Grace, aber Vaughn warf ihr nur einen genervten Blick zu, und dann war er verschwunden.

»Ich dachte schon, du wärst aus dem Toilettenfenster geklettert und hättest dich davongemacht«, ranzte er sie an, als sie vor dem Restaurant erschien.

»Ich musste noch auf das hier warten«, sagte Grace und gab ihm eine kleine Schachtel – mit einer großen Portion Schokoladenkuchen, die sie dem Kellner abgeschwatzt hatte. Aber die Mühe hätte sie sich wohl sparen können. »Danke übrigens für die Einladung zum Essen.«

Skeptisch beäugte Vaughn den Inhalt der Schachtel, und Grace beobachtete sein wechselndes Mienenspiel: Staunen, Freude – und dann die nächste Abfuhr. »Nett von dir, aber ich kann das nicht essen.«

»Aber ich, und du kannst mir dabei zusehen«, machte sie einen letzten Versuch. »Vielleicht gebe ich dir sogar einen Bissen ab, aber nur, wenn …«

Grace bekam gar nicht die Chance, den Satz mit einem scherzhaften Seitenhieb zu beenden, denn Vaughn packte sie und küsste sie. So wie nie zuvor. Verzweifelt und gierig, als könne er nicht genug von ihr kriegen, griff er in ihr Haar und riss sie an sich. Seine andere Hand glitt unter ihr Kleid, und sie konnte gerade noch protestieren – immerhin stand der Fahrer in der Nähe. »Bringen Sie uns in die Galerie!«, befahl Vaughn mit heiserer Stimme.

Auf der Fahrt nach Mayfair nahm Grace seine Hand. Und er ließ sie nicht los, bis sie in seinem Büro standen. Dort nahm er sie gleich an Ort und Stelle, über das kubistische Sofa gebeugt. Sie hatte nicht einmal Zeit, ihre Jacke auszuziehen.

Genau das war Grace eigentlich zuwider: eine schnelle verzweifelte Nummer im Stehen – doch dieses Mal ließ sie sich mitreißen. Ihre Hände gruben sich in die ledernen Kissen, und sie wunderte sich über ihr eigenes Stöhnen.

»Bist du so weit?«, fragte Vaughn mit schwankender Stimme.

»Gleich«, presste sie mühsam hervor, während er sie tiefer auf das Sofa drängte. Genau richtig, dachte sie freudig überrascht – aber dann ging alles so schnell.

Er stöhnte, als wäre er verloren, änderte den Rhythmus auf noch härtere Stöße, und alles, was Grace tun konnte, war, ihr Gewicht auf die Ellbogen zu verlagern und das Beste zu hoffen. Er kam mit einem Keuchen, das nach ihrem Namen klang – oder auch nicht, und Grace konnte sich nicht länger halten und sackte über der Sofalehne zusammen.

Für eine oder zwei Minuten war es ganz nett, so zu verharren, aber dann wurde ihr Vaughns Gewicht zu schwer. Sie rutschte hin und her, bis er es begriffen hatte und sich von ihr löste. Aber dieses eine Mal, so beschloss sie, würde sie sich an ihn schmiegen. Immerhin war sie mit ihm so oft nah dran gewesen wie mit sonst keinem. An diesem Abend so kurz davor wie nie.

»Wo ist denn der Schokoladenkuchen?«, fragte er.

Was für ein Stimmungstöter! »Wahrscheinlich im Wagen.«

»Schade! Aber so was in der Art könntest du für das Dinner in Erwägung ziehen.«

Schluss mit der Schmusenummer. »Was für ein Dinner?«

»Hat Madeleine dich noch nicht informiert?«

»Nein. *Was für ein Dinner?«*

»Am 19. sollst du ein Dinner organisieren. Oder hatten wir es auf den 21. verschoben? Kein Grund, in Panik auszubrechen. Ich habe dir nun zwei Monate Zeit gegeben, um dich an alles zu gewöhnen. Und es geht nur um eine kleine Gesellschaft von acht Leuten.«

»Wie war das?!« Anfangs hatte Vaughn von Dinnerpartys gesprochen, aber so hatte Grace das nicht verstanden. Sie hatte gedacht, es ginge lediglich darum, in einem schicken Kleid dortzusitzen und die Kellner auf Trab zu halten, um die Gläser nachzufüllen.

»Ist doch ganz einfach, Grace. Ein russischer Klient, ein weiterer Kunsthändler und ein Künstler in deinem Alter – alle in Begleitung, um die du dich kümmern wirst, während ich Geschäfte mache. Du organisierst die Speisefolge, die Sitzordnung, Präsente und so weiter.«

»Kapierst du es nicht? Das ist unmöglich! Wenn ich das machen soll, kann es doch nur in die Hose gehen.«

Vaughn stand auf und bedachte sie mit einem eisigen Blick. »In die Hose gehen? Das ist keine Option«, sagte er. »Morgen fliege ich nach New York. Am Mittwoch bin ich wieder in London. Dann erhältst du weitere Instruktionen.«

Drei Tage später, nach einer Reihe immer kürzer werdender Telefonate mit Vaughn, wurde offiziell ein Treffen mit Madeleine Jones einberufen – vor der Geschäftsstelle einer Cateringfirma in Bloomsbury. Grace erspähte eine große Rothaarige, die sich gut gehalten hatte und aussah, als kaufe sie Kleidung und Schuhe exklusiv bei L.K. Bennet. Ungeduldig sah sie auf die Uhr, dabei war es eigentlich noch zwei Minuten zu früh. Grace wollte sich schon um die nächste Ecke schleichen, um noch schnell eine zu rauchen, denn ganz wohl war ihr nicht bei dem Gedanken, Madeleine leibhaftig gegenüberzustehen – obwohl die letzten E-Mails und Telefonate beinahe herzlich gewesen waren.

Sie schob die Zigarette zurück in die Schachtel und ging festen Schrittes weiter. »Madeleine? Hi, ich bin Grace«, sagte sie mit einem munteren Lächeln. Oder hätte sie lieber Ms. Jones sagen sollen?

Auch Grace wurde eingehend gemustert – insbesondere ihre Jeans und ihr Pullover.

»Schön, dass Sie pünktlich sind.« Sogleich fühlte sich Grace an eine der Dozentinnen in Saint Martin's erinnert, die seit Ewigkeiten dort unterrichtete und der man gleich ansah, dass man ihr nichts vormachen konnte. Doch Madeleine lächelte – höflich und reserviert, aber immerhin. »Sollen wir hineingehen?«

Sie wurden in einen leeren Speiseraum geführt und gebeten, an einem Tisch Platz zu nehmen, der mit sechs verschiedenen Gedecken bestückt war.

»Es ist wirklich nett, dass Sie mir helfen«, sagte Grace. »Und danke für die Liste mit den Essgewohnheiten. Ich konnte kaum glauben, dass die South-Beach-Diät noch in Mode ist. Die gibt es doch schon seit drei Jahren. Der Unterschied zwischen makrobiotisch und vegan ist mir aber immer noch nicht ganz klar.«

»Grace, bleiben Sie einfach ganz ruhig!«

»Dann zu den Gästen: Die Freundin dieses Russen habe ich gegoogelt. Die ist so was wie ein Supermodel.«

»Dann können Sie doch über Mode reden. Vaughn sagte, Sie werden sich bestimmt gut verstehen.«

Hatten Vaughn und Madeleine sich etwa über sie unterhalten? In der Kaffeepause vielleicht?

»Und der Freund dieses Kunsthändlers, Alex … über den weiß ich noch gar nichts.«

»Vaughn sagte, Sie sind ihm schon einmal begegnet. Auf der Party bei Boris Volkov, im September.«

»Aber Vaughn sagte, von dem soll ich mich fernhalten. Warum lädt er ihn jetzt ein?«

»Weil Vaughn Harry eingeladen hat, und der kommt nur im Doppelpack mit Alex«, erklärte Graces Mentorin. »Sollte er unverschämt werden, wovon Vaughn ausgeht, können Sie ihm über den Mund fahren – in aller Höflichkeit natürlich. Aber Sie brauchen sich nichts gefallen zu lassen.«

»Meine Güte, wie soll ich das denn auf die Reihe kriegen?«, jammerte Grace. Madeleines missbilligender Blick war ihr nicht entgangen, doch merkwürdigerweise schien der eher Vaughn als ihr zu gelten, ganz so, als wolle sie ihn zusammenfalten. In der nächsten Kaffeepause vielleicht!

»Alex und Nadja sind nicht so wichtig«, erklärte Madeleine weiter. »In erster Linie geht es um Noah Skinner und seine Freundin Lola. Sie sind zum ersten Mal zu einem solchen Dinner eingeladen und wahrscheinlich auch ein wenig unsicher. Ich würde also vorschlagen, dass Sie zwischen den beiden sitzen. Sergei steht kurz davor, einen Vertrag mit der Galerie abzuschließen, also wird Vaughn mit ihm sprechen müssen. Aber Nadja kann Alex nicht leiden, deshalb sollte man die beiden nicht nebeneinander platzieren. Lassen Sie Nadja neben Noah sitzen, Alex neben Lola und Harry und Sergei an Vaughns Seiten. Soll ich das noch einmal langsamer wiederholen?«

Grace machte sich eifrig Notizen. »Und die Tischdekoration? Ist das Sache der Cateringfirma? Wie viel kann ich für die Präsente ausgeben? Meine Güte, ich wollte Sie nicht mit Fragen bombardieren.«

Madeleine winkte ab, als sei es Routine, Vaughns Geliebten für Fragen aller Art zur Verfügung zu stehen. »Ich würde vorschlagen, dass Sie die Dekoration auswählen, sobald das Menu bestellt ist. Wir haben ein Konto bei einem Floristen. Ich maile Ihnen noch die Adresse. Das Budget für die Präsente liegt bei 1000 Pfund. Dabei legt Vaughn Wert auf Individualität.«

»1000 Pfund für alle zusammen?«

»Für jeden.«

»Lieber Himmel!«, Grace suchte nach einem angenehmeren Thema. »Ich habe Sie noch nie in Vaughns Galerie gesehen«, sagte sie, um zu demonstrieren, dass sie nun ruhig genug war, um eine gepflegte Unterhaltung zu führen.

»Ich habe ein Büro in der Galerie«, gab Madeleine Auskunft, wie es schien, ein bisschen widerwillig. »Aber als Vaughns persönliche Assistentin ist meine Arbeitszeit flexibel.«

»Arbeiten Sie schon lange für ihn?«, bohrte Grace weiter.

»Fast zwölf Jahre«, antwortete Madeleine und sah auf die Uhr.

»Mussten Sie Vaughns anderen … äh … Freundinnen auch unter die Arme greifen?«

»Mein Arbeitsfeld erstreckt sich auf die unterschiedlichsten Aufgabenbereiche.«

Doch wie so oft konnte Grace auch dieses Thema nicht ruhen lassen. »Auf der Party im September sagte Alex, ich wäre jünger als die anderen. Waren die sehr viel älter als ich? Und hatten die mehr Erfahrung, oder ist denen auch der Schweiß ausgebrochen, wenn sie ein Dinner organisieren sollten?«

Madeleine musste kurz nachdenken. »Auf jeden Fall hat keine so viel geredet«, sagte sie mit undurchdringlichem Blick.

Das Gespräch wurde unterbrochen, als der Küchenchef erschien, gefolgt von zwei Lakaien, die einen Servierwagen hereinschoben. Als Grace sah, dass sie Proben mitgebracht hatten, fand sie die Planung des Menüs gar nicht mehr so schlimm.

Sie wählte schlichtes Geschirr und Besteck, denn damit war sie auf der sicheren Seite. Sie entschied sich für eine Auswahl von Appetizern, Jakobsmuscheln und Filetsteaks als Hauptgang, Spargel und Ricotta-Ravioli für die Vegetarier, und fragte zur allgemeinen Verblüffung nach dem Dessert.

»Normalerweise liefern wir eine Auswahl verschiedener Käsesorten«, erklärte der Küchenchef.

»Cool, und was kommt danach?«, fragte Grace.

»Bei Vaughn wird grundsätzlich kein Dessert gereicht«, wurde sie höflich aber bestimmt informiert.

»Tja, eine derartige Anweisung habe ich nie erhalten«, sagte Grace. »Kann ich nun die Dessertkarte haben?«

Man reichte ihr die Karte, und es dauerte ein Weilchen, bis sie sich entschieden hatte. »Flan mit Zitronenbaiser, Apfelkuchen und Schokoladencreme im Glas«, lautete ihre Order. »Mit

Crème fraîche. Ah, und frisches Obst oder ein Sorbet als Gaumenreiniger.«

»Sind Sie sicher?«, fragte Madeleine. »Vaughn macht sich nichts aus Desserts.«

Es gab eine Menge Dinge, aus denen Vaughn sich nichts machte, aber mit Desserts verhielt es sich anders. Da war Grace ganz sicher. Es mochte ja sein, dass sie ihren Vorgängerinnen nicht das Wasser reichen konnte, aber wenn keine von denen gemerkt hatte, dass Vaughn lammfromm war, sobald er etwas Süßes gegessen hatte, kochten die auch nur mit Wasser!

Abgesehen von einem kurzen Besuch bei Lily, wo sie sich ausnahmsweise einmal mit Dan einig war – darin, dass Lily ihren Eltern von der Schwangerschaft erzählen musste –, verbrachte Grace das Wochenende damit, die Geschenktüten zusammenzustellen. Und es war gar nicht so schwer gewesen, an die nötigen Informationen heranzukommen. Grace hatte die Kontaktnummern auf der Gästeliste durchtelefoniert, und hocherfreute Assistentinnen und Assistenten hatten willig Auskunft gegeben – über Schuhgrößen, kaum bekannte Whisky-Marken und modische Präferenzen.

Nur zwei der Gäste entpuppten sich als Problem: Noah Skinner und seine Freundin Lola. Die hatten nämlich keine Assistenten. Aber Madeleine hatte Grace Kurzfassungen ihrer Biografien geschickt. Beide hatten an der Slade School of Fine Art in London studiert und gehörten zu einem trendigen Künstlerkollektiv – und Vaughn war sehr daran gelegen, Noah unter Vertrag zu kriegen. Letzteres hatte Madeleine fett gedruckt, um keinen Zweifel daran zu lassen: Um Noah und Lola musste sich Grace kümmern, als wären es ihre besten Freunde.

Grace hatte keine Ahnung vom Umgang mit trendigen Künstlern, aber sie wusste: Eine Tüte mit 1000-Pfund-Präsenten ließ sich leicht als Bestechungsversuch fehlinterpretieren. Und die Worte *Fuck Global Capitalism* auf einem von Noahs Bildern, das sie bei ihrer Google-Suche entdeckt hatte, konnte diese Vermutung nur bestätigen.

Mit den beiden kam sie einfach nicht weiter, und das überschattete ihr erstes Vaughn-freies Wochenende. Sie hätte Madeleine anrufen und um Hilfe bitten können, aber dieses Mal wollte sie sich beweisen. Ihr war es ebenso wichtig wie Vaughn, dass die Dinnerparty ein Erfolg wurde.

Am Montagmorgen kam ihr endlich die Erleuchtung: Auch trendige Künstler hatten eine Facebook-Seite, und wie sich herausstellte, hatten Noah und sie sogar drei gemeinsame Freunde. Lola spielte Bass in einer pseudo-rebellischen Frauenband und war ganz wild auf Schlangen. Also besorgte Grace ein Plektrum aus Platin, eine Patenschaftsurkunde für eine Boa Constrictor im Londoner Zoo und einen Gutschein für eine neue holistische Wellness-Oase.

Nach eingehender Lektüre der Selbstbeweihräucherung auf Noahs Facebook-Seite wurde Grace auch hier fündig: *Noah ist empört über die Preise handgerührter Ölfarben im London Graphics Centre.* Großer Gott, diese Wichtigtuer waren ein Gräuel! Dennoch fuhr sie in der Mittagspause nach Covent Garden und bestellte im Graphic Centre 20 Tuben Farbe à 50 Pfund.

Mittwoch kam der große Tag, und Grace vibrierte mehr als dass sie existierte. Um 8.00 Uhr morgens hatte sie einen Friseurtermin, was bedeutete, sie musste den ganzen Tag lang den Kopf so halten, dass ihre kunstvolle Hochsteckfrisur keinen Schaden nahm – und die Kommentare sowohl des Fashion- als auch des Beauty-Teams ertragen.

Sogar Lily vergaß für einen Moment ihren Kummer und fragte: »Wie hast du das denn alleine hingekriegt? Oder ist das ein Haarteil?«

Mittags standen Wachsbehandlung und Pediküre an, nebenbei Anrufe über den BlackBerry, denn der Küchenchef hatte noch Fragen zum exakten Timing, der Florist konnte Vaughns bulgarischer Haushaltshilfe nicht begreiflich machen, dass er einen Kühlschrank für die Kamelien brauchte, und der Käselieferant hatte Probleme mit seinen Ziegen.

Als Grace dann ins Büro zurückkam und Bunny vor Facebook hockte, anstatt Preise zu recherchieren, damit zwei Artikel über Modeneuheiten endlich in Druck gehen konnten, platzte ihr der Kragen. »Bist du minderbemittelt, oder willst du es nicht kapieren?«

Bunny zuckte zusammen. »Alle, die ich sprechen wollte, haben Mittagspause«, verteidigte sie sich weinerlich. »Außerdem machst du doch sonst die Anrufe wegen der Preise.«

»Ich habe eine ganz Menge zu tun«, knurrte Grace. »Ich bin mit wichtigen Dingen beschäftigt. Da sollst du einmal etwas erledigen, aber du hängst hier vor dem Computer! Und dann ruft mich auch noch jemand von Prada an und erzählt mir, du hast einfach aufgelegt.«

Bunny hatte Grace noch nie so in Rage gesehen, und offenbar war es kein schöner Anblick. »Die waren echt unhöflich und …«

»Die sind von Prada! Die können so unhöflich sein, wie sie wollen«, schrie Grace und knallte die Liste mit Fashion Credits vor Bunny auf den Schreibtisch. »Klemm dich gefälligst ans Telefon, sprich freundlich mit den Leuten, und komm ja nicht auf die Idee, nach Hause zu gehen, bevor nicht auch der letzte Schuh und die letzte Haarspange ein Preisschild haben. Klar?«

»Ist klar, Grace«, wisperte Bunny. »Tut mir echt leid.«

»Leidtun reicht nicht!« Langsam, um ihre Frisur nicht in Gefahr zu bringen, hob Grace den Kopf. Das gesamte Fashion-Team starrte sie entgeistert an. Oder ehrfürchtig? Egal, Hauptsache, beides begann mit e! Grace schrie doch sonst nie – normalerweise war sie beleidigt, wenn sie hätte wütend sein sollen.

Um 16.55 Uhr, eine Kleiderhülle über der Schulter, rüstete sich Grace, um bei ihrer zweiten Arbeitsstelle anzutreten. »Wiedersehen«, rief sie Bunny kurz zu. Offenbar hatte es nicht geschadet, sie in den Boden zu stampfen, denn anschließend hatte sie Grace zweimal Tee gebracht. Das musste sich Grace unbedingt merken, daraus konnte sie bestimmt wichtige Schlüsse ziehen. Aber im Moment hatte sie genug damit zu tun, sämtliche Details über ihre Gäste im Kopf zu behalten. Und sie musste den Koch noch daran erinnern, die Käseplatte mit Apfelspalten und nicht mit Trauben zu servieren.

Gerade hatte sie den Lift betreten, da war Kiki ihr schon auf den Fersen. »Ich habe auch noch einen Termin«, murmelte sie, obwohl beide wussten, dass das nicht stimmte. Kiki blieb nie bis fünf Uhr nachmittags im Büro, nicht einmal am Pressetag. »Was hast du denn da in der Kleiderhülle?«

Beide starrten auf die ineinander verschlungenen C's. »Chanel hat ein Kleid geschickt, das wir nicht geordert haben«, sagte Grace wie aus der Pistole geschossen. »Es geht noch heute Abend zurück nach New York. Ich kümmere mich selbst darum. Um sie bei Laune zu halten, weißt du.«

Kiki nickte anerkennend, angesichts eines solchen Engagements. »Mir ist zu Ohren gekommen, dass Bunny in der Küche bittere Tränen vergossen hat, nachdem du sie zusammengestaucht hast«, sagte Kiki, und es klang fast nach einem Lob. »Ich wusste gar nicht, dass du so was hinkriegst, Gracie.«

»Die ist zu nichts zu gebrauchen«, gab Grace vernichtend zurück. »Den ganzen Tag hockt sie vor Facebook, und ich bin mir ziemlich sicher, letzten Freitag hat sie einen Bikini von Dolce & Gabbana aus der Kleiderkammer geklaut. Warum ist sie nicht längst zurück in Oxford?«

»Oh, sie macht ein Sabbatical. Sie müsste wirklich mehr auf ihr Gewicht achten!«, schnaubte Kiki verächtlich. »Für einen Bikini hat sie mindestens fünf Kilo zu viel.«

Es war die freundschaftlichste Unterhaltung, die Grace je mit Kiki geführt hatte. Und wie es aussah, waren Bunnys Tage gezählt. Beschwingt machte Grace sich auf den Weg.

Kapitel 15

Grace war schon in Vaughns Haus gewesen. Einige Male sogar, aber immer nur, um einen Abend ausklingen zu lassen, indem sie ihm direkt ins Schlafzimmer folgte – eine Symphonie aus Grautönen in der oberen Etage. Sie war nie länger als eine Stunde geblieben, sondern hatte sich die Treppen hinuntergeschlichen, um sich nach Hause fahren zu lassen, weil Vaughn behauptete, sie hätte einen unruhigen Schlaf.

Obwohl sie eigentlich andere Dinge im Kopf hatte, war dies also die erste Gelegenheit, sich genauer umzusehen. Alles war im gleichen Stil gehalten wie die Galerie und die New Yorker Wohnung: weitläufige Räume und eine tolle Aussicht (aus der oberen Etage konnte man Hampstead Heath und ganz London überblicken). Aber die historischen architektonischen Elemente waren weitgehend eliminiert. Und die Einrichtung schien wie die antiseptische Huldigung an eine minimalistische Lebensform, dachte Grace, als sie das Wohnzimmer betrat, das eigentlich keins war. Es glich eher einem modernen Museum mit unbequemen Möbeln aus Leder, die aussahen, als wären sie nicht dafür konstruiert, um darauf zu sitzen. Nur ein einziger Raum in der oberen Etage, am Ende eines langen Korridors, sah halbwegs so aus, als könne man darin wohnen: abgerundete Wände, heller Holzfußboden, zwei einigermaßen bequem wirkende Sofas, sogar ein kleiner Teppich mit einem Muster aus blauen und grauen Kreisen, der ganz sicher nicht von Ikea stammte, und – halleluja! – eine Bar. Da konnte man es sich ja richtig gemütlich machen.

Als sie nach unten kam, wurde bereits der Tisch gedeckt. Grace wünschte, sie hätte sich nicht für Kamelien entschieden, sondern eine modernere Tischdekoration gewählt. Panik stieg in ihr auf, ihre Hände wurden eiskalt, und sie musste sich an einer Stuhllehne festhalten.

Sie stieß einen Schrei aus, als ihr jemand seine Hand auf die Schulter legte.

»Da erübrigt sich wohl die Frage, ob du alles unter Kontrolle hast«, sagte Vaughn spöttisch, genau in ihr Ohr.

»Ich *habe* alles unter Kontrolle«, gab Grace atemlos zurück. »Du hast mich nur erschreckt.«

Vaughn musterte sie mit kritischem Blick, vom perfekt frisierten Kopf bis zu den Füßen, deren Zehen sich nervös in Oscar-de-la-Renta-Slingbacks bewegten, dazwischen ein Kleid aus gerafftem Satin. Er nickte, sagte aber nichts, sodass Grace davon ausgehen konnte, sie hatte bestanden. Denn wenn nicht, hätte er es sie ganz bestimmt wissen lassen. Jetzt brauchte sie eigentlich eine Zigarette, und einen Drink, am besten einen starken.

»Lass mich bloß nicht hängen, Grace«, raunte Vaughn ihr zu.

»Ich werde mein Möglichstes tun«, sagte sie. »Mein Allermöglichstes«, fügte sie hinzu.

»Wenn du das hier gut über die Bühne bringst, kaufe ich dir was Schönes. Was hättest du denn gern? Vielleicht eine Tiara? Dann kannst du dir das Haar öfter hochstecken.«

Eine Tiara wünschte sich Grace schon seit Langem, seit sie *Frühstück bei Tiffany* gesehen hatte. Damals war sie elf gewesen und hatte beschlossen, wenn sie erwachsen wäre, wollte sie sein wie Holly Golightly. Viel später erst hatte sie den Roman von Truman Capote gelesen und gemerkt, dass Holly eine Prostituierte war. Daraufhin hatte ihr Idol einiges an Glanz verloren. Und nun stand sie da, in einem Kleid von Chanel, dass ihr ein Mann bezahlt hatte, mit dem sie regelmäßig Sex hatte, obwohl sie ihn nicht einmal besonders mochte. Das musste ihr doch irgendwie zu denken geben.

»Du musst mir nichts kaufen«, stieß sie hervor, und ihr war bewusst, wie undankbar es sich anhören musste. Aber mit der Tiara hatte Vaughn einen wunden Punkt getroffen. »Du bezahlst mich doch schon, damit ich das organisiere. Das reicht mir. Es ist wirklich genug.«

Vaughn zog die Augenbrauen hoch, dann folgte sein typisches zynisches Grinsen bei ansonsten ausdrucksloser Miene. Und Grace wurde noch nervöser, als sie es ohnehin schon war.

»Du bist heute in äußerst merkwürdiger Stimmung, Grace. Ich kann nur hoffen, dass du das ablegst, wenn die Gäste kommen«, sagte Vaughn und drehte sich um. »Wo sollen die Aperitifs serviert werden? Im Salon?«

Er ging hinaus, und Grace blieb nichts anderes übrig, als ihm zu folgen.

Es wurde kein absolut perfekter Abend. Immer wieder hatte Grace aufstehen und »Wenn Sie mich kurz entschuldigen würden« murmeln müssen, um einen Streit in Liebesangelegenheiten zwischen den beiden Kellnern zu schlichten, der fünf Minuten vor Ankunft der Gäste ausgebrochen war. Oder sie musste sich die spannende Fortsetzung des Sermons über Warmhalteplatten anhören. Jedes Mal, wenn sie sich wieder setzte, musste sie feststellen, dass die Unterhaltung an ihrem Ende des Tisches zum Erliegen gekommen war, weil Nadja, angehendes Supermodel und Freundin des russischen Oligarchen, und Lola, die Freundin des trendigen Künstlers, aber auch gar nichts gemeinsam hatten.

Glücklicherweise hatte Nadja beim ersten Blick auf Grace und ihr Chanel-Kleid entschieden, dass sowohl das Kleid als auch Grace ihr gefielen. Auf dem Weg ins Speisezimmer hakte sie sich bei Grace unter und zog sie ins Vertrauen: »Mann, bin ich froh, dass du nicht so alt bist! Langweile mich sonst zu Tode auf Dinnerpartys. Du rauchst auch, oder? Super, dann verschwinden wir mal für eine Kippe.«

Grace antwortete mit einem schüchternen Nicken, denn nun war Nadja – und nicht mehr Lily – der schönste Mensch, den sie im wirklichen Leben je gesehen hatte. Die meisten Models waren in natura groß und dünn und sahen nach nichts aus, bis die Kamera sie aus dem richtigen Winkel erfasste und sie auf wundersame Weise in Szene setzte. Nadja jedoch war so umwerfend, dass es den Anschein hatte, sie spiegele alles Licht und alle Farben der Umgebung wider. So und nicht anders hatte man auszusehen! Obendrein gehörte sie zu denen, die nicht um den heißen Brei herumredeten. Entdeckt worden war sie von einem Scout, als sie die Schule schwänzte und in der Moskauer U-Bahn herumschnorrte.

»Alex, wenn du noch mal Geschichten über mich an Klatschreporter verkaufst, lasse ich dir die Eier abschneiden«, hatte sie gezischt, als Alex sich ihr gegenüber an den Tisch setzte. Offenbar kannten sich die beiden! Ein paar Sekunden später waren sie auch schon damit beschäftigt, skurrile Geschichten über Gäste auf früheren Dinnerpartys auszutauschen. Währenddessen saß Vaughn am anderen Ende der Tafel und machte ein Gesicht, als wolle er mit Messern werfen. Denn Lola und Noah glänzten durch Abwesenheit.

Eine halbe Stunde später waren sie dann aufgetaucht, mit

der Ausrede, sie hätten sich verlaufen – was man gelten lassen konnte, denn Vaughns Haus war wirklich nicht leicht zu finden. Mit überheblichem Grinsen, passend zur mit Farbe bespritzten Jeans und einem T-Shirt mit der Aufschrift *Fuck Art, Let's Dance,* kam Noah großkotzig hereinspaziert. Lola, in ihren Laufshorts über Metallic-Leggings und Turnschuhen in geschmacklosem Pink, sah aus, als hätte sie eine Stunde Aerobic bei Punk-Musik absolviert. Wenn sie sich mal ein Lächeln abringen könnte, hätte sie entfernte Ähnlichkeit mit Bianca Jagger, dachte Grace. Aber diese Überlegung war rein akademisch, denn Lola machte den Eindruck, als hätte sie in diesem Jahrtausend noch gar nicht gelächelt.

Grace konnte das Getue nach dem Motto »Nieder mit den Kapitalisten« ja verstehen, aber als die beiden da so in der Tür standen, hätte sie ihnen am liebsten eine geklebt. Noah mit diesem herablassendem Blick, und Lola mit ihrem aufsässigen Gesicht – aber wie sagte Graces Großmutter immer: Es geht doch nichts über gute Manieren, wenn man möchte, dass die anderen sich wohlfühlen, ganz gleich, wie manche Leute sich benehmen. Damit waren wohl Leute wie diese gemeint, die nicht im Traum auf die Idee gekommen wären, eine Schachtel Pralinen oder ein Fläschchen Wein mitzubringen.

Vaughn wirkte leicht irritiert und wollte aufstehen, aber Grace kam ihm zuvor. Sie sprang auf und rief: »Seid ihr von der U-Bahn aus in die falsche Richtung gegangen? Wahrscheinlich seid ihr in Hampstead ausgestiegen, dabei wäre Belsize Park viel näher gewesen. Ich hole euch erst mal etwas zu trinken, und dann stelle ich euch den anderen Gästen vor.«

Mit der überschwänglichen Freundlichkeit einer Cheerleaderin nahm sie Lola an die Hand, um sie an den Tisch zu führen, und stellte fest, dass dem armen Mädchen die Finger zitterten. Da verstand sie, dass die mürrische Miene nur aufgesetzt war, um blanke Angst zu überspielen. Wahrscheinlich bereute Lola längst ihr rebellisches Outfit und wünschte, sie wäre überhaupt nicht erschienen. Und Grace konnte nachempfinden, wie sie sich jetzt fühlte. Hätte sie sich auf dieser Dinnerparty wiedergefunden, ohne Vaughn zu kennen, wäre es ihr sicher genauso gegangen.

Wie sich herausstellen sollte, war Noah Alex auch schon begegnet. Offenbar gehörte Alex zu den lästigen Menschen, die einfach jeden kannten! Nadja nutzte die Gelegenheit und verzog sich auf eine Zigarette, und Grace beschloss, ihre Energie am sinnvollsten dafür einzusetzen, Lola den Stock, den sie verschluckt hatte, aus dem Hintern zu ziehen.

Am liebsten hätte sie ein Glas nach dem anderen hinuntergestürzt, um ihre eigene Nervosität in den Griff zu bekommen, aber das wollte sie dann doch nicht riskieren. Jedenfalls nicht, solange die Gespräche noch so zähflüssig liefen. Irgendwann fiel ihr nichts Besseres mehr ein, als ihre beiden Tischnachbarinnen zu fragen: »Habt ihr euch auch schon mal Gedanken über eure CO_2-Bilanz gemacht?«

Doch der Nachtisch fand großen Anklang und wurde mit begeisterten Ooooh-Rufen entgegengenommen. Und die Geschenktüten waren ganz einfach der Hammer. Zu diesem Zeitpunkt hatte Noah längst sein spöttisches Grinsen verloren und nahm mit bekiffter Glückseligkeit die Farben entgegen. »Wie konntest du das denn wissen?«, fragte er Grace.

»Ich habe dich auf Facebook ausspioniert«, erklärte sie ihm.

»Hätte nicht gedacht, dass Mädchen wie du sich auf Facebook rumtreiben«, sagte er und schien vollkommen perplex.

»Ist das ein Scherz?«, fragte Grace empört. »Und was soll das überhaupt heißen, ›Mädchen wie ich‹«?

»Na, so piekfeine eben.« Noah machte eine unbestimmte Geste, um zu beschreiben, was er mit »piekfein« meinte. »Ich hätte eher vermutet, für Facebook hättest du gar keine Zeit, weil du genug damit zu tun hast, dir die Nägel zu lackieren.«

Perfekte Frisur, Designerkleid, alles nur Fassade, dachte Grace, und nur zu gern hätte sie Noah und Lola das erklärt. Eigentlich war sie ja nicht viel anders als die beiden, abgesehen davon, dass sie bessere Manieren hatte – und einen wesentlich besseren Geschmack in punkto Kleidung. Zu Hause aß sie Erdnussbutter aus dem Glas, aber hier, an diesem Abend, war sie in eine andere Rolle geschlüpft, und die hatte sie perfekt gespielt. Doch wenn Vaughn wollte, dass sie sich bei unkonventionellen Künstlern einschleimte, waren ein Kleid von Chanel und eine komplizierte Frisur vielleicht doch nicht das Richtige.

»Wir haben übrigens drei gemeinsame Freunde«, sagte Grace provozierend. »Kennt ihr Laetitia? Mit der habe ich mal an einem Stand für Vintage-Kleidung gearbeitet.«

»Laetitia, ja, die kenne ich«, rief Lola und sah Grace verblüfft an. »Aber was hast du denn an einem Vintage-Stand gemacht?«

Grace traf eine weitreichende Entscheidung und beschloss, sich weniger an ihrer Großmutter zu orientieren und mehr sie selbst zu sein. »Meistens haben wir unserer Chefin in den Tee gespuckt. Das war eine richtig blöde Ziege! Einmal sollte ich falsche Biba-Etiketten in billige Klamotten nähen.«

»Davon hat Laetitia mir auch erzählt«, sagte Lola und nickte nachdenklich, als hätte sie plötzlich gemerkt, dass mehr in Grace steckte. Viel mehr konnte das allerdings nicht sein, dachte Grace, und ohne zu wissen, warum, schmerzte es sie ein wenig, dass Noah und Lola einen völlig falschen Eindruck von ihr hatten.

Nun, da auch Sergei und Nadja – natürlich in Schuhen von Cavalli – gegangen waren, spürte Grace die Last des ganzen Abends auf ihren Schultern – und die der komplizierten Frisur.

Als Vaughn die beiden zur Tür gebracht hatte und in die Halle, die er als Wohnzimmer bezeichnete, zurückkehrte, war Grace gerade dabei, sich die Haarklemmen herauszuziehen.

Vaughn sagte nichts und beobachtete nur, wie sie eine Strähne nach der anderen löste. Grace griff nach dem Cognac-Schwenker, den Sergei hatte stehen lassen, und kippte den Rest Brandy hinunter.

»Herrgott noch mal, Grace, das ist ja nicht zu fassen!«, fuhr Vaughn sie an. »Wir werden doch wohl noch ein frisches Glas haben.«

Die ganze Anspannung der vergangenen Wochen war noch nicht verschwunden, und das hatte Grace nun nicht erwartet. Mit Tränen in den Augen drehte sie sich um, als eine der Bediensteten mit einem voll beladenen Teller hereinkam und ihn auf Vaughns Anweisung hin auf den Tisch stellte.

»Du hast kaum etwas gegessen«, sagte Vaughn tadelnd, nachdem die Frau die Tür hinter sich geschlossen hatte. »Allenfalls eine Jakobsmuschel.«

Den ganzen Abend lang die Unterhaltung in Gang zu halten, hatte Grace den Appetit genommen, obwohl sie in den Tagen zuvor auch kaum etwas gegessen hatte. »Ich war einfach zu nervös«, erklärte sie Vaughn. »Kannst du das nicht verstehen?«

Dem neidischen Blick nach offenbar nicht, Vaughn war wohl eher ein Frustesser. »Du musst aber etwas essen«, ließ er nicht locker. »Und es gab überhaupt keinen Grund, nervös zu sein. Du hast das doch großartig hingekriegt. Ich war richtig stolz auf dich.«

Großartig hingekriegt? Stolz auf sie? Grace fragte sich, ob die apokalyptischen Reiter vor der Tür standen, denn sie hatte keine Spur von Ironie gehört. »Ist ja toll«, sagte sie und starrte auf den vollen Teller. »Dass du zufrieden warst, meine ich. Ich hatte schon gedacht, der Abend geht in die Hose, bis dann der

Nachtisch serviert wurde. Und Lola, die Freundin von Noah … mein Gott, die war wirklich ein harter Brocken!«

»Sie hätte sich etwas mehr engagieren können«, musste Vaughn zugeben. Er setzte sich auf das andere Ende des futuristischen Sofas, auf dem Grace hockte.

»Das kann man wohl sagen«, sagte Grace und nickte.

Lola hatte sie ganz schön in Verlegenheit gebracht. Denn zufällig hatten Noah und sie zur gleichen Zeit an der Slade studiert wie Grace in Saint Martin's. Und natürlich hatte sich Graces Missgeschick herumgesprochen. »Hast du von der Frau gehört, die in letzter Minute ihr Examen geschmissen hat?«, hatte Lola sie gefragt. »Die kannte ich nicht«, hatte Grace geantwortet und versucht, das Thema zu wechseln.

Ausgerechnet Alex hatte ihr aus der Patsche geholfen. »Gracie, eins würde mich ja brennend interessieren: Wie hast du Vaughn eigentlich kennengelernt?« Darauf folgte der vielleicht größte Triumph an diesem Abend, denn Grace hatte ihre erste Begegnung mit Vaughn so humorvoll präsentiert, dass selbst Lola lachen musste.

»Eigentlich tat mir Lola ein bisschen leid«, sagte Grace, und Vaughn wirkte überrascht. »Sie war doch total aufgeregt, deshalb war sie auch erst so aggressiv. Aber später ist sie dann aufgetaut. Sie will mir sogar eine Freundschaftsanfrage auf Facebook schicken.«

Vaughn tauchte einen Finger in die Schokoladencreme, die Grace selbst eigentlich noch hatte essen wollen. »Und wie ist es mit ihrem Freund gelaufen? Bist du mit ihm zurechtgekommen?«, fragte er.

»Noah? Der ist nicht so kritisch, wie er tut«, sagte Grace nachdenklich. »Alex und er sind auf dieselbe Schule gegangen. Deshalb verstehe ich gar nicht, warum er sich darüber mokiert hat, ich würde mich wohl für etwas Besseres halten. Meine

Güte, Noah, schon dieser Name! Den teuren Brandy wusste er jedenfalls zu schätzen.«

»Dann glaubst du also, er war beeindruckt?« Vaughn widmete sich bereits dem Zitronenbaiser und schob sich genüsslich einen Löffel nach dem anderen in den Mund.

»Ja, ich glaube schon. Aber vielleicht fühlten Lola und er sich ein bisschen deplatziert.«

»Aus dem Grund hat das Essen ja hier stattgefunden. In privater Atmosphäre. Normalerweise buche ich einfach einen Tisch im Restaurant, das ist wesentlich unkomplizierter.«

Vaughn hatte auch behauptet, er hätte ihr genügend Zeit gegeben, um sich an seine Welt zu gewöhnen. Da hatte es wohl keinen Sinn, ihn darauf hinzuweisen, dass die Atmosphäre an manchen Flughäfen privater war als hier.

»Der Nachtisch ist wirklich gut. Möchtest du mal probieren?«, fragte Vaughn und hielt ihr den Löffel vor den Mund.

»Ist mir zu süß«, sagte Grace nach dem ersten Bissen. »Wie lief es denn an deinem Ende der Tafel?«

»Langweilig«, gab Vaughn zu. »Wir haben uns über die Schulden in der Dritten Welt unterhalten. Aber ich glaube, ich habe nebenbei ein Bild an den Mann gebracht, das mir sowieso noch nie gefallen hat, für deutlich mehr, als ich selbst bezahlt hatte.«

Er beugte sich vor und wischte ihr mit dem Finger eine Spur Zitronenbaiser von der Wange. Dann ließ er ihn über ihren Hals gleiten bis zu ihren Brüsten. »Cool«, sagte Grace und rückte näher, um ihn zu küssen.

»Da stehen drei Leute vor der Tür und warten darauf, dass sie hier abräumen können«, bemerkte Vaughn im Plauderton. »Sollen wir nicht lieber nach oben gehen? Ich will dich so schnell wie möglich von diesem hübschen Kleid befreien.«

Grace stand auf. Sie streckte sich, und ihr war bewusst, dass Vaughns wohlwollende Blicke auf ihr ruhten. Scheinbar hatte sie an diesem Abend alles richtig gemacht, und – wer hätte das gedacht? – ein wenig Anerkennung wirkte Wunder.

Vaughn nahm ihre Hand, und sie folgte ihm bereitwillig zur Tür, vor der drei Bedienstete an einem Courbusier-Tisch lehnten, der wahrscheinlich dreimal mehr gekostete hatte, als die drei zusammen im Jahr verdienten.

In der Sekunde, als sich die Tür geschlossen hatte und das Klappern des Geschirrs ertönte, presste Vaughn Grace gegen die Wand. Normalerweise hielt er sich bei den ersten Küssen zurück und berührte sie nur sanft, aber dieses Mal stieß er ihr geradezu seine Zunge in den Rachen. Seine Finger glühten auf ihrer Haut, und ihr stieg das warme Gefühl, ihren Job gut gemacht zu haben, nicht in den Kopf, nein, es rutschte zwischen ihre Beine. Oder war das vielleicht doch Vaughns Hand?

Als sie es geschafft hatten, die Treppe hinaufzustolpern, riss Vaughn die nächste Tür auf und warf sie aufs Bett.

»Wie viel hat dieses Kleid mich gekostet?«, fragte er und bückte sich, um seine Schuhe auszuziehen.

»Zweitausend-und-etwas.«

»Dann solltest du es lieber ausziehen, ich kann für nichts garantieren.«

Seine Augen bestanden nur noch aus Pupillen, und Grace öffnete hastig ihren Reißverschluss. Sie hätte es auch in die Länge ziehen können, aber sie wollte seine Hände spüren.

Das Chanel-Kleid landete in der Ecke, als wäre es nichts weiter als ein billiger Fummel, aber ausnahmsweise machte es Grace nichts aus. Bei jeder Berührung schnappte sie nach Luft, sie hatte gar nicht geahnt, dass sie so viele erogene Zonen hatte. Am liebsten hätte sie laut aufgeschrieen, denn irgendwie ging ihr alles zu schnell. Oder doch zu langsam? Vaughn seufzte zufrieden, als sie seine Hand nahm und zwischen ihre Schenkel legte. »Bist du schon so weit?«, fragte er erstaunt.

Anstelle einer Antwort biss Grace ihn in die Schulter – das internationale Signal für: »Mach schon, lass mich nicht warten!« Und Vaughn hatte verstanden, denn mit einer einzigen fließenden Bewegung drang er in sie ein.

Vielleicht war es, als sie die Beine um seine Hüften legte, oder als sie mit den Händen über seinen Rücken strich – es spielte keine Rolle, jedenfalls konnte Vaughn sich kaum noch beherrschen, und das war gut so, denn mit jedem seiner heftigen Stöße traf er den empfindlichen Punkt, der sie dazu brachte, sich aufzubäumen, und sie hätte schwören können: Gleich würde sie die Schwelle zur Glückseligkeit überschreiten.

Auf einmal schien ihr all das vollkommen in Ordnung – hastige Bewegungen, verschwitzte Körper, genauso musste Sex doch sein. Besonders, wenn er so gut war wie dieser!

Nur noch einer dieser gierigen Küsse, ein Flüstern, wie sehr er sie begehrte, und sie würde …

Vaughn stöhnte auf, seine Bewegungen wurden heftiger, und dann war es erledigt.

Weitergehen, Leute, es gibt hier nichts mehr zu sehen! Abgesehen davon, dass Grace sich darauf konzentrierte, richtig zu atmen, und noch immer einen Schauer der Erregung verspürte, als er sich von ihr löste.

»Alles okay?«, fragte Vaughn besorgt und voller Eifer, als wäre er nicht der egoistische Spinner, der sie gerade auf die Matratze genagelt hatte, um sie dort verhungern zu lassen. Das machte er garantiert nicht zum ersten Mal! Weiß der Henker, wie vielen Frauen vor ihr es ebenso ergangen war! Wie hätte er da auch wissen sollen, dass sie die Ziellinie gar nicht überschritten hatte? »Du wirkst ganz schön fertig.«

»Alles okay«, sagte Grace mit matter Stimme. »Geh unter die Dusche, ich rufe mir ein Taxi.«

Grace wartete, bis sie das Wasser rauschen hörte, und setzte an, wo Vaughn aufgehört hatte. Nur eine Berührung, und die empfindlichen Nervenenden vibrierten. Ihre Finger glitten zwischen ihre Beine, und sie dachte an die letzte Viertelstunde: Vaughns schweißnasser Körper auf ihrem, seine scharfen Atemzüge und seine heftigen Stöße ... Sie schloss die Augen. Jetzt würde sie die Sache zu Ende bringen.

Plötzlich war sie sich gar nicht mehr sicher, ob sie das Wasser überhaupt noch rauschen hörte. Vielleicht hatte sie auch kurz die Augen geöffnet. Wie auch immer, Vaughn stand in der Tür und starrte sie an.

Jeder Millimeter ihrer Haut errötete, das war auf der weißen Leinenbettwäsche deutlich zu sehen. Grace ließ die Hand sinken, rollte sich zusammen und hatte nur noch einen Wunsch: sich per Willenskraft in eine andere Dimension zu katapultieren.

»Nicht aufhören«, hörte sie Vaughn mit rauer Stimme sagen. Er setzte sich neben sie aufs Bett. »Du hättest mir doch sagen können, dass du noch nicht gekommen bist. Dann hätte ich mich darum gekümmert.«

»Nicht so schlimm«, stammelte Grace und vergrub ihr Gesicht in den Kissen. Aber Vaughn packte sie an den Hüften und zwang sie, sich zu ihm umzudrehen.

»Sieh mich an!«, befahl er, in diesem gefährlich leisen Ton, dem sich Grace von Anfang an nicht hatte widersetzen können.

Mit flatternden Lidern öffnete sie die Augen. Vaughn machte nicht den Eindruck, als sei er entsetzt oder als wolle er sie samt ihrer sexuellen Blockade auf die Straße setzen. Ganz im Gegenteil, er schien noch immer scharf auf sie zu sein.

»Ehrlich, es ist kein Problem. Aber normalerweise geht das nicht ... jedenfalls nicht so«, plapperte Grace drauflos. »Kannst du mal aufhören, mich so anzustarren?«

Vaughn ignorierte ihre Bitte und strich ihr mit einem Finger über den Arm. »Wenn du selbst Hand anlegst, scheint es ja zu klappen«, bemerkte er mit einem Lächeln. »Obwohl ich eigentlich dafür verantwortlich bin.«

Das war nicht der richtige Moment für feinsinnigen Humor. »Ach, lass mich doch in Ruhe!«, sagte Grace. »Wenn du dich wirklich verantwortlich fühlst, halt den Mund und geh zurück ins Badezimmer.«

Vaughn setzte sich in Bewegung, aber nicht in Richtung Badezimmer. Er kroch um Grace herum, legte sich neben sie und lehnte seinen Kopf mit den noch nassen Haaren gegen ihre Stirn. »Zeig mir, wie du es haben möchtest«, flüsterte er ihr ins Ohr. »Dann weiß ich beim nächsten Mal Bescheid.«

Ein nächstes Mal würde es ganz bestimmt nicht geben, denn am nächsten Morgen würde Grace ins Kloster gehen. »Das geht doch nicht.«

»Doch, das geht«, sagte er. Er beugte sich über sie, biss sie leicht in einen ihrer Schenkel und legte ihre Hand auf die empfindliche Stelle. Und als er sie dort berührte, musste Grace sich zusammenreißen, um nicht zu zittern. »Jetzt zeig es mir!«

Grace seufzte. Aus der Nummer kam sie jetzt wohl nicht mehr heraus, es sei denn, sie kletterte über Vaughn aus dem Bett. Aber das war schlecht möglich, er hatte nämlich gut 25 Kilo mehr als sie. Zögernd bewegte sie ihre Finger, bis Vaughn seine Hand wegnahm. Vielleicht sollte sie drei Minuten so weitermachen, den Orgasmus vortäuschen, sich anziehen und nach Hause fahren – um sich dort das Gehirn mit Bleichmittel zu spülen und ihr Gedächtnis zu löschen.

Sie konnte es selbst nicht fassen, dass sie hier lag und sanft ihre Klitoris massierte, und Vaughn dabei einen Platz in der ersten Reihe hatte. Auch das teuerste Designerkleid konnte diese beschämende Situation nicht wettmachen.

»Mach es richtig«, blaffte Vaughn sie an. »Oder willst du, dass ich es erledige?«

»Halt einfach die Klappe!«

Das tat Vaughn nicht. Nein, er redete einfach weiter, flüsterte ihr zärtliche Schweinereien ins Ohr, bis ihre Bewegungen heftiger wurden und sie den Kopf an seine Schulter lehnte.

»Gutes Mädchen, ja, Grace, so ist es richtig, gleich kommst du, oder nicht? Du willst es doch, und du hast es verdient …«

Und das reichte, denn es wirkte. Mit einem rauen Schrei bäumte Grace sich auf, als die Welt stehen blieb und sie nur noch ihre Empfindungen spürte.

Ein paar Sekunden später war sie wieder auf der Erde. Vaughn strich ihr das verschwitzte Haar aus dem Gesicht und fragte: »Wie alt bist du eigentlich?«

Er wusste genau, wie alt sie war, aber Grace hatte nicht den Nerv, ihn darauf hinzuweisen. »Dreiundzwanzig. Warum?«

»Weil ich dachte, du hättest solche Probleme längst hinter dir. Da kann ich nur sagen, deine Lover waren wohl ziemliche Egoisten. Uff«, fügte er hinzu, als Grace ihn in die Rippen stieß und versuchte, so viel Abstand wie möglich zwischen ihn und sich zu bringen. Herrje, sie hätte sich am liebsten die Decke bis ans Kinn gezogen.

Stattdessen sah sie Vaughn verärgert an. »Vielleicht hätte ich etwas sagen sollen, aber so was erwähnt man nicht mal so nebenbei ganz locker …«

»Ich werde mir eine Notiz in meinem BlackBerry machen«, unterbrach Vaughn ihre hitzige Rechtfertigung. »Nicht vergessen: Grace jedes Mal einen Orgasmus garantieren.«

Das hatte so nett und witzig geklungen, dass Grace sich zu einem Kichern überwinden konnte. Vaughn hatte doch ohnehin längst alles gesehen, da gab es keinen Grund mehr, auf zugeknöpft zu machen. »Na meinetwegen«, sagte sie und stieß ihn wieder in die Rippen.

»Ja, deinetwegen«, sagte Vaughn. Er nahm ihre Hand und

gab ihr einen Kuss auf die Knöchel. Welch galante Geste, wenn man bedachte, was sie mit eben dieser Hand zuvor getan hatte – wozu er sie gebracht hatte. Grace war gerührt. Das war wohl der Abend der ersten Male. Sie rutschte näher an Vaughn heran, legte ihren Kopf auf seine Schulter und ließ zu, dass er einen Arm um ihren ermatteten Körper legte.

Daran konnte man sich gewöhnen, und ein Kuss wäre vielleicht auch ganz schön, dachte Grace, als Vaughn sich vorsichtig von ihr löste.

»Wenn du willst, kannst du die Dusche im Gästezimmer nehmen.«

Kapitel 16

So entspannt wie am nächsten Morgen war Grace seit Wochen nicht mehr gewesen. Dazu hatte auch eine Facebook-Nachricht von Lola beigetragen, in der sie sich für den Abend bedankte und sich entschuldigte: … *weil ich mich wie eine echte Zicke benommen habe, aber bei dem Essen war ich total in Panik. Und dann haben wir uns auch noch auf dem Weg zur U-Bahn verlaufen. Egal, wir beide und Laetitia sollten mal zusammen was trinken gehen.*

Gut zu wissen, dass Lola erkannt hatte, wie Grace wirklich war. Das stärkte auch ihre Nerven für das tränenreiche Lunch mit Lily, bei dem sie seelischen Beistand leisten musste. Denn Lily wollte am Wochenende zu ihren Eltern fahren, um ihnen beizubringen, dass die Hochzeit vorzeitig stattfinden musste, weil ihre heiß geliebte einzige Tochter gezwungen war, eine Familie zu gründen. Anschließend musste Grace nur noch das gemeinsame Brainstorming der Fashion- und Beauty-Teams überstehen.

Grace fielen fast die Augen zu, als Kiki darüber referierte, welche Tasche gerade in war und dass schon Gerüchte laut wurden, sie wäre längst wieder out. Das hatten sie wieder einmal irgendwelchen Trash-Journalisten zu verdanken, die einfach nicht warten konnten, bis sie an der Reihe waren.

»Vielleicht sollten wir ein Special über ganz andere Accessoires bringen«, meldete sich Grace zu Wort, als Kiki endlich Luft holen musste. »Über Schuhe, die angesagt sind, oder Sonnenbrillen, oder über diese Gürtel aus Wildleder, die aussehen, als bräuchte man dafür einen Waffenschein. Nach dem Motto: Die neueste Tasche ist Schnee von gestern? Jetzt lassen wir die neuesten Schuhe hochleben, oder was auch immer.«

Von einem Moment zum anderen herrschte Grabesstille. Denn die oberste Regel des halbjährlich stattfindenden Brainstormings lautete: Solange Kiki redete, hatte man den Mund zu halten. Ebenso lauteten auch Regel Nummer zwei und Regel Nummer drei. Grace hockte auf ihrem wackeligen Stuhl und wartete darauf, dass Kiki sie in der Luft zerreißen würde.

»Die Anzeigenabteilung kann einpacken, wenn wir ›Tasche‹ und ›gestern‹ in einem Satz erwähnen«, setzte Kiki Grace mit eisigem Tonfall in Kenntnis. Doch dann verstummte sie und sah hinunter auf ihren braungrau bekleideten Busen, als hätte sich ein grellbuntes, fluoreszierendes Accessoire dort eingenistet. Sie schenkte der versammelten Mannschaft ein frostiges Lächeln. »Andererseits haben die Werbeleute Accessoires auch sehr gern. Courtney, kannst du dich um die Fotos kümmern? Aber nicht nur einfach Aufnahmen hier im Studio machen …«

Grace sackte in sich zusammen. Immer wieder dieselbe Schei…!

»… und sieh mal, ob du mit den Bildern etwas anfangen kannst, Gracie. Ein paar ausführliche Einkaufstipps für jedes Segment, aber ohne Klischees. Wenn ich ›anschnallen‹ im Zusammenhang mit Gürteln lese, bist du gefeuert!«

Graces Kopf schoss so schnell in die Höhe, dass sie sich beinahe auf die Zunge gebissen hätte. Anstatt etwas zu sagen, konnte sie nur hastig nicken. Es war das erste Mal seit zwei Jahren, dass Kiki sie etwas schreiben ließ – abgesehen von Entwürfen für E-Mails, in denen Kiki die Belegschaft von *Skirt* darüber informierte, dass sie bei einer zweitklassigen Casting-Show auf einem zweitklassigen Sender als Gast in der Jury saß. »Sicher, m-mach ich«, stotterte Grace und strahlte Posy an, die ihr zuzwinkerte und einen Daumen hochhielt.

Aber es sollte noch besser kommen, und das nicht, weil Bunny einen Anschiss kriegte, als sie Kiki etwas anderes als den gewünschten Soja-Latte brachte. Nein, die Krönung des Tages kam in einer flachen türkisfarbenen Schachtel, die Ron von der Poststelle Grace überreichte, zwei Minuten nach Ende des Meetings. »Du musst den Empfang quittieren«, brummte er und starrte auf Graces Brüste.

Grace war sich absolut sicher, dass keiner etwas bei Tiffany bestellt hatte, und plötzlich waren ihr rein zufällige Ähnlichkeiten mit Holly Golightly vollkommen egal. Hastig schnürte sie das weiße Geschenkband auf, hob den Deckel der Schachtel und durchwühlte das raschelnde Papier: eine Tiara. Eine Tiara aus billigem Plastik, mit Preisschild von *Claire's Accessories.*

»Das wäre doch nicht nötig gewesen«, sagte sie, als Vaughn sich meldete, und sie konnte sich das Lachen nicht verkneifen.

Selbstverständlich spielte Vaughn den Ball zurück und brachte Grace noch mehr zum Lachen. »Ich hatte versprochen, dir eine Tiara zu kaufen, und ich wollte vermeiden, dass du denkst, ich würde mein Wort nicht halten.«

»Sie ist toll«, sagte Grace kichernd. »Damit kommen meine Strähnchen so richtig zur Geltung. Vielen Dank.«

»Wie oft schon habe ich dir Blumen geschickt? Aber erst bei einer Tiara für drei Pfund rufst du an, anstatt mich mit einer SMS abzuspeisen!«, sagte Vaughn scherzhaft. »Ich werde dir wohl öfter Plastikschmuck schenken müssen.

Sie flirteten ja richtig! Und auch das war neu. Schade, dass sie erst jetzt darauf gekommen waren, denn mit Vaughn konnte man sicher hervorragend flirten, wenn er nur wollte. »Aber gut, dass du anrufst, ich wollte dir ohnehin noch etwas sagen.«

O Gott, etwas sagen? Das führte normalerweise nur zu Tränen und Schuldzuweisungen. Grace schob die Tiara unter einen Stapel Rechnungen. »Ja, worum geht es?«

»Gestern Abend, als ich im Badezimmer war – also als ich das erste Mal im Bad war –, da wollte ich es schon mit dir besprechen. Aber dann hast du mich abgelenkt, und ich habe es vergessen.« Das klang beinahe wehmütig, als sei der Gedanke daran, wie Grace ihn abgelenkt hatte, durchaus angenehm.

»He, zu dieser Ablenkung hast du ja wohl einiges beigetragen«, rief sie ihm ins Gedächtnis – und ihr fiel ein Stein vom Herzen, denn darauf wäre er wohl kaum zu sprechen gekommen, wenn er vorgehabt hätte, ihre Abmachung zu beenden. Hoffte sie jedenfalls.

»In den nächsten Wochen werde ich nicht in London sein, und ich kann nicht von dir verlangen, an den Wochenenden zu mir zu fliegen«, sagte Vaughn. Sofort verkrampfte Grace sich wieder. »Ich werde die ganze Zeit unterwegs sein, um bis Dezember noch einiges unter Dach und Fach zu bringen.«

Grace erstarrte. Das klang nach einer offiziellen Abfuhr. Und dabei hatte sie doch die Dinnerparty so toll arrangiert. »Okay«, sagte sie zögernd.

»Madeleine wird dir den Terminplan für Dezember schicken.

Und der ist nicht ohne! Fast jeden Abend eine Party, ein Essen oder ein Empfang, manchmal sogar zwei oder drei. Nur um dich schon mal vorzuwarnen. Aber wenn du so charmant bist wie gestern Abend, kriegst du das locker über die Bühne.«

Vaughn war nicht gerade großzügig mit Komplimenten, und wenn dann eins kam, wusste Grace es mehr zu schätzen als all die Blumensträuße, die Madeleine ihr in seinem Auftrag geschickt hatte. »Danke, dass du mir das zutraust. Und es tut mir leid, dass ich wegen der Dinnerparty so einen Aufstand gemacht habe. Aber ich brauche ein Weilchen, um mich an all das zu gewöhnen.« Grace senkte die Stimme und ging in die Kleiderkammer, weil Bunny in der Nähe ihres Schreibtisches herumlungerte. »Ich werde mein Bestes geben, das verspreche ich dir.«

»Ich glaube, ich muss dir jede Woche eine Plastik-Tiara schicken, und wir sollten unsere Unterhaltungen nur noch am Telefon führen. Sonst bist du nämlich eher verschwiegen.«

»Und du überhaupt nicht?« Grace war entrüstet.

»Nein, nur hintergründig«, gab Vaughn zurück, mit seinem typischen leisen Lachen. »Bis hin zu mysteriös. Gelegentlich auch undurchdringlich.«

»Hast du ein Wörterbuch gefrühstückt?«, fragte Grace mit zuckersüßer Stimme.

»Nein, aber da du gerade so zugänglich bist, kann ich dich auch gleich etwas fragen. Hast du einen Moment Zeit?«

»Ja, natürlich.« Grace schloss die Tür und wappnete sich für die Ankündigung des nächsten Events, das sie organisieren sollte – vielleicht einen Ball mit 500 Gästen und einem Popstar, der eigens eingeflogen wurde. »Was hast du auf dem Herzen?«

»Ich will wissen, was dich so richtig scharf macht«, sagte Vaughn mit sanfter Stimme, als wäre es eine ganz normale Frage, die man beiläufig stellte.

»Wie war das?«, fragte Grace, und ihre Gesichtsfarbe wechselte von Weiß zu Knallrot.

»Du hast mich schon verstanden. Wenn wir Sex haben, hast du offensichtlich nicht so viel davon wie ich. Und ich möchte wissen, wie ich dieses Problem beheben kann.«

»Ich bin bei der Arbeit! In der Kleiderkammer.«

»Die Kleider werden es sicher nicht weitererzählen.«

Die wahrscheinlich nicht, aber Grace war schon des Öfteren der Gedanke gekommen, dass Kiki eine Wanze in der Kammer installiert hatte, um mitzuhören, was man sich so über sie erzählte. Vielleicht kam Posy deshalb immer erst um zehn vor sechs, wenn sie Dampf ablassen wollte. »Bitte, Vaughn, können wir das jetzt lassen?«, bat Grace. Ihr fiel auf, dass sie ihn wohl zum ersten Mal bei seinem Namen genannt hatte, denn es klang ungewohnt in ihren Ohren.

»Ich dachte, am Telefon wäre es dir lieber, aber wir können das auch gern persönlich besprechen«, bot Vaughn großzügig an – und wieder hörte sie dieses leise Lachen, wobei sie nicht nachvollziehen konnte, was so komisch sein sollte.

»Ich habe ja Spaß dabei«, flüsterte sie eindringlich, denn das sollte Vaughn unbedingt wissen. »Und das sage ich nicht nur, um dir eine Freude zu machen. Es macht mir auch Spaß, wenn ich nicht dabei komme. Das ist wirklich nicht so schlimm. Ich wette, massenhaft Frauen haben das gleiche Problem.«

»Betrachte es einfach als Teil unserer Vereinbarung, von der wir beide profitieren«, redete Vaughn geduldig weiter. »Ich sage dir auch immer, was mir gefällt und was nicht.« Allerdings, das tat er, und nicht nur im Bett! »Aber du tust das nicht, und jetzt hast du die Gelegenheit. Ich werde mir Notizen machen.«

Grace konnte sich jedes Mal nur wundern, wie gesprächig Vaughn wurde, sobald die Hüllen fielen. Dann flüsterte er ihr kleine Obszönitäten ins Ohr – und da konnte sie jetzt gleich ansetzen.

»Also, mir gefällt es, wenn du mit mir redest«, stammelte sie und ließ sich auf den Boden sinken, um sich unter den Säumen der Kleider zu verstecken. »Du weißt schon, so schmutzige Sachen.«

Gottlob bestand Vaughn nicht darauf, dass sie es ihm näher erklärte. »Okay, was noch?«

»Ach Mann, was weiß ich!«

»Ich wollte es schon ein paar Mal mit der Zunge probieren, aber dann drehst du dich immer auf die Seite, als wäre das etwas furchtbar Unanständiges. Und wenn ich …«

»Ich dachte, du wolltest mir nur einen Gefallen tun«, unterbrach Grace ihn mit matter Stimme, damit er ja nicht weiterredete.

»Du kennst mich doch nun lange genug, um zu wissen, dass ich niemandem einen Gefallen tun würde. Ich berühre dich gern. Ich möchte wissen, wie du schmeckst, und vor allen Dingen möchte ich sicherstellen, dass du nicht daliegst und an die Krone von England denkst, oder daran, was Marc Jacobs in der Herbst/Winter-Saison herausbringt. Deshalb frage ich dich jetzt noch einmal: Was macht dich so richtig scharf?

Er hatte versucht, einen Marc-Jacobs-Witz zu machen. Irgendwie liebenswert, auch wenn Grace am liebsten im Boden versunken wäre. Und es berührte sie zutiefst, dass er so große Anstrengungen unternahm, um herauszufinden, wie er sie befriedigen konnte. Sie schlang die Arme um ihre Beine. »Ich weiß auch nicht. Ich weiß nicht, warum es nicht funktioniert. Ich dachte immer, irgendwann wird es einfach passieren, so wie damals, als ich Stricken lernte. Erst ließ ich immer alle Maschen fallen und verhakte die Nadeln, und auf einmal ging es wie von allein. Ich dachte, das wäre beim Sex genauso.«

»Und woran könnte das liegen?« Vaughns Tonfall war nun ruhig und sachlich, und das machte es Grace leichter, ihm zu erzählen, was sie nie zuvor ausgesprochen hatte.

»Ich kann einfach nicht aus meiner Haut«, gestand sie ein. »Ich kann mich nicht fallen lassen und den Moment genießen. Immer habe ich Angst, dick auszusehen, wenn die Perspektive nicht stimmt, oder etwas falsch zu machen. Das macht dann die ganze Stimmung kaputt«, erklärte sie und seufzte. »Aber vielleicht beruhigt dich eins: Ein paar Mal war ich mit dir so kurz davor wie noch nie – aber dann war ich wieder abgelenkt.«

»Kein Wunder, du hast die Aufmerksamkeitsspanne einer Eintagsfliege«, konterte Vaughn. Und er hatte recht, von daher gab es keinen Grund, beleidigt zu sein. Grace musste sogar lächeln. »Aber keine Angst, ich bin nicht dabei, einen ausgeklügelten Plan aufzustellen, wie ich dich so weit kriege, mit entsprechenden Requisiten, in zehn Schritten und so weiter.«

»Da bin ich aber froh«, gestand Grace aus tiefstem Herzen, und obwohl Berge von Kleidung darauf warteten, zurückgeschickt zu werden, hatte sie keine Eile. Viel lieber wollte sie sich weiter mit Vaughn unterhalten, wenn er schon einmal so außergewöhnlich gute Laune hatte. »Wann sehen wir uns denn wieder?«

»Erst wenn wir zur Art Basel nach Miami fliegen. Am ersten Wochenende im Dezember. Den Donnerstag und den Montag wirst du dir freinehmen müssen.«

»Wir fliegen nach Miami? Das gibt's ja nicht!«, jubelte Grace so laut, dass man sie wahrscheinlich unten bei den Jugendzeitschriften hörte. Sie senkte erneut die Stimme und sagte: »Da wollte ich schon immer hin.« Und sie musste sich beherrschen, um nicht das Telefon in die Luft zu werfen und vor Freude in die Hände zu klatschen. »Da ist es doch dann richtig heiß und sonnig.«

»Aber du wirst viel zu beschäftigt damit sein, dir mittelmäßige Kunstinstallationen anzuschauen, um es zu genießen«, rief Vaughn ihr ins Gedächtnis – und wieder konnte sie ihn regelrecht lächeln hören. Er hatte recht: Sie sollten dazu übergehen, sämtliche Gespräche am Telefon zu führen. »Mal sehen, ob Madeleine eine halbe Stunde pro Tag Sonnenbaden eintragen kann. Aber nun muss ich mich auf den Weg machen.«

Und das tat er – ohne sich zu verabschieden, doch Grace war schon dabei, sich daran zu gewöhnen.

Der Winter näherte sich mit riesigen Schritten. Jeden Morgen, wenn Grace auf dem Weg zur Arbeit das gefrorene Laub unter ihren Schuhen knirschen hörte, dachte sie, dass es an der Zeit wäre, umzuziehen – in eine Wohnung mit Zentralheizung und ohne Feuchtigkeit in den Wänden. Die alte Wohnung wollte einfach nicht mehr so recht zu der neuen Grace passen.

Die neue Grace wurde mit einem freundlichen Lächeln im Spa-Center empfangen. Die neue Grace war auf Du und Du mit einem russischen Beinahe-Topmodel und den Verkäuferinnen bei Miu Miu, sogar mit der besonders strengen. Und die neue Grace fing allmählich an zu begreifen, dass es nicht nur eine Rolle war, die sie spielte, sondern dass sie sich auf dem Weg befand, die selbstbewusste junge Frau zu werden, die sie in Vaughns Gegenwart vorgab zu sein.

Kiki hatte an der neuen Grace ganz schön zu knacken. Und wann immer Grace Gefahr lief abzuheben, konnte sie sich auf die gute alte Kiki verlassen. »Bloß weil du es nach zwei Jahren endlich geschafft hast, in einem passablen Outfit hier zu erscheinen, brauchst du dir nicht gleich einzubilden, du könntest Querstreifen tragen, Gracie.« Im Vergleich zu dem Genörgel, das Grace sich anhören musste, wenn sie sich weigerte, die Mittagspause durchzuarbeiten, oder zu dem verächtlichen

Schnauben, wenn sie wegen ihres Nebenjobs nicht bis sechs Uhr bleiben konnte, klang dieser Kommentar wie ein mütterlicher Ratschlag.

Es gefiel Kiki gar nicht, dass Grace nun effektiver arbeitete und ihren Arbeitstag auf acht Stunden beschränkte, anstatt ihn wie zuvor auf zehn Stunden auszudehnen. Auf Reisen mit dem Fashion-Team waren es häufig sogar vierzehn gewesen. Das kann doch jetzt Bunny machen, dachte Grace, im Gegensatz zu den anderen kriegt sie ja Geld dafür – solange sie noch hier ist zumindest. Mittlerweile gab es auch eine neue Praktikantin. Celia. Sie war einen Monat zuvor von der amerikanischen *Vogue* gekommen und sollte bleiben, bis ihr Studentenvisum ablief. Solange Grace sie mit Schokolade fütterte und sie gelegentlich eine neue Lieferung anprobieren ließ, konnte sie ihr die PR-Anrufe anvertrauen. So hatte Grace mehr Zeit, Kikis Angelegenheiten zu regeln und Lily bei den Hochzeitsvorbereitungen zu helfen.

Doch in einer Hinsicht war sie noch immer ganz die Alte. Hätte ihr vor einigen Monaten jemand gesagt, 7000 Pfund reichten nicht, um über die Runden zu kommen, sie hätte demjenigen einen Vogel gezeigt. Aber wenn man sich in einer Welt bewegte, wo man, so wie Nadja, ohne mit der Wimper zu zucken, eine Flasche Champagner für 600 Pfund bestellte, bekamen 7000 Pfund eine ganz andere Bedeutung.

War es da ein Wunder, dass die Umschläge erschreckend schnell flacher wurden, weil Grace einen Großteil des Geldes für Kleidung ausgeben musste?

Vaughn hatte nicht den leisesten Schimmer von Mode, Grace war sich sogar ziemlich sicher, dass er nicht einmal Prada von Primark unterscheiden konnte. Doch als sie zum dritten Mal das Zac-Posen-Kleid getragen hatte, hatte er sie nachdenklich angesehen und gesagt: »Ach, das schon wieder.«

Also musste Grace sich etwas einfallen lassen. Vintage war ohnehin keine schlechte Sache, und Grace hatte einen Laden entdeckt, wo man sich für 100 Pfund pro Tag Kleider ausleihen konnte. Als sie in der Woche nach Vaughns Abreise den Zeitplan für Dezember erhielt, stellte sie fest, dass so gut wie jeden Abend eine Veranstaltung auf dem Programm stand. Die Gastgeber reichten von Botschaftern bis zu Russen, denen Fußballklubs in der Premier League gehörten. Grace rechnete sich aus, dass sie 25 Outfits benötigte. Da sie schwierige Modefragen mit dem gleichen Eifer löste wie ihr Großvater komplizierte Sudoku-Rätsel, erstellte sie in Google-Documents ein ausgetüfteltes Diagramm, aus dem hervorging, dass sie jedes Kleid, das der Vintage-Verleih in ihrer Größe zu bieten hatte und das nicht schon Monate im Voraus für irgendwelche Weihnachtsfeiern gebucht war, bereits einmal getragen hatte.

Fünf Outfits ließen sich wohl doppelt einsetzen, vorausgesetzt, es waren schwarze Kleider. Drei davon würde sie sich von Celia, Lily und Posy leihen – zu viert hatten sie nämlich einen Kleiderpool ins Leben gerufen, um die Partysaison zu überstehen. Courtney und Lucie, die Rabattkarten austauschten, waren bereit, Grace einige davon zu überlassen, wenn sie bei der Gelegenheit einen Teil der Weihnachtseinkäufe für die beiden erledigte. Das brachte ihr ein Luella-Kleid, einen Ballerina-Rock und einen Burberry-Mantel ein, mit dem sie die Aufmerksamkeit auf sich ziehen konnte, bis sie eins der geliehenen Kleider enthüllte.

Dann waren da noch all die anderen Mitarbeiter von Modefirmen, die über ganz London verteilt waren und Grace großzügige Rabatte einräumten oder ihr Kleider leihweise überließen, weil sie ihr noch einen Gefallen schuldeten. Ein ganzes Jahr an Gefallen einzutreiben, brachte einiges ein, und so verfügte Grace schließlich über Fashion-Credits in rauen Mengen.

Sie durfte sich selbst loben. Aus einem schmalen Budget hatte sie das Beste gemacht. Und sie fragte sich: Wie hatten ihre Vorgängerinnen das nur angestellt? Oder waren die alle von Haus aus reich gewesen? Aber eigentlich wollte sie das gar nicht wissen.

Obwohl der Dezember finanziell ein außergewöhnlich harter Monat war, nahm Grace sich fest vor, mindestens 1000 Pfund ihrer Schulden abzuzahlen – nach dem gleichen Prinzip wie immer. Dieses Prinzip bestand darin, in einen der Schuhkartons zu greifen, drei der offenen Rechnungen herauszuziehen und umgehend zur Postbank zu traben. Noch zahlte sie nicht einmal die ursprünglichen Summen, sondern verringerte lediglich die Zinsen und weitere Mahngebühren. Manchmal kam es ihr vor wie ein Tropfen auf den heißen Stein, aber es war ein Anfang, immerhin. Mehr noch, es war das, worum es eigentlich ging – der Grund, aus dem sie sich mit Vaughn eingelassen hatte. Doch wenn sie so langsam weitermachte wie im Moment, konnte sie den Vertrag wohl um gut drei Jahre verlängern.

Alles in allem hatte Grace in den vergangenen beiden Wochen einiges zustande gebracht. Die Hälfte der Outfits für die Dezember-Ausgabe stand fest. Sie hatte dem Fashion-Team gehörigen Druck gemacht, damit die Weihnachtstermine eingehalten wurden, ein paar Rechnungen bezahlt, sich bikinifertig gemacht und einen Teil ihrer Freizeit mit Lily verbracht. Sie hatte ein schlechtes Gewissen gehabt, als sie sah, wie rührend dankbar Lily war, weil sie sich nach der Arbeit die Zeit nahm, gemeinsam mit ihr Listen aufzustellen und Zeitungsausschnitte für die Hochzeitsmappe zu sammeln. Dieses schlechte Gewissen hatte sie auch dazu bewogen, sonntags mit zu Lilys Eltern zu fahren, um zu verhindern, dass Lilys Vater sich das Gewehr schnappte, das über dem Kamin hing, um Dan zu erschießen. Letzten Endes wurde die Hochzeit auf Heiligabend verlegt, und Grace konnte sich wieder ihren anderen Aufgaben widmen.

An ihrem letzten freien Samstag – nachdem sie zwei Stunden damit verbracht hatte, Hochzeitstorten zu probieren – traf sie sich mit ihren Großeltern auf der Oxford Street.

Grace musste lächeln, als sie die beiden auf sich zukommen sah – wild entschlossen, sich nicht von den Menschenmassen abdrängen zu lassen. Sie kamen nicht oft nach London – was Grace eigentlich auch ganz recht war –, und dementsprechend hatten sie sich richtig schick gemacht. Ihre Großmutter trug das Betty-Barclay-Kostüm, das auch für Beerdigungen herhalten musste, und ihr Großvater trug seinen Dreiteiler und einen Filzhut. Sie wirkten so rührend altmodisch, dass Grace ein Gefühl der Wärme überkam.

»Wie schön, dass ihr hier seid!«, rief sie und umarmte ihre Großeltern herzlich.

»Wie hätten dich fast gar nicht erkannt. Du hast ja richtig Farbe auf den Wangen.« Aus dem Mund ihrer Großmutter war das ein riesiges Lob. »Ich muss nur noch schnell zu Liberty's, um etwas Wolle zu kaufen.«

»Und anschließend lade ich euch in die Patisserie Valerie ein. Da wird es euch gefallen«, sagte Grace.

Mit ihren Großeltern Einkäufe zu machen, war ziemlich anstrengend. Sie neigten dazu, laute Kommentare darüber abzugeben, wie teuer alles geworden war, und immer wieder brauchten sie eine Toilettenpause. Als Grace es endlich geschafft hatte, sie an einen Ecktisch in der Patisserie zu bugsieren, überreichte sie ihnen die Pralinen und die Schokolade, die sie zwei Monate zuvor in Paris gekauft hatte.

»Das ist sehr aufmerksam von dir, Liebes«, sagte ihre Großmutter. »Aber zum Backen nehme ich nur Schokolade mit fünfundachtzig Prozent Kakao. Und kannst du dir so eine Reise nach Paris überhaupt leisten? Du denkst doch an das Formular für die monatlichen Ausgaben, das Großvater für dich entworfen hat, damit du nicht wieder Schulden machst?«

»Hast du vielleicht eine Gehaltserhöhung bekommen?«, fragte Graces Großvater vorsichtig. »Oder gehst du zu Fuß zur Arbeit, um Geld zu sparen?«

»Ich war zusammen mit einem Freund in Paris«, sagte Grace hastig. »Wir haben uns die Kosten geteilt.«

»Mit einem Freund?«, hakte ihre Großmutter sofort nach.

»Ja, mit einem Freund. Einem Kumpel.« Grace nippte an ihrem Kaffee und setzte einen möglichst harmlosen Blick auf. Doch ihre Großeltern sahen sie ungerührt an – so wie damals, als ihnen längst klar war, dass Grace im Park Cider getrunken hatte, weil die Nachbarin, Mrs. Singh, es ihnen erzählt hatte. »Er ist wirklich nett«, erklärte Grace. »Ich verstehe mich sehr gut mit ihm, und natürlich hatte jeder sein eigenes Zimmer.« Was in gewisser Weise der Wahrheit entsprach, denn die Suite hatte zwei Schlafzimmer, zwei Badezimmer und eine Terrasse gehabt.

»Was macht er denn?«, fragte Graces Großvater und setzte seine Brille auf, um Grace besser ins Visier nehmen zu können.

»Er hat mit Kunst zu tun«, antwortete sie beiläufig.

»Oh, Grace, nicht schon wieder so ein Künstler!« Ihre Großmutter stieß einen lauten Seufzer aus und steckte unauffällig ein paar Tütchen Zucker ein. »Warum suchst du dir nicht jemanden mit besseren Aussichten?«

»Kein Künstler«, stellte Grace klar. »Er hat mit Kunst zu *tun*. Das ist etwas ganz anderes.«

»Und wie lange seid ihr schon ein Paar?«

Konnten sie nicht einfach sagen »seid ihr zusammen?« oder »kennt ihr euch?«, wie alle anderen im 21. Jahrhundert auch? Grace zuckte mit den Schultern. »Ein paar Monate.«

»Wie lange sind ein paar Monate?«, bohrte ihre Großmutter unerbittlich weiter, und Grace wünschte, sie hätte gar nicht erst damit angefangen.

»Knapp drei Monate«, antwortete sie nach kurzem Nachdenken. Ging das wirklich schon so lange? Bald konnten sie ihr Drei-Monats-Jubiläum feiern, und es lief immer besser, anstatt schlechter wie in Graces früheren Beziehungen. Eigentlich war es ja keine richtige Beziehung, aber trotzdem …

»Du hast am Telefon nie von ihm erzählt.« Diese Tatsache schien ihrer Großmutter offenbar wichtig genug, um ihre Tasse abzustellen. »Ist es denn eine ernsthafte Sache?«

»Oma, wir unternehmen ab und zu mal was zusammen. Das braucht man doch nicht so aufzubauschen.«

»Aber er hat dich nach Paris eingeladen …«

»Nein, wir sind nur zusammen nach Paris geflogen …«

»Eine solche Reise mit jemandem zu machen, hat schon eine gewisse Bedeutung, Grace.« Ihre Großmutter suchte nach den richtigen Worten. Waren das die ersten Anzeichen von Alzheimer? »Dann werden wir ihn ja sicher Weihnachten kennenlernen.« Oder hatte ihre Großmutter einfach nur zum endgültigen Schlag ausgeholt?

Es hatte so selbstverständlich, so normal geklungen, dass Grace den Gedanken einen Moment lang ernsthaft in Betracht zog. Doch dann musste sie sich vorstellen, wie Vaughn im Wohnzimmer saß und gnadenlos von ihrer Großmutter ausgefragt wurde, während ihr Großvater ihn keines Blickes würdigte – und all das bei zerknitterten Schulfotos, Zierdeckchen und dem scheußlichen Druck eines Gainsborough-Gemäldes über dem Kaminsims.

Plötzlich fiel Grace auf, dass sie sich auf den falschen Teil der Aussage ihrer Großmutter konzentriert hatte. »Moment mal. Ich dachte, ihr fliegt Weihnachten nach Australien? Davon redet ihr doch seit Wochen.«

»Es gibt eine Planänderung«, meldete sich ihr Großvater zu Wort. »Der Arzt hat gesagt, so ein langer Flug wäre nicht ganz ungefährlich, wegen meines Herzens.«

»Eine Frau aus dem Mütterverein hat auf dem Flug nach Florida eine schlimme Thrombose bekommen«, fügte ihre Großmutter hinzu. »Außerdem kann es im Dezember in Australien sehr heiß werden.«

»Das habe ich euch doch die ganze Zeit gesagt, aber ihr wolltet …«

»Deshalb kommen Caroline und Gary uns hier besuchen«, fuhr ihre Großmutter fort, aber ihr Blick war nicht mehr auf Grace, sondern auf einen imaginären Punkt auf dem Tisch gerichtet. »Die kleine Kirsty kommt natürlich auch mit.«

Augenblicklich zog sich Graces Brustkorb zusammen, und sie bekam kaum noch Luft. Sprechen konnte sie allerdings noch. »Ihr wollt mich wohl verarschen!«

»Keine Schimpfwörter, Liebes«, mahnte ihr Großvater reflexartig und tätschelte ihre Hand, die auf einmal eiskalt war. »Wenn du dich von dem Schreck erholt hast, könnte ich mir vorstellen, dass du dich insgeheim freust, deine Mutter wiederzusehen.«

»Das glaubst auch nur du!« Tränen schossen Grace in die Augen, und sie versuchte, sie wegzuwischen, bis ihr ein gestärktes weißes Baumwolltaschentuch in die Hand gedrückt wurde.

»Ach, Gracie, mach kein Theater«, sagte ihre Großmutter – mit sanfter Stimme, jetzt, da sie ihr den Todesstoß versetzt hatte. Gott bewahre, bloß kein Theater! Das kam gleich nach Völkermord und Steuerhinterziehung. »Ihr habt euch beide verändert in den letzten fünfzehn Jahren. Wenn du mit deiner Mutter sprechen würdest, hättest du das längst gemerkt.«

Grace schlang die Arme um den Oberkörper. »Ich kann nicht fassen, dass ihr mir das einfach so hinknallt und denkt, es wäre für mich okay. Das ist es nämlich nicht! Ich will nicht einmal im selben Raum sein wie sie. Ich kann mir also kaum vorstellen, dass wir beim Weihnachtsessen zusammen am Tisch sitzen und uns Schüsseln und Soße reichen. Ich bleibe in London. Ich habe euch ja schon gesagt, Lily ist schwanger und wird Heiligabend heiraten. Ich würde es sowieso nicht schaffen, rechtzeitig in Worthing zu sein.«

Ihre Großmutter stellte die Teetasse so energisch ab, dass sie ein paar Tropfen verschüttete. »Wie kann man am Heiligabend heiraten! Was für eine Gedankenlosigkeit. Und sie ist *schwanger?* Da kann ich nur hoffen, dass es keine kirchliche Trauung ist.«

»Doch. Anscheinend denkt der Pfarrer ein bisschen fortschrittlicher, und Lilys Vater hat einen großzügigen Beitrag zu einer neuen Kirchenorgel oder irgendwas geleistet«, sagte Grace so gereizt, wie sie es sich herausnehmen konnte. »Dann treffe ich mich mit euch zwischen Weihnachten und Neujahr, und zwar nur mit euch.«

»Moment mal, junge Dame«, fuhr ihr Großvater sie an, denn ihre Großmutter mochte sich zwar echauffieren, aber die Regeln bestimmte er. »Du wirst Weihnachten nach Hause kommen, und du wirst deiner Mutter höflich begegnen, und niemand wird sich aufregen. Ist das klar?«

»Ich werde *nicht* kommen«, sagte Grace mit knirschenden Zähnen, denn ihrem Großvater zu widersprechen, wenn er den Zorn Gottes auf seiner Seite hatte, war alles andere als leicht. »Ich will sie nie mehr wiedersehen. Und glaub mir, das beruht auf Gegenseitigkeit.«

Eine Weile starrten die drei sich an. Dann griff ihre Großmutter erneut nach der Teetasse. »Die Leute beobachten uns schon«, flüsterte sie. »Es gibt überhaupt keinen Grund für diese Aufregung. Wir sprechen ein anderes Mal darüber, Grace. Jetzt iss deinen Scone.«

Grace wusste, es würden tägliche Anrufe folgen, bei denen ihre Großmutter sie beschwatzen und bedrängen würde. Wahrscheinlich würde sie schließlich ihre Trumpfkarte ausspielen: Dass sie und Graces Großvater gesundheitlich nicht mehr ganz auf der Höhe wären und jedes Weihnachtsfest ihr letztes sein könnte. Und dann würde Grace klein beigeben, denn das tat sie ja immer.

Kapitel 17

Einzig und allein die Aussicht auf ein langes Wochenende in Miami Beach konnte Graces düstere Stimmung aufhellen. Es war herrlich, am Donnerstagmorgen mit der Gewissheit aufzuwachen, dass sie in einigen Stunden die Sonne genießen und neue, schrille Sachen tragen konnte, die sie bei der Arbeit niemals anziehen würde.

Es war auch ein gutes Gefühl, die Haustür von Montague Terrace Nr. 17 zu schließen und alles andere hinter sich zu lassen, um sich in einen wohltemperierten Wagen zu setzen, der nach Leder roch, und den Fahrer zu bitten, die Heizung ein bisschen höher zu stellen.

Als Grace dann von einer lächelnden Stewardess in die Businessclass geleitet wurde, konnte sie die Sorgen der vergangenen Wochen endlich abstreifen, ebenso wie den neuen Burberry-Mantel. Bis Montagabend würde sie ihr Handy abschalten und so tun, als gäbe es keine andere Welt als die von Vaughn.

Und die Welt, die Vaughn ihr eröffnete, war einfach toll. Im Flugzeug hatte Grace geschlafen, und so war sie hellwach, als sie an der malerischen Kulisse des Ocean Drive entlanggefahren wurde – auf der einen Seite Strand und Wellen, auf der anderen ein Lichtermeer und Menschen, die aus den Clubs und Cabrios strömten, und überall der Rhythmus von Musik.

Grace musste daran denken, wie sie Vaughn zum ersten Mal angerufen hatte: In Unterwäsche hatte sie in ihrer Küche gestanden, und er war hier in Miami gewesen. Vielleicht war er sogar auf genau dieser Straße entlanggefahren – plötzlich konnte sie es kaum noch erwarten, ihn wiederzusehen. Sie sehnte sich geradezu nach ihm.

Doch als sie zu ihrem Bungalow im Delano gebracht wurde, gleich neben einem Pool mit Olympiamaßen, war keine Spur von Vaughn zu sehen. Grace ging von der Eingangshalle ins Schlafzimmer und fand eine Nachricht auf ihrem Kopfkissen: *Muss zu einem Dinner. Hoffe, Du hattest guten Flug. Bis später. V.* Jeder andere hätte geschrieben, sie solle nicht auf ihn warten, aber Vaughn war eben nicht jeder andere, und abgesehen davon, war Grace ohnehin viel zu aufgedreht, um schlafen zu gehen.

Sie zündete die Diptyque-Duftkerze an, die sie extra mitgebracht hatte – wie sie gelesen hatte, tat Madonna das auch immer –, und schüttete eine ganze Flasche Korres-Schaumbad in die riesige Badewanne. Dann nahm sie sich aus der Minibar eine Flasche Wein.

Fünf Minuten später lag sie bis zum Hals in Schaumblasen, nippte an einem Glas Pinot Grigio und streckte behaglich die Zehen, denn in Vaughns Welt brauchte man nicht zu warten, bis der Boiler das Wasser aufgeheizt hatte. In Vaughns Welt war fließend warmes Wasser Standard, und in genau dieser Welt stand Vaughn plötzlich in der Tür – ohne etwas zu sagen oder zu lächeln, betrachtete er Graces überraschtes Gesicht. Das Schweigen dauerte nur wenige Sekunden, doch es schien wie eine Ewigkeit, bis Vaughn das dunstige, duftende Badezimmer betrat.

»Hallo, Fremde«, sagte er und gab Grace einen flüchtigen Kuss auf die Lippen. »Kriege ich auch einen Schluck Wein?«

»Natürlich«, sagte Grace, und der Grund für ihre roten Wangen war einzig und allein das heiße Badewasser. Vaughn setzte sich auf den gefliesten Wannenrand, und während sie sich die Flasche Wein teilten, erzählte er, wo er überall gewesen war. Bald war nicht mehr viel übrig in der Flasche, und es schien ihr nicht mehr ganz so eigenartig, nackt zu sein, während Vaughn noch angezogen war.

»Vielleicht solltest du allmählich aus der Badewanne steigen, sonst bist du gleich vollkommen verschrumpelt«, sagte Vaughn beiläufig. Doch er schluckte schwer und schien ebenso nervös wie Grace.

Grace stand auf und ließ sich von Vaughn in ein Handtuch hüllen – ein schneeweißes selbstverständlich, denn in Vaughns Welt hatten Handtücher keinen Grauschleier.

Grace hatte immer gedacht, das Geheimnis an gutem Sex bestünde aus einer komplizierten Formel, einer bestimmten Abfolge von Bewegungen, Stellungen und Atemtechniken, die manche Frauen beherrschten, von denen sie aber nichts wusste, weil sie den Tag, an dem die Anleitungen verteilt worden waren, verschlafen hatte.

Mit einem Kissen unter den Hüften und einer einfachen Kombination von Zunge und Fingern war es jedenfalls nicht getan, und so grub Grace die Hacken in die Matratze und vergoss bittere Tränen.

»Nein, noch nicht«, sagte Vaughn zu jeder ihrer verzweifelten Bitten, bis sie endlich keine Worte mehr fand und nur noch so schrill stöhnen konnte, dass der Gedanke daran ihr im Nachhinein geradezu peinlich war.

In dem Moment jedoch war ihr alles egal. Sie packte Vaughn

an den Haaren und zwang ihn regelrecht, in sie einzudringen – wollte er nicht später mit kahlen Stellen auf dem Kopf herumlaufen.

Und schließlich war es unausweichlich. Grace klammerte sich an Vaughns Arme und Schultern und schlitterte von Nur-Beinahe über die ganze Strecke bis über die Schwelle, während er ihr die Knie bis fast an die Ohren presste und sie mit immer härteren Stößen nahm. Die Welt um sie herum schien zu explodieren und in Millionen kleiner Stücke zu zerfallen, bis er sie Minuten später mit Händen und Mund wieder zusammensetzte.

Mit gespreizten Beinen blieb Grace liegen, rang nach Luft, und genoss die letzten prickelnden Schauer.

»Alles klar?«, fragte Vaughn mit schwankender Stimme.

Sprechen kostete zu viel Kraft, und so seufzte Grace nur zufrieden – es klang merkwürdig in ihren eigenen Ohren. Sie hob den Kopf, warf einen Blick auf ihre schweißnasse Haut und sank zurück auf die Kissen. Jawohl! Das war ein richtiger Orgasmus gewesen. Monstermäßig, mit allem Drum und Dran.

Sie drehte sich auf die Seite und schmiegte sich an Vaughn. »Das war bestimmt nur Zufall«, murmelte sie. »Weil wir in Miami sind.«

»Das werden wir morgen früh überprüfen.«

»Normalerweise kann ich nur einmal innerhalb von 24 Stunden«, gab sie gähnend zurück und stieß Vaughn in die Rippen, als sie sein Lachen spürte.

Um fünf Uhr nachmittags musste sich Grace eingestehen, dass sie gar nicht gewusst hatte, was ihr Körper alles konnte. Zwei weitere Male hatte Vaughn ihr einen Orgasmus beschert, einmal vor dem Frühstück und später auf dem weißen Tisch in einer Ecke der Suite. Vielleicht sollte sie es einmal mit Radschlagen versuchen. Das war ihr bisher nämlich auch noch nie gelungen, aber wer weiß, mit der richtigen Anleitung war offenbar alles möglich.

»Worüber denkst du nach?«, fragte Vaughn, als sie unter der Dusche standen.

»Darüber, dass du mir im Moment die liebste Gesellschaft bist.«

Vaughn gab sich Mühe, nicht selbstgefällig zu wirken, aber das konnte nur misslingen. »Ich habe dir nun einmal ein paar Jahre voraus, und wenn du mich fragst, hatten die Typen vor mir einfach keine Ahnung.«

Grace dachte an all die Männer, die sich nie für einen Blowjob revanchiert hatten, die ihr eingeredet hatten, so könne man auf ein Kondom verzichten, anstatt sich um ihre Bedürfnisse zu kümmern. »Tja, die legten weniger Wert auf Details.«

»Ist dir eigentlich klar, dass ich mindestens drei Meetings und zwei Ausstellungen habe sausen lassen? Aber auf das Dinner werde ich bestimmt nicht verzichten. Ich bin ja nur noch ein Schatten meiner selbst.«

Die Art Basel in Miami war das wichtigste Ereignis, das der amerikanische Kunstmarkt zu bieten hatte. Mehr als 200 Galerien präsentierten die Arbeiten ihrer besten Künstler und Nachwuchstalente. So lautete Vaughns offizielle Beschreibung, aber Grace schien das Ganze wie eine endlose Schülerdisco, ausstaffiert mit Kunstinstallationen aller Art.

Es kam ihr vor, als hätte sich die gesamte Kunstszene übers Wochenende in Miami versammelt, um sich zu betrinken und sich zu amüsieren. Doch Grace stellte fest, dass sie nicht nur herumstehen und ein interessiertes Gesicht machen musste, wenn Vaughn mit Museumsdirektoren oder stinkreichen Hedge-Fonds-Managern verschwand. Auf der Art Basel war es einfach, mit den Leuten ins Gespräch zu kommen. Oder lag es vielleicht daran, dass sie noch dieses postsexuelle Glühen verströmte und so relaxed war, dass sie jeden anstrahlte?

Meistens unterhielt sie sich mit den Mitarbeitern von Galerien und den Freundinnen anderer Besucher. Vaughn war zumindest angetan, als sie sich am Samstagabend mit der Tochter eines Rockstars anfreundete, die als DJ auftrat und nach »ein paar echt abgefahrenen Lichteffekten« für ihren neuen Club in Las Vegas suchte. Doch Grace hatte ohnehin das Gefühl, dass alles, was sie an diesem Wochenende machte, Vaughn überaus erfreute, denn jeden Abend, wenn sie gegen elf Uhr ins Delano zurückkehrten, zeigte er sich dafür ganz besonders erkenntlich – indem er ihr die Kleider vom Leib riss und ihr neue Wege eröffnete, den Verstand zu verlieren.

Obwohl ihre Partnerschaft bereits über drei Monate dauerte, fühlte sich Grace wie auf einer Hochzeitsreise. Vaughn hatte die ganze Zeit lang ein Lächeln auf den Lippen und fand keinen Grund, herumzunörgeln. Sie hatten sogar eine Möglichkeit gefunden, in einem Bett zu schlafen – zunächst eng umschlungen, und dann rückte jeder auf seine Seite. Doch das konnte auch daran liegen, dass sie viel zu erschöpft waren, um sich Gedanken darüber zu machen, wer sich nun wie oft herumdrehte. Vaughn war nicht ihr Freund und würde es auch nie werden, aber als Grace Sonntagmorgen aufwachte und er ihren Bauch mit Küssen bedeckte, wurde ihr bewusst, dass sie ihn um einiges lieber mochte als all ihre vorherigen Typen.

Später, nachdem Vaughn sich eine halbe Stunde lang eingehend mit ihrem Unterleib beschäftigt und sie sich mit dem gelungensten Blowjob aller Zeiten revanchiert hatte, gingen sie zu einem Brunch im Biltmore, das von irgendeiner riesigen Ölfirma veranstaltet wurde, wo man auf die Umwelt pfiff aber für Kunst etwas übrig hatte. Das Publikum war älter und gesetzter als auf den bisherigen Veranstaltungen, und bald stand Grace wieder mit dem Rücken an der Wand.

Als sie sich schließlich in die Menge wagte, um sich noch einen Guavensaft zu holen, stand sie plötzlich Alex gegenüber, der wieder einmal aufgetaucht war wie ein Batik-T-Shirt, das den neuesten Trend anzeigte, umgeben von einer Traube hübscher Typen mit lasziven Mienen.

»Das ist Grace, Vaughns neues Mädchen. Vor ein paar Wochen wirkte sie noch deutlich frischer«, informierte Alex die Zuhörer auf den billigen Plätzen und hatte auch noch die Frechheit, sich für einen Wangenkuss zu ihr hinüberzubeugen.

»Alex«, sagte Grace desinteressiert. »Ist denn ein Brunch für ein Nachtschattengewächs wie dich das Richtige?«

Allgemeine Erheiterung, denn Alex war tatsächlich bleich wie ein Vampir und wie immer schwarz gekleidet – für Grace ein Zeichen dafür, dass er kein wirkliches Gespür für Mode hatte.

»Hübsches Kleid. Wie viel hat Vaughn dafür ausgegeben?«, gab Alex schnippisch zurück und sah demonstrativ auf das Marc-Jacobs-Kleid, das Vaughn Grace in Paris gekauft hatte.

»Etwa so viel, wie dich die letzte Botox-Auffrischung gekostet hat«, schnaubte Grace. Nach jahrelanger Arbeit für Kiki erkannte sie eine unbewegliche Stirn auf den ersten Blick. Sie sah Vaughns Hinterkopf am anderen Ende des Raums, und als hätte sie ein stummes Notsignal gesendet, drehte er sich um und kam zu ihr herüber.

»Jedes Mal, wenn wir uns über den Weg laufen, frage ich sie, aber Grace will einfach nicht mit mir essen gehen. Nicht einmal auf einen Drink am frühen Abend.«

»Bist du sicher, dass du schwul bist, Alex?«, fragte Grace mit honigsüßer Stimme. »Weil du unbedingt mit mir allein sein willst.«

Mittlerweile stand Vaughn an ihrer Seite. Er trug den cremefarbenen Anzug, den er angehabt hatte, als sie sich bei Liberty's zum ersten Mal begegnet waren, und er hatte Verstärkung mitgebracht. Sergei und Nadja.

»Störe ich?«, fragte er, ohne weiter von Alex Notiz zu nehmen.

»Nein, ganz und gar nicht«, sagte Grace. »Hi Nadja. Schicke Schuhe.«

Mit Nadja hatte Grace sich regelmäßig Textnachrichten geschrieben, doch nach wie vor betrachtete sie sie mit ein wenig Erfurcht, nicht allein deshalb, weil sie umwerfend aussah, sondern auch, weil sie die größten Unverschämtheiten so trocken rüberbrachte, dass Grace nie sicher war, ob sie einen Scherz machte oder es ernst meinte.

»Cavalli«, sagte Nadja, hakte sich bei Grace unter und warf einen vernichtenden Blick auf die Musterschwulen, die sich umgehend verdrückten. »Grace, ich brauche Pelzmantel, unbedingt.«

Im Moment herrschten angenehme Temperaturen von 25 Grad im Schatten – ein wenig zu warm für Graces blickdichte violette Strumpfhosen. »Wirklich?«, fragte Grace.

»Heute Nachmittag müssen wir Pelzmantel für mich kaufen«, sagte Nadja entschlossen. »Aber wo?«

»Sergei und Nadja fliegen morgen zurück nach Moskau, und da liegt Schnee«, erklärte Vaughn. »Willst du nicht mit Nadja shoppen gehen?«

Gegen Shopping hatte Grace nichts einzuwenden, auch nicht mit einem russischen Beinahe-Topmodel. »Wir könnten es bei Fendi oder Gucci versuchen.«

»Was Nadja will«, knurrte Sergei. Das tat er immer: Knurren und die Leute mit Blicken scannen, als könne er so abschätzen, wie viel sie in Aktien und Anleihen angelegt hatten.

»Cool«, stimmte Nadja zu. »Aber erst musst du Strumpfhosen austauschen, Grace. Zu trendy für South Beach.«

»Kein Problem«, versicherte Grace Vaughn später, als sie die auffälligen Strumpfhosen auszog und von Marc Jacobs auf American Apparel umstieg. »Ich finde es natürlich nicht gut, einen Pelzmantel zu tragen, aber …«

»Hast du überhaupt irgendwelche Kleidung aus Pelz?«, fragte Vaughn träge, während er auf den Bildschirm seines Laptops starrte.

»Nein, aber ich arbeite für eine Zeitschrift, die auch Fotos von Pelzen bringt und Werbung für Kleidung aus toten Tieren macht. Shopping mit Nadja ist also keine große Sache.« Nicht zum ersten Mal gaben Grace ihre wankenden Moralvorstellungen zu denken.

»Ich wollte dir vielleicht eine Pelzjacke zu Weihnachten schenken, aber ich sollte mir wohl lieber etwas anderes einfallen lassen«, sagte Vaughn. Er hob den Kopf und zog eine Augenbraue hoch – ein Zeichen dafür, dass er noch immer gute Laune hatte. »Willst du es dir nicht noch einmal überlegen? In Whistler kann es richtig kalt werden.«

»Wir fliegen nach Whistler?« Ein Luftsprung wäre wohl etwas übertrieben, dachte Grace. Den konnte sie später im Badezimmer noch machen, wenn Vaughn nicht dabei war. »Du hattest mir ja Auslandsreisen versprochen, aber dir ist doch klar, dass es dann ein bisschen schwierig wird, am Dienstag den Bus zur Arbeit zu nehmen.«

»Arme Grace«, murmelte Vaughn und richtete seine Aufmerksamkeit wieder auf den Bildschirm. »Nach Whistler fliege ich immer über die Weihnachtstage. Wir hatten es nur noch nicht auf die Agenda gesetzt, weil ich erst ein paar Termine abklären musste.« Er tippte etwas ein. »Wir fliegen am 23., am 28. geht es weiter nach Buenos Aires, und da bleiben wir über Silvester.«

Das klang wunderbar. Und es war die Lösung des Mutter-Weihnachten-Problems. Aber nein …

»Ich kann nicht.«

»Du kannst nicht Ski laufen? Aber Grace, das kann doch jeder. Madeleine soll einen Skilehrer für dich engagieren, der kann mit dir auf einem Idiotenhügel üben. Heiligabend sind wir eingeladen …«

»Nein, du hast mich falsch verstanden«, fiel Grace ihm ins Wort. »Ich kann nicht mitkommen! In der Zeit ist zu viel los.«

Grace versuchte, es ihm sachlich zu erklären, denn das Wochenende war so schön gewesen, und Vaughn hasste es, wenn sie weinerlich wurde. Sie brachte es zwar nicht fertig, von ihrer Mutter zu erzählen, aber ihre Großmutter wollte, dass sie Heiligabend dabei war, und wenn sie sich nicht vorher mit Ebola infizierte, gab es keine Entschuldigung.

Vaughn hörte sich all das an, mit zusammengekniffenen Augen, sodass Grace sich fragte, wie er sie überhaupt noch erkennen konnte. Aber er ließ sie reden, bis sie bei Lilys Hochzeit angekommen war. Dann legte er los.

»Wie kann man denn Heiligabend heiraten? Ohne Rücksicht auf die Pläne anderer Leute zu nehmen!«

Genau das hatte Lily zigmal zu hören bekommen, von zig verschiedenen Leuten, aber sie war nicht bereit, davon abzurücken. »Sie wird doch von Hormonen gesteuert, und sie möchte, dass dieser Tag *besonders schön* und *romantisch* wird.« Genau diese Adjektive hatte Grace mindestens dreimal am Tag von Lily gehört, und nun klangen sie auch nicht weniger abgedroschen.

»Entweder sie ist nicht zurechnungsfähig oder total ichbezogen«, konterte Vaughn und stand auf, um sich vor Grace aufzubauen.

»Ich könnte doch am zweiten Weihnachtstag nachkommen. Aber ich darf auf keinen Fall die Hochzeit meiner besten Freundin verpassen.« Grace konnte nicht länger sachlich bleiben.

Sie trat aus Vaughns Schatten und warf sich aufs Bett. »Bitte, Vaughn, ich bin die erste Brautjungfer, und ich habe Lily doch versprochen, dass ich …«

»Das kannst du vergessen. Heiligabend gibt es ein Lunch, das mir Millionen Pfund einbringen könnte. Das hat ja wohl Vorrang vor der Blitzhochzeit einer Freundin, die zu dämlich ist, um zu verhüten.«

»Sprich bitte nicht so über meine beste Freundin! Warum können wir denn keinen Kompromiss machen? Wenigstens dieses eine Mal?«

Vaughn stand nicht mehr vor ihr, doch nun näherte er sich bedrohlich.

»Weil wir einen Vertrag haben und ich dir lang und breit erklärt habe, dass unsere Vereinbarung deine gesamte Freizeit beinhaltet, ebenso wie all deine Urlaubstage und sämtliche Feiertage. Du fliegst am 23. mit nach Whistler, und damit Schluss. Ende der Debatte.«

Für Grace war die Diskussion damit noch lange nicht beendet, aber sie war zu wütend, als dass sie noch etwas hätte sagen können. Sie griff nach dem nächstbesten Kopfkissen und schleuderte es Vaughn entgegen. Natürlich traf sie daneben, und es landete vor seinen Füßen, aber ihre Absicht war eindeutig klar gewesen.

Das verärgerte ihn erst recht. »Du kommst mit nach Whistler, wenn ich es dir sage. Du gehst dahin, wo ich es will. Und zwar mit einem Lächeln auf den Lippen und nicht in lächerlichen Strumpfhosen, in denen du aussiehst, als kämst du aus dem Zirkus. *Und jetzt will ich kein Wort mehr davon hören.*« Vaughn hatte nicht ein einziges Mal geschrieen, er war nicht einmal laut geworden, aber Grace fühlte sich, als hätte man ihr einen Eimer eiskaltes Wasser über den Kopf geschüttet.

Vaughn stürmte hinaus, doch ehe sie zurück auf das Bett sinken konnte, steckte er den Kopf noch einmal durch die Tür.

»Und wenn ich will, dass du bis zum 22. Dezember jeden Abend auf einer verfluchten Trockenpiste übst, dann tust du das gefälligst!«

Kapitel 18

Grace hatte die Erfahrung gemacht, dass aus heiterem Himmel Dinge passieren konnten, die das ganze Leben veränderten: Preiselbeersoße an der Decke, die zur Scheidung ihrer Eltern führte. Oder der verregnete Sonntagnachmittag, an dem sie zum ersten Mal *Frühstück bei Tiffany* gesehen hatte. Sie hatte sich auf der Stelle in Audrey Hepburns Givenchy-Kleid verliebt und beschlossen: Sie wollte in der Modebranche arbeiten. Dann war da noch die Marc-Jacobs-Tasche, die sie zu Vaughn geführt hatte – und ein Paar Fendi-Stiefeletten, die den Lauf ihres Schicksals verändern sollten.

Nadja hatte ihr die Stiefeletten gekauft. Denn trotz der Chloe-Sonnenbrille mit den riesigen Gläsern konnte Grace nicht verbergen, dass sie geweint hatte. »Vaughn und ich haben uns gestritten«, brachte sie mühsam hervor.

»Wenn Sergei Drecksack ist, kaufe ich mir teure Klamotten mit Karte«, hatte Nadja geantwortet und den Kopf in den Nacken geworfen. Dabei bezahlte sie grundsätzlich alles mit Sergeis Kreditkarte, dafür brauchte er sich gar nicht wie ein Drecksack aufzuführen.

Aber leider hatte Grace keine von Vaughn gesponserte Karte, sondern lediglich die monatlichen Zuwendungen, und die hatten sich für diesen Monat bereits erschöpft, obwohl erst der 7. Dezember war. Also hatte Nadja ihr die Stiefeletten gekauft. Doch gegen Graces Kummer hatten sie kein bisschen geholfen.

Als Vaughn sich am nächsten Morgen blicken ließ, hatte Grace noch im Bett gelegen, obwohl sie vor lauter Wut nicht mehr schlafen konnte. Sie hatte die Augen fest geschlossen gehalten und tief und gleichmäßig geatmet, auch als Vaughn sich auf die Bettkante setzte und ihr über das Haar strich.

»Das mit der Trockenpiste war ein wenig übertrieben«, sagte er leise. »Ich werde dafür sorgen, dass du deine Großeltern am 23. Dezember besuchen kannst, und dann schicke ich dir einen Wagen nach Worthing, der dich nach Gatwick zum Flughafen bringt. Hast du dich denn mit Nadja gut amüsiert?«

Das kam einer Entschuldigung noch nicht einmal im Entferntesten nahe, aber Vaughn hielt ja nichts davon, sich zu entschuldigen. Stattdessen ließ er seine Hände über ihren Rücken schweifen, bis sie auf ihrem Hintern zum Ruhen kamen.

Grace hatte es aufgegeben, so zu tun, als würde sie schlafen. »Ich habe Kopfschmerzen«, hatte sie gezischt, und danach hatten sie nicht mehr miteinander gesprochen. Vaughn war wieder gegangen und nicht erschienen, als der Wagen kam, der sie zum Flughafen bringen sollte.

Doch die Tatsache, dass Grace momentan nicht unbedingt gern an Miami zurückdachte, lag ja nicht an den Stiefeletten. Und so hatte sie am Dienstagmorgen, noch benommen vom Jetlag und mit der unangenehmen Vorstellung vor Augen, Lily die schlechte Nachricht beibringen zu müssen, die Stiefel angezogen, um sich ein wenig Mut zu machen – ganz entgegen ihrer eisernen Regel, Vaughn-Kleidung und *Skirt*-Kleidung strikt voneinander zu trennen.

Was sich im Nachhinein weder als schlau noch als hilfreich

entpuppte. Doch das wurde Grace erst bewusst, als sie bereits fünf Minuten lang in einer Krisensitzung saß, die wegen der Weihnachtstermine einberufen worden war. Sie hörte sich das Geschwafel der Produktionsleiterin an und fragte sich, ob es jemandem auffallen würde, wenn sie für einen Moment die Augen zumachte, um ein Nickerchen zu halten, als Courtney sich plötzlich aufrichtete und wie gebannt auf Graces Füße starrte.

»Die sind von Fendi!«, rief sie laut. »Wie bist du da drangekommen?«

Grace sah hinunter auf ihre Stiefeletten und wieder hinauf zu Courtney. Ihr Denkapparat kam nur schleppend in Gang, und die wenig überzeugenden Ausreden, die ihr einfielen, musste sie sogleich wieder verwerfen. Denn eins war klar: Als Fashion-Assistentin konnte man sich keine Stiefeletten von Fendi leisten, es sei denn, man war Nutznießer eines Treuhandfonds.

»Erzähl nicht, du hast sie aus Paris oder Mailand, da gibt es nämlich auch Wartelisten«, mischte Lucie sich ein und starrte ebenfalls auf die Stiefel. »Ich hatte mir schon überlegt, extra deswegen nach Berlin zu fliegen, aber da gab es sie nur in Größe einundvierzig.«

Sogleich erhob sich hektisches Gemurmel. Selbst Kiki warf einen Blick auf Graces Füße, bevor diese so weit wie möglich unter ihrem Stuhl verschwanden. »Die sind nicht von Fendi«, sagte Grace und verdrehte die Augen. »Das sind nur Fälschungen, die habe ich von eBay. Also ehrlich! Wie sollte ich mir denn Fendi leisten? Habt ihr sie noch alle?«

Dieses Problemchen hatte Grace also erfolgreich umschifft, doch ein wesentlich größeres Problem stand noch bevor: der Lunch mit Lily. Grace war zu der Überzeugung gelangt, dass die einzige Lösung darin bestand, ihr die Wahrheit zu sagen. Oder etwas, das weitgehend der Wahrheit entsprach, ohne die ganze Wahrheit auspacken zu müssen.

Doch das Erste, was Lily sagte, war: »Das sind doch die Fendi-Stiefeletten, die in der *Vogue* waren! Ich dachte, all deine Kreditkarten wären überzogen.«

Grace holte tief Luft. Eigentlich hatte Lily ihr doch eine ideale Vorlage geliefert. »Erinnerst du dich noch an den Typen, den ich an meinem Geburtstag kennengelernt habe, bei Liberty's, weißt du, der mir die Marc-Jacobs-Tasche geschenkt hat?«

Lily nickte, und Grace erzählte. Doch dann hörte sie auf zu nicken und riss die Augen auf, als Grace bei ihrer Abmachung mit Vaughn angekommen war. »Ich bin so eine Art offizielle Begleitung«, erklärte Grace. »Wie soll ich dir das am besten beschreiben? Ähnlich wie in einer Beziehung, aber mit ein paar Vorteilen.«

»Wie lange geht das schon, und warum erzählst du mir das erst jetzt?« Lily lehnte sich zurück und verschränkte die Arme, was nicht gerade ermutigend wirkte.

»Darauf komme ich gleich zu sprechen«, sagte Grace und dachte: Am besten so schnell wie möglich. So als würde man ein Pflaster abreißen. Je schneller, desto besser. Denn dann tat es nicht so weh. Dabei war sie sich allerdings nicht sicher, ob sie an Lily oder an sich selbst dachte.

»Lily, ich kann nicht zu deiner Hochzeit kommen. Ich kann Weihnachten nicht einmal meine Großeltern besuchen. Vaughn hat am 24. Dezember ein furchtbar wichtiges Essen in Kanada, und da komme ich nicht drumherum. Aber ich werde dir natürlich trotzdem weiter bei den Vorbereitungen helfen. Nur auf der Hochzeitsfeier kann ich nicht dabei sein.«

Lily knallte ihr Glas Karotten-Birnensaft mit solcher Wucht auf den Tisch, dass Grace zusammenzuckte. »Was? WAS?! Was soll das heißen?«

Grace fasste die Vereinbarung mit Vaughn zusammen, unter Betonung der Vorteile von Partys und Reisen, denn das musste Lily doch einleuchten. Über Einzelheiten zu ihrem Vertrag oder starrsinnige ältere Männer im Allgemeinen ging sie lieber hinweg, denn das hätte Lily weniger gefallen. »Ich weiß, das ist jetzt eine ganze Menge«, sagte Grace und streckte die Hand aus, um Lily über den Arm zu streichen. Doch Lily schlug Graces Hand zur Seite, sodass die Leute an den anderen Tischen sich zu ihnen umdrehten und sie anstarrten. Sollten sie doch! Was hatten die auch alle hier zu suchen?

»Ich kann nicht glauben, dass du mir das antust!«, schrie Lily mit tränenverschmierter Wimperntusche. »Du hast mir meine ganze Hochzeit vermasselt, du widerliche, miese Schlampe! Du lässt dich für Geld vögeln. Ich hasse dich!«

Daraufhin mussten sie das Lokal verlassen.

Auf dem ganzen Weg zurück zum Büro versuchte Grace, vernünftig mit Lily zu reden. Zeit war genug, denn Lily traute sich nicht, mit ihren hohen Hacken schneller zu gehen, und so konnte sie nicht vor Grace davonlaufen. »Aber Lily! Deshalb geht doch die Welt nicht unter. Deine Hochzeit wird trotzdem besonders schön und romantisch, und bis zum 22. Dezember bin ich doch noch da.«

»Hau ab und lass mich in Ruhe!«, gab Lily eiskalt zurück. »Du hast mich angelogen, seit Wochen! Oder etwa nicht? Ich hatte Mitleid mit dir, weil du einen Nebenjob annehmen musstest, dabei bist du in Wirklichkeit eine Prostituierte geworden.«

Lily hörte in dem Moment auf zu weinen, als Grace damit anfing. »Das bin ich nicht! So ist es ganz und gar nicht.« Grace packte Lily am Ärmel und zwang sie, stehen zu bleiben. »Er bezahlt mich dafür, dass ich ihn begleite, nicht dafür, dass ich mit ihm ins Bett gehe.«

»Na klar!«, schnaubte Lily verächtlich. »Du gehst mit einem Mann ins Bett, den du kaum kennst, Grace! Du kriegst Geld von ihm. Das ist das Widerwärtigste, was ich je gehört habe. Wie kannst du das nur tun!«

»Du hast mir gar nicht richtig zugehört! Die Tatsache, dass ich Geld von ihm bekomme, hat doch nichts damit zu tun, dass ich mit ihm schlafe.«

»Ja, ja, du kannst mir viel erzählen!«, sagte Lily frostig und mit bebenden Nüstern. »Großer Gott, was stimmt eigentlich nicht mit dir, Grace? Du kriegst einfach nichts Normales auf die Reihe.«

»Aber das ist normal. Alle möglichen Frauen machen es so oder ähnlich«, hielt Grace dagegen. »Denk mal an Julie, die du so toll fandst. Die hat sich doch nur mit diesem beknackten DJ eingelassen, weil er im Sommer jedes Wochenende mit ihr nach Ibiza geflogen ist! Daran hattest du nichts zu meckern. Das hast du sogar ganz amüsant gefunden!«

»Das war ja wohl was anderes«, gab Lily hastig zurück. »Julie hat gesagt, er war echt witzig, wenn man erst mal mit ihm warm geworden war.«

»Ja, ja, deshalb hat sie ihm auch direkt einen Tritt in seinen witzigen Hintern verpasst, als seine Aufenthaltsgenehmigung abgelaufen war«, konterte Grace und hätte sich am liebsten auf die Zunge gebissen. Hatte sie überhaupt das Recht, wütend auf Lily zu sein? Sie war doch diejenige, die ihre Freundin im Stich ließ, weil sie nicht zu ihrer Hochzeit kommen konnte, und außerdem war die ganze Aufregung bestimmt nicht gut für das Baby. »Und was ist mit Dan? Der schnorrt sich auf deine Kosten durchs Leben, anstatt selbst mal ein bisschen Geld zu verdienen.«

»Dan ist Webdesigner …«

»Ach ja, wie konnte ich das vergessen! Ich dachte, er sitzt den ganzen Tag auf seinem faulen Hintern und macht Computerspiele.«

»Du konntest noch nie verstehen, wie das mit Dan und mir ist, weil du selbst gar nicht in der Lage bist, eine normale Beziehung zu führen«, erklärte Lily, und rote Flecken zeigten sich auf ihrem Gesicht. Grace blieb die Luft weg, und dennoch schoss ihr der Gedanke durch den Kopf, dass Lily und sie sich nur deshalb so sehr verletzten konnten, weil sie sich so gut kannten und wussten, was die andere besonders schmerzte. Das war zwar nur ein schwacher Trost, aber es reichte, um ihr ins Gedächtnis zu rufen, dass sie sich zusammenreißen musste. Schließlich war sie diejenige, die etwas falsch gemacht hatte. Einfach alles falsch gemacht hatte.

»Jetzt hör doch mal, Lily. Ich wollte es dir ja schon am Anfang sagen. Aber du hattest dich gerade erst verlobt, und dann hast du gemerkt, dass du schwanger bist. Und je länger ich es für mich behalten habe, desto schwieriger wurde es, dir alles zu erzählen, weil …«

»Weil ich so etwas niemals tun würde. Aber das muss wohl daran liegen, dass ich strengere Moralvorstellungen habe als du. Das ist ja auch nicht schwer.«

Grace hatte Lily noch immer am Ärmel ihres Mantels festgehalten, aber nun packte sie fester zu. »Wir beide hatten One-Night-Stands, also komm mir jetzt bloß nicht mit solch einem Mist. Es ist schön mit Vaughn – vielleicht sind wir nicht das größte Liebespaar aller Zeiten, aber wir kommen gut miteinander aus, meistens jedenfalls.«

»Das müsst ihr ja auch, wenn du Geld von ihm kriegst. Meine Güte, warum hörst du nicht einfach auf, deine Kohle zu verschleudern und bezahlst endlich das Minus auf deinen Kreditkarten? Wenn man sich keine neuen Klamotten leisten kann, dann sollte man sich eben keine kaufen«, sagte Lily scheinheilig und versuchte, Grace abzuschütteln. Doch Grace klammerte sich an ihren Ärmel, als ginge es darum, ihr das Leben zu retten.

Doch dann ließ sie los. Sie war nicht böse auf Lily – nein, sie tobte vor Zorn. »Du hast ja keine Ahnung, wie es ist, wenn man allein zurechtkommen muss!«, schrie sie mit wutverzerrtem Gesicht, und Lily wich einen Schritt zurück. »Natürlich würdest du so etwas nie tun! Das brauchst du ja auch gar nicht. Du musstest noch nie ein Problem selbst lösen! Dafür hast du ja deinen Vater, der seiner Prinzessin jedes Mal aus der Patsche hilft. Tja, dieser Luxus fehlt mir eben – und wenn du deinen Vater nicht hättest, wärst du noch viel mehr in den Miesen als ich.«

»Habe ich etwa keine Probleme?«, schrie Lily mit zornrotem Gesicht und zeigte auf ihren Bauch. »Ich bin schwanger, und jetzt, wo ich dringend eine Freundin brauche, lässt du dich lieber von einem zwielichtigen alten Knacker flachlegen, als auf meine Hochzeit zu kommen. Du hättest ihm sagen können, dass das nicht geht, Grace. Du hättest Schluss mit ihm machen können, aber er ist dir wichtiger als ich! Ich hoffe, die Klamotten und das ganze Zeug, was er dir kauft, damit du die Beine breit machst, sind es wert.«

Der Streit war vollkommen aus dem Ruder gelaufen. Sie standen in einer der engen Seitenstraßen von Soho und schrieen sich gegenseitig an, während Passanten um sie herum über die Straße laufen mussten, weil kein Platz mehr auf dem Bordstein war. Grace versuchte, durchzuatmen und sich zu beruhigen. Immerhin ging es doch um Lily. Ihre beste Freundin. Irgendwie würden sie das doch überstehen …

»Weißt du, was du bist, Grace? Du bist ein verdammtes Luder«, schrie Lily in vernichtendem Ton, und das war das Schlimmste, was man zu einer Freundin sagen konnte. Hätte sie Grace mit allen möglichen Begriffen für leichte Mädchen tituliert, es hätte wohl weniger geschmerzt als das. Und es zeigte, dass es keinen Sinn hatte, weiter darüber zu reden.

»Weißt du, was dein Problem ist, Prinzessin? Du kommst

nicht damit zurecht, dass ich nicht mehr bereit bin, deinen Handlanger zu spielen. Ich gehe aus und mache aufregende Sachen, ich fliege um die Welt, ich habe ein Marc-Jacobs-Kleid für 3000 Pfund …«

»Ja, und was musstest du dafür tun? Ich wette …«

»Und du bist schwanger, du heiratest, und dir ist klar, dass das schöne Leben nun vorbei ist. Aber das kannst du nicht an mir auslassen!« Kaum hatte Grace diese Worte ausgesprochen, wurde ihr bewusst, dass es nicht darum ging, es Lily heimzuzahlen. Nein, sie hatte jedes Wort genauso gemeint. Schon seit Monaten lastete ihr all das auf der Seele.

»Ach, du kannst mich mal, Gracie«, zischte Lily. Sie mochte zwar schwanger sein, aber manches konnte sie immer noch perfekt. So brauchte sie nur die Hand auszustrecken, und schon hielt ein schwarzes Taxi direkt neben ihr.

»Ich will nichts mehr mit dir zu tun haben. Ich werde nie wieder mit dir reden, nicht nach allem, was du mir gesagt hast.«

»Ja, aber du hast auch …«

Doch Lily hatte schon die Wagentür zugeknallt und dem Fahrer offenbar ein Extra-Trinkgeld geboten, denn das Taxi raste mit quietschenden Reifen davon, und Grace blieb allein auf der Straße zurück.

Für den Weg zurück zum Büro brauchte Grace eine halbe Stunde – und fünf Zigaretten, denn es überkam sie die furchtbare Ahnung, dass die Freundschaft mit Lily sich nicht mehr kitten lassen würde. Sie konnte sich nicht vorstellen, wie sie aus dieser Situation herauskommen sollten, und sie war sich auch gar nicht sicher, ob sie das überhaupt wollte, nach allem, was Lily ihr an den Kopf geworfen hatte. Hässliche, verletzende Dinge, die Grace dazu zwangen, sich mit all den Aspekten ihrer Beziehung zu Vaughn auseinanderzusetzen, die sie eigentlich lieber hatte verdrängen wollen. Alles, was Lily gesagt hatte, war Grace längst selbst durch den Kopf gegangen, schon in dem Moment, als Vaughn ihr seinen Vorschlag unterbreitet hatte. Die schlimmste Wahrheit von allen jedoch war die Tatsache, dass sie nie daran gedacht hatte, Vaughn zu sagen, er könne sich seine Vereinbarung sonst wohin schieben. Nicht einmal bei ihrem Streit in Miami, als er ihr klargemacht hatte, was er von ihr verlangte. Ihn zu verlassen war nie infrage gekommen. Oder war es nicht infrage gekommen, sein Geld zu verlassen? Grace hätte es nicht sagen können.

Zurück im Büro hatte sie keine Gelegenheit, sich weiter darüber Gedanken zu machen. Lily saß da und weinte, die anderen Mitarbeiterinnen der Beauty-Redaktion standen um sie herum, und Grace war erstaunt, dass sie unter all den bösen Blicken nicht zusammenschrumpfte und tot umfiel. Maggie, Lilys Chefin, steckte den Kopf aus Kikis Büro, gerade lange genug, um Grace einen vernichtenden Blick zuzuwerfen.

Es kostete Grace ein gehöriges Maß an Überwindung, nach dem nächstbesten Ablagekörbchen zu greifen und Rechnungen zu sortieren. Das heißt, sie legte sie in drei Stapeln auf ihren Schreibtisch, um nicht einfach tatenlos herumzusitzen. Denn eines konnte sie sich denken: Von der Beauty-Redaktion aus hatte die Geschichte die Runde gemacht, zunächst in die Kreativabteilung, dann weiter in die Kulturredaktion, und wahrscheinlich war mittlerweile jedes Fashion Girl im Bilde. Und alle starrten in ihr errötendes Gesicht. Einzig und allein Posy hatte ihr eine E-Mail geschickt, mit dem Titel: *OMG!!! Muss dich sprechen!!!*

»Ich kann das gar nicht glauben«, hörte Grace Bunny wispern. »Ich meine, so toll sieht Grace doch nun auch wieder nicht aus.«

Grace hörte, dass die Tür zu Kikis Büro sich öffnete, und aus dem Augenwinkel sah sie, wie Maggie zurück in die Beauty-

Redaktion eilte, wo Lily sich noch immer die Augen ausheulte, aber mit so viel Understatement, dass sogar ein Selbstmordattentäter weich geworden wäre.

»Grace, in mein Büro!«

Nicht ein einziger mitfühlender Blick richtete sich auf Grace, als sie aufstand und sich zu Kiki hinüberbemühte. Kiki hielt Grace die Tür auf und knallte sie hinter ihr zu.

»Zieh die Stiefeletten aus!«, lautete Kikis Eröffnung. Grace hatte alles, nur nicht das erwartet.

»Ähm, warum denn?«, murmelte sie und verschränkte die Arme hinter dem Rücken, wie in der Schule, wenn sie vor der Direktorin gestanden hatte.

»Weil ich es sage«, antwortete Kiki ungerührt.

Grace wusste, es nutzte nichts zu widersprechen. Sie balancierte auf einem Bein, zog den Reißverschluss des ersten Stiefels herunter und zog ihn vorsichtig aus, dann stellte sie sich auf das andere Bein und zog den zweiten aus.

Kiki nahm ihr die Stiefeletten aus der Hand und brauchte nicht länger als eine Sekunde, um sich Gewissheit zu verschaffen. Sie mochte einige Fehler haben, aber die Fähigkeit, feinstes Leder auf den ersten Blick zu erkennen, konnte man ihr wirklich nicht absprechen. Doch anstatt Grace die Stiefel wieder auszuhändigen, wies sie auf den unbequemen Stuhl vor ihrem Schreibtisch.

»Vier ist eine so langweilige Zahl«, lautete ihr Kommentar, als Grace sich setzte und feststellte, dass sie ein Loch in einem ihrer getupften Socken hatte. »Findest du nicht auch?«

Misstrauisch sah Grace Kiki an. Das Donnerwetter würde sicherlich folgen, aber sie konnte sich absolut nicht erklären, was die Zahl vier damit zu tun haben sollte. »Hab noch nicht darüber nachgedacht.«

»Wenn ich zwei und zwei richtig zusammenzähle, lande ich

mindestens im zweistelligen Bereich«, sagte Kiki und grinste über ihren eigenen Geistesblitz. »Willst du mir nicht auf die Sprünge helfen?«

O Gott, wo sollte sie anfangen? »Ich weiß nicht genau, worauf du hinauswillst«, sagte Grace ausweichend.

»Maggie war gerade hier, lästig wie immer. Sie möchte, dass ich dich in der Personalabteilung an den Pranger stellen lasse, während alle anderen darauf warten, dass Lily eine Fehlgeburt bekommt, weil sie erfahren hat, dass ihre beste Freundin eine Edelnutte ist, die sich lieber um ihre Freier kümmert als bei ihrer Hochzeit dabei zu sein. Da kann ich mir denken, warum du in Fendi-Stiefeletten herumläufst, wobei ich natürlich zu gerne wüsste, wie du es geschafft hast, die anderen auf der Warteliste zu überspringen.«

Grace schluckte und atmete gleichzeitig, was sofort dazu führte, dass sie keine Luft mehr bekam. Sie hätte Lily *umbringen* können. Ohne ein paar hässliche Details erwähnen zu müssen, fiel ihr beim besten Willen keine Erklärung dafür ein, wie es zu Lilys Misere gekommen war. Also beschloss sie, zunächst nur auf Kikis letzte Frage einzugehen: »Ich war übers Wochenende in Miami, und die Fendi-Filiale dort hatte ein Paar zu viel geliefert bekommen. Übrigens hat eine Freundin mir die Stiefel gekauft. Kein Freund. Eine Freundin. Ein weiblicher Freund … ach verdammt noch mal!«

»Oh, Gracie, in was hast du dich da hineinmanövriert?«, fragte Kiki, und es klang noch immer nicht nach dem erwarteten Donnerschlag. Es klang eher amüsiert, vielleicht sogar ein wenig besorgt, und das brachte Grace noch mehr aus der Fassung.

»Ich … das ist schwer zu erklären …«, stammelte sie, und wieder einmal – wie konnte es auch anders sein – schossen ihr Tränen in die Augen, und sie brachte kein Wort mehr heraus. Nicht noch einmal alles erklären müssen! Da schien es leichter, die Hände vors Gesicht zu schlagen und bitterlich zu weinen.

Es war beschämend, vor Kiki zu sitzen und zu heulen, aber jedes Mal, wenn Grace versuchte, sich zusammenzureißen, flossen noch mehr Tränen – bis sie eine Hand spürte, die ihr den Kopf tätschelte. Als sie aufblickte, sah sie durch ihre verschleierten Augen, dass Kiki sich vor ihr auf den Schreibtisch gesetzt hatte.

»Hör auf damit, sofort«, befahl sie. »Sonst sehen alle, dass du geweint hast, und diese Genugtuung wirst du denen doch wohl nicht gönnen.«

Das wollte Grace tatsächlich nicht. Sie holte ein paar Mal tief Luft, bekam einen Schluckauf und blinzelte überrascht zu Kiki hinüber, die eine Flasche Champagner aus dem Minikühlschrank unter ihrem Schreibtisch holte und sogleich entkorkte.

»Brandy habe ich nicht, aber du siehst aus, als könntest du ein Glas vertragen«, sagte sie und füllte vorsichtig einen Kaffeebecher. »Also, was du in diesem Büro erzählst, wird dieses Büro nicht verlassen – vorausgesetzt, du hast nichts getan, was den Ruf von *Skirt* schädigen könnte, dann müsste ich dich nämlich feuern.«

Grace nahm den Becher und leerte sie in einem Zug. »Ich bin keine Hure. Auch kein Luder, wie Lily behauptet hat«, erklärte sie mit Bestimmtheit. »Ich bin nur mit diesem Typen zusammen …«

Grace brauchte eine halbe Stunde, um sich alles von der Seele zu reden – und die ganze Flasche Taittinger-Champagner. Sie beschränkte sich auf die Fakten: Junge Frau lernt reichen, älteren Mann kennen. Gegenseitige Anziehung und eine Marc-Jacobs-Tasche. Schick ausgehen, teure Kleider und protzige Partys auf beiden Seiten des Atlantik, für eine kleine Fashion-Assistentin natürlich eine tolle Chance, neue Kontakte zu knüpfen.

»Eine einfache Vereinbarung, nichts weiter«, die in Wirklichkeit alles andere als einfach war. »Und ich kann doch nicht an all diesen schicken Orten in Kleidern von New Look herumlaufen. Außerdem beansprucht er fast meine ganze Freizeit, und dafür bekomme ich eine Entschädigung. Aber deshalb bin ich noch lange keine Prostituierte.«

»Wohl kaum«, sagte Kiki gedehnt und lehnte sich zurück – enttäuscht, dass Grace ihre Ausführungen beendete hatte und ihr keine weiteren Details mehr zu entlocken waren. »Das Attraktivste an Charles war sein Investmentfonds, als was könnte man mich dann also bezeichnen?«

»Aber du bist mit Charles verheiratet.«

»Das spielt doch keine Rolle«, sagte Kiki. »Und ich hätte mich nicht ein einziges Mal mit Charles getroffen, wenn er mir nicht einen Christian-Louboutin-Schuh geschickt hätte, mit einer Nachricht, dass ich den anderen nur bekomme, wenn ich mit ihm essen gehe.«

Das klang ja noch besser als die Geschichte der tränenverschmierten Marc-Jacobs-Tasche. Vielleicht nicht besser, aber auf jeden Fall romantisch. »Das hätte ich Charles gar nicht zugetraut«, sagte Grace zögernd. Sie war ihm nur einmal begegnet und hatte ihn eher als plump in Erinnerung, sowohl in Hinsicht auf seine Statur als auch auf seine Art, sich zu geben.

»Was bleibt ihm auch anderes übrig? Er ist hässlich, aber reich«, sagte Kiki lachend. Aber es war nicht ihr übliches Gegacker, sondern ein wärmeres, herzlicheres Lachen. Wer hätte das gedacht, an so einem Nachmittag? »Na komm, Gracie, du weißt schon, was ich meine.«

»Nein, weiß ich nicht«, gab Grace empört zurück. »Vaughn ist nicht hässlich. Er sieht sogar sehr passabel aus. Richtig attraktiv.«

»Reich und attraktiv? Na, dann hast du entweder das große

Los gezogen, oder du kannst dich auf eine Menge Ärger gefasst machen.«

Genauso war es, fifty-fifty, dachte Grace. »Na ja, sagen wir, das eine wiegt das andere auf.« Eine witzige und kluge Bemerkung wie diese gelang Grace nur selten, und Kiki war eindeutig beeindruckt, denn sie zeigte ihr verhaltenes, amüsiertes Lächeln, das man ansonsten nur zu sehen bekam, wenn sie etwas ganz Besonderes erhalten hatte, ein Paar Skier von Prada zum Beispiel.

»Dann hast du also nicht gelogen, als du gesagt hast, du müsstest abends und an den Wochenenden arbeiten. Rein interessehalber: Wie viel zahlt er dir?«, fragte Kiki ohne Umschweife. Und ohne mit der Wimper zu zucken oder rot zu werden – aber vielleicht lähmte Botox auch die Blutgefäße.

»Er bezahlt mich nicht, damit ich mit ihm zusammen bin«, protestierte Grace. »Warum versteht das denn keiner? Er gibt mir eine monatliche Zuwendung und etwas obendrauf für Kleidung, weil er mich zu vielen Veranstaltungen mitnimmt. Da muss ich dementsprechend angezogen sein und …«

»Ja, ja … wie viel?«

Man konnte nichts verheimlichen, wenn Kikis Blick klarmachte, was ihre Gesichtsmuskeln nicht vermochten. Und in dem Moment lautete die Botschaft: »Pack aus, oder du kannst bis zur Rente Zollformulare ausfüllen.«

»Fünftausend, und zweitausend für Kleidung, und ich habe eine Mitgliedskarte für ein Spa-Center. Deshalb musste ich in der letzten Zeit auch so oft Mittagspause machen. Du kannst dir gar nicht vorstellen, wie viele Behandlungen ich brauchte«, sagte Grace hastig, denn Kikis Blick irritierte sie – als ob sie versuchte, mit ihren starren Gesichtszügen Überraschung auszudrücken. »Ich weiß, das ist eine Menge Geld. Wahrscheinlich zu viel, aber …«

»Vermutlich musst du zweimal im Monat auf eine Gala oder einen Empfang, und die Kleidung dafür kannst du nicht bei TopShop kaufen – festlich, bodenlang, von der Stange, obwohl es aussehen muss wie maßgeschneidert. Und natürlich kannst du nicht zweimal dasselbe Kleid tragen. Dann brauchst du Cocktailkleider, Alltagskleider, mindestens zwei Paar Designerjeans, Taschen, Schuhe, richtig guten Modeschmuck und jeden Monat einen neuen Mantel. Mäntel sind übrigens entscheidend. Denn auf den ersten Eindruck kommt es an …« Kiki schien ganz versunken in ihre eigenen Träume. Sie schloss sogar die Augen, doch dann öffnete sie sie wieder und richtete den Blick auf Grace. »Ich wette, du brauchst auch die ganze monatliche Zuwendung dafür. Da kann man sich nur fragen, wie du es schaffst, mit siebentausend im Monat auszukommen? Selbst mit fünfzehn Riesen würde es knapp.«

»Machst du Witze?«, fragte Grace verblüfft. »Das ist doch eine Riesensumme! So, als würde ich achtzig Riesen im Jahr zusätzlich verdienen.«

»Dann hast du also noch Geld übrig für Wolle und Süßigkeiten?«

»Das nicht, aber …«

»Wie viel Geld hat er eigentlich?«

»Weiß ich nicht. Aber ich glaube, er ist wirklich reich«, antwortete Grace hilflos. Es kam ihr ein wenig anmaßend vor, über Vaughns finanzielle Verhältnisse zu sprechen. Businessclass-Flüge, Limousinen mit Chauffeur und schicke Hotelsuiten waren eigentlich Beweis genug dafür, dass Vaughn reich war. Aber einmal, als sie essen gehen wollten und sie wartete, bis er einen Anruf beendet hatte, hörte sie ihn sagen: »Wenn möglich, treib ihn hoch auf fünfundzwanzig, aber unter dreiundzwanzig gehe ich auf keinen Fall.«

Grace hatte gedacht, es sei die Rede von Tausenden, bis sie

einen Blick auf den Tablet-PC erhaschte, auf dem Vaughn immer herumkritzelte, und feststellte, dass es um Millionen ging. Selbst wenn seine Provision nur bei 10 Prozent lag, hatte er mit einem einzigen Anruf zwei Millionen verdient. »Wirklich *richtig* reich«, ergänzte sie.

»Dann hält er dich zu kurz«, sagte Kiki kategorisch, und sie genoss es, das sah Grace ihr an.

»Das stimmt nicht. Er ist sehr großzügig.«

»Oh, *sehr* großzügig! Dir kann man aber auch alles erzählen«, sagte Kiki, dieses Mal begleitet von ihrem typischen Gegacker. »Sag mir jetzt bitte, dass du wenigstens versucht hast, mit ihm zu verhandeln, Gracie.«

»Natürlich nicht! Er zahlt mir jeden Monat mehr Geld in bar, als ich vorher überhaupt jemals zu sehen bekommen habe. Er hat mich nach Paris und Miami mitgenommen, und über Weihnachten fliegen wir nach Whistler.« Der Gedanke an den amerikanischen Wintersportort rief Grace ins Gedächtnis, wie es überhaupt dazu gekommen war, dass sie nun hier saß und diese groteske Unterhaltung mit Kiki führte. »Ich kann ja verstehen, dass Lily sich aufgeregt hat, aber ich weiß nicht, warum sie all diese hässlichen Dinge gesagt hat«, brach es aus Grace hervor.

»Sie ist ein nettes Mädchen, aber eben ziemlich dumm«, verkündete Kiki. »Aber wirklich, Grace, warum hast du nicht einfach erzählt, dass du dir einen reichen Freund an Land gezogen hast, anstatt ein Geheimnis daraus zu machen?«

Eine verrückte Idee mehr an einem total verrückten Tag: Kiki war nett und verständnisvoll, und was sie sagte, war durchaus sinnvoll.

»Glaubst du, Maggie geht zur Personalabteilung?«, fragte Grace voller Sorge. »Was hast du ihr gesagt?«

»Dass Lily und du dumme Gören seid, die sich viel zu sehr

aufspielen, und dass ihr beiden das lieber unter euch ausmachen solltet«, rief Kiki sich genüsslich ins Gedächtnis. »Weißt du, Grace, das ist das erste Mal, dass du Initiative gezeigt hast. Natürlich ist uns allen aufgefallen, dass deine Haare nicht mehr aussehen, als wären sie dir aus schwindelnder Höhe auf den Kopf gefallen, und Courtney hat erzählt, du verbringst eine Menge Zeit in der Kleiderkammer, mit einem BlackBerry. Aber wir dachten, du wärst auf der Suche nach einem neuen Job.«

Grace riss die Augen auf. Sie hatte nicht erwartet, dass ihr Verhalten es überhaupt wert war, darüber zu spekulieren. »Bin ich nicht«, versicherte sie Kiki. »Ich bin gern bei *Skirt,* das weißt du doch, oder?«

»Glaub ja nicht, bloß weil ich etwas übrig habe für deine zweckdienliche Verbindung, könntest du über eine Gehaltserhöhung verhandeln. Oder über eine Beförderung«, polterte Kiki los – und es tat beinahe gut, sie wieder in normaler Form zu erleben.

»Ich habe es niemandem erzählt, weil ich dachte, die anderen würden mich verurteilen«, erklärte Grace und ließ ein wenig die Schultern hängen. »Aber dafür ist es jetzt wohl ein bisschen zu spät.«

»Die können urteilen, so viel sie wollen. Mädchen wie wir haben nicht viele Möglichkeiten. Wie soll man einen gewissen Lebensstil finanzieren, wenn man nicht über einen dicken Treuhandfonds verfügt?«, sagte Kiki in bitterem Ton. »Als ich Charles kennenlernte, habe ich von Nudeln aus der Dose und Partyhäppchen gelebt. Ich kenne beides, arm und reich, und ich sage dir, reich ist um einiges angenehmer. Also lass dir von denen bloß nichts erzählen. Die haben keinen Grund, auf dich herunterzusehen, weil sie von ihren Familien Zucker in den Hintern geblasen kriegen.«

Nie zuvor hatte Grace erlebt, dass Kiki derart leidenschaftlich für etwas eintrat, das nichts mit Mode zu tun hatte. Sie wusste, dass ihr Name eigentlich Kimberly war, und wenn man Kimberly hieß, hatte man normalerweise kein riesiges Vermögen, für das man keinen Finger krumm zu machen brauchte. Vielleicht hatte Kiki nicht vergessen, woher sie kam – aus bescheidenen Verhältnissen, genau wie Grace.

»Manchmal ist es wirklich schwer, wenn alle anderen sich mal eben eine Sushi-Box für 20 Pfund holen und denken, ich kaufe nur aus Prinzip bei Primark meine Klamotten«, sagte Grace.

Kiki lehnte sich zurück und sah Grace nachdenklich an. »Dein Problem ist, dass du alles zu sehr verkomplizierst. Dein Outfit, deine Entwürfe, dein Styling, deine falschen Freundschaften – du versuchst immer, alles zu beschönigen, dabei könnte es viel einfacher sein. Einfach ist immer besser. Und wie ich schon sagte: Hättest du von Anfang an erzählt, dass du dir einen stinkreichen Freund geangelt hast, wäre all das nicht passiert.«

Das war das erste Mal, dass Grace konstruktive Kritik von Kiki zu hören bekam. »Ja, ich hätte es direkt erzählen sollen«, stimmte sie zu. »Das hätte mir eine Menge Ärger erspart.«

»Na ja, ›reicher Freund‹ klingt natürlich besser als ›,Gönner‹. Ich bin sicher, die anderen werden den Schock schon verkraften.« Kiki sah Grace eindringlich an, und dann sah sie zur Tür. »Na los, husch, husch!«

Grace stand auf, nahm ihre Stiefeletten, auf die Kiki noch einmal mit erhobenem Zeigefinger hingewiesen hatte, und wappnete sich für das, was sie vor der Tür erwartete.

Es war klar, dass alle über sie geredet hatten, denn als sie aus Kikis Büro kam, verstummten die Gespräche, und alle tippten emsig auf ihren Tastaturen herum. Und das war bei *Skirt* ein äußerst seltener Anblick.

Grace setzte sich an ihren Schreibtisch und war sich darüber im Klaren, dass die gesamte Belegschaft der Fashion-Redaktion und ein Großteil der Kulturredaktion nur darauf wartete, dass George, der Sicherheitsbeauftragte, erschien und sie hinausgeleiten würde. Demonstrativ nahm sie ihren BlackBerry und wählte die 1.

Vaughn meldete sich beim dritten Klingeln. »Grace, wenn du vorhast, dich wegen Weihnachten wieder hysterisch aufzuführen, dann will ich es nicht hören.«

Grace biss die Zähne zusammen. »Ja, ich bin's«, säuselte sie, in dem Bewusstsein, dass alle zuhörten. »Ich wollte mich nur noch mal für das wunderbare Wochenende in Miami bedanken. Es war wirklich schön.«

»Hast du etwas genommen?« Eine durchaus berechtigte Frage, dachte Grace, während sie sich den Kopf zermarterte, was sie sagen konnte, um die gesamte Belegschaft wissen zu lassen, dass sie mit einem reichen Mann zusammen war, ohne sich zu prostituieren. Das hätte auch den angenehmen Nebeneffekt, dass sie ihren Koffer für die Wochenendreisen nicht mehr in der Poststelle verstecken musste und künftig darauf verzichten konnte, ihre sonnengebräunte Haut mit den Vorzügen mineralhaltigen Make-ups zu erklären.

»Ja, du fehlst mir auch«, sagte sie mit einem lauten Seufzer. »Vergiss nicht, mir die Geschenkvorschläge für deine Mutter zu mailen, ich weiß nämlich immer noch nicht, was ich ihr zu Weihnachten kaufen soll.«

»Da sie seit zehn Jahren tot ist, könnte das schwierig werden«, sagte Vaughn trocken, aber Grace konnte hören, dass er schon versöhnlicher klang – als fände er das Ganze amüsant. »Wenn ich es richtig verstehe, sind also alle weihnachtlichen Hindernisse beseitigt?«

»Alle bis auf eins. Und das werde ich dir jetzt mal genauer erklären.« Grace senkte die Stimme und sprach im Flüsterton weiter: »Ich bin immer noch total sauer auf dich. Und ich trage bunte Strumpfhosen, wenn es mir passt.«

Vaughn wollte etwas entgegnen, aber Grace machte sich nicht die Mühe, es sich anzuhören. Sie legte auf, um sofort ihre Großmutter anzurufen. Schlimmer konnte es im Moment ohnehin nicht mehr kommen, also war dieser Tag ebenso gut wie jeder andere, um klarzustellen, dass man in Worthing Weihnachten ohne sie auskommen musste.

Kapitel 19

Als Grace am 23. Dezember aufwachte, war sie noch fix und fertig vom Abend zuvor. Sie war auf der Weihnachtsfeier in Vaughns Galerie gewesen, die gottlob zum größten Teil von seinen Mitarbeitern organisiert worden war, denn sie hatte genug damit zu tun gehabt, ein Dinner in London und eins in New York vorzubereiten, für bevorzugte Klienten. Die Dinnerpartys hatten in schicken Restaurants stattgefunden, aber die Feier in der Galerie konnte man wohl getrost als eine Mischung zwischen einer Soiree für Kunstinteressierte und einem Gelage für die Belegschaft bezeichnen.

Madeleine Jones' Emo-Tochter im Teenageralter hatte zur allgemeinen Unterhaltung beigetragen, und Piers war mit steigendem Alkoholkonsum immer mehr in Kicherlaune geraten und mehr denn je rot angelaufen. Er hatte sogar mit Grace getanzt.

Noah und Lola waren auch dort gewesen, und Grace hatte Noah in die Schranken weisen müssen, als sie auf der Dachterrasse eine Zigarette rauchten und er ihr unter das Derek-Lam-Kleid greifen wollte.

»Mann, du bist doch total besoffen!«, sagte Grace und schob ruhig aber bestimmt seine Hand beiseite. »Wenn du wieder nüchtern bist, wirst du merken, dass es keine gute Idee ist, mich anzugraben.«

»Also ganz exklusiv, nur ihr beide?«, fragte Noah und hauchte ihr seine Whisky-Fahne ins Gesicht. »Dann bist du nur nett zu mir, weil er es will?«

»Ich bin nun mal ein nettes Mädchen«, antwortete Grace. »Aber ich bin Vaughns Mädchen, und deshalb wird hier nichts passieren. Und was ist überhaupt mit Lola?«

»Wir führen eine kommunistische Beziehung«, hatte Noah achselzuckend geantwortet.

Irgendwann war Vaughn selbst erschienen.

»Ich brauche dich hier, Grace«, sagte er leise und bewegte sich keinen Zentimeter von der Stelle, als Grace zu ihm hinübereilte. Auf dem Weg zurück über den Gang packte er sie am Handgelenk und zerrte sie in sein Büro. Und ohne ein weiteres Wort zu sagen, presste er sie an die Wand und küsste sie so leidenschaftlich wie seit Wochen nicht mehr.

Und nun, Stunden später, als Grace in der eiskalten Badewanne ihres eiskalten Badezimmers von einem Bein auf das andere hüpfte, stellte sie fest, das sie blaue Flecken an den Hüften hatte – denn Vaughn hatte sie sich gleich auf dem Schreibtisch genommen. Und sie hatte nichts dagegen gehabt. Großer Gott, sie hatte sogar so laut gestöhnt, dass er ihr den Mund hatte zuhalten müssen. Und als er das tat, war sie sofort gekommen, so schnell und heftig wie nie zuvor.

Seit dem Streit in Miami waren ihre Begegnungen weniger herzlich verlaufen, genauer gesagt ebenso frostig wie die Dezembernächte. Doch ihr Körper war dermaßen auf Vaughn programmiert, dass die kleinste Berührung oder ein sanftes Flüstern reichte, um zu signalisieren: Jetzt kommt ein ganz besonderes Vergnügen. Und darüber hätte sie wahnsinnig werden können!

Vaughn hatte ihr dann doch keinen Wagen geschickt, um sie nach Worthing zu bringen, aber es machte Grace nichts aus, den Zug zu nehmen. Denn so konnte sie noch ihre Rede einstudieren – die Rede, an der sie seit fünfzehn Jahren feilte wie Schauspieler vor der Oscarverleihung.

Doch als Grace in das vordere Wohnzimmer geschoben wurde, das normalerweise nur Gästen vorbehalten war, die nicht zur Familie gehörten, schaffte sie es lediglich, die Hand zu heben und »Hi« zu murmeln.

Länger als zwei Sekunden brachte sie es nicht fertig, ihre Mutter anzusehen, aber es war lange genug, um eine sonnengebräunte Blondine wahrzunehmen, die zögernd lächelte. Grace spürte einen Funken von Wiedererkennen, obwohl ihre Großeltern damals alle Fotos von den Wänden genommen hatten, als klar war, dass Grace bei ihnen wohnen würde. Nun hatte ihre Mutter ein kleines Mädchen auf dem Schoß, das ein Ballerinakleid trug. »Sieh mal, Kirsty, das ist Grace, deine große Schwester.«

Kirsty sah Grace mit diesem störrischen Blick an, den Kinder manchmal aufsetzen, als wollten sie sagen: »Ich bin noch klein, und deshalb kann ich dich anstarren, solange ich will.« Grace starrte zurück und wartete darauf, dass ihre gemeinsame DNA irgendwelche Signale sendete, aber nichts passierte. Außerdem hätte man Kirsty erst mal die Nase putzen müssen.

»Ich bin Gary«, stellte der zweite Ehemann ihrer Mutter sich vor. Ihre Großmutter fragte, warum Grace nicht vom Bahnhof aus angerufen habe, und eine halbe Stunde später balancierten sie Teetassen und Mince Pies auf ihren Schößen, und Grace fühlte sich noch immer vollkommen fehl am Platz.

Plötzlich fiel ihr die Tüte mit Geschenken ein, die sie für Kirsty mitgebracht hatte – glitzernder Plunder in Pink von Claire's Accessoires –, denn ihre Großmutter hätte sie einen Kopf kürzer gemacht, wenn sie mit leeren Händen erschienen wäre.

Da Dreijährige leicht zu beeindrucken waren, probierte Kirsty den gesamten Inhalt der Tüte gleich an: Armreifen, Armbänder und Perlenketten – bis sie aussah wie eine Dragqueen im Vorschulalter. Anschließend bestand sie darauf, auf Graces Schoß zu sitzen, obwohl Grace alles tat, um sie davon abzuhalten.

Endlich war die Zeit gekommen, sich mit der Ausrede »frische Luft schnappen« zu entschuldigen und hinter dem Gartenhäuschen erst mal eine zu rauchen. Kaum hatte sich Grace die Zigarette angezündet, kam Caroline hinaus in den Garten, und Grace wappnete sich für die bevorstehende Konfrontation, oder schlimmer noch, für den Austausch von Plattitüden. Aber Caroline lächelte nur und fragte: »Kann ich eine schnorren?«

Grace bot ihr eine Zigarette an und riss sich zusammen, damit ihr die Hände nicht zitterten.

»Hier habe ich auch immer heimlich geraucht«, sagte Caroline, und Grace hatte das Gefühl, auch sie war aufgeregt. »Als sie die alte Hütte abgerissen und eine neue gebaut haben, fanden sie haufenweise Kippen und ein paar leere Baccardi-Flaschen. Ich habe es auf die Nachbarn geschoben, aber das haben sie mir natürlich nicht abgenommen.«

Gegen ihren Willen musste Grace grinsen. »Ich konnte mich noch so sehr mit Parfum einsprühen und Kaugummi kauen, Großmutter ließ sich nie etwas vormachen. ›Du hast schon wieder geraucht, das rieche ich doch‹, sagte sie immer. Und, wie läuft es mit dir und diesem Typen?«, fragte Caroline, als ginge sie das etwas an.

Grace starrte hinunter auf ihre Füße. »Hat sich erst vor Kurzem ergeben.«

Caroline schürzte die Lippen und lehnte sich an den Zaun, während sie die Information sacken ließ. Dann fragte sie: »Hast du Mark … ich meine, deinen Vater eigentlich mal gesehen?«

»Nein, nie«, gab Grace kurz angebunden zurück. »Warum bist du überhaupt zurückgekommen?«

Caroline schien nicht überrascht von dieser Frage und ließ sich nicht aus der Fassung bringen. »Weil ich meine Eltern seit fünfzehn Jahren nicht gesehen habe und sie Gary und Kirsty noch gar nicht kannten.«

»Na und?«

»Es war an der Zeit. Sie werden ja nicht ewig leben. Immer wenn ich mit Mum telefoniere, erzählt sie stundenlang von ihren Arztbesuchen.«

Grace schob die eiskalten Hände in die Manteltaschen. »Was? Ihr telefoniert regelmäßig miteinander?«

Seufzend richtete Caroline sich auf, denn offenbar war Grace in Angriffsstimmung. »Ja, jede Woche.«

»Das hat sie mir nie erzählt«, sagte Grace benommen – aber Heimlichtuerei lag wohl in der Familie. »Hast du Großmutter etwa eingeredet, auf Schönwetter zu machen? Dann kannst du dir nämlich gleich mal eins merken: Ich will dich nicht in meinem Leben. Ich will nicht, dass du mich anrufst und mich mit E-Mails und Fotos bombardierst. Du hast dich vor Jahren entschieden, also bleib dabei!« Es war nicht die geplante Rede – nicht einmal in abgespeckter Version, und dennoch zitterte Grace wie die Küchenhandtücher auf der Wäscheleine.

»Grace, du bist ohne mich gut zurechtgekommen. Mum und Dad sind so stolz, dass du aufs College gegangen bist, und dass du jetzt bei einer Zeitschrift arbeitest. Davon können sie gar nicht genug erzählen«, sagte Caroline. Sie zog eine Grimasse und fügte hinzu: »Aber ich glaube, vor allem sind sie froh, dass du nicht als Teenager schwanger geworden bist.«

»Da könntest du recht haben«, musste Grace lächelnd einräumen.

Sie hatte gedacht, durch das Wiedersehen mit Caroline nach all den Jahren würden sich Schmerz und Verbitterung in blinden Hass verwandeln, aber nun, da ihre Mutter vor ihr stand, war es nicht einmal möglich, ihr die kalte Schulter zu zeigen. Vielleicht bestand die beste Rache schlicht und einfach darin, dass Grace mit ihren dreiundzwanzig Jahren mehr aus ihrem Leben gemacht hatte als Caroline bis heute.

»Ich bin jedenfalls froh, dass du hergekommen bist«, sagte Caroline. Scheinbar hatte sie den Anflug eines Lächelns dahingehend missverstanden, dass Grace sich zugänglicher zeigte. »Ich habe dich noch als kleines Mädchen vor Augen, und nun stehst du hier und bist erwachsen. Meine Güte, es gibt so viel, das ich dir gern sagen würde, und ich weiß gar nicht, wo ich anfangen soll.«

Grace holte Luft, um Caroline abzukanzeln, doch in dem Moment stand ihr Großvater in der Gartentür. »Gracie, das Taxi ist hier.«

Die Zeit reichte nur noch für eine Verabschiedung in aller Kürze. Grace machte sich von Kirsty frei, die sich an ihre Beine geklammert hatte, und nein, es brauchte sie wirklich niemand zum Bahnhof zu fahren, dafür hatte sie ja schließlich das Taxi bestellt.

Dann standen alle auf der Treppe und winkten – als müsste Grace in den Krieg ziehen. Als wären sie eine große glückliche Familie.

»Können wir jetzt bitte fahren?«, drängte Grace den Taxifahrer.

Eigentlich hatte sie damit gerechnet, in Tränen auszubrechen, sobald das Taxi um die Ecke gebogen war. Aber ihre Augen waren ausgetrocknet und juckten, als hätte sie die Nacht in einem verqualmten Raum verbracht.

»Du siehst blass aus«, bemerkte Vaughn, als Grace endlich in Gatwick ankam. Sie zerrte ihr Gepäck hinter sich her und fluchte im Stillen, weil sie es wieder nicht geschafft hatte, sich auf weniger zu beschränken. »So viel hast du doch gestern gar nicht getrunken.«

»Offenbar genug«, sagte Grace mit matter Stimme und wollte nach ihrem Koffer greifen. Aber nein, in Vaughns Welt gab es ja uniformierte Flughafenangestellte, die die Schlepperei erledigten. Den Weg zum Business-Class-Check-in hätte sie mittlerweile mit verbundenen Augen gefunden. Doch Vaughn hielt sie zurück.

»Wir fliegen erster Klasse«, sagte er und setzte sich in Bewegung, noch bevor sie sich bedanken konnte.

Während sie warteten, dass ihr Flug aufgerufen wurde, überlegte Grace, ob sie ein Nickerchen machen sollte, doch Vaughn hatte schon seine Aktentasche geöffnet und hielt einen Stapel Papiere parat. Die Agenda, zusammengestellt von Madeleine Jones' fürsorglichen Händen, umfasste mehrere Seiten und enthielt für Graces Geschmack eindeutig zu viele Stunden mit einem Skilehrer namens Chip. Am wichtigsten schien Vaughn jedoch das Lunch am nächsten Tag zu sein, und allmählich verstand Grace, worum es dabei ging.

»Lieber Himmel!«, sagte sie beim ersten Blick auf die Gästeliste. »Den kennt ja sogar meine Großmutter.«

»Wenn du dich benimmst wie ein Groupie, das sich von einem Star beeindrucken lässt, sage ich Chip, er soll dich über die schwarze Piste jagen«, blaffte Vaughn sie an und tippte ungeduldig mit dem Finger auf den nächsten Namen. »Um die hier musst du dich kümmern.«

»Lucy Newton? Nie gehört.«

»Sie hat mal als Model gearbeitet, obwohl ich eher den Eindruck hatte, sie zierte auf irgendwelchen Automessen die Motorhauben von Sportwagen«, sagte Vaughn bissig. »Wichtig ist nur, dass sie mit Martin Halpert liiert war.«

Grace warf einen Blick auf die Fakten. *Martin Halpert. Investor.* Nach wie vor war ihr nicht klar, was das bedeuten sollte, abgesehen davon, dass man steinreich war. *Philanthrop. Kunstsammler.* »Okay.«

»Martin hat der bedauernswerten Lucy den Laufpass gegeben. Er hat nämlich eine eher kurze Verweildauer, was diese Dinge betrifft, aber er legt Wert darauf, seine Exgeliebten gut versorgt zu wissen, bis der nächste Milliardär im Anmarsch ist.«

»Was meinst du mit ›gut versorgt‹?«

»Lucy war knapp zwei Jahre lang mit ihm zusammen, das dürfte er sich wohl so um die zwei Millionen Dollar kosten lassen. Wie ich hoffe, in Form von Kunst, aber mir ist zu Ohren gekommen, dass Lucy sich bei einigen Autohändlern in Beverly Hills umgesehen hat. Und das gefällt mir natürlich gar nicht. Ich muss mich also darauf verlassen können, dass du sie auf Kurs bringst.«

Weihnachten in Worthing wäre vielleicht doch besser gewesen, dachte Grace im Stillen. Aber dann wurde ihr Flug aufgerufen, und sie musste alles, was sie geglaubt hatte über Flugreisen zu wissen, revidieren. In der Kabine gab es eine Lounge, und eine Stewardess konnte gar nicht schnell genug ein Glas Champagner servieren, bevor Grace überhaupt Platz genommen hatte – und das nicht etwa auf normalen Sitzen, sondern in einer Art Kapsel mit Liegesessel, der sich vollständig ausziehen ließ.

Vaughn wurde höflich gebeten, seinen BlackBerry auszuschalten und sich für den Start ebenfalls auf seinen Sessel zu begeben. »Wir reden weiter, wenn wir in der Luft sind«, sagte er, während Grace sich unter ihrer Decke zusammenrollte.

Dem kampflustigen Funkeln in seinen Augen nach zu urteilen, würde es wohl mehr werden als nur eine kurze Unterhaltung.

»Grace, wach auf!« Grace spürte eine Hand, die ihr über das Gesicht strich. Sie öffnete ein Auge und sah, dass Vaughn vor ihr hockte, hinter ihm eine Stewardess mit besorgtem Gesicht.

Grace öffnete das andere Auge und hätte es am liebsten gleich wieder geschlossen, denn selbst das gedämpfte Licht in der Flugzeugkabine hämmerte in ihrem Schädel. »Warum haben wir noch nicht abgehoben?«

Vaughn verdrehte die Augen. »Wir haben abgehoben, sind über den Atlantik geflogen und wieder gelandet.«

Vorsichtig streckte Grace ihre schmerzenden Glieder und stellte fest, dass sie noch immer angeschnallt war. Sie musste die ganzen sieben Stunden geschlafen haben.

Als sie es geschafft hatte, sich in die Vertikale zu begeben, wurde ihr schwindelig. Und erst als sie den Zoll passiert hatten und das Flughafengebäude verließen, kehrten ihre Lebensgeister allmählich zurück. »Meine Güte, ist das kalt hier draußen!«, jammerte sie, als eisiger Frost ihr entgegenwehte. Gesicht und Hände schienen kurz vorm Erfrieren, und sie kramte in ihrer Tasche nach Handschuhen. »Ist der Flieger am Polarkreis notgelandet?«

Vaughn drängte sie zu einem wartenden Wagen, und als Grace in wohliger Wärme auf dem Rücksitz saß, beschloss sie, nie wieder etwas gegen schicke, schwarze Limousinen zu sagen.

Als sie im Hotel ankamen – wieder eines dieser modernistischen, exklusiven Häuser –, war Vaughns Miene zu einer genervten Maske gefroren, und auch die salbungsvollen Begrüßungsworte des Hotelmanagers konnten ihn lediglich zu einem Stirnrunzeln bewegen.

»Platz genug«, sagte er kurz angebunden, nachdem sich die Tür hinter dem beflissenen Pagen geschlossen hatte und sie sich in einer riesigen Suite mit zwei Schlafzimmern wiederfanden. Sofort packte er seinen Laptop aus, um den WLAN-Zugang zu überprüfen, und Grace dachte, was für vollkommen falsche Prioritäten er doch nur hatte.

Am nächsten Morgen hätte Grace schwören können, dass sie überhaupt nicht geschlafen hatte. Die ganze Nacht hatten Schweißausbrüche und Schüttelfrost sich abgewechselt. Irgendwann musste sie in einen Dämmerzustand gesunken sein, denn sie erschrak, als die Vorhänge aufgezogen wurden und grelles Sonnenlicht ihr ins Gesicht stach wie tausend Dolche.

»Verschwinde!«, krächzte sie mit kaum hörbarer Stimme.

»Was ist los mit dir?« Vaughn war perfekt gekleidet, mit einem dunkelgrauen Yves-Saint-Laurent-Anzug, was Grace noch mehr das Gefühl gab, sie wäre durch die Mangel gedreht worden. Ungeachtet ihrer schmerzenden Glieder setzte sie sich auf und strich sich eine verschwitzte Haarsträhne aus dem Gesicht.

»Ich muss sterben!« Sie sank zurück und legte die Hände über die Augen, um sie vor dem grellen Licht zu schützen. »Wirklich, ich glaube, ich habe die Grippe.«

»Unsinn!«, gab Vaughn zurück. »Nichts weiter als eine Erkältung. Nach einer Dusche geht es dir gleich besser.«

Das war ein dezenter Hinweis, endlich den Hintern hochzukriegen, aber Grace rollte sich wieder unter der Decke zusammen. »Ich kann nicht.«

O doch, sie konnte! Und zwar aus dem einfachen Grund, weil Vaughn ihr die Decke wegzog, sie unter den Armen packte und auf die Beine zerrte. »So etwas kann ich jetzt absolut nicht gebrauchen. Nicht heute! Ich habe dich lange genug schlafen lassen. Du hast zwei Stunden, um dich für das Lunch fertig zu machen. Wie wichtig das ist, brauche ich dir ja wohl nicht noch einmal zu erzählen.«

Allerdings nicht, denn das hatte er bereits getan – stundenlang und in epischer Breite. Begleitet von seinem ungeduldigen Knurren stützte Grace sich an den Möbeln ab und taumelte ins Badezimmer.

»Was dauert denn da so lange?«, rief Vaughn wenig später und hämmerte gegen die Tür. »Ich will noch ein paar Details mit dir durchgehen.«

»Hau ab!«, zischte Grace leise. »Kannst du mich nicht einfach in Ruhe lassen?« Sie wickelte sich in ein Handtuch und schlurfte zurück ins Schlafzimmer, wo Vaughn bereits ihre Garderobe inspizierte.

»Dieses hier vielleicht«, sagte er und warf ihr heiß geliebtes Marc-Jacobs-Kleid achtlos aufs Bett. »Oder lieber das.« Ein violettes Uniglo-Jerseykleid flog hinterher.

Grace ließ sich auf den nächstbesten Stuhl sinken. »Vaughn, könntest du mir mal zuhören?«, krächzte sie mit heiserer Stimme. »Ich bin krank. Es geht mir richtig beschissen.«

Endlich waren ihre Worte zu ihm durchgesickert. Vaughn stellte sich vor sie und beäugte sie misstrauisch, als hätte er das Gefühl, sie wolle ihm etwas vormachen. Er fühlte ihr die Stirn. »Eiskalt«, verkündete er. »Wann hast du deine letzte Grippe-Impfung bekommen?«

»Ähm, noch nie.«

»O Scheiße!« Vaughn zückte seinen BlackBerry, hämmerte auf die Tasten und wartete, bis die Verbindung hergestellt war. »Verdammt noch mal! Wie konntest du vergessen, Graces Grippe-Impfung zu überprüfen?« Grace sah ihn bestürzt an, als er Madeleine Jones per Telefon zur Schnecke machte – und zwar dergestalt, dass selbst Kiki beeindruckt gewesen wäre.

»Vaughn! Es ist Heiligabend. Schrei sie doch nicht so an.« Grace bekam einen Hustenanfall, der auch nicht nachlassen wollte, als Vaughn ihr das Telefon vors Gesicht hielt.

»Hörst du das?«, ranzte er Madeleine an. »Klingt das wie eine harmlose Erkältung? In zehn Minuten will ich einen Arzt hier haben. Sonst kannst du dir für das neue Jahr direkt einen neuen Job suchen!«

Der Arzt sah viel zu jung aus für einen studierten Mediziner. Wahrscheinlich musste er sonst nur verstauchte Knöchel bandagieren und überließ komplizierte Brüche lieber der örtlichen Klinik, dachte Grace. Dennoch, nachdem er ihr ein Thermometer in den Mund geschoben hatte, leuchtete er ihr in Augen und Ohren, dann in den Hals, um anschließend seine Diagnose zu verkünden. »Grippe«, sagte er. »Ich werde Ihnen etwas Entzündungshemmendes verschreiben, aber Sie sollten im Bett bleiben und viel trinken. Skifahren können Sie in diesem Urlaub wohl vergessen. Mit einer Grippe ist nämlich nicht zu spaßen.« Grace hätte ihn umarmen können.

Aber Vaughn legte ihm bedeutungsvoll eine Hand auf die Schulter. »Kann ich Sie mal kurz sprechen?«, fragte er mit suggestiver Stimme.

Grace föhnte sich die Haare, während der Arzt Vaughn klarzumachen versuchte, dass nichts von dem, wozu er ihn überreden wollte, sich mit dem hippokratischen Eid vereinbaren lassen würde.

Dann kehrte Vaughn zurück – mit hochroten Wangen, sodass Grace sich fragte, ob seine eigene Grippeimpfung überhaupt noch aktuell war. »Du siehst schon viel besser aus«, verkündete er, als entspräche es der Wahrheit, bloß weil er es sagte. »Du brauchst nur noch ein bisschen Farbe.«

»Was soll das? Der Arzt hat doch gesagt, ich muss im Bett bleiben.«

Vaughn hockte sich vor Grace, nahm ihre Hände und sah ihr so eindringlich in die Augen, dass sie nicht wagte zu blinzeln.

»Ich habe einen Wagen bestellt. Du wirst nicht mehr als ein paar Sekunden draußen sein, und wenn wir zurückkommen, engagiere ich eine Krankschwester.« Grace versuchte zu protestieren, doch er fuhr fort: »Der Arzt hat mir etwas hiergelassen, davon wird es dir gleich besser gehen. Aber erst solltest du ein wenig Make-up auflegen.«

»Was soll das sein?«, fragte Grace misstrauisch, aber sie wusste: Es führte kein Weg daran vorbei, zu diesem Lunch zu gehen – wahrscheinlich mit irgendeinem illegalen Grippemittel, denn Vaughns starkem Willen hatte sie nichts entgegenzusetzen. Und sie hatte keine Kraft mehr, nachdem sie Rouge und Lipgloss aufgetragen hatte – und aussah wie eine Hure auf Crack.

»Mehr war wohl nicht herauszuholen«, sagte Vaughn seufzend und zog beiläufig eine Art gelben Kugelschreiber aus der Innentasche seines Jacketts. »Es tut nur ganz kurz weh«, fügte er hinzu, während er die Kappe abnahm, eins von Graces Beinen packte und fest im Griff behielt.

»Was soll das wer…? Scheiße! Was hast du mir da gegeben?« Grace schnappte nach Luft und schoss in die Höhe – so wie Uma in *Pulp Fiction.* Ihr Herzschlag raste, während das Blut in ihren Venen rauschte.

Vaughn hatte nicht einmal den Anstand, eine betretene Miene aufzusetzen, als er mit der leeren Spritze auf den Papierkorb zielte – die Spritze landete natürlich daneben. »Nur eine Adrenalinspritze«, murmelte er. »Die bringt dich auf die Beine.«

Grace dachte, sie würde jeden Moment einen Herzinfarkt bekommen – und sie konnte nichts weiter tun, als nach Luft zu schnappen, auf das gurgelnde Geräusch der Zentralheizung zu hören und auf das Muster des Teppichs zu starren. Denn einer der Nebeneffekte bestand offenbar darin, dass sie alles um sich herum überdeutlich wahrnahm.

Dann aber konnte sie sich wieder normal bewegen. Sie holte ihre Handtasche, steckte Papiertaschentücher, Lippenstift und Lutschtabletten ein und fühlte sich nicht mehr, als müsse sie sich vor lauter Anstrengung übergeben.

»Siehst du? Es geht dir besser«, sagte Vaughn und sah aus dem Fenster. »Ich glaube, da kommt unser Wagen.«

Grace starrte ihn an, bis er den Blick von der verschneiten Landschaft abwandte und sich zu ihr umdrehte. »Ich hasse dich!«, sagte sie laut und deutlich.

Vaughn zuckte mit den Schultern. »Ich weiß«, sagte er, und es klang nicht im Mindesten überrascht.

»Wahrscheinlich der Jetlag und die Gegenwart eines Filmstars«, sagte Vaughn zu Robert Simmons im Anschluss an seine vergeblichen Versuche, Grace aus ihrem Energietief herauszuholen. Denn die Wirkung der Adrenalinspritze hatte längst nachgelassen. »Normalerweise ist sie nämlich nicht so schweigsam. Ganz im Gegenteil. Sonst komme ich kaum zu Wort.«

Grace hatte nicht einmal die Kraft, die acht Leute, die mit ihnen am Tisch saßen, zu hassen. Alle lachten über Vaughns Bemerkung, während sie bei privater Atmosphäre im Hinterzimmer eines Restaurants saßen, das sich »Bistro« nannte, obwohl alle Gerichte mit einem Berg geraspelter Trüffel serviert wurden, sogar die Zwiebelsuppe, die Grace bestellt hatte, weil sie nichts anderes hätte schlucken können.

Vaughn, am anderen Ende des Tisches, warf ihr einen vernichtenden Blick zu, während er gleichzeitig versuchte, die Gäste bei Laune zu halten: Martin Halpert, der aussah wie ein nicht behinderter Doppelgänger von Stephen Hawking. Robert Simmons, bekannt durch Film und Theater und UN-Botschafter, der Waisenkinder vor dem Verhungern bewahrte – ein Hollywood-Charmeur der alten Schule. Grace musste sofort an Cary

Grant denken und verstand plötzlich, was Klischees wie Charisma und Starqualitäten bedeuteten. Seine Begleitung war keinesfalls eine skurrile Schauspielerin aus der Independent-Szene, wie man hätte erwarten können, sondern ein hausbacken wirkender Typ von Mitte vierzig, der sogleich Graces Schwulenradar anspringen ließ. Nun war ihr auch klar, warum sie eine Vertraulichkeitsklausel hatte unterschreiben müssen. Die anderen beiden Männer entsprachen dem üblichen Standard: reiche Geldsäcke.

Und Lucy Newton? Ein abgetakeltes Motorhauben-Model.

Einfach alles an ihr war übertrieben, angefangen beim Glitzer-Make-up bis hin zu den aufgepumpten Brüsten und ihrem Kleid von Dolce & Gabbana im Leopardenlook, das sie nur spärlich bedeckte – ganz zu schweigen von dem erlesenem Champagner, den sie literweise in sich hineinkippte, als wäre es Limonade. Hätte Grace sich nicht gefühlt, als hätte sie nur noch 48 Stunden zu leben, wäre Lucy wohl genau die Richtige gewesen, um einen mit ihr draufzumachen.

Aber wie es aussah, konnte Grace sich nicht einmal dazu überwinden, Blickkontakt herzustellen. Denn das hätte ihr gesamtes Konzentrationsvermögen erfordert, und das musste sie bereits aufwenden, um nicht vom Stuhl zu kippen. Das letzte Abendmahl konnte auch nicht länger gedauert haben, dachte sie, doch dann endlich wurden die Käseplatten abgeräumt, und einer der Geldsäcke machte einen Vorschlag: »Die Damen möchten ihren Kaffee sicher lieber in der Lounge trinken, während wir übers Geschäft reden.« Fünfzig Jahre Feminismus einfach so in die Tonne getreten!

Grace hatte Mühe, sich zur Tür zu schleppen, und Vaughn stand auf und legte ihr einen Arm um die Taille. »Bin gleich zurück, Jungs«, sagte er in ungewohnt jovialem Tonfall. »Du könntest dir etwas mehr Mühe geben!«, raunte er Grace ins

Ohr. »Wenn du mir das vermasselst, Grace, dann gnade dir Gott!« In welcher Weise er den Allmächtigen hinzuziehen wollte, erläuterte er nicht näher, aber Grace hatte ihn auch so verstanden.

Sie sank auf eins der Sofas in der Lounge und versuchte, ihre Schuhe abzustreifen, als Lucy Newton hereintorkelte, mit einer Flasche Champagner in den rot lackierten Krallen. »Oh, haben wir nicht gerade zusammen beim Lunch gesessen?«, fragte sie mit einer Stimme, die klang, als hätte sie Helium eingeatmet.

»Ja«, konnte Grace nur bestätigen. Sie wusste, nun war der Zeitpunkt gekommen, in Verhandlungen zu treten, aber ihr fielen nicht einmal die abstrakten Expressionisten ein, die man in ihrer Abiturprüfung abgefragt hatte. »Ich bin Grace.«

Lucy kramte in ihrer Louis-Vuitton-Unterarmtasche. »Hast du Feuer?«

Immerhin damit konnte Grace dienen. Lucy setzte sich neben sie auf das Sofa, sodass sie sich eine Untertasse als improvisierten Aschenbecher teilen konnten. Lucy schlang die Arme um den Oberkörper und wippte vor und zurück, als wäre sie psychotisch und nicht volltrunken.

»Ist alles in Ordnung?«, fragte Grace.

Lucy sah sie aus ihren künstlich blauen Augen an, und dann entglitten ihr die Gesichtszüge. »Nein«, antwortete sie und kämpfte gegen die Tränen. »Davon bin ich verflucht weit entfernt. Dieser Scheißkerl! Ich habe ihm meine beiden besten Jahre unter dreißig geopfert.«

Es war nicht schwierig, Lucy auf ihre Seite zu ziehen. Doch Grace war sich gar nicht sicher, ob sie das überhaupt wollte, als sie ihr über das überraschend seidige platinblonde Haar strich und sagte, das sei doch kein Grund, um zu weinen.

»Es gibt doch wohl Bessere als den«, sagte Grace, nachdem Lucy tränenreich geschildert hatte, wie Martins Anwalt ihr mitteilte, sie müsse das Anwesen in Bel Air bis spätestens zum 15. Januar räumen. »Du bist umwerfend, und er ist hässlich wie die Nacht – und zwar eine besonders finstere. Aber ich will ihm natürlich nicht zu nahetreten.«

Lucy starrte Grace verständnislos an. »Aber ich liebe ihn!«

»Wirklich?«, fragte Grace mit ebenso wenig Verständnis.

»Ich weiß, optisch macht er nicht viel her, aber die gut aussehenden Typen bemühen sich nicht so um einen. Er hat mir das Gefühl von Sicherheit gegeben, aber jetzt hat er es auf so eine adrette Zicke abgesehen und hetzt seinen Anwalt auf mich. Nicht zu glauben!« Lucy beendete ihre Ausführungen mit einem schrillen Heulen, das Graces Kopfschmerzen zur Migräne anwachsen ließ. »Am besten machst du dir Notizen, Honey. Glaub bloß nicht, das könnte dir nicht auch passieren.«

»Mit Vaughn? Oh, da wir gerade von ihm sprechen … Hör mal, Lucy, er hat mich gebeten, mit dir über deine … deine Abfindung zu reden. Hast du mal daran gedacht, in Kunst zu investieren?« Lucy sah sie fragend an, und Grace verzog das Gesicht und musste husten. »Ach, scheiß auf Kunst! Wo wirst du denn jetzt wohnen?«

»Der Typ, mit dem ich vor Martin zusammen war, hat mir eine Wohnung gekauft. In New York, die habe ich vermietet, und noch eine in Silverlake, aber das ist natürlich was anderes als ein Haus in Bel Air mit einem Zimmer nur für meine Schuhe.«

Lucy Newton sah aus wie eine Barbiepuppe und hörte sich auch so an, aber wie es schien, hatte sie ein Händchen für Männer. »Okay, was wünscht du dir von Martin? Ein paar teure Gemälde vielleicht?« Grace wünschte, sie hätte eine bessere Verkaufsstrategie. »So aus dem Stand könnte ich dir jetzt keinen wirklich guten Künstler nennen, aber Vaughn kauft Sachen zu Spottpreisen, dann behält er sie eine Weile, und ein paar Jahre später kriegt er zigmal so viel dafür, wie er bezahlt hat.«

Grace wurde in ihren Ausführungen unterbrochen, denn die Tür ging auf, und die Begleiterinnen der beiden reichen Säcke kamen herein – Kelly und Anna. Der mögliche Freund von Robert Simmons hatte sich ihnen angeschlossen.

»Aber mit Kunst kenne ich mich überhaupt nicht aus«, gab Lucy zu bedenken, während der hausbackene Typ sich mit einer Tasse Kaffee zu ihnen setzte.

»Grace, nicht wahr? Ich bin Eric«, sagte er und wandte sich Lucy zu. »Süße, du solltest in Kunst investieren. So wie es mit der Wirtschaft im Moment aussieht, würde ich keinen Cent auf einen Hedge-Fonds setzen. Aber der Kunstmarkt floriert noch immer.«

»Also auch keine Diamanten?«, piepste Lucy.

»Für einen guten ungeschliffenen Stein musst du auch einiges hinlegen, und dann ist dein Geld flöten«, erklärte Kelly und stützte sich auf die Armlehne des Sofas. »Was hält Vaughn denn für das Lukrativste?«

Sämtliche Blicke richteten sich auf Grace, die krampfhaft versuchte, sich an Vaughns Notizen zu erinnern. Aber sie wollten ihr nicht einfallen, und mittlerweile war es in der Lounge unerträglich heiß geworden.

»Ihr solltet mal mit ihm sprechen«, krächzte sie. »Er ist noch ein paar Tage hier, und ich weiß, dass er ein paar große Käufe gemacht hat.«

Anna hatte schon ihr Handy parat. »Lass uns unsere Nummern austauschen«, sagte sie energisch. »Al interessiert sich für eine bestimmte Lichtinstallation, aber ich habe es mehr mit bildender Kunst, weißt du?«

Wusste Grace nicht. Musste sie auch nicht. Aber immerhin hatte sie schon eine Telefonnummer.

»Robert wollte sowieso mit Vaughn über ein paar Exponate für das Haus in Aix-en-Provence sprechen, das wir gerade gekauft haben. Aber vorsichtshalber gebe dir auch mal meine Nummer«, sagte Eric seufzend.

Nun geriet Lucy wirklich ins Schwanken. »Aber ich habe schon einen Termin gemacht, um mir einen Privatjet anzusehen«, wandte sie ein. »Der hat handbestickte Ledersitze.«

»Gib Grace deine Nummer!«, befahl Anna. »Und kauf ja nichts, bloß weil dir die Farbe gefällt!«

Die Kellnerin kam herein, um frischen Kaffee zu bringen. »Hat jemand noch einen Wunsch?«, fragte sie.

Wasser. Oder Tee mit Honig und Zitrone. Irgendetwas gegen die brennenden Halsschmerzen. Grace wollte einen Arm heben, um sich bemerkbar zu machen, doch ihr Körper verweigerte seine Dienste.

»Du glühst ja richtig«, hörte sie jemanden sagen. »Ist alles okay?«

Nur einmal zuvor war Grace bewusstlos geworden, und damals hatte sie Ecstasy genommen. Doch dieses Mal gab es andere Gründe. Nun lag sie auf dem Sofa, während Vaughn ihre Hand hielt und der Küchenchef ihr den Puls fühlte und beteuerte, am Essen könne es nicht liegen.

»Können Sie mir helfen, sie zum Wagen zu bringen?«, fragte Vaughn. Der Küchenchef, doppelt so kräftig wie Vaughn, hob Grace auf, als wäre sie leicht wie eine Feder, und trug sie hinaus.

Es dauerte eine halbe Ewigkeit, bis man Grace mit Hilfe des Fahrers, des Hotelmanagers und eines weiteren Arztes endlich auf das Sofa in der Suite verfrachtet hatte. Als der Arzt sich verabschiedet hatte, war nur noch Vaughn übrig. »Ins Bett«, sagte er, und obwohl sich Grace lieber erst die Zähne geputzt hätte, unter die Dusche gegangen wäre und dieses dämliche Kleid ausgezogen hätte, um es zu verbrennen, ließ sie zu, dass er sie mit sanfter Bestimmtheit ins Schlafzimmer bugsierte.

Er half ihr, Kleid und Strumpfhosen auszuziehen, und tupfte ihr sogar den Schweiß ab, aber die ganze Zeit über hatte sie den Eindruck, als warte er auf etwas. Als sei ihm bewusst, dass es weder der richtige Ort noch der richtige Moment war, um danach zu fragen.

Vaughn zog die Vorhänge zu, stellte eine Flasche Wasser auf den Nachttisch und deckte Grace richtig zu. Er zögerte. »Brauchst du noch etwas?«

Irgendwie tat er Grace leid. Er konnte ja nichts dafür, dass er so war, und vielleicht hatte sie sogar ein wenig Verständnis dafür. Und davon abgesehen: Je eher er sie in Ruhe ließ, desto besser. Denn sie wollte nur noch schlafen. »Mein Handy«, krächzte sie.

»Dein Handy? Willst du deine Großeltern anrufen?«

»Da sind Nummern drauf. Von Lucy und den beiden Blonden, und von dem Typen. Ich habe gesagt, du meldest dich bei ihnen.« Beim Sprechen wurden die Halsschmerzen unerträglich. Absolut unerträglich, aber Grace sprach trotzdem weiter. »Ich konnte mich nicht mehr an meine Eselsbrücken erinnern. Die anderen haben Lucy überredet – nicht ich.«

»Grace …« Vaughn konnte seine sonst so untadelige Haltung nicht bewahren und ließ die Schultern hängen. »Ich … Was soll ich sagen? Du denkst wahrscheinlich …«

»Was auch immer«, sagte sie seufzend. »Aber versprich mir, dass du Lucy gut berätst und ihr nicht irgendein dämliches Geschmiere andrehst, das du schon seit Jahren loswerden willst.«

»Das würde ich niemals tun!«, antwortete Vaughn entrüstet.

»Doch, würdest du«, murmelte Grace, während ihr die Augen zufielen. »Dafür kenne ich dich gut genug.«

Drei Tage später, am frühen Abend, hatte Grace das Gefühl, es ginge ihr ein wenig besser. Dafür sprach auch die Tatsache, dass sie nicht mehr schweißgebadet war und ihr Kopf nicht mehr zu platzen drohte.

Vaughn war im Wohnzimmer und telefonierte, aber als Grace geduscht hatte und die Tür öffnete, drehte er sich sofort um. »Ich muss Schluss machen, ich melde mich wieder«, sprach er ins Telefon und wollte Grace den Weg in die Küche versperren. »Wie geht es dir?«

»Als hätte ich nur noch eine Erkältung und nicht mehr eine doppelte Lungenentzündung«, antwortete sie. »Und jetzt brauche ich unbedingt eine Tasse Tee.«

»Madeleine hat dem Hotelmanager eine Liste gefaxt, und er hat aus den örtlichen Geschäften alles liefern lassen.«

»Dann hast du sie also nicht gefeuert?«, fragte Grace, während sie den Tee zubereitete. »Oder war es ihre letzte Amtshandlung?«

»Madeleine ist wesentlich Schlimmeres von mir gewohnt«, sagte Vaughn zögernd. »Heiligabend war ich ziemlich angespannt, und das meiste hast du abbekommen. Komm her, setz dich, und sag mir, was du zum Abendessen möchtest. Weihnachten hast du zwar verpasst, aber ein Truthahn könnte sich sicher auftreiben lassen.«

»Lieber hätte ich Rühreier auf Toast.« Grace sah zu Vaughn hinüber. »Wenn du willst, mache ich dir auch welche.«

So weit lief also wieder alles normal. Grace tat, als hätte sie Vaughn verziehen, und Vaughn gab sich reumütig. Später, als Grace ein wenig angetrunken war von dem Single-Malt, den Vaughn ihr in den Tee mit Honig und Zitrone geschüttet hatte, packten sie ihre Weihnachtsgeschenke aus.

Vermutlich waren Vaughns Geschenke unter Madeleine Jones' wachsamen Augen in den Geschäften eingepackt worden – aber Grace war beeindruckt, als sie sah, wie viele es waren. Bei ihren Großeltern wurde für Weihnachtsgeschenke grundsätzlich nicht mehr als 50 Pfund ausgegeben, dasselbe galt für Geburtstage, und so konnte sie gar nicht anders, als einen kleinen Hüpfer zu machen, während sie Unterwäsche von Agent Provocateur enthüllte, die für ihren Geschmack vielleicht ein bisschen zu gewagt war. Außerdem bekam sie eine weitere Marc-Jacobs-Tasche mit passender Geldbörse und passendem Schlüsselanhänger – denn wie sich ja gleich zu Beginn herausgestellt hatte, war dies ihre bevorzugte Marke – und zwei Schachteln von Tiffany.

»Die größere musst du zuerst aufmachen«, sagte Vaughn und beobachtete sie so eindringlich, als wolle er keine Sekunde ihrer Reaktion verpassen.

Und Grace musste nicht vortäuschen, dass ihr der Atem stockte. »Das ist wunderschön!«, rief sie und hielt das fein gearbeitete Halsband in die Höhe: Aquamarine, Diamanten und Perlen, in unregelmäßiger Reihenfolge auf eine Platinkette gezogen. Dazu ein passendes Armband.

»Tiffany führt im Moment keine Tiaras«, erklärte Vaughn. »Und du kannst dir gar nicht vorstellen, wie schwierig es ist, Schmuck für jemanden mit grauen Augen zu kaufen. Dreh dich um, dann kann ich dir die Kette anlegen.«

»So viele schöne Geschenke habe ich noch nie bekommen«, sagte Grace. Sie drehte sich um und gab Vaughn einen Kuss auf die Wange, den er mit einem Lächeln entgegennahm. »Ich danke dir! Und jetzt musst du deine Geschenke auspacken.«

Die Geschenke für Vaughn kamen Grace nun ein wenig bescheiden vor: ein Paar Art-déco-Manschettenknöpfe, ein modischer Schrittzähler für seine Joggingrunden, *Der dünne Mann* in einer DVD-Box, denn Grace fand, Vaughn und sie hatten etwas von Nick und Nora Charles, eine Schachtel handgemachter Pralinen … und Vaughn riss seine Geschenke auf, als könne er es gar nicht erwarten, das nächste Spielzeug auszupacken. Bald lagen Papier und Schleifen verstreut auf dem Boden.

Grace sah ihm an, wie sehr er sich freute, als er mit leuchtenden Augen jedes Geschenk ehrfürchtig von allen Seiten betrachtete. Nun war das letzte Paket an der Reihe, und Vaughn zog den Schal hervor, den sie für ihn gestrickt hatte. Die Wolle hatte das gleiche Blau wie seine Augen. Obwohl es mit ihnen beiden seit Miami ziemlich schlecht gelaufen war, hatte Grace Stunden damit verbracht, ihm diesen Schal zu stricken, mit so feinen Nadeln in winzig kleinen Maschen, dass die Gefahr bestand, noch vor ihrem dreißigsten Lebensjahr zu erblinden.

Vaughn strich über den Schal und konnte gar nichts mehr sagen. Er hielt sich die weiche Wolle an die Wange und fuhr mit den Fingern über die Kanten. »Den hast du selbst gemacht?«, rief er. »Grace, das muss ja ewig gedauert haben.«

»Nichts Besonderes.«

»Doch, das ist etwas ganz Besonderes!« Vaughn band sich den Schal um und lächelte, so breit und selig, dass Grace dachte, etwas so Rührendes hatte sie noch nie an ihm gesehen. »Noch nie hat jemand etwas für mich gestrickt.«

Auch Grace musste lächeln, und es war einer dieser Momente, die sie nur selten erlebten. »Wenn ich noch mehr Wolle gehabt hätte, hätte ich dir noch eine Mütze oder Handschuhe dazu stricken können.«

»Du hast mich schon so reich beschenkt«, sagte Vaughn und baute seine Geschenke so sorgfältig auf, dass Grace sich fragte, wie oft er der Beschenkte war und nicht der Schenkende. Nicht allzu oft, dachte sie und gab sich im Stillen das Versprechen, ihm jede Woche, in der er sie nicht nahezu in den Wahnsinn trieb, ein kleines Geschenk zu machen. Es musste gar nichts Großes sein, aber sie war der festen Überzeugung, dass es schön war, jemandem etwas zu schenken, nicht nur zu besonderen Gelegenheiten, sondern einfach so.

Vaughn riss die Folie von *Der dünne Mann* ab, und als er mit der DVD-Box zum Fernseher ging, machte Grace es sich auf dem Sofa gemütlich. Es war nicht unbedingt das beste Weihnachtsfest aller Zeiten, aber auch nicht das schlechteste, und das war immerhin etwas. Außerdem hatte sie das Gefühl, dass Vaughn wegen seines Benehmens am Heiligabend noch immer ein schlechtes Gewissen hatte. Also konnte sie davon ausgehen, dass er sich bis mindestens zum 2. Januar von seiner besten Seite zeigen würde.

Kapitel 20

Vier Tage später stand Grace auf einer Penthouseterrasse in Buenos Aires, nippte an einem Mojito und warf einen verständnislosen Blick auf die überkandidelten Gäste der Silvesterparty.

Alles an den Leute um sie herum war übertrieben – die auffällige Art zu tanzen, das glitzernde Make-up und die geschmacklose Kleidung. Eine Frau schnippte einem der Kellner mit den Fingern ins Gesicht, weil der Champagner ihr nicht kalt genug war, während ihre Freundinnen um einen gläsernen Couchtisch herumhockten und sich Berge von Kokain reinzogen. Seufzend nahm Grace zur Kenntnis, dass der schmierige Typ wieder auf sie zukam, der schon zweimal versucht hatte, sie vollzulabern. Sie stellte ihr Glas ab und machte sich auf die Suche nach Vaughn.

Das Penthouse gehörte einem Fotografen, der sein Geld mit halb pornografischer Werbung für Zigaretten und Autos gemacht hatte. Vielleicht war das die Erklärung für die illegalen Substanzen und die halb nackten Frauen. Grace ging an einer offenen Tür vorbei und sah, dass eine Frau in eindeutiger Pose vor einem Mann kniete, während ein paar Leute gelangweilt drumherum standen. Nicht zu fassen, dachte sie und spürte einen Anflug von Ekel.

Endlich hatte sie Vaughn erspäht. Er stand am anderen Ende eines riesigen offenen Wohnraums und sprach mit einem Mann, der deutlich größer war als er. Der andere hatte ein hochrotes Gesicht und eine dicke Wampe, und er schwitzte entsetzlich. Bei genauerer Betrachtung konnte von Sprechen nicht die Rede sein, denn der Dicke war viel zu sehr damit beschäftigt, Vaughn mit dem Finger in die Brust zu stechen. So war es auch keine große Überraschung, als er Vaughn plötzlich packte und gegen die Wand knallte. Hastig setzte sich Grace in Bewegung.

»Wenn du mich noch mal so unterbietest, du arroganter Scheißer, dann mache ich dich fertig!«, schrie der Kerl Vaughn an.

»Vaughn, ich will jetzt gehen. *Sofort!*« Ohne lange zu fackeln, stellte sich Grace zwischen Vaughn und den Angreifer.

Vaughn zog demonstrativ sein Taschentuch aus der Brusttasche und wischte sich das Gesicht ab, als hätte der andere eine feuchte Aussprache. »Wir können gehen«, sagte er und blieb so ruhig wie möglich. »Carlos' Partys sind auch nicht mehr das, was sie mal waren. Das Publikum hat deutlich nachgelassen.«

Der andere schnaubte verächtlich, aber dann fing er an zu lachen, schüttelte Grace die Hand und sagte: »Das ist also das neue Mädchen.« Er gab Grace einen Kuss auf die Fingerknöchel und taxierte sie von oben bis unten.

»Das reicht, Raoul«, mischte Vaughn sich ein. Er nahm Graces Hand und zog sie beiseite. Sie spürte, dass ihm die Finger zitterten und er Mühe hatte, sich zu beherrschen, und zum ersten Mal tat er ihr richtig leid. »Das war ja äußerst erfrischend«, raunte er Grace zu, bemüht um einen lockeren Tonfall.

»Diese Party ist mir richtig unheimlich«, sagte Grace. »Hier will ich nicht ins neue Jahr hineinfeiern.«

Doch Vaughn machte noch einen Umweg über die Bar. »Gläser«, sagte er zu dem Mann hinter dem Tresen und schnappte sich zwei Flaschen Champagner. Dann drehte er sich um zu Grace. »Nimm noch eine Flasche, dann können wir gehen.«

Die nächtlichen Straßen von Buenos Aires wirkten wie ausgestorben, und da weit und breit kein Taxi zu sehen war, beschlossen sie, zu Fuß zu gehen.

»Du brauchst Raoul gar nicht ernst zu nehmen«, brach Vaughn das Schweigen. »Ein ordinärer Emporkömmling, der mehr Geld hat als Verstand. Kein Grund, sich aufzuregen.«

»Ich rege mich doch gar nicht auf«, gab Grace zurück. »Jedenfalls jetzt nicht mehr, aber ich habe etwas gegen solche Szenen. Diese Party war das reinste Horrorkabinett. Wie lange dauert es noch bis Mitternacht?«

»Zwei Stunden«, antwortete Vaughn nach einem Blick auf die Uhr. »Nicht gerade ein vielversprechender Start ins neue Jahr.«

»Hab schon Schlimmeres erlebt«, sagte Grace. »Einmal habe ich Silvester im letzten Bus gesessen, einmal musste ich mich nach einem schlechten Curry übergeben, und einmal war ich in der Notaufnahme.«

»Da ist es ja mal was anderes, durch die Straßen von Buenos Aires zu latschen«, sagte Vaughn und wusste offenbar selbst nicht, inwiefern.

»Wir haben doch Champagner, und das Feuerwerk können wir uns auch von hier aus ansehen«, rief Grace ihm ins Gedächtnis.

Vaughn sah sich um. »Du bist nicht besonders religiös, oder?«

»Warum?«

»Die Kirchentreppe da vorne.« Vaughn ging voraus, zog sein Jackett aus und legte es für Grace auf eine der Stufen.

»Vaughn, das ist ein Jackett von Dries Van Noten!«

»Ach was, es ist nur ein Kleidungsstück.«

»Wie kannst du so was sagen, wo du doch weißt, dass ich mich darüber aufrege. Es ist nie einfach nur Kleidung.«

»Das ist wohl eine Diskussion, in der ich mich geschlagen gebe«, sagte Vaughn und öffnete den Champagner.

Grace hielt die Gläser bereit, aber Vaughn nahm direkt einen Schluck aus der Flasche. Mit einem Grinsen reichte er sie an Grace weiter. »Ich finde, wir sollten uns heute mal so richtig betrinken.«

Kein schlechter Plan, dachte Grace und genehmigte sich einen kräftigen Schluck. Nachdem sie eine Weile schweigend dort gesessen hatten, sagte sie: »Ich habe dich noch nie betrunken gesehen. Wie kommt das eigentlich? Du musst wohl eine Menge vertragen.«

Vaughn lehnte sich zurück und stützte sich auf die Ellbogen. »Ich trinke eben nicht so viel wie du.«

»Und ob! Du bestellst dir Wein zu jedem Essen, und hinterher trinkst du immer einen Brandy.«

»Ja, aber ich lasse mir das Glas nie nachfüllen. Und das tust du viel zu oft, deshalb ist es dir noch gar nicht aufgefallen«, erklärte Vaughn, und es klang nicht so, als wolle er sie kritisieren. »Aber heute werde ich mit dir mithalten. Wir gehen erst dann zurück ins Hotel, wenn die drei Flaschen leer sind und einer von uns beiden verhaftet wurde – wahrscheinlich du.«

»Das wäre dann schon das zweite Mal.«

»Erzähl mir nichts, Grace. Du bist noch nie verhaftet worden«, stellte Vaughn fest.

»Tja, das zeigt, wie wenig du mich kennst. Denn das bin ich

sehr wohl, mit Fingerabdrücken und so weiter. Das volle Programm«, gab Grace grinsend zurück, bis ihr wieder einfiel, dass die Geschichte alles andere als lustig war.

»Erzähl! Wie ist das passiert?«, sagte Vaughn, und Grace seufzte vernehmlich.

»Na gut, aber es ist eine blöde Geschichte, ungefähr sechs Jahre her.«

»Dann musst du siebzehn gewesen sein.«

»Wenn du vorhast, mich ständig zu unterbrechen, erzähle ich nicht weiter!«

Vaughn fuhr sich mit den Fingern über die Lippen, als wolle er einen Reißverschluss schließen, und Grace fuhr fort: »Es war an einem Samstagnachmittag in Worthing. Ich war in der Stadt, und da kam mir mein Vater entgegen. Ich hatte ihn seit Ewigkeiten nicht mehr gesehen, denn da war dieser ganze Mist mit Sorgerecht und Unterhalt und so weiter, und er hatte mittlerweile eine neue Frau und zwei kleine Jungs. Ich rannte ihm also freudig entgegen, aber er ging einfach an mir vorbei. Dabei wusste ich genau, dass er mich gesehen hatte.« Grace trank noch einen Schluck Champagner.

»Und dann?«

»Nichts und dann. Ich bin nach Hause gefahren, aber ich war wirklich sauer. Abends habe ich mich dann mit einer Freundin betrunken, bin zu seinem Haus gegangen und habe eine Fensterscheibe eingeworfen. Meine Freundin ist sofort weggelaufen, aber ich habe den Fehler gemacht zu bleiben, bis er herauskam, um ihn einen Wichser zu nennen. Daraufhin hat er mich angebrüllt, und seine Frau, diese blöde Kuh, hat die Polizei gerufen.« Grace machte eine Pause und trank noch einen Schluck Champagner. »Die Bullen wollten gar keine Anzeige aufnehmen, aber er hat darauf bestanden. Er war der Meinung, ich bräuchte wohl mal eine Lektion.«

Man hatte sie nicht in eine Zelle gesperrt, denn trotz einer dicken Schicht Make-up und einem viel zu kurzen Rock war offensichtlich, dass Grace ein nettes Mädchen aus einem harmlosen Vorort war, das lediglich Probleme mit seinem Vater hatte. Insbesondere, da besagter Vater vor dem Verhörzimmer wartete und Anzeige wegen versuchter Körperverletzung und schwerer Sachbeschädigung erstatten wollte.

Zwei Stunden später hatte es damit geendet, dass ihr Großvater erschien – im Schlafanzug mit einem Regenmantel darüber – und allen Beteiligten klarmachte, dass es wohl reichte, Grace eine Verwarnung zu erteilen. »Und ich bekam sechs Monate Hausarrest«, beendete Grace ihre Erzählung. »Deshalb hatte ich so gute Abiturnoten, denn Fernsehverbot bekam ich auch, und der Stecker meiner Stereoanlage wurde abmontiert.«

»Armes Mädchen«, murmelte Vaughn. »Aber falls es dich tröstet: Dein Vater scheint ein echter Drecksack zu sein.«

»Allerdings, das ist er. Und meine Mutter ist noch viel schlimmer.« Herrje, der Champagner war das reinste Wahrheitsserum! »Weißt du, dass sie auch da war, am 23. Dezember in Worthing, bevor wir nach Whistler geflogen sind? Mit meiner süßen kleinen Halbschwester, und die wird sie bestimmt genauso verkorksen. Aber manchmal frage ich mich trotz allem, ob es wirklich ihre Schuld war, dass ich alles vermasselt habe, oder ob ich es nur als Ausrede benutze.«

»Auf jeden Fall bringt es dich nicht weiter, Grace«, sagte Vaughn und tätschelte ihr den Rücken.

»Du weißt doch, dass ich auf Saint Martin's kein Diplom gemacht habe?«, fuhr Grace fort. »Ich bin einfach vor meiner letzten Präsentation gegangen. Das war die Woche, in der sie Kirsty bekommen hat. Und da dachte sie, sie müsste sich nach all den Jahren bei mir melden. Sie wollte auch Modedesignerin werden, aber dann wurde sie schwanger mit mir und hat ihren Platz an der Kunstakademie sausen lassen. Sie hat mir das Nähen beigebracht. Ich hatte so eine kleine Schneiderpuppe, und sie hat mir gezeigt, mit Schnittmustern umzugehen, Stoffe auszuschneiden und Sachen zu nähen. Ich habe mir immer eingeredet, ich hätte das Examen nicht machen wollen, weil ich Angst hatte, so zu werden wie sie, aber tief innen wusste ich vielleicht, dass ich nicht gut genug war. Da war es leichter, alles hinzuschmeißen als durchzufallen.«

»Du könntest dein Examen nachholen, wenn du wolltest«, sagte Vaughn vorsichtig, denn offenbar wusste er, dass er sich auf dünnem Eis bewegte. »Ich kenne ein paar Leute in Saint Martin's.«

Grace schüttelte den Kopf. »Nein, das ist aus und vorbei. Ich habe sogar meine Nähmaschine weggegeben, einfach auf die Straße gestellt. Und dann habe ich mit dem Stricken angefangen.« Grace wischte sich über die Augen, ungeachtet dessen, dass sie ihre Wimperntusche verschmierte. »Mein Gott, warum erzähle ich dir das eigentlich alles? Ich habe noch nie mit jemandem darüber gesprochen.«

Vaughn sah Grace an und sagte seufzend: »Ich glaube, wenn man an Silvester weint, ist es genauso wie am Geburtstag. Es bedeutet Pech für das ganze nächste Jahr.«

Es war ein lieb gemeinter Versuch, sie aufzuheitern, aber Grace hörte nicht darauf. »Ich bin mir sicher, deshalb habe ich auch diese Grippe bekommen. Von der Belastung, die gleiche Luft zu atmen wie meine Mutter. Meine Eltern bringen nichts als Ärger. Sie ziehen ihn geradezu an.«

»Mach kein Drama daraus. Du hattest Grippe, weil du zu viel rauchst und immer mit offenem Mantel herumläufst«, sagte Vaughn und drehte sich zu Grace um, um ihr einen unerwarteten Kuss auf den Arm zu hauchen. Sie strich ihm durchs Haar und dachte, er müsste öfter betrunken sein.

»Ich glaube, ich bin zu redselig«, sagte Grace, um die Stimmung ein wenig aufzuhellen, sonst würde sie noch auf die Idee kommen, die Champagnerflasche zu zerschmettern und sich mit einer Scherbe die Pulsadern aufzuschneiden. »Versuch, nicht zu streng über mich zu urteilen.«

Vaughn sagte nichts und trank noch einen Schluck. Dann legte er mit einem tiefen Seufzer seinen Kopf auf Graces Schoß. »Ich war als Kind ziemlich dick«, begann er. »Eigentlich richtig dick. Ich hatte keine Freunde, und in der Schule wurde ich schikaniert. Nach dem Sportunterricht, beim Duschen, haben sie meine Sachen versteckt und mich gezwungen, nackt über den Schulhof zu laufen. Und das mehr als einmal.«

»Das ist ja schrecklich!« Und es erklärte eine Menge, angefangen bei den feinen Streifen an Vaughns Hüften bis hin zu dem Theater, das er immer machte, wenn es darum ging, Nachtisch zu bestellen.

»Jetzt trinke ich nicht mehr viel. Aber als ich im fortgeschrittenen Alter von achtzehn Jahren einen Wachstumsschub bekam und schlanker wurde, beschloss ich, mir für den Rest meiner Jugend alle möglichen schlechten Angewohnheiten anzueignen«, erzählte Vaughn grinsend. »Ich flog raus in Oxford, und mit dreiundzwanzig wurde ich zu einer Entziehungskur geschickt, nachdem ich meinem Drogendealer meinen Treuhandfonds überschrieben hatte. Scheinbar neige ich zu Suchtverhalten.« Vaughn setzte sich auf und griff nach der letzten Flasche Champagner.

Grace legte ihm mitfühlend eine Hand auf die Schulter. »Ach, Vaughn, das ist doch längst vorbei. Du führst ein erfolgreiches Leben und hast deine Sucht überwunden, oder?«

Vaughn öffnete die Flasche und trank in gleichmäßigen Zügen, wie jemand, der systematisch vorging, um alles zu vergessen. »Jetzt bin ich süchtig danach, Geld zu verdienen, aber das kann man durchaus vertreten.« Er trank noch einen Schluck. »Allmählich fällt mir wieder ein, wie es sich anfühlt, betrunken zu sein, aber es macht nicht mehr so viel Spaß wie früher.«

Grace wusste nicht, was sie machen sollte. Sie wollte, dass Vaughn die Kontrolle behielt, denn es lag ihr nicht, die Erwachsene zu spielen. Und es war merkwürdig, ihn so dasitzen zu sehen, mit diesem verlorenen Ausdruck auf dem Gesicht, von dem sie nicht wusste, wie sie ihn vertreiben sollte. Aber sie konnte es zumindest versuchen.

»Ich kann dir ein paar lustige Geschichten aus meiner Teenagerzeit erzählen«, sagte sie mit dem Mut der Verzweiflung. »Frag mich irgendetwas über die Zeit, als ich fünfzehn war und mir die Haare knallrot gefärbt hatte. Meine Großmutter kam ins Badezimmer und dachte, ich hätte eine Kopfverletzung.«

Vaughn drehte sich um, und Gott sei Dank, er lächelte. Trotzdem hatte Grace das Gefühl, dass er überhaupt nicht aufgeheitert werden wollte. Dennoch, er war ein Mann, und zwar ein heterosexueller, und als sie ihr Angebot wiederholte – »Das ist eine einmalige Chance, also frag mich irgendwas« –, wusste sie im Voraus, was kommen würde.

»Wie hast du deine Unschuld verloren?« Es war dunkel, aber Grace hätte ihre neuen Diamanten darauf verwettet, dass Vaughn errötete, denn das schien irgendwie vorprogrammiert.

Sie holte tief Luft. »Mit sechzehn, ich war seit zwei Wochen mit Paul Gold zusammen, und er hatte gesagt, wenn ich nicht will, macht er Schluss mit mir.« Schon mit sechzehn Jahren war Grace stets an Typen geraten, die sie wie den letzten Dreck behandelten. »Es war in dem Ford Mondeo von seinem Vater, und natürlich war es der totale Reinfall. Am nächsten Tag, als seine Mutter mit dem älteren Ehepaar von nebenan zu Tesco's fahren wollte, haben sie das benutzte Kondom hinter dem Sitz gefunden.«

Vaughn schnaubte vor Lachen, und genau das hatte Grace erreichen wollen. Deshalb hatte sie auch nicht erzählt, wie Paul über sie hergezogen hatte. »Ich glaube, niemand fand es toll beim ersten Mal«, sagte Vaughn und stellte die Flasche auf den Boden.

»Wie hast du denn deine Unschuld verloren?«, fragte Grace. Allmählich hatte sie das Gefühl, sie wurde wieder nüchtern.

Vaughn zierte sich nicht lange. »Es war in Saint Tropez. Ich weiß, das klingt natürlich erst mal ganz toll, aber der Ort, wo ich entjungfert wurde – kann man das bei Jungs überhaupt so sagen? –, war eine ehemalige Eiscremebude voller Ameisen. Noch wochenlang hatte ich Bisse am ganzen Körper.« Er lächelte, ebenso wie Grace, aber es war kein fröhliches Lächeln, denn keiner von ihnen hatte fröhliche Geschichten zu erzählen. »Was soll ich noch sagen? Ich war achtzehn, Spätentwickler, wie du schon weißt, und sie war älter, die Schwester von jemandem, den ich von der Schule kannte.«

»Na also, dann hattest du also doch ein paar Freunde!«

»Er war kein Freund, und genau deshalb habe ich seine Schwester gevögelt.«

»Aber du warst doch bestimmt in sie verknallt?«, fragte Grace und wünschte, es wäre so gewesen. Vaughn war manchmal ein Mistkerl, das wusste sie ja bereits, aber so eiskalt konnte er doch nicht sein.

Vaughn schüttelte den Kopf. »Nein, ich habe sie mir einfach vorgeknöpft und es hinterher brühwarm ihrem Bruder erzählt.« Er stützte den Kopf auf die Hände. »Nicht gerade eine meiner Sternstunden.«

Eine Weile saßen sie schweigend nebeneinander, beide in Erinnerungen an schlechte Zeiten versunken. Irgendwann rückte Vaughn dann näher und legte Grace einen Arm um die Schultern, sodass sie auf seine Uhr sehen konnten, denn der große Zeiger näherte sich der Zwölf.

Das Feuerwerk begann dreißig Sekunden zu früh – eine Salve von Raketen erleuchtete den Himmel, in geisterhaft verschwommenem Pink, dann in einem glitzernden Funkenregen.

»Fünf, vier, drei, zwei, eins.« Als der Zeiger auf der Zwölf stand, gab Vaughn Grace einen züchtigen Kuss auf die Wange. »Frohes neues Jahr«, sagte er mit matter Stimme.

Mit Gedanken der Reue sollte das Jahr nicht anfangen, dachte Grace. »Komm her«, sagte sie und gab Vaughn einen richtigen Kuss. »Dir auch ein frohes neues Jahr«, sagte sie entschlossen. Sie sah sich um und seufzte. »In Argentinien versteht man es wohl nicht, Silvester zu feiern.«

Vaughn raffte sich auf und torkelte ein wenig, sodass Grace fürchtete, er würde die Stufen hinunterfallen. »Keine Sorge, schwindelig ist mir noch nie geworden.«

Grace stand auf und stellte fest, dass sie tatsächlich nüchtern wurde, und das war nicht unbedingt angenehm. Mit schmerzenden Füßen humpelte sie zu Vaughn hinüber, der mitten auf der Straße stand und ein Taxi anhalten wollte, das sich jedoch als Polizeiwagen entpuppte.

Sie gingen zu Fuß weiter, und es fühlte sich an wie Stunden. Dabei konnte es höchstens ein paar Minuten gedauert haben, bis sie ein Taxi erwischten. Vaughn hatte sich von seinem Horrortrip in die Vergangenheit erholt und wollte eine Knutscherei anfangen, während Grace versuchte, den Fahrer im Auge zu behalten. Denn der machte ihr einen verschlagenen Eindruck, und sie wollte sichergehen, dass er sie ins Four Seasons brachte und nicht in eine verlassene Gegend, um sie auszurauben.

Sobald sie in der Hotelsuite angekommen waren, die wie üblich eine atemberaubende Aussicht und zwei Badezimmer hatte, presste Vaughn Grace gegen die Tür und griff ihr unter das Kleid – nicht mit gewohnter Finesse, aber mit umso mehr Eifer. Doch Grace wusste aus Erfahrung, betrunken wie er war, würde ohnehin nicht viel laufen.

»Wollen wir es uns nicht bequemer machen?«, schlug sie vor und zerrte Vaughn zum Bett, denn wenn sie Sex im Stehen hätten, würde er sie womöglich fallen lassen. Sie sank aufs Bett, und Vaughn folgte ihr dermaßen schwungvoll, dass er beinahe daneben landete. »Okay, wie willst du es haben?«, fragte sie.

Sie bekam keine Antwort. Vaughn machte ein Gesicht, als müsse er sich schwer konzentrieren. Grace tippte ihm auf die Schulter. »Vaughn, möchtest du, dass ich oben oder …«

»Oh, Kacke!« Vaughn sprang auf, presste sich eine Hand vor den Mund und schoss ins Badezimmer, wobei er zunächst gegen die Tischkante rannte. Grace setzte sich, als sie die unmissverständlichen Geräusche hörte, die eindeutig darauf hindeuteten, dass er seinen Mageninhalt in die Toilette leerte. Vielleicht waren die Meeresfrüchte zum Dinner doch keine gute Grundlage gewesen.

Es schien eine Ewigkeit zu dauern. Und jedes Mal, wenn Grace dachte, Vaughn hätte es überstanden, fing er wieder an. Sicher wollte er lieber allein sein, um sich einen Rest Würde zu bewahren, aber sie konnte seine Qualen nicht länger ignorieren. Als sie Grippe gehabt hatte, hatte er sich auch um sie gekümmert. Na ja, genau genommen, hatte er ihren Zustand erst mal verschlimmert, als er ihr Adrenalin gespritzt hatte, und dann hatte er jemanden bezahlt, um sie zu pflegen. Aber auf seine Art hatte er getan, was er konnte.

Grace holte eine Flasche Wasser aus der Minibar und klopfte an die Badezimmertür. Anstelle einer Antwort hörte sie weitere Würgegeräusche. Sie schickte ein Stoßgebet zum Himmel und öffnete die Tür.

Vaughn kniete vor der Toilette. Er hob kurz den Kopf, und Grace konnte sehen, dass er rot angelaufen war und tränende Augen hatte. Dann senkte er den Kopf wieder über die Schüssel.

»O Vaughn, du Ärmster!«, versuchte Grace, ihn zu trösten. Sie hockte sich neben ihn und massierte ihm den Rücken. Wahrscheinlich würde er sich darüber furchtbar aufregen, sobald er den Alkohol und den Hummer los wäre, aber dahin musste er erst mal kommen. »Es muss alles raus, dann geht es besser.«

Grace hatte ihre eigene Philosophie, wenn es darum ging, sich zu übergeben. Sie sah das ganz gelassen: Man betrank sich, musste kotzen, und dann ging man schlafen. Aber Posy oder Ilonka, die über ihr wohnte, machten auch immer ein furchtbares Theater, und demnach wie Vaughn röchelte und nach Luft schnappte, war er wohl vom gleichen Schlag.

Endlich war Vaughn fertig. Er lehnte sich gegen die Wand und versuchte, wieder ruhig zu atmen. Seine Augenlider waren übersät mit lilafarbenen Flecken – geplatzte Blutgefäße –, und seine Haut glänzte vor Schweiß. Er war definitiv außer Gefecht, denn er ließ sich von Grace mit einem Waschlappen das Gesicht abwischen.

»Geht es besser?«

Vaughn schloss die Augen. »Nein.«

»Am besten putzt du dir erst mal die Zähne. Bei mir hilft das immer. Dann trinke ich so viel Wasser wie möglich, damit ich am nächsten Tag nicht so einen schlimmen Kater bekomme«, sagte Grace und warf einen prüfenden Blick auf Vaughns gequältes Gesicht.

»Hör auf, mich zu bemuttern«, presste Vaughn hervor und erhob sich mit der Eleganz eines neugeborenen Elefanten. »Ich gehe unter die Dusche.«

Genau das wäre ihre nächste Empfehlung gewesen. Vaughn knöpfte sich das Hemd auf, aber dann hielt er inne. »Ich brauche keine Zuschauer.«

Grace hob abwehrend die Hände und zog sich zurück. »Okay«, sagte sie, bemüht, sich nicht anmerken zu lassen, dass er sie verletzt hatte. »Ruf mich, wenn ich dir helfen kann.«

Doch Vaughn hatte sich schon umgedreht. »Vergiss nicht, die Tür hinter dir zu schließen.«

Kapitel 21

Als sie in London ankamen, lagen Schneeverwehungen und schmutzige Matschhaufen an den Straßenrändern. Zwei Tage zuvor war Vaughn mit einem mörderischen Kater aufgewacht, und seitdem hatte er kaum ein Wort mit Grace gesprochen.

Das war es dann also, dachte Grace. Es war nicht der große Knall, den sie erwartet hatte, aber früher oder später hätte sie es ohnehin vermasselt. Dabei wusste sie gar nicht, was falsch daran gewesen sein sollte, dass sie ihn getröstet hatte. Aber wahrscheinlich konnte er es nicht ertragen, dass sich die Machtverhältnisse verschoben hatten – wenn auch nur für eine halbe Stunde –, und wie es schien, war das ein Grund, vertragsbrüchig zu werden.

»Sie können mich hier rauslassen«, sagte Grace zu Jimmy, dem Fahrer, als der Wagen in Montague Terrace einbog. »Es ist so gut wie unmöglich, da hinten zu wenden.«

»Red keinen Unsinn! Du kannst doch nicht das ganze Gepäck durch den Schnee schleppen.« Sprechen konnte Vaughn nicht mit ihr, aber das Streiten hatte er offenbar nicht verlernt. »Welche Nummer?«

»Nummer 17, ganz am Ende«, sagte Grace und fügte sich in das Unvermeidliche. Eigentlich spielte es auch keine Rolle mehr, dass Vaughn sah, wo sie wohnte. Nummer 17 war gewissermaßen das Stiefkind der Straße. »Bis demnächst«, verabschiedete sich Grace mit hoffnungsloser Stimme.

Vaughn nickte, und als Grace umständlich ihr Gepäck zusammenraffte, beugte er sich zu ihr hinüber und legte ihr einen Arm um die Taille – in unmissverständlicher Absicht.

Er gab ihr einen Kuss auf die Lippen, ebenso sanft, wie er über ihre Wange strich. Diese Geste sagte alles, wofür er in den letzten beiden Tagen keine Worte hatte finden können. Grace wagte nicht, sich zu bewegen, bis Vaughn an die Scheibe klopfte, um Jimmy zu signalisieren, dass er die Tür aufhalten sollte. »Lass nichts liegen«, sagte Vaughn in mahnendem Ton.

Wie immer hatte Eileen aus der unteren Etage daran gedacht, die Post auf den Tisch im Treppenhaus zu legen. Grace nahm sich den Stapel und stopfte ihn in die Tüte aus dem Duty-free-Shop. Doch auch das reichte nicht, um sie in die Realität zurückzuholen.

Auf dem Boden der Tatsachen landete sie erst, als sie das Licht in ihrer eiskalten Wohnung anmachen wollte und feststellen musste, dass der Strom abgeschaltet war. Und so stand Grace da in ihrem 2000 Pfund teuren Mantel und fragte sich zum tausendsten Mal, warum alles in ihrem Leben auf jämmerlich ironische Weise endete. Ihr blieb wohl nichts anderes übrig, als sich ins Bett zu legen und sich warme Gedanken zu machen. Vorher jedoch brauchte sie ein heißes Bad, denn auch nach einem Flug in der ersten Klasse war ein Hauch von Eau d'Avion haften geblieben.

Sich auszuziehen war bei der Kälte kein Vergnügen, und als Grace in ein Badehandtuch gewickelt und mit Wollsocken und Fellstiefeln an den Füßen hinuntergeschlichen war in das eiskalte gemeinsame Badezimmer, kam prompt die nächste Ernüchterung: Aus dem Wasserhahn ertönte ein blechernes Gurgeln, und aus den klappernden Rohren löste sich ein einziger rostiger Tropfen. Eingefroren. Ebenso wie das Wasser in der Toilette, das zu einem Eisblock geworden war – in gelblicher Farbe.

Nein, es machte keinen Spaß, so zu leben. Und Grace fiel nichts Besseres ein, als auf den kalten Wannenrand zu sinken und in Tränen auszubrechen. Doch kaum drohte sie, in Selbstmitleid zu zerfließen, klingelte jemand Sturm. Welcher gedankenlose Nachtwächter lehnte sich da gegen die Klingel? Wenn Anita oder Ilonka wieder ihren Schlüssel vergessen hatten, konnten sie was erleben!

»Was machst du denn hier?«, fragte Grace verblüfft, nachdem sie die Tür aufgerissen hatte, denn vor ihr stand Vaughn. Und für einen Augenblick machte ihr Herz einen Hüpfer – vielleicht hatte er ja eingesehen, dass es falsch gewesen war, alles dermaßen zu verkomplizieren.

Er hielt ihr einen Beutel mit Strickzeug vor die Nase. »Das hast du unter dem Sitz vergessen.« Und seinen Blicken schien nichts zu entgehen: ihr tränenüberströmtes Gesicht, die Fellstiefel, die fleckige Tapete, der zerfledderte Teppich …

»Danke«, sagte Grace hastig und wollte ihm den Beutel aus den Händen reißen, aber Vaughn hielt ihn außerhalb ihrer Reichweite.

»Was ist los? Hast du geweint?«, fragte er knapp und schob sich an Grace vorbei – hinein in das Haus, von dem sie sich geschworen hatte, dass er es niemals betreten sollte. Doch Vaughn war schon auf dem Weg ins Badezimmer, wo die Rohre noch immer vor sich hin klapperten.

»Geh nicht da rein!«, rief Grace und wollte ihn zurückhalten, aber Vaughn schob ihren Arm zur Seite.

Er starrte auf die Toilette, als wären ihm sanitäre Einrichtungen vollkommen neu – dabei stammten diese hier aus den 1940er-Jahren.

»Großer Gott«, sagte er leise. »Warum steht hier nicht wenigstens ein Radiator? Kein Wunder, dass die Rohre eingefroren sind.

Grace rang die Hände, aber sie konnte nichts sagen.

»Warum benutzt du nicht das Badezimmer in deiner Wohnung?«, fragte Vaughn weiter.

»Das wird gerade renoviert.«

»Welche Etage?«

»Nein, da kannst du jetzt nicht rein«, sagte Grace beschwörend.

»Welche Etage, habe ich gefragt.« Es war der gleiche Tonfall, in dem er mit Raoul gesprochen hatte und von dem Grace gewünscht hatte, sie müsste ihn niemals hören. »Ich weiß genau, wann du lügst. Darin bist du nämlich nicht sehr gut, und wenn wir weiter hier herumstehen, wirst du erfrieren. Also noch mal: *Welche Etage?«*

Tränen schossen Grace in die Augen, doch Vaughn hatte nur ein verächtliches Schnauben dafür übrig, während er auf eine Antwort wartete und seine elegant geschwungene Nase sich bei den arktischen Temperaturen rosa färbte. »Erste Etage«, sagte Grace, »aber ich weiß nicht, was du da oben …«

»Was für eine Bruchbude!«, sagte Vaughn wenig später. »Wie kannst du so wohnen?«

Grace hätte sich alle möglichen Ausreden einfallen lassen können, aber so, wie Vaughn dort stand, mit fest aufeinandergepressten Lippen, um nicht den feuchten Geruch einatmen zu müssen, und in die Manteltaschen vergrabenen Händen, um ja nichts zu berühren, brachte sie lediglich kleinlaut hervor: »Ich verdiene vierzehntausend Pfund im Jahr. Verstehst du? Das würdest du für eine Flasche erlesenen Wein ausgeben.«

Das brachte Bewegung in Vaughns Gesichtszüge, aber es waren weder Schuldgefühle noch Mitleid, was sich in seiner Miene widerspiegelte.

»Niemand verdient vierzehntausend im Jahr«, sagte er mit Bestimmtheit. »Nicht mit einem Job in den Medien. Wofür hast du deine Vergütung ausgegeben?«

»Ich musste eine Menge Kleidung kaufen«, begann Grace, doch ihr war klar, dass weitschweifige Erklärungen nicht gut angekommen wären. Und Vaughn vorzuwerfen, er würde ihr nicht genug Geld geben, konnte sie nicht, denn das wäre ungerecht gewesen. Also zuckte sie lediglich mit den Schultern.

»Ich an deiner Stelle hätte mir weniger Gedanken über neue Klamotten gemacht, sondern mich um eine neue Wohnung gekümmert. Das hier ist ja wohl das letzte Loch«, erklärte Vaughn ungehalten.

»Wie bitte?«

»Oder ist es bei euch coolen Kids in dieser Saison Mode, so zu hausen?«

Ihre jämmerlichen Lebensumstände als Modeerscheinung zu bezeichnen und nicht zu begreifen, dass sie sich all das nicht ausgesucht und selbst Mühe hatte, dieses Elend zu ertragen, ließ Grace jegliche Scham vergessen. »Du herrschsüchtiges Arschloch!«, zischte sie ihn an und ballte die Fäuste. »Du hast doch überhaupt keine Ahnung, wie es ist, wenn man nicht mit einem Silberlöffel im Hintern auf die Welt kommt. Du lebst in deinem Kokon und lässt nichts an dich herankommen, und wenn doch, wirfst du mit so viel Geld um dich, bis es wieder verschwindet. Aber ich habe nicht deine Möglichkeiten. Also wag es ja nicht, mich zu verurteilen!«

»Grace, hör auf, so mit mir zu reden!«, sagte Vaughn ungerührt, und normalerweise brachte er sie damit immer zum Schweigen. Dieses Mal jedoch nicht.

»Warum denn nicht, verdammt noch mal?«, schrie sie. »Ich wohne vielleicht in einer Bruchbude, aber es ist meine Bruchbude, und hier kann ich sagen, was ich will.«

»Du bist hysterisch«, bemerkte Vaughn, als wäre das etwas Neues. Doch darüber war Grace längst hinaus, als sie sich auf den Boden kniete, die Schuhkartons unter dem Sofa hervorzog und ihm entgegenschleuderte.

Vaughn stand da und bewegte sich keinen Meter – nicht einmal als einer der Kartons gegen seine Schulter knallte –, während letzte Mahnungen und amtliche Schreiben vor seine Füße flatterten.

»Reiß dich zusammen«, blaffte er Grace an und watete durch Berge von Papier, um sie an den Schultern zu packen und auf altmodische Weise durchzuschütteln. »Hör auf zu heulen, und zieh dir was an! Du bist halb erfroren.«

Er gab ihr einen leichten Schubs in Richtung der halb ausgepackten Koffer. Dann ging er in die Hocke, warf einen Blick auf die Rechnungen und befahl: »Gib mir etwas, um das ganze Zeug einzupacken!«

Grace warf ihm zwei Tüten von Selfridges zu, und während sie sich anzog, sammelte Vaughn die Rechnungen ein.

»Pack deine Sachen!«, blaffte er sie über die Schulter hinweg an. »Ich warte im Wagen.«

Als Grace Vaughn an dem aus Stahlrohren gefertigten Marcel-Breuer-Schreibtisch gegenübersaß und sah, dass er einen Taschenrechner zückte, wurde die Angst, abgeschossen zu werden, zu ihrer geringsten Sorge. Auf der Tischplatte stapelten sich ihre Rechnungen, und einige der Umschläge waren nicht einmal geöffnet.

»Gib her!«, befahl Vaughn zähneknirschend, als sie sich beim Vorlesen der Beträge immer wieder verhaspelte.

»Soll ich Tee machen?«, fragte sie zögernd.

»Nein, du bleibst hier«, gab Vaughn knapp zurück und senkte den Kopf, um ihn nur gelegentlich zu heben und Grace peinliche Fragen zu stellen. »Ich kann nicht verstehen, wie deine Großeltern das zulassen konnten«, sagte er nach einer Weile, und zum zweiten Mal an diesem Nachmittag war Grace kurz davor, die Beherrschung zu verlieren.

»Sie haben mich während des Studiums unterstützt«, sagte sie wütend. »Und nur zu deiner Information, sie haben noch vier Enkel, und deren Studiengebühren haben sie auch bezahlt! Als ich Saint Martin's verlassen habe, haben sie mir 1000 Pfund gegeben, damit ich erst mal über die Runden komme.«

Vaughn schnaubte verächtlich. »Wissen die überhaupt, was los ist?«

»Mein Großvater hat mir eine Tabelle gemacht«, gestand Grace widerwillig. »Da sollte ich eintragen, wie viel ich im Monat habe und anfangen, das Bafög und die Überziehung meines Kontos zurückzuzahlen. Aber dafür hätte ich einen Job bei voller Bezahlung gebraucht. Wenn ich ihnen gesagt hätte, dass ich erst ein Praktikum machen musste, hätten sie mich wieder unterstützt, und das wollte ich nicht.«

»Kein Wunder, dass du so weit im Minus bist«, sagte Vaughn. »Was du verdienst, reicht für Miete, Nebenkosten, Reisen und, warte …« Er warf einen prüfenden Blick auf die Spalte mit säuberlich notierten Zahlen. »Ja, es bleiben zwanzig Pfund pro Woche für alles andere, inklusive Essen, Ausgehen und Kleidung. Da ist es keine Überraschung, dass du so viele Schulden angehäuft hast und es nicht schaffst, sie abzuzahlen.«

»Aber ich habe angefangen, sie abzuzahlen, mit der Vergütung, die ich von dir …«

»Ja, und das wäre sehr löblich, wenn du die Zahlungen auf die dringendsten Außenstände verteilt hättest.«

»Ich habe mir einfach die nächstbeste Rechnung gegriffen …«

»So etwas hatte ich schon vermutet«, sagte Vaughn. Es klang versöhnlicher, und er sah Grace auch nicht mehr so verärgert an. »Also wie gesagt, wenn ich mir deine Ausgaben ansehe und deinen Einnahmen gegenüberstelle, kann das gar nicht funktionieren. Deshalb verstehe ich auch nicht, woher diese Kontoauszüge kommen. Könntest du mir das erklären?«

Er reichte Grace einen Stapel Papiere, und als Grace einen Blick darauf warf, wünschte sie, sie hätte sie nie gesehen. »Was ist denn damit?«, stammelte sie.

»Wenn ich es richtig sehe, hast du in den letzten drei Jahren deinen Lebensunterhalt mit Visa und Mastercard bezahlt, aber du hast noch zehn weitere Kreditkarten, und du hast es an einem einzigen Tag geschafft, alle zu überziehen. Dafür hätte ich gern eine Erklärung.«

Grace starrte auf die Kreditkartenabrechnungen, ohne die Zahlen wahrzunehmen.

»Ich warte, Grace.« Vaughn hatte den Füllfederhalter beiseite gelegt und sah sie eindringlich an.

»Die Kleidungspauschale … die reicht für ein Outfit und Schuhe«, hörte sich Grace mit matter Stimme sagen. »Deshalb musste ich die Vergütung anbrechen, und jede Woche war eine andere Veranstaltung, für die ich etwas Neues gebraucht habe.« Das klang immerhin besser, als zuzugeben, dass Designerkleidung ihr den gleichen Kick verschaffte wie ihm Schokolade.

Doch dann sollte Grace feststellen, dass sie Vaughn noch nicht richtig wütend erlebt hatte, denn nun geriet er wirklich in Rage. Seine Augen funkelten, und sein Gesicht wurde kalkweiß.

»Das ist herzerweichend, Grace«, sagte er spöttisch, und in dem Moment hasste sie ihn wie noch niemanden zuvor – weil er ihr das antat, weil er Dinge an die Oberfläche zerrte, die sie lieber in den Schuhkartons unter ihrer Schlafcouch begraben hätte. »Lüg mich nicht an! Bis auf einen einzigen stammen diese Kontoauszüge aus der Zeit, bevor wir uns kannten. Also warum versuchst du es nicht mit einer anderen Version?«

»Hätte ich mein Strickzeug nicht in deinem Wagen vergessen, hättest du all das überhaupt nicht erfahren, und eigentlich geht dich das auch gar nichts an. Du wolltest mir doch sowieso den Laufpass geben, wegen ungebührlichen Verhaltens oder so. Also warum tust du es nicht einfach? Dann kann ich gehen und das ganze Zeug wieder mitnehmen.« Grace sprang auf und begann, die Rechnungen einzusammeln.

»Setz dich hin!«

Nie zuvor hatte Vaughn sie angeschrien. Das war auch nie nötig gewesen, denn eine eiskalte Bemerkung in ruhigem Tonfall wirkte viel besser. Aber jetzt donnerte er sie an, so laut, dass Grace sich augenblicklich wieder setzte. »Ich gehe«, sagte sie abwehrend, aber sie blieb sitzen.

»Leg die Rechnungen wieder auf den Tisch!«, befahl Vaughn in normaler Lautstärke, aber mit knirschenden Zähnen. »Welche Lösung schlägst du vor?«

Grace starrte auf den Stapel Papiere und dann auf ihre Füße. Die Vereinbarung mit Vaughn hatte doch die Lösung sein sollen, aber sie hatte sie nur tiefer in die Schulden getrieben. »Ich weiß nicht«, sagte sie. »Vielleicht sollte ich Privatinsolvenz anmelden.«

»Weißt du überhaupt, was das bedeutet?«, fragte Vaughn.

»Ich kann mich ja bei Google darüber informieren«, gab Grace bissig zurück. »Ich weiß, dass ich alles vermasselt habe, und kreditwürdig werde ich wahrscheinlich nie wieder, aber ich habe sowieso nicht vor, eine Hypothek aufzunehmen. Also warum sollte ich nicht Insolvenz anmelden? Es spielt doch keine Rolle mehr. Einen anderen Ausweg gibt es nicht. Sind wir dann hier fertig?«

»Willst du die magische Zahl überhaupt nicht wissen?«

»Die ist mir egal!« Es ließ sich überraschend leicht sagen, als wäre es die Wahrheit, als hätte sie nie von Nudeln aus der Dose gelebt oder vor lauter Angst vor dem Gerichtsvollzieher nächtelang nicht geschlafen.

Vaughn riss ein Blatt Papier von dem Notizblock und schrieb etwas darauf. Dann schob er das Blatt zu Grace hinüber. »Lies vor!«

Grace schob es zurück, und so ging es ein paar Mal hin und her, bis Vaughn aufstand und ihr das Papier in die Hand drückte. »Lies laut vor!«, wiederholte er so ungehalten, dass Grace die Haare zu Berge standen.

Die Zahl war Angst einflößend, aber das war nichts im Vergleich zu Vaughn, wenn er kurz davor war, die Geduld zu verlieren. Grace ballte die Faust um das feinste Büttenpapier, das Smythson zu bieten hatte.

»Ich kann … das nicht. Bitte zwing mich nicht dazu.«

Vaughn öffnete jeden einzelnen ihrer Finger. Er nahm ihr das Papier ab und strich es glatt.

»Lies vor!«

Grace wusste, er würde sie nicht schlagen. Aber sie hatte das Gefühl, er war kurz davor, seine Hände um ihren Hals zu legen und sie ein bisschen zu würgen, denn sie hatte ihn zur Weißglut getrieben.

Sie zwang sich, sich auf die Zahl zu konzentrieren. Sie sah aus wie eine Telefonnummer, mit vielen Ziffern. Grace las sie laut vor, und dann stieß sie Vaughn beiseite und eilte ins Badezimmer, um sich zu übergeben.

Im Büro war es ruhig am nächsten Morgen. Kiki und die anderen Mitarbeiter des Fashion-Teams waren Skilaufen, und Lily, die es nicht für nötig gehalten hatte, sich für die Espressomaschine zu bedanken, war auf Hochzeitsreise.

So hatte Grace Zeit, eine To-do-Liste zu erstellen und einen Punkt nach dem anderen abzuhaken. Ein paar Mal hatte sie schon versucht, ihren Bankberater anzurufen, aber nun, da sie ihn sprechen wollte, war er nicht zu erreichen. Anschließend hatte sie sich bei eBay informiert, wie viel sie für die Sachen bekommen würde, die von ihren Kauforgien hängen geblieben waren.

Und immer wieder hatte sie die magische Zahl vor Augen – mit allen fünf Ziffern. Die Stellen hinter dem Komma mitgezählt, waren es sogar sieben. Aber wenigstens war sie nun bereit, sich den Tatsachen zu stellen. Sie selbst hatte sich in diese missliche Lage hineinmanövriert, also würde sie auch selbst dafür sorgen, alles zu klären. Denn niemand würde es an ihrer Stelle erledigen – Vaughn schon mal gar nicht, der hatte sie nämlich in sein Gästezimmer einquartiert.

Plötzlich klingelte ihr BlackBerry, und sie dachte, Vaughn wolle sie kontrollieren, aber es war Madeleine Jones.

»Ein frohes neues Jahr, Grace«, sagte sie freundlich. »Hoffentlich geht es Ihnen besser.« Wahrscheinlich sollte sie sichergehen, dass Grace nicht zusammenklappte, wenn sie ihr mitteilte, dass Vaughn sie loswerden wollte. Das hätte ihm ähnlich gesehen!

»Mir geht es gut. Ihnen auch ein frohes neues Jahr«, antwortete Grace mechanisch. »Ich nehme an, er hat Sie nicht gefeuert.«

»Damit droht er mir mindestens einmal die Woche. Nach dem ersten Jahr habe ich aufgehört, es mir zu Herzen zu nehmen«, sagte Madeleine ungerührt. Grace hätte sich auch nicht vorstellen können, dass Madeleine sich von jemandem unterkriegen ließ, nicht einmal von Vaughn. »Es tut mir wirklich leid, dass ich vergessen habe, mich um Ihre Grippe-Impfung zu kümmern. Im Ausland krank zu werden, ist wirklich kein Vergnügen.«

»Immerhin bin ich so um den Skikurs herumgekommen«, sagte Grace. Madeleine musste lachen, und Grace war froh, dass sie über die frostigen Telefonate längst hinaus waren. Aber sie wünschte, Madeleine würde endlich zur Sache kommen. »Gibt es sonst noch etwas?«

Es entstand eine unbehagliche Pause. »Vaughn hat mich gebeten, Sie anzurufen …«

Grace schloss die Augen. Warum hatte sie solche Angst vor Madeleines nächsten Worten? Auch eine Beziehung, die eigentlich keine war, konnte nicht ewig dauern, wenn man die meiste Zeit damit verbrachte, sich zu streiten.

»Bis Ende der Woche ist er in Berlin«, fuhr Madeleine fort. »Ich schicke Ihnen die Sicherheitscodes für sein Haus mit einem Boten. Aber Sie dürfen sie nicht verlieren. Am besten lernen Sie sie auswendig und vernichten den Zettel.«

»Okay.«

»Der letzte Satz war ein Scherz, Grace«, sagte Madeleine. »Ich schicke Ihnen auch etwas Bargeld, damit sie über die Runden kommen«, fuhr sie hastig fort, als wolle sie das unangenehme Thema schnellstens hinter sich bringen. »Aber nicht die volle Summe der Vergütung – darüber müssen Sie selbst mit Vaughn sprechen, sobald er zurück ist. Ich glaube, das wäre dann erst mal alles. Denken Sie daran, die Alarmanlage einzuschalten.«

»Weiter hat er nichts gesagt?«, fragte Grace mit zitternder Stimme, obwohl sie sich schon damit abgefunden hatte, die Ungewissheit noch ein paar Tage zu ertragen.

»Ach ja, ich soll Sie daran erinnern, dass Sie sich den Mantel zuknöpfen«, antwortete Madeleine.

»Sollte ich nicht lieber zurück in meine Wohnung ziehen?«

»Das halte ich für keine gute Idee. Um ehrlich zu sein, ich glaube, es kommt nicht infrage.«

Tröstend zu wissen, dass Vaughn sie nicht einfach zurückschicken wollte, auch wenn er ansonsten fertig mit ihr war. »Er ist richtig sauer, oder?«, fragte Grace.

»Sie wissen doch, dazu kann ich nichts sagen«, antwortete Madeleine mit sanfter Stimme. »Melden Sie sich, wenn Sie noch etwas brauchen, und bitte, denken Sie an die Alarmanlage! Wenn das Haus leer geräumt wird, fängt er wirklich an zu toben. Dann können wir nur noch auswandern.«

Grace musste lächeln – zum ersten Mal in diesem Jahr.

Auf keinen Fall würde sie in Hampstead bleiben – das hatte sich Grace fest vorgenommen. Doch als sie nach der Arbeit in Vaughns Haus zurückkehrte, fand sie ihren gesamten Besitz in der Eingangshalle, verpackt in Kartons und ordentlich aufgestapelt.

Die Woche verging, und Grace konnte nichts weiter tun, als abzuwarten – und vergeblich ihrem Kundenberater bei der Bank hinterherzutelefonieren. Sie hatte sich auch schon nach einem Termin bei einem Schuldenberater erkundigt, aber dazu musste sie die Rechnungen mitbringen, und die waren nirgends zu finden – ausgerechnet jetzt, wo sie bereit war, sich der Situation zu stellen.

Am Freitag fühlte sie sich schon weniger verloren – doch bald holte die Wirklichkeit sie ein. Madeleine weckte sie mit einer Textnachricht, um sie darüber zu informieren, dass Vaughn am Abend nach Hause kommen würde. Und auch Lily war zurück von ihrer Hochzeitsreise und strafte Grace mit Verachtung. Abgesehen von perfekter Sonnenbräune hatte Lily ein Stadium erreicht, in dem sie mehr fett aussah als schwanger, und Grace wünschte, sie hätte es vermieden, sich zu ihr in den Aufzug zu quetschen.

»Irgendwann musst du doch wieder mit mir reden«, sagte sie, als die Türen sich öffneten. »Erzähl mal, wie war denn die Hochzeit?« Dabei hatten die anderen Grace die Hochzeit längst ausführlich beschrieben: Es war ein wunderbarer Tag gewesen,

Lily hatte ausgesehen wie Nico in ihrer Velvet-Underground-Ära, und Dan hatte unter Tränen sein Jawort gegeben. Doch offenbar hatte Lily all das schon vergessen. »Dein Kleid war viel zu kurz für meine Cousine«, sagte sie und schubste Grace zur Seite. »Und wie bist du überhaupt auf die dämliche Idee gekommen, uns eine Espressomaschine zu schenken? Du weißt doch, ich darf im Moment keinen Kaffee trinken.«

Nach diesem unerfreulichen Zusammentreffen war Grace froh, in Vaughns Zuhause zurückzukehren. Doch Vaughn selbst ließ noch auf sich warten. Also ging sie hinauf in das kleinere Wohnzimmer und machte es sich mit einer Portion Shepherd's Pie auf dem Sofa gemütlich. Mittlerweile wusste sie Vaughns *Sky-Plus*-Anschluss zu schätzen, und da sie es geschafft hatte, *America's Next Top Model* zu programmieren, richtete sie sich auf einen Fernsehmarathon ein.

Grace musste lachen, als Tyra Banks eine Kandidatin dazu bringen wollte, ihre Augen lächeln zu lassen, da stand Vaughn plötzlich in der Tür.

»Oh, hey«, nuschelte sie mit vollem Mund.

»Hallo.« Vaughn blieb im Türrahmen stehen, während Grace hastig die Kissen zurechtrückte. »Lass nur, mach dir keine Umstände.«

»Ich wusste nicht, wann du zurückkommst. Madeleine sagte, es könnte spät werden.«

»Ein paar Meetings sind abgesagt worden, deshalb ging es schneller.« Vaughn warf Aktentasche, Mantel und Laptop auf das antike Sideboard, das viel zu alt schien, um so viel Gewicht auszuhalten. »Wo willst du denn hin?«

»Ich will das nur eben in die Spülmaschine stellen.«

Vaughn folgte ihr in die Küche und lehnte sich an die Tür, als wüsste er gar nicht, was er dort zu suchen hatte. Welch ungewohnter Anblick, dachte Grace und streckte die Waffen. »Du siehst aus, als hättest du im Windkanal geschlafen«, sagte sie – aber mit einem Lächeln, um Vaughn zu signalisieren, dass sie es nicht böse meinte.

»Ich komme von einem langen, anstrengenden Meeting, bei dem ich mir buchstäblich die Haare hätte ausreißen können«, erklärte Vaughn.

»Hast du überhaupt schon etwas gegessen?«

»Im Flugzeug, ein wenig.«

»Ich habe Shepherd's Pie gemacht. Und es ist noch massenhaft übrig.«

Vaughn aß zwei Portionen, aber den Wein, den Grace gekauft hatte, wollte er nicht trinken. Stattdessen öffnete er eine Flasche Merlot, der vermutlich älter war als Grace selbst, während sie die Spülmaschine anstellte, Herd und Arbeitsplatte abwischte und den Rest Shepherd's Pie in Tupperdosen füllte.

»Wir müssen uns unterhalten, Grace. Setz dich!« Immerhin wollte er die unerträgliche Situation nicht weiter in die Länge ziehen, musste Grace ihm zugutehalten und setzte sich ihm gegenüber.

»Tut mir leid, dass ich dich da hineingezogen habe«, begann sie, denn wo sollte sie sonst anfangen? »Und dass ich dir vorgejammert habe, wie schwer es ist, mit ein paar Tausend Pfund im Monat zurechtzukommen. Ich möchte, dass du weißt, wie dankbar ich dir für alles bin. Ich hätte dir das nicht so vor die Füße knallen sollen.«

Vaughn wirkte überrascht, und nun legte er die Finger aneinander und sah Grace darüber hinweg an. »Hast du die Vereinbarung nur deshalb unterschrieben, weil du Geld brauchtest?«

Das klang nicht so spöttisch wie sonst, wenn er sauer war, doch Grace zögerte, denn die Wahrheit würde ihm nicht gefallen.

»Ich will nur, dass wir darüber reden«, sagte Vaughn, als könne er ihre Gedanken lesen. »Du hast mich dermaßen mit Kohlehydraten gemästet, da bezweifle ich, dass ich es überhaupt schaffe, mich aufzuregen.«

Grace nickte und biss sich auf die Lippe, während sie versuchte, die richtigen Worte zu finden. »Wenn ich nicht pleite gewesen wäre, wäre ich wahrscheinlich nicht deine Geliebte geworden. Aber das war ja nicht meine Idee, der Vorschlag kam von dir. Hättest du mich einfach gefragt, ob ich mit dir zusammen sein wollte, dann wäre die Antwort ›ja‹ gewesen, denn du hast mir gefallen. Du weißt, dass ich schon in New York mit dir geschlafen hätte.«

»Die Vergütung sollte doch nur ein Taschengeld sein«, sagte Vaughn. »Ein zusätzlicher Anreiz, nicht dazu gedacht, um davon zu leben.«

»Taschengeld? Du hast mir in zwei Monaten mehr gezahlt, als ich sonst im ganzen Jahr verdiene!«

»Ich konnte aber nicht wissen, dass du für einen Hungerlohn arbeitest. Ich dachte, du verdienst mindestens zehnmal so viel und schleppst massenweise Kleidung nach Hause, die die Modefirmen dir überlassen«, rechtfertigte Vaughn sich.

»Wir müssen alles, was wir fotografiert haben, zurückschicken«, setzte Grace ihn in Kenntnis. »Für New Look habe ich eine Rabattkarte, mehr nicht.«

»Du hättest mir doch sagen können, dass du mehr Geld brauchst. Du hättest wissen müssen, dass ich es dir gegeben hätte, ohne weitere Fragen zu stellen. Warum hast du mir all das nicht erzählt? Hattest du kein Vertrauen zu mir?«

»Weil ich gar nicht an meine Schulden denken wollte, auch wenn es mir noch so schwerfiel, sie zu verdrängen. Außerdem kenne ich dich gar nicht richtig.«

»Was soll das heißen, du kennst mich nicht richtig? Immerhin schläfst du seit vier Monaten mit mir.«

»Aber das bedeutet doch nicht, dass ich dich kenne«, sagte Grace. »Du kanntest mich ja auch nicht, bis dir letzten Montag all das um die Ohren geflogen ist.«

»In Buenos Aires habe ich dir Dinge anvertraut, die ich noch niemandem erzählt hatte«, gab Vaughn zurück.

»Und dann hast du dich darüber geärgert. Herrgott noch mal, Vaughn, wie oft habe ich mich schon vor dir zum Narren gemacht! Du hast mich gezwungen, mir diese Rechnungen anzusehen, du weißt so viel über mich, und dann bist du so sauer auf mich geworden …«

»Fühlst du dich eingeschüchtert?«, fragte Vaughn.

»Ja, ein bisschen«, musste Grace zugeben. »Nicht unbedingt eingeschüchtert, aber manchmal kannst du einem schon Respekt einflößen.«

Vaughn streckte die Arme und versuchte, sich zu entspannen. »Aber du weißt doch: Hunde, die bellen, beißen nicht.«

Da bin ich mir nicht so sicher, dachte Grace und zuckte hilflos die Achseln. »So schrecklich es auch war, eigentlich bin ich froh, denn irgendwann musste ich mich doch mit der Situation auseinandersetzen. Ich werde einen Teil meiner Sachen verkaufen, und ich habe einen Termin bei einem Schuldenberater vereinbart. Der meint, er könnte die Inkassofirmen dazu bewegen, auf einen Teil der Zinsen zu verzichten. Vielleicht sollte ich wieder nach Worthing ziehen, um Geld zu sparen. Und ich habe meinem Bankberater zigmal auf den Anrufbeantworter gesprochen, aber wie es scheint, will der auch nichts mehr mit mir zu tun haben. Ich muss unbedingt die Rechnungen finden …«

»Halt! Jetzt mal langsam«, unterbrach Vaughn sie. Er stand auf und nahm Graces Handtasche von der Arbeitsplatte. »Gib mir deine Kreditkarten!«

Grace sah ihn verständnislos an. »Hast du nicht gehört, was ich gesagt habe? Ich werde das alles klären.«

»Dann gib mir die Karten!«, verlangte Vaughn.

Eigentlich keine schlechte Idee, Vaughn die Karten zu überlassen, damit sie gar nicht erst in Versuchung kam. »Aber eine muss ich behalten, falls …«

»Alle!«, sagte Vaughn unerbittlich.«

»Auf der Top-Shop-Karte ist aber noch ein Guthaben«, wollte Grace protestieren, als sie Vaughn die Kreditkarten in die Hand drückte.

»Grace, ich habe gesagt, ich will mich nicht mit dir streiten, aber da fehlen zwei.«

Mit zitternden Händen öffnete Grace den Reißverschluss der Innentasche und gab Vaughn eine der beiden Karten. Um die andere zu finden, mussten sie hinauf ins Gästezimmer, wo Grace eine Viertelstunde lang die Kartons durchsuchte. Als sie Vaughn die Karte ausgehändigt hatte, legte er sämtliche Kreditkarten aufgefächert aufs Bett. »Nichts weiter als Plastik und Computerchips«, sagte er und steckte sie in die Brusttasche seines Hemds.

Jetzt wird er sich wohl verabschieden, dachte Grace, in aller Form und Höflichkeit.

»Ich werde deine Schulden bezahlen«, sagte Vaughn – und es war das Letzte, womit Grace gerechnet hatte. »Mein Steuerberater hat sich schon mit deinen Gläubigern in Verbindung gesetzt. Bis Ende nächster Woche ist alles geregelt. Und ich habe etwas für dich.«

Vaughn griff in die Hosentasche und legte eine Karte aufs Bett.

Grace traute ihren Augen nicht. »Was ist denn das?«

»American Express – eine schwarze Amexcard. Davon warst du doch immer so angetan. Ich dachte, du würdest sie sofort erkennen.«

»Ja, aber warum steht mein Name darauf?«

»Sie gehört dir«, sagte Vaughn »Von jetzt an werde ich dir nur noch 200 Pfund Cash auszahlen, für den Fall, dass du etwas bar bezahlen musst. Alles andere bezahlst du mit der Karte. Ich werde die Abrechnungen nicht kontrollieren, aber es wäre schön, wenn du größere Anschaffungen mit mir absprechen könntest – Rennbote, Tiaras und so weiter. Deine Vergütung wirst du nicht in die Finger kriegen. Die geht auf dein Bankkonto, und da bleibt sie liegen, wegen der Zinsen.« Er legte Grace die Amexcard in die Hand. »Betrachte sie als eine Art Stützräder.«

Grace schossen Tränen in die Augen. »Warum … Ich meine, wie kommst du darauf?«

»Nicht weinen«, sagte Vaughn, aber dafür war es zu spät.

Grace schlug die Hände vors Gesicht und brach in Tränen aus. Vaughn setzte sich neben sie, nahm sie in die Arme und zog sie auf seinen Schoß. Grace weinte weiter, und Vaughn machte nicht den Versuch, sie davon abzuhalten. Er strich ihr übers Haar und flüsterte tröstende Worte, bis sie sich endlich beruhigte.

»Ich habe noch nie jemanden so oft weinen sehen«, sagte er schließlich. »Ich wollte dich gar nicht so aus der Fassung bringen. Ich dachte, ich würde dir eine Freude machen.«

»Das hast du auch, aber ich verdiene es gar nicht.«

»Darüber sind wir doch wohl hinaus. Von dem Geld, was du verdienst, kann man wirklich nicht leben.«

»Nein, nein, darum geht es nicht. Ich habe immer das Gefühl, ich bin nicht gut genug. Dann kaufe ich mir neue Sachen und denke, wenn ich etwas Schönes habe, muss ich doch etwas wert sein. Später merke ich, so funktioniert es nicht. Weißt du, was ich meine?«

»Ja, ich weiß genau, was du meinst«, sagte Vaughn leise. »Aber ich will dir die Chance zu einem Neuanfang geben. Ich weiß nämlich, solche Chancen sind selten. Also nutze sie.«

»Das werde ich«, versicherte Grace. »Und ich werde dir alles zurückzahlen. Vielleicht dauert es eine Weile, aber …«

»Das ist nicht nötig«, sagte Vaughn, und Grace spürte, dass er sich anspannte.

»Ich möchte es aber – das gehört sich doch wohl. Es ist so viel Geld«, wandte Grace ein.

»Es ist nur Geld, und Geld ist nur wichtig, wenn man keins hat. Ich habe eine Menge, und es ist meine Sache, was ich damit mache«, erklärte Vaughn. »Außerdem zahle ich nicht die vollen Beträge. Ich habe verhandelt, und Zinsen und Mahngebühren werden gestrichen. Die Vergütung, die ich dir gezahlt habe, war wirklich nicht genug. Früher, na ja, da hatte ich andere Vereinbarungen. Betrachte es also als eine Lektion, dich niemals sofort zufriedenzugeben.«

»Was meinst du mit ›früher‹«, wollte Grace wissen, denn nun siegte die Neugier. »Wie hast du dich denn mit den anderen Frauen geeinigt …«

»Darüber gibt es nichts zu erzählen«, sagte Vaughn in barschem Ton, dann wurde seine Stimme wieder sanfter. »Lass uns lieber von dir sprechen. Wirklich, Grace, was du mir am Heiligabend an Provision verschafft hast, ist weitaus mehr, als die Überweisungen an ein paar Inkassofirmen. Du darfst nicht glauben, du müsstest dich bei mir bedanken.«

»So einfach kann es doch nicht sein«, protestierte Grace. »Nichts ist so einfach.« Oder doch, dachte Grace, als sie sich daran erinnerte, wie Vaughn sie Heiligabend dazu gebracht hatte, an diesem Lunch teilzunehmen. »Ich dachte schon, du wolltest dich von mir trennen. Meine Güte, ich kann kaum glauben, dass du mich nach all dem nicht leid bist.«

»Du neigst eben zu voreiligen Schlussfolgerungen. Es war nicht so, dass dein Bankberater nichts mehr mit dir zu tun haben wollte. Er hatte die strikte Anweisung, nur mit mir zu verhandeln. Und ich will dich nicht loswerden. Denn auch wenn es nicht immer so aussieht, aber ich habe dich … sehr lieb gewonnen.«

»Wirklich?« Grace wusste, das hatte ein wenig skeptisch geklungen, aber sie hatte nicht das Gefühl, viel dafür getan zu haben.

»Ja, wirklich. Doch dir scheint es nicht unbedingt genauso zu gehen. Du hast gesagt, du würdest mich hassen.«

»An dem Tag warst du richtig gemein«, rief Grace ihm ins Gedächtnis. »Aber ansonsten habe ich dich gern. Wenn du nett zu mir bist, dann mag ich dich besonders.«

»Dann magst du mich jetzt also, weil ich nett zu dir bin?«, wollte Vaughn wissen.

»Sehr nett sogar, auch wenn ich immer noch nicht weiß, warum. Ich habe Geld ausgegeben, das ich nicht hatte. Und meine Großeltern sagen immer, man muss die Konsequenzen tragen. Deshalb will ich es dir auch zurückzahlen.«

»Grace, die Gründe für unsere Vereinbarung bleiben doch bestehen. Ich brauche jemanden, der Veranstaltungen organisiert und mich begleitet. Und Herrgott noch mal, bei Noah komme ich ohne deine Hilfe nicht weiter. Du bist der einzige Mensch, bei dem er sich einigermaßen benimmt. Und nach diesem wunderbaren Essen heute Abend hoffe ich, du wirst einmal die Woche für mich kochen.«

»Das war doch nichts Besonderes.«

»Für mich war es das erste selbst gekochte Essen seit Jahren. Und jetzt versprich mir, das Geld nie wieder zu erwähnen. Du hast dich lange genug damit gequält. Das hat sich nun erledigt.«

»Ich danke dir, auch wenn du sagst, dass das Geld nichts bedeutet. Aber was du für mich getan hast, bedeutet mir sehr viel.«

»Und morgen solltest du deine Sachen auspacken«, fuhr

Vaughn fort. »Du kannst hier wohnen. Ich habe doch viel mehr Zimmer, als ich brauche.« Dem konnte Grace nicht widersprechen. »Außerdem ist es praktischer, denn in den nächsten Wochen werden wir so viel zu tun haben, dass es viel zu umständlich wäre, hin und her zu fahren.«

Auch das stimmte, doch obwohl Grace unendlich dankbar war, fühlte sie sich ein wenig überrumpelt. »Letzte Woche dachte ich noch, du wolltest mich loswerden, und jetzt soll ich bei dir wohnen?«

»Letzte Woche ist vorbei«, sagte Vaughn. »Die Dinge haben sich geändert.«

»Bist du dir da sicher?«

»Absolut«, bekräftigte Vaughn. »Solange ich nicht wieder zu viel trinke und mein Innerstes offenbare, müssten wir eigentlich zurechtkommen. Aber nun ist das Wichtigste besprochen. Sollen wir alles Weitere nicht lieber auf morgen verschieben?« Vaughn schlug die Bettdecke zurück. »Du bist doch sicher müde.«

Grace kroch unter die Decke und genoss es, dass Vaughn sich zu ihr legte. »Noch nie war jemand so gut zu mir«, flüsterte sie, als er das Licht auf dem Nachttisch ausmachte. »Nie hatte jemand so viel Vertrauen. Ich will dich nicht enttäuschen.«

»Das wirst du auch nicht. Und jetzt schlaf.«

Obwohl Grace immer behauptete, sie würde still liegen, konnte sie nicht anders, als sich noch einmal umzudrehen – was Vaughn mit einem genervten Schnauben zur Kenntnis nahm. Und das schien ihr seltsam tröstlich. »Ich schlafe nicht gern angezogen.«

»Dann zieh dich aus.« Grace hätte schwören können, sie hatte gehört, wie er mit den Zähnen knirschte.

Nachdem sie sich ausgezogen hatte, schien sich seine Stimmung zu ändern, denn nun lag eine Spannung in der Luft.

Grace drehte sich um und wollte ihn küssen. »Das scheint jetzt wohl nicht angemessen«, sagte er, aber es hätte überzeugender geklungen, wenn er sich nicht auf die Lippe hätte beißen müssen.

»Ist es morgen vielleicht angemessener?«, fragte Grace pikiert. »Es ist schon über eine Woche her, und ich will doch nur deine Nähe spüren.«

»Du sollst aber nicht denken, ich würde mir einen Vorteil verschaffen.«

»Und du sollst nicht denken, ich würde dir auf diese Art meine Dankbarkeit zeigen. Ich will einfach mit dir schlafen, und ich weiß, dass es dir genauso geht. Das mit uns hätte doch niemals angefangen, wenn wir es nicht gewollt hätten.«

Vaughn versuchte, sich ihren umherschweifenden Händen zu entziehen, und Grace stellte fest, dass es sich gar nicht so schlecht anfühlte, einmal nicht die Verführte, sondern die Verführerin zu sein.

»Ich dachte, du bist müde«, hielt Vaughn dagegen, aber Grace spürte, es fehlte nicht viel und er würde sich ergeben.

»So müde nun auch wieder nicht«, sagte sie, und als sie sich an ihn schmiegte, gab er jeglichen Widerstand auf.

Es war anders als sonst. Behutsamer, stiller, sie ließen sich Zeit für ausgiebige Küsse, und als Grace kam, weinte sie ein wenig, als brauchte sie diese Erleichterung, um ihre Seele reinzuwaschen.

Viel später, als Vaughn sie in den Armen hielt und ihr endlich die Augen zufielen, war er derjenige, der nicht einschlafen konnte. »Unsere Vereinbarung gilt immer noch, Grace. Auch wenn wir uns so nahekommen – das hier ist keine Beziehung.«

Vaughn hatte wirklich ein unmögliches Timing! »Aber vielleicht könnten wir Freunde werden.«

»Freunde?«, echote Vaughn, als wäre dieser Begriff ihm vollkommen neu. »Freunde« war sicher nicht das richtige Wort, aber für den Anfang musste es reichen.

»Was du für mich getan hast, ist unglaublich, und ich bin dir wirklich mehr als dankbar. Aber keine Sorge, ich werde mich nicht in dich verlieben. Ich bin einfach nicht der Typ, der sich verlieben kann.«

»Bist du nicht ein bisschen jung, um den Glauben an die Liebe aufzugeben?«, wollte Vaughn wissen.

»Das hat nichts mit dem Alter zu tun«, murmelte Grace. »Ich habe nie daran geglaubt, also brauche ich auch nichts aufzugeben.«

»Dann lass uns Freunde sein«, sagte Vaughn und löste sich unter Graces leisem Protest aus der Umarmung. Er hob die Bettdecke vom Boden auf und breitete sie über sie beide. »Wir sind doch ein gutes Team, obwohl keiner von uns darauf abgerichtet ist, oder?«

Grace wusste genau, was er meinte. Denn obwohl sie so verschieden waren – oder vielleicht gerade deshalb –, waren sie die perfekte Kombination. Auf jeden Topf passte eben ein Deckel. Und Vaughn war genauso verkorkst wie sie – er konnte es lediglich besser verbergen.

Kapitel 22

Wenn Grace sonst morgens aufgewacht war, hatte es ein paar Sekunden gedauert, bis ihr bewusst wurde, dass ein Stapel Rechnungen auf der Fußmatte lauerte und sie kurz davor war, von irgendeinem Typen abgeschossen zu werden. Wenn sie nun die Augen aufschlug, brauchte sie ebenso lange, bis ihr wieder einfiel, wo sie war – in einem Zimmer mit begehbarem Kleiderschrank und Bridget-Riley-Bildern an den zartblau gestrichenen Wänden, die sie sich in Vaughns temperiertem Lagerraum am Kings Cross hatte aussuchen dürfen.

Aber nicht nur die äußeren Umstände hatten sich geändert. An den Abenden, an denen sie nicht ausgingen, bestand Vaughn darauf, dass Grace acht Stunden Schlaf bekam – was ebenso gut gemeint wie lästig war. Aber es funktionierte in beide Richtungen, sich umeinander zu kümmern, und so hatte Grace Vaughn klargemacht, dass ein Proteinriegel kein Ersatz für ein anständiges Abendessen war.

Abgesehen davon hatte Vaughn nicht untertrieben, denn die folgenden Wochen waren wirklich hektisch. Dinnerpartys und Ausstellungen wechselten sich ab, und es schien Grace, dass sich in ihrer neuen Welt auch neue Türen öffneten. Man musste eben den geheimen Handschlag und das Passwort kennen. Nun war sie nicht länger Vaughns neues Mädchen, sondern die Frau, die mit ihm zusammenlebte. Und da war es beinahe ein Glück, dass sie nach wie vor ihren alten Job hatte, um auf dem Teppich zu bleiben – aber ohne sich alles gefallen zu lassen, sodass selbst Lucie und Courtney ihr neuerdings mit Respekt begegneten. Doch sie wollte sich nicht vorwerfen lassen, sie hätte abgehoben – was auch gar nicht möglich gewesen wäre, solange Kiki das Sagen hatte.

»Pass bloß auf, dass du bei all den gesellschaftlichen Aktivitäten nicht die Arbeit vernachlässigst!«, sagte sie jedes Mal in bissigem Ton, wenn Grace sich wieder ein paar Urlaubstage genehmigen lassen wollte. Doch anstatt sie wie früher mit Botengängen zu bombardieren, überließ Kiki Grace nun die Wochenplanung. Außerdem hatte Kiki es sich zur Aufgabe gemacht, Grace bezüglich ihres Outfits unter die Fittiche zu nehmen. Ganz entgegen ihrer sonstigen Gewohnheit erschien sie plötzlich in der Kleiderkammer und wollte wissen, was Grace vorhatte und was sie anziehen würde. Und nachdem Kiki die eine oder andere Montur verrissen hatte, dämmerte es Grace, dass sie eine Menge Zeit sparen konnte, wenn sie Kiki einfach vorher um Rat fragte.

So hatten sich eine Menge Probleme erledigt – bis auf das mit Lily. Die anderen Mitarbeiter der Beauty-Redaktion straften Grace längst nicht mehr mit vernichtenden Blicken und eisigem Schweigen. Maggie, die Leiterin der Redaktion, hatte sich sogar lobend über ihre neue Haarfarbe geäußert: »Sieht nett aus mit den helleren Strähnen, Süße.« Doch der Streit mit Lily dauerte nun schon genau 12 Wochen, und es gab keinerlei Anzeichen, dass sie einlenken würde.

»Ich grüße sie jeden Morgen und sage immer etwas Nettes über ihre Kleidung oder frage sie, wie es mit der Schwangerschaft läuft«, beklagte sich Grace bei Vaughn, als sie an einem regnerischen Februarnachmittag in einer zugigen ehemaligen Kirche standen.

Dass Grace fröstelte, konnte jedoch nicht allein an der Zugluft liegen, denn die Bilder, die Noah zur Eröffnung seiner neuen Ausstellung mit dem bezeichnenden Titel *The Killing Fields* präsentierte, jagten ihr einen kalten Schauer über den Rücken. Auf den ersten Blick sahen sie aus wie blutrote Mohnfelder, doch auf den zweiten Blick glaubte Grace, verstümmelte Frauenkörper zu erkennen. Konnte es sein, dass Noah eigentlich nur Müll produzierte und nicht mal wusste, wie man eine Blume oder eine Vagina zeichnete?

»Vielleicht solltest du das Ganze als abgehakt verbuchen«, sagte Vaughn, aber Grace wusste, dass er ohnehin nur mit halbem Ohr zuhörte – wie immer, wenn sie vor irgendwelchen Bildern standen. »Damit ersparst du dir eine Menge Kummer.«

»Aber sie kann mich doch nicht ewig ignorieren«, sinnierte

Grace und sah sich um. Es war eine ganz andere Ausstellung als üblich: verwaschene Jeans, japanische Turnschuhe in limitierter Auflage und Baseballkappen anstelle von Cocktailkleidern und Smoking. »Noah will was von dir », wechselte sie das Thema und stieß Vaughn in die Rippen.

»Wahrscheinlich soll ich noch ein paar Runden springen lassen«, gab Vaughn missmutig zurück und drückte Graces Hand, bevor er sich in Bewegung setzte.

Während Vaughn die Rechnung bezahlte, setzte sich Grace mit einer Flasche Bier zu ein paar Leuten, die sie aus ihrer Studienzeit kannte. Kurz darauf stand Vaughn am Rand der Menge und wirkte vollkommen verloren. Vielleicht hätte er doch keinen Anzug tragen sollen, dachte Grace, darin sieht er aus wie eine nachgemachte Chanel-Tasche im Schaufenster.

Als allmählich die alkoholischen Getränke ausgingen, lichteten sich die Reihen, und sie sahen sich die Bilder noch einmal an. »Was hältst du von Noahs Arbeiten?«, fragte Vaughn und zeigte auf die größte Leinwand von allen – Geschmiere in Rot, das Grace an eine benutzte Damenbinde erinnerte.

»Verstörend! Ich bringe es kaum über mich, genau hinzusehen«, gab Grace Auskunft. »Diese Bilder sind obszön und frauenfeindlich. Solltest du auf die Idee kommen, eins davon zu Hause aufzuhängen, bin ich weg.«

»Die Arbeiten seiner Diplom-Ausstellung waren wesentlich nuancierter, Bleistift- und Tintenzeichnungen mit unterschiedlichen Motiven«, sagte Vaughn nachdenklich. »Ich weiß nicht, ob das hier provokativ gemeint ist oder ob er sich in eine neue Richtung entwickelt.«

»Warum fährst du nicht einfach in sein Atelier und fragst ihn?«, gab Grace zurück. Allmählich hatte sie genug davon, über Noah zu reden, nachdem Lola ihr eine halbe Stunde lang in den Ohren gelegen hatte, weil sie den Verdacht hatte, dass

Noah mit einer anderen ins Bett ging. Von der kommunistischen Beziehung hatte sie scheinbar keine Ahnung, und Grace hätte sie am liebsten aufgeklärt.

»Weil er keinen Zweifel daran gelassen hat, dass ich nicht willkommen wäre«, beantwortete Vaughn ihre Frage. »Ich glaube, er kann mich nicht leiden.«

»Darüber würde ich mir nicht den Kopf zerbrechen«, sagte Grace in vernichtendem Ton.

»Es bringt nichts, ihn auf Dinnerpartys einzuladen und mit einflussreichen Käufern und Kuratoren in Kontakt zu bringen«, sagte Vaughn.

»Glaubst du wirklich, er ist den Aufwand überhaupt wert?«

»Ja«, antwortete Vaughn ohne Wenn und Aber und bugsierte Grace zur Garderobe. »Er könnte ein wichtiger Vertreter einer neuen Kunstrichtung werden. Was kann ich nur tun, um ihn auf Kurs zu bringen?«

»Es hat mir schon länger auf der Zunge gelegen, aber ich wusste nicht, was du davon halten würdest«, sagte Grace. »Vielleicht solltest du eine etwas bodenständigere Party veranstalten, mit jüngeren Leuten. Du könntest eine Ausstellung in einer der neueren Galerien sponsern. Da würden massenweise Leute wie Noah auftauchen. Und ein paar junge Modedesigner und all die Fotografen und Models, die ich kenne.«

»In Whitechapel gibt es eine kleine Galerie, die ist ganz interessant. Da zu investieren, wäre perfekt, um …«, begann Vaughn, sich für den Gedanken zu erwärmen, während er auf den Ausgang zusteuerte. »Vielleicht sollte ich einen ganz neuen Zeitgeist kreieren, anstatt dem, der gerade im Kommen ist, nachzujagen.«

»Es geht um eine einfache Party, nicht um eine neue Kunstbewegung.«

»Ich habe doch nur laut gedacht«, sagte Vaughn und zuckte

zusammen, als er Noah seinen Namen rufen hörte. Doch als er sich umdrehte, hatte er ein Lächeln auf den Lippen. »Wir wollten uns gerade auf den Weg machen, Noah.«

Noah trat von einem Fuß auf den anderen. »Ja, wir müssen auch verschwinden, der Laden hat gleich Sperrstunde. Was habt ihr denn noch vor?«

»Wir wollten uns ein Taxi nehmen«, antwortete Vaughn vage.

»Ich dachte, wir könnten noch ins Shoreditch House gehen. Da bist du doch Mitglied. Ich würde gern mit dir über eine Ausstellung in New York sprechen, und Lola wollte Grace noch was erzählen. Acht Leute kannst du doch mitnehmen, oder?«

Vaughns Pläne, einen neuen Zeitgeist zu kreieren, mussten ja nicht an diesem Abend in die Tat umgesetzt werden. Außerdem wusste Grace, dass er am nächsten Morgen um 6.00 Uhr ein Telefonat mit Tokio hatte. Doch daran, wie er an der Unterlippe kaute, sah sie, dass er ins Wanken geriet.

»Tut mir leid, aber wir müssen nach Hause«, antwortete Grace höflich aber bestimmt an seiner Stelle und ging zur Tür. »Ich habe morgen früh ein Shooting, und da will ich keinen Kater haben.«

»Schon klar. Aber Vaughn, du könntest doch mitkommen und Grace mit dem Taxi nach Hause schicken.«

»Ein anderes Mal, vielleicht zum Mittagessen«, sagte Vaughn, als hätte es ihn nicht gestört, dass Grace ihn der Möglichkeit beraubt hatte, Noah und seinen Leuten noch ein paar Runden zu spendieren. »Ist dein Studio nicht gleich um die Ecke?«

»Du hast auch immer einen neuen Trick auf Lager!«, gab Noah zurück und hielt Vaughn drohend einen Zeigefinger vor die Nase. »Aber ich habe etwas dagegen, mir mein Studio mit Geschäftemachern zu versauen.« Meine Herren! Vaughn musste ja eine Menge von Noahs pubertärem Geschmiere halten, wenn er sich das weiter bieten lassen wollte, dachte Grace. Hätte Noah nicht so gut ausgesehen, wäre seine Arroganz unerträglich gewesen.

»Was sollte das?«, fragte Vaughn, als sie auf der Straße standen. »Ich konnte gar nicht anders, als mit dir nach Hause zu fahren.«

»Der wollte sich doch nur ein paar Drinks spendieren lassen«, gab Grace zurück. »Und dann hätte er seine Freunde wieder damit zugelabert, dass Kunsthändler die Kunstszene zerstören.«

»Du weißt doch gar nicht, wie so etwas funktioniert, Grace.«

»Aber ich weiß, wie solche Jungs ticken. Mit denen hatte ich nämlich des Öfteren zu tun. Sobald sie merken, dass du interessiert bist, lassen sie dich fallen.«

»Wie soll ich also deiner Meinung nach bei Noah vorgehen?«

»Das fragst du mich? Er ist doch sicher nicht der erste widerspenstige Künstler, der nicht nach deiner Pfeife tanzen will.«

»Doch, ist er, und das geht mir ganz schön auf die Nerven. Er hat nicht mal einen Agenten.«

»Vielleicht geht es ihm tatsächlich nur um Kunst«, sagte Grace zweifelnd. »Oder er hat irgendwo Geld gebunkert.«

»Seine Familie hat ein riesiges Anwesen in Devon – wahrscheinlich alter Adel, noch aus der Zeit der Normannen.«

»Na typisch«, sagte Grace genervt. »Ich wusste doch, dass der Cockney-Akzent nicht echt ist. Aber wenn ich interessiert an Noah wäre, würde ich ihm die kalte Schulter zeigen und mit jemand anderem flirten. Das wirkt immer.«

Vaughn schnaubte, als wolle er das nicht glauben, aber Grace wusste, am nächsten Morgen würde er jemanden darauf ansetzen, Noahs Kreise auszuspionieren und einen anderen Künstler auszugraben, der nichts dagegen hatte, sich mit dem Establishment einzulassen.

»Aber du interessiert dich nicht für Noah?«, fragte Vaughn, als sie endlich im Taxi saßen. »Ganz objektiv.«

»Nein! Weder objektiv noch subjektiv. Diese East-End-Szene geht mir auf die Nerven.«

»Er findet dich nämlich sehr attraktiv. Das erzählt er mir jedes Mal, wenn ich ihn sehe«, erklärte Vaughn. »Und auf meiner Weihnachtsfeier, auf der Terrasse, hatte ich das Gefühl, ich hätte euch unterbrochen.«

»Da war nichts. Er war betrunken und hat einen halbherzigen Versuch gestartet, bei mir zu landen. Und ich habe höflich abgelehnt. Damit war der Fall erledigt.«

War er nicht, jedenfalls nicht für Vaughn. »Er erinnert mich an deinen Ex, mit dem ich dich bei Liberty's gesehen habe. Ich dachte, vielleicht ist er ja dein Typ.«

»Vielleicht hat sich mein Typ ja geändert.«

Das war eine klare Ansage, und Grace hatte nicht vor, sie näher zu erläutern.

Kapitel 23

Vaughn hatte sich angewöhnt, Grace an den Tagen, an denen keine Veranstaltungen anstanden, nachmittags anzurufen und zu fragen, was sie abends kochen wollte. Diese Information leitete er dann weiter an Gustav, seinen Personal Trainer, damit er wusste, was Vaughn am nächsten Morgen abtrainieren musste.

Gerade hatte Grace Vaughn über das nächste Abendessen informiert, als Kiki nach ihr verlangte. Grace machte sich auf den Weg und musste an sich halten, als nicht nur Kiki, sondern auch Lucie und Courtney sie anstarrten, als hätte sie sich in der Mittagspause ein Spinnennetz ins Gesicht tätowieren lassen.

»Wir haben ein Problem«, verkündete Kiki. »Und du bist die Lösung – kaum zu glauben.«

»Ich?«, fragte Grace. »Soll ich etwas bestellen?«

»Nadja Stasova. Wir wollen sie für die Fashion Story der Maiausgabe, aber ihre Agentur hat mitgeteilt, dass sie nur mit *Vogue* arbeitet.«

»Schade«, sagte Grace, bemüht, überrascht zu klingen.

»Doch wie ich aus verlässlicher Quelle erfahren habe, kennst du diese kleine Wichtigtuerin persönlich.«

»Ja, ihr Freund ist ein Bekannter von … äh … von meinem. Ich hab ein paar Mal mit ihr was unternommen.«

»Hast du ihre Nummer?«, fragte Kiki. »Dann kannst du sie gleich anrufen und überreden. Dafür lasse ich dich ein Advertorial gestalten.«

Hatte Vaughn ihr nicht eingeschärft, sie solle sich nicht so schnell zufriedengeben? »Meinetwegen kann ich Nadja anrufen, aber ich würde lieber die Bilder zu den neuesten Trends machen.«

»Willst du mich erpressen?«

»Nein, ich dachte nur …«

»Auf lebendige Models werde ich dich nicht loslassen. Aber du kannst die Accessoires machen und bei den Fotos mit Nadja assistieren«, sagte Kiki und trommelte mit ihren lackierten Fingernägeln auf die Schreibtischplatte. »Natürlich nur, wenn wir sie kriegen.«

Wie sich herausstellte, ließ Nadja sich gerade die Haare färben und war froh über die Ablenkung. Grace musste sich zunächst einen Sermon über die Friseurin anhören, die vier Versuche gebraucht hatte, um den richtigen Farbton zu mischen, bevor sie ihr Anliegen vortragen konnte.

»Ich soll auf Cover, ja?«, wollte Nadja wissen.

»Das nicht, aber wir machen zwanzig Seiten Fashion Story,

und wir fliegen zu den Aufnahmen nach Barcelona. Da können wir Sangria trinken und shoppen gehen.«

»Gibt es da Cavalli?«

»Massenhaft coole Läden und einen riesigen Flohmarkt«, versuchte Grace den Deal einzutüten.

»Ich trage keine gebrauchten Sachen. Mach ihnen klar, dass ich erster Klasse fliege und bestes Zimmer kriege. Mit dir zusammen!«

Grace wusste nicht, ob sie sich freuen oder Angst haben sollte. »Dann machst du es also?«

»Ruf meine Agentin an. Die sagt, was ich koste. Wird teuer. *Ciao!* Sagt man doch in Spanien.«

Als Grace Vaughn später davon erzählte, musste er herzlich lachen und kniff sie in die Wange. »Na siehst du? Ich wusste doch, dass du es draufhast!«

Graces erstes Shooting war weniger spektakulär, als sie erwartet hatte. Lucie warf nur einen flüchtigen Blick auf die Entwürfe und sah keine Veranlassung, sich ins Studio zu bemühen, und der Fotograf tat, was er sollte. Grace hatte damit gerechnet, ausgelacht zu werden, weil sie Cupcakes mitgebracht hatte, um die neuen Frühlingsfarben richtig zur Geltung zu bringen, doch auch das erwies sich als grundlose Befürchtung. Und so hing wenig später das Layout der Seiten an einer riesigen Magnetwand. Niemals hätte Grace gedacht, dass es so einfach sein konnte, voranzukommen.

Auch mit der Organisation der Party ging es vorwärts, nachdem Vaughn ihr Piers an die Seite gestellt hatte, um das East End nach einer geeigneten Location abzuklappern, mit DJs zu sprechen und Graffiti-Künstler für die Kulissen zu engagieren.

Grace wagte gar nicht, über ihr Glück nachzudenken. Aber sie war so glücklich wie nie zuvor. Das Leben war schön – und dabei spielte Vaughn eine entscheidende Rolle – als Liebhaber, als Vertrauter und als Freund.

Das Einzige was fehlte, war eine Versöhnung mit Lily. Das hätte ihr Glück perfekt gemacht – ein beängstigender Gedanke, denn Grace hatte Angst, ihr Glück überzustrapazieren.

So war es auch ein kleiner Wermutstropfen, als ihre Großmutter anrief und wissen wollte, warum das Päckchen mit Wolle, das sie ihr geschickt hatte, zurückgekommen war – mit dem Vermerk: *Adressat unbekannt verzogen.*

Ihrer Großmutter sagen zu müssen, dass sie ihre alte Wohnung vor zwei Monaten gekündigt hatte, ohne es ihr zu erzählen, ließ das heitere Gefühl sogleich verfliegen.

»Das ist doch nicht zu glauben! Da telefonieren wir jede Woche, und es kommt dir nicht in den Sinn, mir zu erzählen, dass du umgezogen bist. Also wirklich, Liebes! Du kennst diesen Mann kaum länger als fünf Minuten und lebst schon mit ihm zusammen«, beschwerte sich Graces Großmutter, als könne sie all das sehr wohl glauben, auch wenn ihr jegliches Verständnis dafür fehlte. »Ich halte das für überstürzt.«

»Wir kennen uns seit fünf Monaten, bald sind es schon sechs«, rechtfertigte sich Grace. »Vaughn hat ein Gästezimmer, und er ist oft auf Geschäftsreisen. Da war es die beste Lösung, und in der alten Wohnung waren doch die Wasserleitungen zugefroren.«

»Vaughn?«

»Ja, Vaughn. So heißt er.«

»Das klingt ja wie ein Nachname.«

Grace schirmte kurz das Telefon mit der Hand ab, um laut zu seufzen. »Es ist ja auch sein Nachname. Aber er benutzt nur den, so wie Madonna.«

»Hat er auch einen Vornamen? Der Gedanke, dass du mit irgendeinem Mann zusammenlebst, den ich überhaupt nicht kenne, gefällt mir gar nicht, Gracie.«

»Aber er ist wirklich nett«, versuchte Grace, ihre Großmutter zu beruhigen. »Ich kann ihn ja irgendwann mal zum Essen mitbringen.« Am besten nie!

»Das könnte dir so passen«, stellte ihre Großmutter entschlossen fest. »Aber dein Großvater fährt am Freitag auf eine Golfreise. Dann komme ich am Wochenende nach London.«

»Dieses Wochenende ist es wirklich schlecht …«

»Ich werde den Elf-Uhr-Zug am Samstag nehmen. Dann gehen wir essen – wir beide und dieser Vaughn. Du kannst mir per Telefon eins von diesen Textdingern schicken und mir Bescheid geben, wo wir uns treffen!«

Kapitel 24

Vaughn reservierte einen Tisch bei J Sheekey, denn das war das Lieblingsrestaurant seiner Großmutter gewesen. Doch das hieß nicht, dass er mit dem Vorhaben einverstanden war. »Es widerspricht eindeutig unserer Abmachung.«

»Aber sie weiß doch gar nicht, dass wir eine Abmachung haben. Sie weiß nur, dass ihre geliebte Enkelin in wilder Ehe mit einem Mann zusammenlebt, der keinen Vornamen hat.«

»Natürlich habe ich einen Vornamen. Er lautet James.« Grace starrte Vaughn an und verschüttete beinahe ihren Tee. »Und solltest du mich jemals so nennen, setze ich dich schneller auf die Straße, als du blinzeln kannst.«

»James? Das klingt doch ganz normal. Ich dachte, es wäre irgendein schrecklicher Name, so wie Jethro oder Jezedbiah. Ich weiß gar nicht, warum du dich deswegen so anstellst.«

»Es ist der Name meines Vaters.« Als Vaughn diese Worte

mit tonloser Stimme aussprach, ahnte Grace, wie viel Schmerz dahintersteckte.

»Bis später«, sagte Vaughn seufzend, als Grace sich am Samstagmorgen von ihm verabschiedete, um ihre Großmutter an der Victoria Station abzuholen.

Vaughn wartete im Foyer des Restaurants und hielt sich im Hintergrund, während Graces Großmutter skeptisch in die Runde sah. Doch offenbar wurde das Lokal für annehmbar befunden, und sie ließ sich den Mantel abnehmen. Sie trug wieder das dunkelblaue Betty-Barclay-Kostüm – was bedeutete, es ging um eine ernste Sache. Grace warf einen Seitenblick hinüber zu Vaughn und stellte erleichtert fest, dass er einen Anzug anhatte und nicht wie sonst am Wochenende Jeans und Pullover.

»Oma, das ist Vaughn. Vaughn, das ist Jean, meine Großmutter.«

Sie schüttelten sich die Hände, denn die Generation ihrer Großmutter hielt nichts von Wangenküssen. Dann sahen sie sich abschätzend an, als wollten sie sich umkreisen wie zwei streitlustige Hunde – bis einer dem anderen an die Kehle ging.

»Grace hat mir viel von Ihnen erzählt«, sagte Vaughn mit einem höflichen Lächeln, das so gar nicht zu ihm passte. »Schön, Sie endlich kennenzulernen.«

»Über Sie hat Grace mir nur wenig erzählt«, antwortete ihre Großmutter in einem Ton, der sofort klarmachte: Sie hatte einen Weltkrieg, eine Totgeburt, eine Tochter, die mit siebzehn schwanger geworden war und zehn Jahre die Labourpartei in der Regierung überlebt – ihr machte also keiner was vor.

Vaughn ließ seinen ganzen Charme spielen, um sich von seiner besten Seite zu zeigen, aber Grace konnte an den zusammengepressten Lippen ihrer Großmutter erkennen, dass sie ihn für einen Schmeichler hielt. Als er dann auch noch Kaviar als Vorspeise bestellen wollte, war für sie klar, er war ein Verschwender – womit er auf ihrer Skala gleich hinter einem Ehebrecher rangierte.

Gottlob konnte der geräucherte Rotbarsch ihre Stimmung heben, und Grace umschiffte sämtliche Klippen und kam auf Wanderferien und das Geburtstagsgeschenk für ihren Großvater zu sprechen. Vaughn hielt sich an die Liste der verbotenen Themen – Politik, Graces Diplom beziehungsweise das Nichtvorhandensein desselben und ihre Arbeit.

Als sie auf den Nachtisch warteten, wagte Grace, sich ein wenig zu entspannen. Sie lehnte sich zurück, bis ihre Großmutter die Serviette zusammenfaltete und Grace darauf hinwies, sie möge sich nicht so herumlümmeln. Dann nahm sie Vaughn wieder ins Visier.

»Wie alt sind Sie eigentlich?«, kam sie zur Sache.

»Einundvierzig. Achtzehn Jahre älter als Grace«, gab Vaughn Auskunft, mit einer Spur Herausforderung in der Stimme. Grace musste die Zahl, die sie im Kopf gehabt hatte, revidieren, denn sie hatte ihn eher auf Ende dreißig geschätzt.

»Ich vermute, Sie waren mindestens schon einmal verheiratet?«

»Ja.«

»Kinder?«

»Nein.«

»Wenn Sie mit Grace Kinder kriegen, sind Sie Mitte sechzig, bevor Sie damit rechnen können, dass sie ausziehen.«

»Oma! Von Kindern ist doch gar nicht die Rede.«

Vaughn tätschelte Grace die Hand, und ihre Großmutter nahm diese Geste mit einem abschätzenden Blick zur Kenntnis, um festzustellen, ob sie vielleicht nur dazu diente, ihr den Wind aus den Segeln zu nehmen.

»Solche Fragen muss man doch mal stellen dürfen.«

»Nein, Oma, muss man nicht.«

Vaughn ließ seine Hand auf Graces liegen, und die Wärme seiner Finger ließ sie spüren: Dieses Mal war sie den Kommentaren ihrer Großmutter nicht allein ausgeliefert.

»Grace ist ein reizendes Mädchen, und ich sehe kein Problem darin, dass wir noch keinen Fünf-Jahres-Plan haben«, erklärte Vaughn.

Das Dessert wurde serviert, doch Graces Großmutter warf nur einen flüchtigen Blick auf den Apfel-Rhabarber-Kuchen. »Ein Fünf-Wochen-Plan wäre immerhin schon etwas«, sagte sie unerbittlich. »Grace ist wirklich ein reizendes Mädchen, aber sie ist noch sehr jung, und offen gesagt hat sie nicht besonders viel Urteilsvermögen. Sie lässt sich immer wieder verletzen. Und ich will nicht, dass sie von jemandem ausgenutzt wird.«

»Es könnte ja auch sein, dass ich von ihr ausgenutzt werde«, gab Vaughn zu bedenken. »Vielleicht bin ich am Ende der Verletzte, weil sie sich letztlich jemand anderen sucht, bei dem nicht die Gefahr besteht, dass er einen Herzinfarkt bekommt, wenn er versucht, den Bus zu erwischen.«

»Das halte ich für unwahrscheinlich.« Immerhin konnte Graces Großmutter sich zu einem Lächeln durchringen – wenn auch nur zu einem dünnlippigen. »Sie wollen mir doch nicht erzählen, dass sie zu den Männern gehören, die Bus fahren müssen.«

»Muss er wirklich nicht«, murmelte Grace errötend. Es war zwar ein netter Gedanke von Vaughn gewesen, aber davon abgesehen kompletter Unsinn. »Ehrlich, Oma, wir verstehen uns gut, und es ist alles in Ordnung. Du brauchst dir keine Sorgen um mich zu machen.«

Ihre Großmutter tätschelte Grace die freie Hand. »Jemand muss sich doch um dich sorgen, Liebes.« Sie schwieg einen Moment, als müsse sie eine Entscheidung treffen. »Wir sollten deinem Großvater lieber nichts davon erzählen. Mal ehrlich, ich kann mir nicht vorstellen, dass sich das lohnen würde.« Dann stach sie mit ihrem Löffel in die Kruste des Kuchens.

Nachdem Vaughn die Rechnung bezahlt hatte, bestand er darauf, Graces Großmutter zurück zur Victoria Station zu bringen – und Grace war sicher, dieser Gefallen galt eher ihr. Vaughn stand ein wenig abseits, als Grace sich mit einer Umarmung verabschiedete. »Ruf an, wenn du wieder zu Hause bist, ja?«

Ihre Großmutter strich ihr über die Wange. »Du siehst gut aus, Grace, aber sei vernünftig! Du wärst nicht die Erste, die auf einen wortgewandten Schmeichler mit dicker Brieftasche hereinfällt.«

Das war zu nahe dran, als dass Grace es mit einem Lachen hätte abtun können. »Ich kann auf mich aufpassen, Oma. Vaughn wirkt vielleicht ein bisschen reserviert, wenn man ihn nicht richtig kennt. Aber so ist er eigentlich gar nicht. Er ist wirklich nett.«

»Das sind sie alle«, sagte ihre Großmutter mit strengem Blick. Dann prüfte sie, ob ihre Handtasche richtig geschlossen war, und sah hinüber zum Bahnsteig. »Ich gehe wohl lieber. Ich will nicht in letzter Minute einsteigen und mit dem Rücken in Fahrtrichtung sitzen.«

Und so marschierte sie davon, ein stämmiges Persönchen in einem Tweedmantel, den sie schon seit Jahren trug. Grace sah zu, wie sie immer kleiner wurde und sich noch einmal umdrehte und winkte, bevor sie in den Zug stieg.

»Grace, mach doch nicht so ein trauriges Gesicht«, sagte Vaughn seufzend, als Grace zu ihm zurückging. »Ich glaube, das Essen ist so gut verlaufen, wie es ging. Und mal ehrlich, kam irgendetwas von dem, was deine Großmutter gesagt hat, überraschend?«

»Natürlich nicht. Der ganze Mist über Zukunftspläne und Kinder, die irgendwann aus dem Haus gehen, während du ihnen aus dem Rollstuhl hinterherwinkst, hat mich auch gar nicht gestört. Aber sie denkt doch, wir hätten eine ganz normale Beziehung und wären ineinander verliebt. Darum tut es so weh, dass sie glaubt, ich hätte mich wieder in eine verfahrene Situation hineinmanövriert.«

Vaughn nahm Grace am Arm und schob sie zur Seite, um einer Touristenfamilie Platz zu machen. »Sie möchte dich beschützen. Du bist ihre Enkelin, und sie sieht dich noch immer als kleines Mädchen.« Er runzelte die Stirn. »Deine Großmutter wird immer nur den Altersunterschied sehen.«

Grace schnaubte entnervt. »Und ich werde sie immer wieder belügen. Das macht mich fertig, aber scheinbar nicht genug, um damit aufzuhören.«

»Geheimnisse sind nicht dasselbe wie Lügen«, sagte Vaughn, und einmal mehr fiel Grace auf, was für eine zweifelhafte Moral sie beide hatten. »Jedenfalls haben wir das Essen einigermaßen unbeschadet überstanden.« Vaughn dirigierte Grace durch den engen Torbogen der Victoria Station. »Solange wir uns mit der Situation wohlfühlen, brauchen wir uns keine Gedanken zu machen. Du fühlst dich doch wohl, oder?«

»Natürlich«, sagte Grace, ohne zu zögern.

»Dann spielt es keine Rolle, was andere denken. Wollen wir jetzt nach Hause fahren?«

»Ich noch nicht«, sagte Grace seufzend. »Ich habe Piers versprochen, dass wir das Essen für die Party bestellen und die Gästeliste noch einmal durchgehen.«

»Kann Piers das nicht alleine machen?«

»Bloß nicht! Da muss doch alles stimmen. Und Piers ist ja ein lieber Junge, aber für eine lockere East-End-Atmosphäre hat er nicht die richtige Wellenlänge. Zwei Stunden, länger wird es bestimmt nicht dauern. Dann gehöre ich dir.«

Grace stieg in das Taxi, das vor ihnen gehalten hatte. Sie

sah aus dem Fenster hinaus, und da stand Vaughn in seinem schicken Anzug. Er wirkte so steif und korrekt gekleidet – aber nur wenn man ihn nicht richtig kannte. Sie winkte ihm zu, und es war das erste Mal, dass er zurückwinkte.

Kapitel 25

Anfang März, an einem nasskalten Abend, sollte endlich die East-End-Party stattfinden – in Shoreditch, einem der angesagten Künstlerviertel. Um halb neun war Grace hektisch damit beschäftigt, die Gästeliste zu erweitern und so zu tun, als mache sie sich keine Gedanken darüber, dass außer Vaughn, Piers und den Mitarbeitern der Galerie noch niemand erschienen war.

»Wie viele Leute haben sich angemeldet?«, fragte Vaughn.

»Wir haben die Party auf Facebook angekündigt«, musste Grace ihm zum hundertsten Mal erklären. »Da meldet man sich nicht an, und keiner kommt pünktlich.«

Piers nickte bestätigend. »Das ist wirklich nicht üblich.« Vaughn kommentierte seine Belehrung mit einem bösen Blick. »Dann werde ich mal zusehen, dass an der Bar alles bereitsteht«, sagte Piers hastig.

Sobald sich Piers verdünnisiert hatte, legte Vaughn los: »Ich wusste doch, dass es keine gute Idee war, die Party auf einen Donnerstagabend zu legen. Das habe ich dir gleich gesagt.«

»Donnerstag ist so wie früher Freitag. Herrgott noch mal, Vaughn, hör auf, dich verrückt zu machen! Es wird schon klappen. Ich weiß, dir mag es ein bisschen chaotisch erscheinen, verglichen mit deinen Dinnerpartys. Aber es ist alles unter Kontrolle. Die Leute werden kommen.«

»Madeleine hatte dir ja ihre Hilfe angeboten, aber du musstest unbedingt …«

Weitere Ausführungen blieben Grace erspart, denn in dem Moment wehten die Fashion- und die Beauty-Redaktion von *Skirt* herein – bis auf Kiki.

»Gibt es hier auch was zu essen?«, fragte Lucie, die eher im West End zu Hause war und sich nur selten von dort entfernte.

Sogleich kam Leben in den Laden. Mäntel wurden hinter dem Empfangsschalter deponiert, und bald hatten alle ein Glas Wodka mit Grenadine in den Händen. »Wo ist denn dieser reiche, ältere Typ, mit dem du zusammen bist?«, lautete die meistgestellte Frage, als gäbe es nichts Wichtigeres – was wahrscheinlich auch so war.

Doch Vaughn schien vorübergehend verschwunden, und das war Grace auch ganz recht, denn sie hatte Lily und Dan erspäht.

»Oh, hey, ihr habt es also geschafft«, begrüßte sie die beiden überschwänglich und erstarrte, als Dan sie umarmte und ihr einen Kuss auf die Wange drückte.

»Hallo, lange nicht gesehen«, sagte er. »Du siehst gut aus. Richtig aufpoliert.«

Grace strich sich durch das frisch gesträhnte Haar und zog eine Grimasse. »Alles nur Taktik. Aber schön, dass ihr da seid. Es ist ewig her …«

»Ja«, sagte Dan grinsend. »Ich kann mich noch an das letzte Mal erinnern.«

»Das war kurz bevor sie uns mit der Hochzeit im Stich gelassen hat«, rief Lily ihnen ins Gedächtnis, während sie den Mantel auszog und ihren Babybauch enthüllte. »Ich muss pinkeln.«

»Wird sie jemals aufhören, mich zu hassen?«, fragte Grace Dan, der den Eindruck machte, als wäre er schneller über Graces Abwesenheit hinweggekommen.

»Du hast ihr damit richtig wehgetan, und die Hormone machen es nicht gerade besser. Da fällt mir ein …« Stolz präsentierte Dan eine Ultraschallaufnahme von etwas, das er »die Erdnuss« nannte.

»Hier kann man den Herzschlag erkennen, und das ist ein Bein«, erklärte er, während Grace einen Blick auf die graue Kugel warf.

»Das will sie doch gar nicht sehen«, zischte Lily, die von der Toilette zurückgekommen war.

»Aber natürlich will ich das«, protestierte Grace und rieb sich nervös die Hände, als sie Vaughn aus dem Hinterzimmer der Galerie kommen sah. Er winkte ihr zu und setzte sich in Bewegung.

Nun war es wohl unvermeidbar – das Aufeinandertreffen von Materie und Antimaterie.

»Siehst du? Ich wusste, die Gäste würden kommen«, sagte Vaughn, obwohl das gar nicht stimmte, und zerzauste Grace das Haar, obwohl sie ihm zigmal gesagt hatte, er solle das lassen. »Ist das an der Bar nicht deine Freundin Laetitia aus Frankreich?«

»Ja, ja«, sagte Grace abwesend, während Lily Vaughn mit beängstigender Genauigkeit scannte. »Du kannst ja zu ihr gehen und sie begrüßen.«

»Später«, antwortete Vaughn und streckte die Hand aus. »Willst du uns nicht vorstellen?«

»Lily, Dan, das ist Vaughn. Vaughn, das sind Lily und Dan«, sagte Grace wenig motiviert. Vaughn schien sofort ein Licht aufzugehen, und Grace wusste genau, was kommen würde, als Lily den Mund aufmachte.

»Sie haben mir den schönsten Tag im Leben ruiniert!«

»Tatsächlich?« Vaughn schien eher amüsiert als befremdet.

»Na ja, indirekt«, erklärte Grace. »Lily und Dan haben Heiligabend geheiratet, als wir in Whistler waren.«

»Weil du lieber mit *ihm* zum Skilaufen geflogen bist, anstatt bei meiner Hochzeit dabei zu sein!«, ergänzte Lily.

»Lily, du brauchst wirklich nicht immer wieder damit anzufangen«, meldete sich Dan und klang eindeutig überstrapaziert. »Aber der Fairness halber muss ich auch erwähnen, dass wir dich durch Lilys beknackte Cousine ersetzen mussten, Gracie. Die hat uns die Gruppenfotos total ruiniert.«

»Na klar, und dann musstet ihr auch noch einen Hochzeitsplaner engagieren, und im Gegensatz zu mir hat der Geld genommen«, gab Grace zurück und geriet allmählich in Rage. »Aber trotzdem, Lily, was du zu mir gesagt hast …«

Vaughn räusperte sich. »Offenbar bin ich zum Teil verantwortlich dafür«, sagte er, obwohl er eigentlich die alleinige Verantwortung hätte übernehmen müssen. »Ich hatte den Urlaub gebucht, um Grace zu überraschen. Denn ich wollte unser erstes gemeinsames Weihnachtsfest zu einem unvergesslichen Erlebnis machen.«

Spar dir die Mühe, lag es Grace auf der Zunge, Lily weiß sowieso Bescheid über die Vereinbarung.

»Aber ich bin ihre beste Freundin, und es ging um meine Hochzeit«, hielt Lily dagegen. »Da hätte ich doch an erster Stelle kommen müssen.«

Vaughn legte einen Arm um Grace und gab ihr einen Kuss auf die Wange, was Lily in verblüfftes Staunen versetzte. »Und Grace hat doch sicher schon erzählt, dass sie fast die ganze Zeit mit einer fürchterlichen Grippe im Bett liegen musste. Du bist sogar zusammengebrochen, Liebes. War das nicht Heiligabend?«

Beinahe hätte Grace ihr Stichwort verpasst. »Jawohl! Wie lange war ich weggetreten? Bestimmt zehn Minuten. Und das genau vor Robert Simmons. Mein Gott, war das peinlich!«

Lilys Babybauch vibrierte förmlich. »Das hast du mir gar

nicht erzählt! Dass du Robert Simmons kennengelernt hast, habe ich von Beth aus der Kulturredaktion erfahren.«

»Lily, du warst diejenige, die nicht mehr mit mir reden wollte. Wie hätte ich es dir da erzählen sollen?«

»Und sie hat schrecklich ausgesehen, vielleicht ist das ja ein Trost«, redete Vaughn weiter und ließ sich jedes Wort genüsslich auf der Zunge zergehen – wahrscheinlich weil Grace ihm die ganze Woche lang nur Salat vorgesetzt hatte. »Also, selbst wenn Grace nicht verreist gewesen wäre, hätte sie es bestimmt nicht geschafft, an der Hochzeit teilzunehmen – und falls doch, hätte sie die Fotos ruiniert.«

»Ein blasser Teint hätte wirklich nicht zu dem Kleid gepasst«, musste Lily zugeben – Spiel für Vaughn, nun brauchte er den Satz nur noch nach Hause zu schaukeln.

»Doch anstatt all das wieder aufzuwärmen, sollte ich vielleicht lieber gratulieren. Sie waren als Braut sicher ganz bezaubernd.«

Lily war weniger unempfindlich gegen Vaughns Charme als Graces Großmutter. Sie schenkte ihm ein Lächeln, das die meisten Männer umgehauen hätte. Doch Vaughn schien nicht in die Knie zu gehen, das musste man ihm lassen. »Na ja, auf den Fotos wirke ich ganz passabel.«

»Du hast toll ausgesehen«, bekräftigte Dan und schob sich zwischen Vaughn und Lily, um sein Terrain abzustecken. »Früher war Grace übrigens mit Liam zusammen. Toller Typ, ist ein Freund von mir.«

Damit war Vaughns Aufgabe erledigt. »Ehrlich?«, fragte er wenig interessiert. »Unten stehen ein paar Sofas, falls Sie sich setzen wollen.« Er ließ Grace los. »Entschuldigst du mich bitte.«

Selten war Grace eine Entschuldigung so gelegen gekommen. Denn während Vaughns Friedensverhandlungen hatte sich die Galerie mit Menschen gefüllt. An der Bar herrschte Gedrängel, und obwohl Grace den DJ nur mit Backgroundmusik beauftragt hatte, dröhnte Northern Soul so laut aus der oberen Etage, dass die Wände vibrierten. »Na also! Die Leute sind doch noch gekommen.«

»Ist Noah auch dabei? Hat er irgendwas von sich hören lassen?«

»Der kommt schon noch. Da bin ich mir ganz sicher.«

»Das will ich ihm auch raten«, sagte Vaughn finster und verschwand.

Um halb elf kam ein weiterer Schwung Menschen, und Grace konnte die Party als Erfolg verbuchen. Von Würstchen und Kartoffelpüree war nichts mehr übrig, aber es gab noch reichlich Wodka, und die obere Etage war zur Tanzfläche umfunktioniert worden. Gottlob hatte Piers daran gedacht, ein paar »richtige Erwachsene« einzuladen, damit Vaughn auch jemanden hatte, mit dem er sich unterhalten konnte.

Grace hatte Noah schon aufgegeben, als sie zum Eingang der Galerie gerufen wurde. Jemand war mit elf Leuten im Schlepptau angekommen. »Jetzt hör mal, Süße«, hörte sie Noah schon von Weitem, »ich stehe auf der Gästeliste.«

»Schon gut, lass ihn rein«, sagte Grace dem Mädchen an der Tür. »Er steht auf der Liste.« Mit gesenkter Stimme fügte sie hinzu: »Er ist ein besonderer Gast von Mr. Vaughn.«

»Aber da drinnen ist es so voll, dass wir gegen die Brandschutzbestimmungen verstoßen würden«, wollte die Türsteherin im Ballettröckchen sich aufspielen.

Grace war kurz davor, mit dem Fuß auf den Boden zu stampfen, doch schon nahte die Rettung – in Form der *Skirt*-Belegschaft, die sich auf den Weg machen wollte, zurück in die Zivilisation. »Tolle Party, Gracie«, zwitscherte Lucie. »Freue mich schon auf die nächste.«

Das samtene Absperrseil wurde geöffnet und Noah in Begleitung seiner elf Kumpane hereingelassen – darunter auch Alex, der sich mit einem spöttischen Lächeln an Grace vorbeischob. Noah selbst riss Grace sofort in seine Arme. »Sag mir bitte, dass noch genug Freigetränke da sind.«

»Es gibt noch massenhaft Wodka, aber zu essen ist nichts mehr da. Wo steckt Lola?«

»Keine Ahnung, wir sind nicht mehr zusammen«, antwortete Noah achselzuckend. »Gehst du eine mit mir rauchen?«

»Keine Zeit«, sagte Grace. »Aber wenn du Vaughn siehst, könntest du vielleicht nett zu ihm sein?«

»Gracie, das macht echt keinen Spaß«, gab Noah zurück und schüttelte bedächtig den rasierten Schädel. »Aber wenn es dir so viel bedeutet, könnte ich es einrichten, ihm Hallo zu sagen.«

»Toll. Und wenn du dich zu einem ›Schön dich zu sehen, großartige Party‹ durchringen könntest, wäre das noch besser.«

Die meisten Gäste waren um kurz vor eins gegangen, und als Grace den DJ bezahlt hatte, schleppte sie sich die Wendeltreppe hinauf in die obere Etage, wo Vaughn, Piers, Noah und ein paar weitere Nachtschwärmer noch herumsaßen.

Vaughn stand auf, um noch ein paar Flaschen Wodka zu holen, und Grace ließ sich auf seinen Platz fallen. Doch nun konnte er sich selbst nicht mehr setzen. Er stand verloren mit den Flaschen da und machte ein Gesicht, als wolle er in Tränen ausbrechen.

»Ich muss mal aufs Klo«, raunte Grace ihm zu. »Setz dich wieder.«

Die ideale Lösung – abgesehen davon, dass Grace beim Aufstehen über ihre hohen Hacken stolperte.

»Alles okay?«, ertönte es im Chor, während Grace beschämt versuchte, sich wieder aufzuraffen.

»Hast du überhaupt etwas gegessen?«, fragte Vaughn.

»Bin nicht dazu gekommen, und dann war alles weg.«

»Man sollte auch nicht auf nüchternen Magen trinken, wenn man die ganze Woche nichts anderes als Cayennepfeffer und Zitronensaft zu sich genommen hat.«

Grace wollte ihn gerade darauf hinweisen, dass ihre Entschlackungskur kein Thema war, das man öffentlich ausbreiten musste, als jemand fragte: »Funktioniert diese Diät? Ich kann mich nämlich nicht noch mal zu Atkins durchringen.«

»Habe damit fünf Kilo abgenommen.«

Das war das Stichwort, denn ganz gleich, wie cool und hip sie ansonsten alle waren, nun verwandelten sie sich in Hausfrauen, die über Diäten diskutierten.

Vaughn konnte eine Menge zu diesem Thema beitragen, und als Grace sich humpelnd auf den Weg zur Toilette machte, war er umringt von gebannten Zuhörern. »Muskeln wiegen dreimal mehr als Fett. Je mehr Muskeln man hat, desto mehr Kalorien verbrennt man also.«

Als Grace zurückkam, setzte sie sich neben Vaughn auf die Lehne, aber sie hatte kaum Zeit, ihm einen Kuss zu geben, denn Noah tauschte den Platz mit seinem Nebenmann, und das Eis zwischen den Männern war gebrochen.

»Ich wollte dich wegen einer Ausstellung in New York was fragen«, begann er, und Grace wurde zu einer Randfigur. Vielleicht sollten sie jeden Monat etwas in dieser Art veranstalten, nicht unbedingt eine große Party wie diese, aber einen Salon mit einfachem Essen und Getränken, wo auch Vaughn sich wohlfühlen konnte. Dabei musste er auf jeden Fall immer einen Anzug tragen. Das konnte er zu seinem Markenzeichen machen. Und im Anzug sah er einfach unschlagbar gut aus.

Irgendwann rasselte der Geschäftsführer mit den Schlüsseln, und Vaughn stand auf, um die Rechnung zu bezahlen. »So übel ist er gar nicht«, sagte Noah und stieß Grace in die Rippen.

»Für einen kommerzorientierten Geldsack zumindest. Wollen wir noch woanders hin? Ich kenne einen kleinen Laden, gleich um die Ecke. Die haben eine Nachtlizenz.«

»Haben die auch was zu essen?«, fragte Grace.

»Nein, aber ich kann dir auf dem Weg ein Kebab spendieren«, sagte Noah mit einem scherzhaften Grinsen, das ihm wesentlich besser stand als das spöttische Lächeln.

»Abgemacht«, sagte Grace und ging hinüber zu Vaughn.

»Du bist ein kluges Mädchen«, raunte Vaughn ihr zu. »Ich habe Noah noch nie so gut gelaunt gesehen.«

»War nichts Besonderes, aber da wir gerade davon sprechen, er will noch in irgendeinen Laden um die Ecke. Und vielleicht solltest du die Gelegenheit nutzen.«

Vaughn schüttelte den Kopf. »Noah wird bei der Stange bleiben. Lass uns lieber nach Hause fahren. Du kannst dich doch kaum noch auf den Beinen halten.«

»Es geht schon. Ich trage heute meine Acht-Stunden-Schuhe.«

»Mir ist es zu spät. Ich muss morgen früh einen wichtigen Anruf erledigen, na ja, in ein paar Stunden. Du kannst doch allein mitgehen«, sagte Vaughn zögernd, als handle er gegen sein besseres Wissen. »Aber ich werde nicht morgen früh für dich anrufen und dich krankmelden.«

»Das wird auch nicht nötig sein, ich bleibe nur ein Stündchen«, sagte Grace. »Und ich bekomme sowieso keinen Kater.«

Vaughn lachte, als wäre das der größte Witz, den er je gehört hatte. Dann verschwand er durch die Tür – aber nicht, ohne vorher noch Piers herzitiert zu haben.

Der kleine Laden mit Nachtlizenz war alles andere als um die Ecke gewesen, sondern eine halbe Stunde Fußmarsch entfernt, und hatte ausgesehen wie ein Wohnzimmer.

Nun stand Grace vor dem Tor zu Vaughns lächerlich großem Haus und konnte sich nicht an den Sicherheitscode erinnern. Sie drückte alle möglichen Tasten, bis Vaughns Stimme ertönte.

»Grace?«

»Mach auf! Oder soll ich mir hier den Arsch abfrieren?«

Langsam schwang das Tor zur Seite, und Grace stolperte die Einfahrt hinauf. Die Eingangstür wurde geöffnet, und Vaughn stand im Lichtkegel der Beleuchtung.

»Ich wollte dich nicht wecken«, krähte Grace ihm auf halbem Weg entgegen, bevor sie die Tür erreichte und beinahe über die Schwelle fiel.

Vaughn zerrte sie hinein und knallte die Tür zu. »Du bist betrunken«, sagte er mit einem dünnen Lächeln, während sie versuchte, sich die Schuhe auszuziehen.

»Nur ein bisschen angeheitert.«

»Was fällt dir eigentlich ein?«, fuhr Vaughn sie an und packte sie an den Armen. »Es ist kurz vor vier! Ich habe immer wieder versucht, dich anzurufen. Wie bist du überhaupt nach Hause gekommen?«

»Noah hat mir ein Taxi gerufen.«

»Warst du etwa mit ihm im Bett? Du hast dich von diesem kleinen Penner flachlegen lassen!«

»Was? Nein! Ich war mit niemandem im Bett! Hast du sie noch alle?«

»Warum ist dein Lippenstift dann so verschmiert? Und da fehlen ein paar Knöpfe! Hat er dir die im Eifer des Gefechts abgerissen?«

Grace sah an sich hinunter. Es fehlten tatsächlich ein paar Knöpfe, die wohl dort abgerissen waren, wo sie in der Galerie hingefallen war. »Mein Lippenstift ist verschmiert, weil ich ein Kebab gegessen habe!«, sagte sie und hauchte Vaughn ihren Zwiebelatem ins Gesicht. »Glaubst du wirklich, ich hätte mit Noah gefickt?«

Vaughn verschränkte die Arme und betrachtete Grace, als wäre sie ein Urzeitmonster, das aus dem Sumpf gekrochen kam. »Hast du das etwa nicht?«

»Nein, habe ich nicht! Wie kommst du überhaupt darauf? Ich bin mit dir zusammen und würde das niemals tun!«

»Das glaube ich dir nicht«, sagte Vaughn mit tonloser Stimme.

»Du glaubst mir nicht? Ich habe nur etwas mit ihm getrunken, und mit zehn anderen Leuten, die noch dabei waren. Soll ich es dir vielleicht beweisen?« Sie zog ihr Kleid hoch. »Willst du es überprüfen?«

»Lass das! Hör auf damit!«, blaffte Vaughn sie an. »Aber eins schwöre ich dir, Grace: Wenn du es jemals tust, bringe ich dich um. Und ihn auch!« Das war ja lächerlich! Aber Vaughns Worte hatten so dringlich und so verzweifelt geklungen, dass Grace das Lachen verging. Vaughn räusperte sich. »Und damit das klar ist: Das hier ist keine offene Beziehung!«

Grace wollte etwas sagen, doch dazu kam sie nicht mehr.

»Was hast du?«, fragte Vaughn, als sie sich einmal um die eigene Achse drehte, um den schnellsten Weg ins Badezimmer zu finden. Vaughn packte sie an den Armen, und es dauerte keine drei Sekunden, bis Grace vor der Toilette kniete und alles loswurde, was sie in den letzten drei Stunden zu sich genommen hatte.

Und Vaughn war wesentlich hilfreicher als in Whistler. Er hockte sich neben sie, während sie sich das Haar zu einem losen Pferdeschwanz verknotete, und strich ihr über den Rücken. »Du dummes, dummes Mädchen«, sagte er.

Endlich war nichts mehr in ihrem Magen übrig, und Grace lehnte sich mit einem Seufzer zurück.

»Geht es wieder?«, fragte Vaughn und reichte ihr ein feuchtes Handtuch.

Sie konnte sich gerade noch lange genug auf den Beinen halten, um sich die Zähne zu putzen, dann ignorierte sie Vaughns Versuche, sie zu stützen, und legte sich auf den Boden.

»Das kann doch nicht bequem sein«, bemerkte Vaughn, doch er setzte sich neben sie und lehnte sich gegen die Badewanne. »Willst du dich nicht lieber ins Bett oder aufs Sofa legen?«

»Warum hast du gesagt, das hier ist keine offene Beziehung, wenn es doch gar keine Beziehung ist?«, fragte Grace mit krächzender Stimme.

»Das ist doch nur eine Redensart.«

»Wir haben keine Beziehung, Vaughn. Wir haben eine Vereinbarung. Das wissen wir beide.«

Eigentlich war es ja doch eine Beziehung, aber sobald sie anfangen würden, sie so zu nennen, würde es böse enden, so wie alle anderen Beziehungen vorher auch. Und das wollte Grace nicht.

»Ich weiß, wir haben eine Vereinbarung. Es ist mir nur so rausgerutscht«, sagte Vaughn mit einem trockenen Lachen, das nicht klang, als würde er sich amüsieren. »Für Beziehungen sind wir nicht geschaffen. Wir kommen einfach nicht zurecht in einer normalen Partnerschaft.«

»Du jedenfalls nicht! Ich bin später nach Hause gekommen, als ich gesagt hatte, aber, Vaughn, ich schwöre, wenn du denkst, ich wäre mit Noah im Bett gewesen und würde dann danach hier aufkreuzen, dann verschwinde ich.«

»Hilft es dir, wenn ich dir sage, dass ich mich selbst gehasst habe, als du dich übergeben musstest?«

»Eigentlich nicht.«

Nachdem Vaughn Grace überzeugt hatte, einen Tee zu trinken, setzten sie sich in die Küche.

»Vielleicht solltest du dich morgen doch lieber krankmelden«, schlug Vaughn vor, aber Grace schüttelte den Kopf.

»Kiki weiß, dass heute Abend eine große Party war. Sie würde mir sowieso nicht glauben. Außerdem muss ich noch eine Menge für das Shooting mit Nadja vorbereiten. Aber vielleicht solltest du Piers einen Tag freigeben.«

»Oh, verfluchte Scheiße!« Vaughn machte ein beschämtes Gesicht. »Ich habe Piers gefeuert.«

»Warum denn das?«

»Er sollte dich im Auge behalten, und als du nicht nach Hause gekommen bist, habe ich ihn angerufen und rausgeworfen«, gestand Vaughn und raufte sich die Haare. »Ich weiß gar nicht, was in mich gefahren ist.«

»Piers musste sich schon zehn Minuten nach dir verabschieden. Er war gegen einen Laternenpfahl gelaufen und nicht mehr einsatzbereit. Du solltest ihn anrufen und wieder einstellen.«

»Mache ich«, sagte Vaughn. »Vielleicht kann ich es mit dem Pop-Art-Triptychon wieder gutmachen, das letzten Monat reingekommen ist. Das hat ihm so gut gefallen.«

»Das würdest du ihm schenken?«

»Natürlich. Ich möchte doch wiedergutmachen, was ich angerichtet habe. Aber du, du machst noch immer ein so böses Gesicht, als könnte dich nichts besänftigen.«

»Stimmt«, sagte Grace und setzte eine reumütige Miene auf. »Mit bösen Gesichtern könnte ich für England antreten und eine Meisterschaft gewinnen.«

Vaughn nahm ihre Hand, und der Funke, der immer da war, auch wenn sie Streit hatten, leuchtete wieder heller. Und alles andere schien nicht mehr so wichtig.

Kapitel 26

Grace hatte schon so manchen Streit erlebt – keiner davon so heftig wie der mit Vaughn –, aber jedes Mal war es der Anfang vom Ende gewesen. Doch dieses Mal schien es anders, obwohl sie kaum Zeit hatten, sich damit zu beschäftigen, denn nach einem hektischen Wochenende, an dem eine Veranstaltung die andere jagte, flog Vaughn nach New York und Grace nach Barcelona.

Es war das erste Mal, dass sie beruflich mit Nadja zu tun hatte. Und obwohl Grace sie auf zwei Kontinenten in drei McDonald's-Filialen hatte begleiten müssen, erklärte Nadja: »Ich esse jeden Tag nur 30 Gramm Cashewkerne und acht Apfelspalten« – um sich jeden Abend bei Graces Teller zu bedienen, einen Wodka nach dem anderen hinunterzukippen und nebenbei mit allen Männern zwischen neun und neunzig zu flirten.

Nadja hatte an ihrem Plan festgehalten, sich mit Grace ein Zimmer zu teilen, und das Erste, was Grace jeden Morgen hörte, war ihr Gemecker – über alles Mögliche, angefangen bei den Vögeln, die zu laut zwitscherten, bis hin zur Sonne, die durch die Rollos schien. Und das Letzte, was Grace zu hören bekam, wenn sie verzweifelt versuchte, ein wenig Schlaf zu bekommen, war Nadja, die sich darüber echauffierte, dass sie zu früh aufstehen mussten.

Auch das Shooting hatte so seine Ecken und Kanten. Grace musste alles allein arrangieren, weil Lucies Mann seinen Job als Banker in der Londoner City verloren hatte und Lucie die ganze Zeit heulend am Telefon saß und fürchtete, sie müssten das Ferienhaus in Cap Ferret verkaufen. Und der Fotograf – ein selbstgefälliger Kokser – saß die meiste Zeit an der Hotelbar und überließ es seinem Assistenten, die Fotos zu schießen – die wiederum waren erstaunlich gut gelungen. Nadja sah aus wie eine ungezähmte Waldnymphe in Haute Couture, umwallt von Stoffen in satten Farben.

Und nie zuvor war Grace so froh gewesen, an einem Samstagmorgen um sechs Uhr den Flug nach Hause zu nehmen – nachdem sie Nadja versichert hatte, sie könne die nächste Zusammenarbeit gar nicht erwarten.

Zurück in Vaughns Haus wäre Grace am liebsten gleich ins Bett gefallen, doch sie beschloss, noch einen Ausflug zu Waitrose in der Finchley Road zu machen und einzukaufen, um Vaughn einen richtigen Sonntagsbraten zu präsentieren. Ihren Tee trank sie vorsichtshalber im Stehen, denn sich hinzusetzen, wäre fatal gewesen. Als sie bereit war, ihre müden Glieder zur Haustür zu schleppen, klingelte das Telefon.

Es war Lily. Sie musste sich wohl verwählt haben.

»Grace? Bist du zurück aus Barcelona? Was machst du gerade? Ich habe mich furchtbar mit Dan gestritten, und er ist einfach weggerannt!«

Zu jedem anderen Zeitpunkt wäre Grace aus dem Häuschen gewesen, aber in diesem Moment hatte sie mit Schlafmangel zu kämpfen.

»Ich bin gerade erst zurückgekommen«, murmelte sie. »Worum ging es denn?« Es wäre ja auch zu viel verlangt gewesen, von Lily zu erwarten, dass sie sich nach Graces Reise erkundigen wollte. Aber immerhin hatte sie sich überhaupt gemeldet.

»… er hat gesagt, er sieht gar nicht ein, dass seine Gitarren nicht im Kinderzimmer bleiben können, wenn das Baby erst mal in einer Wiege im Schlafzimmer schläft, und ich wollte ihm nur begreiflich machen, dass man das Kinderzimmer fertig haben muss, wenn man ein Baby bekommt, denn so ist das doch normalerweise, aber er meinte …«

»Lily … Hey, *Lily!*«, rief Grace, um ihren Redeschwall zu unterbrechen. »Sollen wir uns auf einen Kaffee in Primrose Hill treffen?«

»Ich darf doch keinen Kaffee trinken.«

»Dann eben koffeinfreien oder einen Kräutertee oder Orangensaft. Ich brauche frische Luft, sonst falle ich ins Koma.«

Einen Moment lang herrschte Schweigen, während Lily diesen herausfordernden Vorschlag in Erwägung zog. »Na gut, das lässt sich machen«, antwortete sie schließlich gnädig.

Dafür, dass Lily den ganzen Tag lang geweint hatte, sah sie erstaunlich frisch aus – aber das konnte man natürlich auch der Schwangerschaft oder ihrem enzyklopädischen Wissen über Hautpflege zuschreiben.

Sie hatte schon einen Tisch in der Ecke des Primrose Hill Store erobert, als sich Grace, vollkommen durchnässt nach einem Regenguss auf dem Weg von der Bushaltestelle, durch das Gedränge schob.

»Hast du schon etwas bestellt?«

»Ich habe auf dich gewartet.« Lily warf einen unentschlossenen Blick auf die Karte. »Wenn du einen Cupcake nimmst, nehme ich auch einen.«

Nach der Zitronensaft-Cayennepfeffer-Diät und den paar Tagen mit Nadja konnte Grace locker drei Cupcakes vertragen. Sie hatte kaum die Buttercremeschicht des ersten abgeleckt, da kam Lily auch schon auf den Streit mit Dan zu sprechen. Grace brauchte sich gar nicht die Mühe zu machen, ihn zu kommentieren. Hier und da ein »Tatsächlich?« oder »Ach, wirklich?« reichte vollkommen, und als Grace sich dem zweiten Cupcake widmete, fiel ihr auf, wie wütend sie das noch immer machte.

»Dann hat er gesagt, das liegt alles an den Hormonen«, sagte

Lily empört. Offenbar hatte sie das Ende ihrer Erzählung erreicht, denn sie sah Grace erwartungsvoll an.

»Ja, das kann sein.« Lily war viel zu geschockt, als dass sie etwas anderes als nach Luft schnappen hätte tun können. Und so erklärte Grace: »Wenn ich meine Tage kriege, ist das auch immer so. Dann mag es auch irgendwelche Gründe geben, um gereizt zu sein und schlechte Laune zu haben, aber die Hormone bringen das Fass zum Überlaufen.«

»Vielen Dank für deine moralische Unterstützung!«, gab Lily pikiert zurück und schob ihren halb gegessenen Cupcake zur Seite. »Sonst kannst du doch gar nicht genug über Dan herziehen.«

»Und dann vertragt ihr euch wieder, was ja von Anfang an klar ist, und du erzählst ihm, was ich alles Schlimmes über ihn gesagt habe, und dann kann er mich noch weniger leiden«, erklärte Grace frostig. »Also, was soll das Ganze?«

»Warum wolltest du dich dann überhaupt mit mir treffen?«

»Ich weiß nicht«, antwortete Grace seufzend. »Es tut mir leid, dass ich dir nichts von Vaughn erzählt habe. Und du kannst dir gar nicht vorstellen, wie enttäuscht ich war, weil ich nicht zu deiner Hochzeit kommen konnte, aber einer der Gründe, warum ich dir nichts erzähle, ist der, dass du dich sowieso nicht dafür interessierst.«

Lily schnaubte verächtlich, und Grace fragte sich, wie sie überhaupt auf die Idee kommen konnte, ihr all das zu erklären und sich zu entschuldigen. »Du hast mir nichts von ihm erzählt, weil du wusstest, dass es total falsch war, dich mit ihm einzulassen.«

»Das werde ich mir nicht noch mal anhören! Eigentlich geht es doch darum, dass du mich nicht mal gefragt hast, wie es mir überhaupt geht. Du rufst an, weil mal wieder eine Lappalie mit Dan passiert ist, und dann soll ich die mitfühlende beste Freundin spielen, denn es geht immer nur um dein Leben, und ich komme so nebenbei darin vor.« Grace steckte ihr Handy, ihr Portemonnaie und den dritten Cupcake in die Tasche. »Mag sein, dass ich eine schlechte Freundin war, Lily, aber du warst auch nicht besser! Und was du mir an den Kopf geworfen hast, ist unverzeihlich.«

Nun schien es angebracht, erhobenen Hauptes den Laden zu verlassen, aber Grace musste sich ihren Weg durch die Menge bahnen, während befremdete Blicke sich auf sie richteten, denn Lily war in Tränen ausgebrochen. Doch es gab kein Zurück – aber Grace machte dennoch kehrt.

»Du hast ja keine Ahnung, wie schwer es ist, deine Freundin zu sein«, stammelte Lily unter Tränen. »Du hast immer schlechte Laune, und nie erzählst du mir, was los ist. Und deshalb frage ich erst gar nicht.«

»Es stimmt nicht, dass ich immer schlechte Laune habe. Ich sehe eben so aus«, gab Grace zurück. »Ich hatte immer das Gefühl, bei mir geht alles daneben, und bei dir ist alles so perfekt. Dir gelingt alles, alle mögen dich, und du lässt mich dastehen wie eine absolute Idiotin.«

»Bei mir ist nicht immer alles perfekt. Ich habe auch meine Probleme«, sagte Lily mit Bestimmtheit und wischte sich mit einer Serviette die Tränen ab. »Du wusstest schon immer, womit du mich verletzen konntest, Grace, und das ist dir bestens gelungen, als du gesagt hast, mein Leben wäre vorbei. Ich kriege ein Baby, und ich habe wirklich Angst davor. Ich werde Schwangerschaftsstreifen bekommen, und ich bin doch erst vierundzwanzig, und ich hatte noch so viel vor. Ich liebe Dan, aber was wird aus mir, wenn er nicht der Richtige ist? Und außerdem habe ich Hämorrhoiden.«

Das sagte alles – das war eben Lily. Die Schluchzer, die Grace hatte zurückhalten müssen, wurden zu Gelächter. »Tut mir leid, ich weiß, das ist nicht lustig«, prustete sie und musste lachen, bis ihr schließlich doch die Tränen kamen. Lily weinte noch immer, doch als Grace versuchte, sich zusammenzureißen, musste sie auch kichern. Und dann lachten sie beide.

»Ich habe dich richtig vermisst, Gracie«, sagte Lily schließlich. »Ich hatte niemanden, mit dem ich reden konnte – außer Dan natürlich, aber ich glaube, der ist allmählich überfordert.«

»Du hast doch eine Menge Freundinnen«, rief Grace ihr schonend ins Gedächtnis. »Und bei den meisten läuft alles glatter als bei mir.«

»Habe ich nicht – jedenfalls keine richtigen. Die meisten Frauen wollen nicht mit mir befreundet sein wegen …« Lily wedelte abfällig mit einer Hand vor ihrem perfekten Gesicht herum. »Als würden sie mir nicht trauen, weil ich ihnen den Freund ausspannen könnte oder so was. Versteh mich nicht falsch, ich will mich nicht über gutes Aussehen beklagen, aber ich habe immer das Gefühl, ich muss mir besonders viel Mühe geben, nett zu sein. Als du mir nichts von Vaughn erzählt hast, dachte ich, du würdest mich gar nicht so sehr als Freundin betrachten wie ich dich. Und das hat wehgetan.«

Grace blinzelte, um nicht doch loszuheulen. »Ich habe dir nichts von ihm erzählt, weil es mir selbst ein bisschen verwerflich vorkam. Und ganz ehrlich, am Anfang dachte ich, es würde sowieso nicht lange halten. Und jetzt …«

»Was, und jetzt?«

»Es ist schön. Richtig schön. Ich habe das Gefühl, es geht endlich voran in meinem Leben, und ich glaube, ich bin glücklich. Das Einzige, was mir total zu schaffen gemacht hat, war, dass ich dich nicht hatte.«

Lily drückte Graces Hand. »Können wir das nicht alles vergessen und wieder Freundinnen sein?«

Lily wollte sich als Erstes das Haus ansehen. Grace stellte die Weinflasche ab und zeigte ihr alles, bis auf die Räume, die sie als Vaughns Privatsphäre betrachtete. Lily hatte allen Grund, begeistert zu sein.

»Ist das ein gegossener Harzfußboden?«, fragte sie, als Grace sie in die Küche führte.

So aufgeregt hatte Grace sie seit Langem nicht gesehen, und insgeheim war sie stolz, dass sie ein bisschen angeben konnte. Die letzte Station war das Gästezimmer, obwohl Grace nur selten dort geschlafen hatte.

»Du hast es wirklich gut getroffen, Gracie«, sagte Lily, und es war nicht die Spur eines Tadels herauszuhören. »Und, wie ist es denn so mit ihm?«, fragte Lily, während sie es sich wie in alten Zeiten auf dem Bett gemütlich machten.

»Wie ist was?«, fragte Grace, obwohl sie genau wusste, was Lily meinte.

»Na ja, im Bett?«

Grace hatte nur darauf gewartet, es endlich erzählen zu können. »Großartig! Ganz ehrlich. Vaughn sorgt immer dafür, dass ich auch auf meine Kosten komme. Jedes Mal.«

Lily riss die Augen auf. »Ehrlich? Du hast doch mal erzählt, bei dir geht das nicht so einfach.«

»Jetzt doch«, antwortete Grace mit einem zufriedenen Seufzer. »Dir muss das alles ein bisschen schräg vorkommen, aber als wir in New York waren, noch bevor wir diese Vereinbarung hatten, wollte ich schon unbedingt mit ihm schlafen, wegen seiner Art, mich zu küssen.«

»Er war ganz anders, als ich ihn mir vorgestellt hatte«, sagte Lily nachdenklich. »Er sieht gut aus, so als Anzugtyp.«

»Im Anzug finde ich ihn unwiderstehlich.«

»Als ich euch zusammen gesehen habe, war das echt komisch. Ihr habt gewirkt wie ein richtiges Paar.«

»Ich habe ihn wirklich gern, Lily«, flüsterte Grace, denn sie hatte nicht den Mut, es laut auszusprechen. »Er hat Humor, und er kümmert sich um mich, und das hat vorher noch keiner getan. Er ist furchtbar launisch, aber das bin ich auch. Vielleicht kommen wir deshalb so gut miteinander aus. Ich hätte nie gedacht, dass er mir mal so viel bedeuten würde.«

»Du musst ihm auch eine Menge bedeuten. Er hätte dir ja einfach eine Wohnung mieten können, aber er lässt dich hier wohnen«, sagte Lily. »Und es ist echt nicht leicht, mit dir zu wohnen, Gracie. Du bist immer so pingelig.«

»Weil ich etwas dagegen habe, Teller drei Tage lang auf dem Fußboden stehen zu lassen?«, gab Grace bissig zurück, doch dann holte sie tief Luft und sagte sich, dass sie es nicht riskieren wollte, die entspannte Stimmung mit Lily wieder zu zerstören. »Vaughn hat eine Haushälterin, deshalb sind schmutzige Teller kein Thema. Und es ist wirklich schön mit ihm.«

»Du klingst ja richtig hingerissen«, sagte Lily und stupste Grace mit dem Fuß. »Bist du nicht doch ein kleines bisschen in ihn verliebt?«

»Nein«, gab Grace wie aus der Pistole geschossen zurück. »Ich habe dir doch schon oft genug erklärt, dass ich Liebe für etwas total Idiotisches halte. Manche Leute bilden sich vielleicht ein, sie wären verliebt, weil sie zusammen ins Bett gehen oder über die gleichen Witze lachen, und dann machen sie sich doch nur gegenseitig fertig.«

»Das ist das Traurigste, was ich je gehört habe«, widersprach Lily. »Und es ist absoluter Schwachsinn, Grace! Ich weiß, dass ich Dan liebe. Auch wenn ich mich manchmal furchtbar über ihn aufrege. Aber ich freue mich immer, wenn er nach Hause kommt und lächelt – einfach, weil ich da bin. Er gehört zu mir wie meine Eltern. Also, was du da sagst, nein, das geht nicht! Liebe gibt es wirklich, genau darum geht es doch im Leben.«

»Dann lass es mich einmal so formulieren: Ich bin einfach nicht der Typ, der sich verlieben könnte. Darauf bin ich nicht programmiert. Und mit Vaughn komme ich so gut zurecht, weil es ihm genauso geht. Wir sind die perfekte Kombination.«

»Du würdest die Liebe nicht mal erkennen, wenn sie dir auf dem Laufsteg von Prada entgegenkäme!«, gab Lily zurück. »Aber irgendwie scheint mir Vaughn auch etwas komisch.«

»Wie meinst du das?«

»Ich weiß nicht genau. Er war souverän und höflich, aber ich hatte das Gefühl, er wollte mich manipulieren, so raffiniert, dass ich es nicht merke, aber es ist mir trotzdem aufgefallen. Besser kann ich es nicht erklären. Wusstest du eigentlich, dass das Gehirn während einer Schwangerschaft zwischen drei und fünf Prozent schrumpft?«

»Aber wenn dein Gehirn schrumpft, wie kannst du das dann wissen?«

Zu viel war zwischen Grace und Lily passiert, um einfach da weiterzumachen, wo sie vor Monaten aufgehört hatten, und vielleicht würde es nie wieder so wie früher werden. Aber Grace wusste, sie würden es schon schaffen, denn Lily versuchte, ein beleidigtes Gesicht aufzusetzen, doch dann fing sie an zu kichern und schlug Grace mit einem Kissen auf den Kopf. Und dann – denn von jetzt an wollte sie eine bessere Freundin sein – überzeugte Grace Lily, Dan anzurufen, damit er sie abholen kam.

Sie selbst verbrachte den Samstagabend allein, obwohl es erst acht Uhr war und London darauf wartete, erobert zu werden. Sie tippte den Sicherheitscode ein, um nicht irgendwelchen Einbrechern zum Opfer zu fallen, und legte sich schlafen.

Kapitel 27

Als Grace bei *Skirt* angefangen hatte, hatte sie »Termine« für eine Erfindung gehalten, damit man länger schlafen oder früher nach Hause gehen konnte. Doch nun stellte sie fest, dass das gar nicht stimmte, denn sie hatte den kompletten Montagmorgen in den Pressestellen verschiedener Modefirmen verbracht, um sich die Accessoires für den kommenden Sommer anzusehen.

Als sie schließlich in der Redaktion aus dem Aufzug stieg, war Lily die Erste, die ihr begegnete, und Grace konnte sie mit einem Lächeln begrüßen, denn nun lächelte Lily zurück – und fragte sogar nach dem Wochenende.

»Wo bist du denn gestern gewesen? Ich habe ein paar Mal versucht, dich anzurufen.«

»Ich hab den ganzen Tag im Bett gelegen, und mein Handy lag im anderen Zimmer«, antwortete Grace vage.

»Wir hatten hier einen aufregenden Morgen«, rief eine der Mitarbeiterinnen aus der Beauty-Redaktion dazwischen. »Posy hat gekündigt, sie geht zu *Vogue.* Kiki hat George vom Sicherheitsdienst gerufen, damit er sie hinauseskortiert.«

»Ist das ein Scherz?«, fragte Grace, denn sie hatte es für ein Gerücht gehalten, dass George tatsächlich Leute hinauseskortierte. »Oh, Scheiße! Dann hat Kiki sicher ganz miese Laune.«

»Verstehst du denn nicht, was das bedeutet?«, flüsterte Lily. »Die brauchen doch jetzt eine Nachfolgerin für Posy, und ich glaube, Courtney ist auch schwanger. Sie hat eine Tüte Chips zum Frühstück gegessen. Das ist doch wohl ein eindeutiges Zeichen.«

Sie blieben vor den Türen der *Skirt*-Redaktion stehen. »Kiki wird mir Posys Job bestimmt nicht geben«, sagte Grace zweifelnd. »In letzter Zeit ist sie zwar ganz nett zu mir gewesen, aber sie wird sicher jemanden von *Vogue* abwerben, um es denen heimzuzahlen. Und sie erzählt mir andauernd, wie toll sie die Fashion-Assistentin von *Elle* findet.«

»Vielleicht kannst du ja ein paar von Posys Shootings übernehmen, bis sie eine Neue gefunden haben«, sagte Lily und drückte Grace aufmunternd den Arm. »Es sei denn, Kiki ist sauer auf dich«, fügte sie hinzu und machte ein betretenes Gesicht. »Tut mir leid, das habe ich fast vergessen. Du solltest dein Telefon wirklich nicht irgendwo herumliegen lassen.«

»Warum sollte Kiki sauer auf mich sein? Ich habe doch gar nichts verbrochen. Oder stimmt etwas nicht mit den Barcelona-Fotos?«

»Nein, es ist, weil du in der Zeitung bist«, sagte Lily. »Das war hier Tagesgespräch, bis Posy heulend aus Kikis Büro rannte.«

»Aber das kann doch nicht sein! Ich wüsste doch wohl, wenn ich in der Zeitung stehe. Welche Zeitung soll das denn sein?«

»Sunday Express oder *Mail on Sunday,* glaube ich. Deshalb ist Kiki ja so sauer. Sie hat gesagt, wenn es wenigstens der *Observer* oder die *Sunday Times* wäre. Dabei bist du auf dem Foto echt gut getroffen.«

»Sogar mit Foto?«, fragte Grace schaudernd.

»Eins von dir und viele Fotos von Vaughn«, gab Lily Auskunft. »Dass er mal verheiratet war, hattest du mir ja noch gar nicht erzählt.«

»Das muss ich mir ansehen«, sagte Grace. »Lass uns später weiterreden.«

Sie fand den Artikel in der *Mail on Sunday* – der bevorzugten Zeitung ihrer Großeltern – als Teil einer Serie über Geschäftsleute, die die Krise erfolgreich überstanden hatten und weiter Geld wie Heu verdienten, während der Rest der Bevölkerung bei Lidl einkaufen musste. Das Foto, auf dem Grace zu sehen war, musste in Miami aufgenommen worden sein. Sie trug das Marc-Jacobs-Kleid und war im Profil zu sehen, während Vaughn ihr etwas ins Ohr flüsterte. Ansonsten gab es nicht viel Neues zu lesen, denn laut Berichterstattung *lebt James Vaughn sehr zurückgezogen und gibt keine Interviews zu Transaktionen oder Klienten. In den letzten Monaten wurde Vaughn, 41, in Begleitung von Grace Reeves, 23, gesehen, einer Moderedakteurin des* Skirt-*Magazins in London.* Zu allem Überfluss wurde auch noch Alex zitiert, der behauptete, Grace hätte von Kunst keinen Schimmer.

Grace legte die Zeitung beiseite, als prompt eine interne Nachricht von Kiki kam.

»Ah, da ist ja unsere neue Moderedakteurin«, sagte sie, als Grace in ihrem Büro erschien. »Merkwürdig, an deine Beförderung kann ich mich überhaupt nicht erinnern.«

»Ich habe auch erst gerade davon gelesen.«

»Dann hast du auch sicher schon von Posy gehört?« Kiki machte ein Gesicht, als hätte sie eine Reihe Strafmaßnahmen für ihre ehemalige Junior-Moderedakteurin auf Lager. »Sie war nicht mal in der Lage, Givenchy richtig auszusprechen.«

Mit der Aussprache von Modefirmen hatte Grace keine Probleme, aber das war wohl nicht der richtige Moment, um darauf hinzuweisen. »Hast du schon einen Blick auf die Barcelona-Fotos geworfen?«, fragte sie stattdessen.

»Die sind okay. Lucie hat erzählt, du hast gute Arbeit geleistet. Wie eine richtige Moderedakteurin.«

Das war das Netteste, was Kiki jemals gesagt hatte, und auch wenn es nicht der ideale Zeitpunkt war, musste Grace die Chance nutzen und hoffen, die nächsten fünf Minuten zu überstehen. »Hör mal, Kiki, ich weiß, Posy ist gerade erst gegangen, aber ich würde mich gern auf die Stelle bewerben, und ich glaube …«

»Vor nicht mal einer Stunde hatte ich Kia von *Elle* am Telefon. Die hat mir genau das Gleiche erzählt. Sie hat ein paar gute Ideen für die High-Street-Serie. Aber erst mal erwarte ich, dass du für Posy einspringst.«

»Mache ich gerne.«

»Dann kannst du für Donnerstag die Bewerbungsgespräche vorbereiten, im Soho Hotel«, erklärte Kiki mit maliziösem Lächeln. »Und bevor du mich weiter löcherst: Wir werden eine Anzeige im *Guardian* schalten, dazu sind wir gesetzlich verpflichtet. Aber ich habe schon eine Kandidatin im Auge, deshalb bringt es eigentlich nichts, sich darauf zu bewerben. Verschwende keine Zeit, Gracie, es wartet eine Menge Arbeit!«

»Gut«, sagte Grace, obwohl sie sich ganz und gar nicht gewappnet fühlte.

»Und morgen früh will ich zehn Entwürfe für die regulären Seiten auf dem Tisch haben.« Kiki wusste nie, wann es reichte. Nein, sie musste das Messer in der Wunde noch einmal herumdrehen. »Am besten mit hübschen kleinen Zeichnungen wie immer.«

Die würde sie dann mit Posys Nachfolgerin besprechen, und die wiederum würde sie als ihre eigenen ausgeben, so wie Posy selbst es auch immer getan hatte.

Die zehn Entwürfe plus Illustrationen bis zum nächsten Morgen fertig zu haben, war eine Frage der Ehre.

Vaughn wollte sich eine Filmdokumentation über japanische Undergroundkünstler ansehen, doch die war auf Japanisch, und so warf er einen Blick über Graces Schulter.

»Warum hast du mir verheimlicht, dass du so gut zeichnen kannst?«

»Machst du dich über mich lustig?«

»Nein, ehrlich. Ich sollte dir eigentlich eine eigene Ausstellung organisieren. Geht dir die Arbeit nicht ohnehin auf die Nerven?«

»Ja, meistens, aber im Moment mache ich mir viel mehr Gedanken über diesen Zeitungsartikel. Warum mussten die ausgerechnet Alex zitieren?«

»Wenn du willst, kann ich Rache für dich nehmen«, sagte Vaughn und strich ihr über den Nacken. »Ich könnte sicher ein paar Leute von der russischen Mafia engagieren und ihm die Knochen brechen lassen.«

Das mochte Grace nun doch nicht glauben. »Das würdest du nicht tun.«

»Aber natürlich, du brauchst nur ein Wort zu sagen. Aber lass uns über dein Problem mit Kiki sprechen. In aller Ruhe und Besonnenheit.«

»Sie hätte mir wenigstens erlauben können, mich zu bewerben. In letzter Zeit bin ich gut mit ihr zurechtgekommen, besser als vorher jedenfalls. Und dann das! Das ist nicht fair.«

»Es gibt immer mehrere Optionen«, erklärte Vaughn. »Letztens habe ich in der *Financial Times* gelesen, die Verkaufszahlen von Nähmaschinen seien um 50 Prozent gestiegen. Vielleicht solltest du einen Laden aufmachen, für Stoffe und Garne oder Stricknadeln.«

Einen Moment lang sah Grace schon den Schriftzug *Graceland* vor sich, in geschwungenen apfelgrünen Lettern auf schwarzem Hintergrund, über ihrem eigenen Laden. Dann holte die Realität sie wieder ein. »Und woher soll ich das Geld dafür nehmen?«

»Na ja, das würde ich dir natürlich geben.« Vaughn schien überrascht, dass sie überhaupt danach fragte. »Es lohnt sich bestimmt, darüber nachzudenken.«

»Kann ich machen. Aber jetzt geh zurück zu deiner langweiligen Doku und stör mich nicht weiter. Ich habe noch acht Illustrationen vor mir.«

Kiki hob nicht einmal den Kopf, als Grace ihr die Entwürfe auf den Schreibtisch legte – und sofort wieder hinauseilte, um sich den Anblick, wie sie im Papierkorb landeten, zu ersparen.

»Schick, was du da anhast, Gracie«, säuselte Kiki. »Aber ich glaube, ganz in Schwarz wirkst du doch ein wenig blass.«

Grace verzog sich mit Lily in die Kleiderkammer, um ein anderes Oberteil anzuprobieren. Sie versuchte es mit Dunkelorange, der Farbe der Saison, um feststellen, dass ihr das auch nicht stand, als Elise, die Assistentin der Chefredakteurin, den Kopf hereinsteckte.

»Lorna und Kiki haben gesagt, du sollst ins Soho Hotel kommen, in einer halben Stunde«, verkündete sie strahlend. »Sie sind in dem Raum für geschlossene Gesellschaften. Beeil dich, damit du rechtzeitig da bist!«

»Was wollen die denn von mir?«, fragte Grace und versuchte eher neugierig als panisch zu klingen.

»Keine Ahnung«, gab Elisa gut gelaunt zurück, denn sie hatte grundsätzlich gute Laune – sodass Grace und Lily des Öfteren spekulierten, ob sie etwas genommen hatte oder irgendeiner Sekte angehörte.

»Ich habe das dumme Gefühl, die wollen mich feuern«, sagte Grace, während sie versuchte, das orangefarbene Oberteil loszuwerden.

»Das einzige Mal, dass Lorna mit mir sprechen wollte, war, um mich abzumahnen, damit ich die Arbeitszeiten einhalte«, erinnerte sich Lily.

Grace zupfte sich die Bluse zurecht und zuckte ratlos die Achseln. »Meinst du, ich sollte knallroten Lippenstift auftragen, um zu demonstrieren, dass ich Power habe?«

Lily warf einen fachmännischen Blick auf Graces ungeschminkte Lippen. »Lass das lieber, das macht dich nur noch blasser. Aber ich habe hier ein Zartrosa von Stila. Und du kannst mir über den Babybauch streichen, das bringt Glück.«

»Ah, da ist ja unsere kleine Gracie«, ertönte Lornas Stimme fünf Sekunden, bevor sie selbst erschien. Lorna war eine dieser Frauen, die wenig Aufwand wie lässigen Schick aussehen ließen. Eher attraktiv als hübsch brachte sie ihre edlen Gesichtszüge durch kurz geschnittenes Haar und eine Schulmädchenbrille zur Geltung, und sie trug grundsätzlich nur perfekt geschnittene schwarze Hosen und weiße Blusen. »Tolle Taschen und Schuhe reichen, da will niemand mehr wissen, was man sonst noch anhat«, war sie zitiert worden, als sie fünf Jahre zuvor Chefredakteurin von *Skirt* wurde – und die gesamte Branche sich fragte, ob eine seriöse Journalistin überhaupt geeignet war, eine Modezeitschrift zu leiten.

Graces Kontakt zu Lorna beschränkte sich normalerweise darauf, dass sie mit ihr redete, als wäre sie Teil eines Hilfsprojekts. »Unsere kleine Gracie«, säuselte sie, wenn sie sich im Aufzug begegneten – und Lorna mit ihren 1,80 Metern Grace um mehr als einen Kopf überragte.

Grace stand auf, als Lorna und Kiki den Raum betraten, und strich nervös über den giftgrün gestreiften Bezug der Stuhllehne vor ihr. »Kein Grund, ein besorgtes Gesicht zu machen«, sagte Lorna, aber Grace wusste, eigentlich hatte sie nichts dagegen, Respekt einflößend zu wirken. »Mir ist allerlei Abenteuerliches zu Ohren gekommen. Du bewegst dich ja in ziemlich exklusiven Kreisen.«

»Grace hat sich einen sehr reichen Freund an Land gezogen, mit exzellenten Verbindungen«, erläuterte Kiki mit demonstrativem Entzücken. »In der Fashion-Redaktion gibt es kaum noch ein anderes Thema.«

»Das klingt ja wie bei Jane Austen. Wie ich gehört habe, ist er Kunsthändler. Was hältst du von den Nominierten für den Turner-Preis? Mich hat keiner von denen überzeugt.«

»Für meinen Geschmack durchweg zu konzeptionell«, hatte Grace beschlossen, Vaughn wörtlich zu zitieren – und erntete damit einen Was-soll-das-denn-Blick von Kiki und von Lorna ein strahlendes Lächeln.

»Aber diese Unterhaltung sollten wir ein anderes Mal fortsetzen«, sagte Lorna. »Nun wollen wir lieber über deine Entwürfe sprechen.«

Erst nachdem Grace die Hälfte ihrer Entwürfe erläutert hatte, wurde ihr bewusst, dass es sich hier um ein echtes Bewerbungsgespräch handelte. Für einen kurzen Moment verlor sie den Faden und musste einen verärgerten Blick von Kiki einstecken, aber dann konzentrierte sie sich auf Lornas wohlwollendes Lächeln. »Wenn wir etwas zu Samstagabend-Outfits bringen«, erklärte Grace und fand den Faden wieder, »könnten wir die Fotos in einer Bingo-Halle schießen. Und Badeanzüge im Hallenbad präsentieren. Das würde gut zu der High-Street-Serie passen.«

»Klingt gar nicht schlecht«, sinnierte Lorna. »Die Werbeabteilung könnte daran anknüpfen und gleich ein paar Einnahmen generieren.«

»Und deren Sklaven sind wir ja alle«, bemerkte Kiki seufzend. »Was hast du sonst noch auf Lager?«

Grace erläuterte ihre Ideen zu einer Serie über aufstrebende Designer und aufstrebende Models, ins Bild gesetzt von aufstrebenden Fotografen. Dann entschied sie, dass sie auch gleich aufs Ganze gehen konnte. »Letztens habe ich in der *Financial Times* gelesen, die Verkaufszahlen von Nähmaschinen seien um 50 Prozent gestiegen«, sagte sie und ignorierte ein verächtliches Schnauben von Kiki, die genau wusste, dass Grace in ihrem ganzen Leben noch nie ein Exemplar der *FT* in die

Hand genommen hatte. »Es würde gut ankommen, eine Seite mit Schnittmustern und Ideen zum Selbermachen zu bringen. Wir könnten die Designer bitten, jeweils ein Extraschnittmuster für uns zu entwerfen.«

»Ich glaube, wir haben genug gehört«, sagte Kiki knapp und fügte an Lorna gerichtet hinzu: »Du auch?

»Ja, das sind wirklich frische Ideen. Das Ganze hat etwas Spontanes«, antwortete Lorna mit einem entschiedenen Kopfnicken. »Ich hatte meine Zweifel, aber ich muss dir recht geben.«

Grace richtete einen erwartungsvollen Blick auf Kiki, die wie immer eine Show daraus machte, sich erst mal ein Glas Wasser einzuschenken und in aller Ruhe daran zu nippen. »Wie du ja weißt, ist Posy ausgeschieden, und ganz unter uns, Courtney ist schwanger und geht zurück in die Staaten«, erklärte Kiki und verzog den Mund, um anzudeuten, welche Sorgen ihr das Fashion-Team derzeit bereitete. »Wir werden die Modeseiten von *Skirt* komplett überarbeiten und der neuen High-Street-Serie eine ganze Rubrik widmen. Deshalb habe ich beschlossen, dich zur Junior Stylistin zu ernennen und dir die Verantwortung dafür zu übertragen.«

Grace musste sich an den Stuhllehnen festhalten, während Lorna sie wohlwollend anlächelte. »Unsere kleine Gracie ist ja ganz überwältigt«, sagte sie. »Kiki war deine größte Befürworterin. Ich hatte eigentlich eins der Mädchen von *Elle* in Betracht gezogen, aber Kiki hat mir immer wieder damit in den Ohren gelegen, dass du besser geeignet bist. Und, mal ehrlich, dieser Artikel, in dem du erwähnt wirst, könnte sich als gute Publicity für unsere Zeitschrift erweisen. Ich nehme es immer mit Freude zur Kenntnis, wenn meine Mitarbeiterinnen sich an den richtigen Orten mit den richtigen Leuten zeigen. Also lass dich bloß nicht mit einem Fußballspieler sehen.«

»Äh, danke. Vielen Dank. Ich werde euch bestimmt nicht enttäuschen.« Erst allmählich fing Grace an zu begreifen: Die Zeit als kleine Fashion-Assistentin war vorbei – auch wenn es schöner gewesen wäre, wenn man sich mehr darauf berufen hätte, was sie konnte, und weniger darauf, wen sie kannte.

»Ich werde den Leuten in der Personalabteilung sagen, sie sollen den Papierkram vorbereiten«, sagte Kiki heiter. »Aber ich fürchte, finanziell ist nicht viel mehr drin.« Sie nannte einen Betrag, der nach Abzug von Steuern gerade einmal für eine Schachtel Zigaretten mehr im Monat reichte.

»Das kann ich nicht akzeptieren«, hörte Grace sich sagen – nachdem sie exakt diesen Wortlaut zigmal von Vaughn gehört hatte. »Ich brauche einen Moment Bedenkzeit, dann werde ich euch meine Bedingungen nennen.« Kiki sah aus, als würde sie jeden Moment zu Boden sinken, während Grace ihren Notizblock herauskramte und den Raum verließ.

Weder Lorna noch Kiki kamen auf die Idee, sie zu fragen, was das denn sollte. Als Grace zurückkehrte, saßen sie noch immer da und unterhielten sich über den hässlichen Scheidungskrieg der Verlagsleiterin. Was Grace betraf, so wirkten sie eher amüsiert.

»Da gibt es durchaus noch Verhandlungsspielraum«, begann Grace zögernd und warf einen Blick auf ihre Liste.

»Durchaus …« echote Kiki ironisch.

»Erstens: Da ich nun eine ganze Rubrik betreue, möchte ich mich Redakteurin nennen. Posy war Junior-Redakteurin, und ich habe viel mehr Erfahrung als sie. Zweitens würde ich, abgesehen von meiner Rubrik, auch gern andere Stylings machen und Artikel schreiben. Und drittens: Du musst mir mehr zahlen, denn davon kann ich nicht leben, Kiki. Nach Abzug von Steuern würde es kaum für Miete und Nebenkosten reichen.« Grace hatte noch mehr auf Lager, beispielsweise eine Assistentin, die sie sich mit jemandem teilen konnte, oder eine Versicherung, aber das wollte sie sich für einen späteren Zeitpunkt aufheben. »Selbstverständlich bin ich gern bereit, meine Nachfolgerin einzuarbeiten«, fügte sie hinzu, um sich als Teamplayer zu erweisen. »Das System, das ich für die Kleiderkammer erstellt habe, funktioniert sehr gut, und ich glaube, Celia wäre genau die Richtige.«

Es kam nicht oft vor, dass es Kiki an Ideen für eine bissige Bemerkung fehlte, aber nun war einer dieser Momente – und Grace kostete ihn aus, die vollen zehn Sekunden, die er dauerte. »Offiziell ist noch nichts entschieden, Gracie. Ich bräuchte nur Kia von *Elle* anzurufen.«

»Pass mal auf, ich habe wirklich hart gearbeitet, und mir fällt immer etwas ein für neue Entwürfe. Du würdest für mehr Geld ja auch etwas kriegen. Das solltest du eigentlich wissen. Herrgott noch mal, was Courtney jeden Monat für Taxis ausgibt, würde meine Gehaltserhöhung schon decken.« Grace hatte einfach ausgesprochen, was sie dachte – und es hatte der Wahrheit entsprochen.

»Falls – ich betone falls – ich mich dazu durchringe, die Zahlen noch ein wenig zu korrigieren, dann kannst du den anderen aus dem Fashion-Team erklären, warum ihr Budget gekürzt wurde«, sagte Kiki, bevor sie einlenkte. »Okay, ich befördere dich zur Senior Stylistin, und die Rubrik erhält den Zusatz ›redaktionelle Arbeit von‹. Und du kannst die Shootings der Accessoires selbstständig übernehmen. Artikel zu anderen Themen besprechen wir vor jeder Ausgabe.«

Grace brauchte keine Zeit, um darüber nachzudenken. »Abgemacht!«, rief sie und sprang auf, denn nun konnte sie nichts mehr auf dem Stuhl halten. »Ihr werdet es nicht bereuen.« Sie wandte sich an Kiki, die bei so viel ehrlicher Begeisterung lächeln musste. »Vielen Dank, dass du an mich geglaubt hast!«

»Ich glaube, ich habe noch nie gesehen, dass sich jemand so sehr über eine Beförderung freut«, murmelte Lorna. »Ich nehme an, du hast nicht vor, in nächster Zeit die Seiten zu wechseln und zu *Vogue* zu gehen?«

»Nein. Um Gottes willen! Da würde ich es nicht aushalten. Da ist alles viel zu sehr auf Hochglanz poliert, und die Leiterin der Personalabteilung kontrolliert allen jeden Montagmorgen die Fingernägel«, sagte Grace.

»Ich glaube, das war dann alles«, sagte Kiki, bemüht, die Situation wieder unter Kontrolle zu kriegen, denn Grace war kurz davor, einen Luftsprung zu machen. »Am späten Nachmittag bin ich wieder im Büro.«

Grace schwebte durch das Foyer des Soho Hotels und schenkte dem Portier ein strahlendes Lächeln – und es kam ihr beinahe vor wie ein Wunder, das harte Bordsteinpflaster unter den Füßen zu spüren, während ein scharfer Frühlingswind ihr durchs Haar fegte.

Sie holte ihr Handy aus der Tasche. Gute Neuigkeiten sollte man teilen, auf der Stelle.

»Ich weiß, du bist schwer beschäftigt, aber ich wollte dir nur sagen, heute Abend werde ich mein Konto plündern und dich zum Essen einladen«, sagte Grace hastig, denn Vaughn hatte sich nur mit einem knappen »Ja« gemeldet, und das hieß, er war nicht allein und hatte etwas Wichtiges zu tun. »Es gibt nämlich etwas zu feiern.«

»Du hast doch nicht Geburtstag, oder? Nein, der ist ja im Juli.« Vaughn ließ sich von Graces Freude anstecken und klang kein bisschen genervt, weil sie ihn mitten in einer Verhandlung störte. »Kannst du mir nicht wenigstens einen Tipp geben?«

»Sei nicht so ungeduldig«, sagte Grace voller Freude. »Ich bin um sieben zu Hause, komm bloß nicht zu spät!«

»Wie könnte ich«, gab Vaughn gut gelaunt zurück. »Okay,

wir sehen uns später«, fügte er in geschäftlichem Tonfall hinzu. Grace legte auf, um sogleich ihre Großmutter anzurufen, die der Beförderung so viel Bedeutung zumaß, dass sie *Women's Hour* leiser drehte, um Grace zu gratulieren.

Grace war es schon des Öfteren passiert, dass Fremde sie ansprachen und sagten: »Nur Mut, es wird schon wieder!« Doch an diesem Tag konnte sie gar nicht mehr aufhören zu lächeln. Das Leben war schön. *Verdammt schön!*

Als sie nach Hause kam, dachte sie, Vaughn wäre noch in der Galerie, doch dann stand er plötzlich in der Tür. »Grace, so früh habe ich dich gar nicht erwartet.«

»Kiki hat mich früher nach Hause geschickt. Sie hat gesagt, ich gehe ihr mit meiner guten Laune auf die Nerven. Rate mal, was passiert ist?«

»Was denn?«, fragte Vaughn neugierig. »Du sagtest, es gibt etwas zu feiern? Ist Coco Chanel auferstanden und bringt eine neue Kollektion raus?«

»Nein, noch besser! Ich bin befördert worden. Ich bin *Skirts* neue Senior Stylistin.«

»Das ist ja großartig!«, rief Vaughn und küsste ihr die Hände. »Du musst mir alles ganz genau erzählen.«

Noch in der Eingangshalle erstatte Grace Bericht, ohne eine Einzelheit auszulassen. Als sie bei den Verhandlungen über ihr Gehalt angekommen war, hob Vaughn sie hoch und wirbelte sie herum. »Ich bin stolz auf dich!«, sagte er. »Und was das Essen betrifft, das geht auf meine Rechnung.«

»Nein«, protestierte Grace. »Das will ich bezahlen. Du hast mir doch beigebracht, wie man so was macht.«

»Ach was«, sagte Vaughn, während seine Hände an ihren Hüften hinunterglitten. »Wohin möchtest du denn gerne?«

»Am liebsten erst mal ins Bett«, antwortete Grace.

»Bist du müde?«, fragte Vaughn und machte einen Schritt zurück.

Grace ließ ihre Jacke auf den Boden fallen, doch erst als ihre Bluse daneben landete, hatte Vaughn verstanden.

»Ein Nickerchen würde ganz sicher Wunder wirken«, sagte er und beugte sich zu ihr hinunter. Und so endeten sie auf dem Fußboden in der Eingangshalle.

»Morgen Abend lade ich dich zum Essen ein«, versprach Vaughn, als sie mit chinesischem Essen im Pappbehälter auf dem Sofa saßen. »Ist es eigentlich vorher schon mal so für dich gewesen?«

»Was denn?«

»Sex.«

»Nicht mal annähernd«, antwortete Grace – ohne zu erröten, doch das hätte man bei der gedämpften Beleuchtung ohnehin nicht gesehen.

»Der Start war ein wenig holprig, aber ich habe immer das Gefühl, mit dir ist alles etwas Besonderes«, sagte Vaughn leise. »Nicht nur Sex, auch alles andere.«

»Geht mir genauso«, antwortete Grace und errötete nun doch. »Ich hätte nie gedacht, dass ich mal jemanden finde, der mich so gut kennt und immer noch da ist.« Sie lehnte schläfrig den Kopf an Vaughns Schulter.

Vaughn räusperte sich. »Ich bin froh, dass wir uns begegnet sind, und ich möchte, dass du das weißt.«

Das hat er schön gesagt, dachte Grace. »Ich bin auch froh«, antwortete sie, während ihr die Augen zufielen. »Ich weiß nicht, wie es dir geht, aber ich war es so leid, mich allein zu fühlen.«

Kapitel 28

Ein paar Tage später musste Vaughn nach New York. Grace hasste es, wenn er mitten in der Woche Überseereisen machte, nicht nur, weil sie keine Zeit hatte, ihn zu begleiten, sondern auch, weil sie ihn vermisste. Gerade jetzt wäre es gemütlich gewesen, auf dem Sofa zu liegen, während der Aprilregen gegen die Fensterscheiben peitschte.

Eben diesen Regen verfluchte Grace einen Nachmittag später, als sie am Strand von Dungeness stand und auf besseres Wetter wartete. Es war ihr erstes Shooting als frischgebackene Senior Stylistin, mit Celia und Michael, dem Fotografen, der im vergangenen August die Bilder in New York gemacht hatte. Eigentlich sollten die Accessoires noch am selben Tag fotografiert werden, doch nachdem Grace auf ihrem BlackBerry den Wetterbericht abgerufen hatte, traf sie ihre erste eigenständige Entscheidung: Sie würden sich ein erschwingliches Bed & Breakfast suchen und morgens entsetzlich früh aufstehen, denn laut BBC sollte der Himmel am nächsten Tag aufklaren.

Ein paar Stunden später lag sie unter einer bestickten Bettdecke und hörte Celia im Bett neben sich schnarchen. Da klingelte plötzlich ihr BlackBerry.

»Hey, wie spät ist es in New York?«, meldete sie sich schläfrig.

»Kurz vor sieben«, antwortete Vaughn, und irgendetwas an seiner Stimme ließ Grace hellhörig werden.

»Was ist passiert? Du klingst so komisch. Ist jemand gestorben?«

»Niemand ist gestorben«, blaffte Vaughn sie an. »Ich habe ein Meeting nach dem anderen.«

»Dann möchte ich lieber nicht mit dir tauschen«, sagte

Grace mit einem erleichterten Seufzer. »Rate mal, wo ich gerade …«

»Grace, ich weiß, es kommt überraschend«, wurde sie von Vaughn unterbrochen, »aber ich glaube, wir sollten unsere Vereinbarung beenden.«

»Was soll das heißen?«, fragte Grace mit bebender Stimme.

»Ich halte es für das Beste, alles rechtzeitig in die Wege zu leiten, deshalb gebe ich dir eine Kündigungsfrist von einem Monat.«

»Eine Kündigungsfrist? Wovon redest du da?«, fragte Grace und konnte es nicht glauben.

»Soll ich es wiederholen?«, brummte Vaughn.

»Warum? Was habe ich denn falsch gemacht? Letztens hast du noch gesagt, du bist froh, dass wir uns begegnet …«

»Grace, ich habe jetzt keine Zeit, es dir zu erklären. Ich schicke dir einen Brief. Den wirst du morgen kriegen. Jetzt bin ich unterwegs zum nächsten Meeting. Lies den Brief, dann reden wir weiter.«

Er legte auf, bevor Grace schreien oder weinen konnte – oder ihn mit allen möglichen Kraftausdrücken titulierte. So blieb ihr nichts anderes übrig, als den BlackBerry an die Wand zu werfen und damit auch noch Celia zu wecken.

Zurück in Vaughns Haus wartete ein neuer BlackBerry, zusammen mit einem Brief, der an die Teekanne gelehnt war – und das war das Schlimmste: Vaughn kannte sie so gut, dass er Madeleine oder der Haushälterin oder irgendeinem seiner Lakaien genau hatte sagen können, wo sie den Brief deponieren sollten. Denn das Erste, was Grace tat, wenn sie nach Hause kam, war, sich eine Tasse Tee aufzubrühen.

Der Brief gab noch weniger Auskunft als Vaughn am Telefon.

Liebe Grace,
ich bedaure, Dich darüber informieren zu müssen, dass mir keine andere Wahl bleibt, als unsere Partnerschaft offiziell zu beenden. Da der Vertrag auf den 05. September datiert ist, beträgt Deine Kündigungsfrist 30 Tage nach diesem Schreiben.
Diesbezügliche Einzelheiten werden wir persönlich besprechen.
Freundliche Grüße
Vaughn

Es klang so eiskalt, dass Grace anfing zu zittern. Sie musste daran denken, was Vaughn vor seiner Reise gesagt hatte: *»Ich bin froh, dass wir uns begegnet sind, und ich möchte, dass du das weißt.« Aber jetzt bin ich mit dir fertig,* hatte er noch hinzufügen müssen!

Sie hatte sich geborgen und angenommen gefühlt, obwohl sie von Anfang an gewusst hatte, dass sie lediglich und nur für eine bestimmte Zeit eine Vereinbarung hatten. Hatte sie es sich zu einfach gemacht? Weil sie gedacht hatte, eine neue Haarfarbe, Designerkleider und ein bisschen Ahnung von Abstrakten Expressionisten würden eine andere aus ihr machen? Aber sie war noch immer dieselbe, und sich mit der Situation abzufinden, würde sie fertigmachen. So beschloss Grace, die Zeit sinnvoller zu verbringen und das Weinen auf später zu verschieben.

Sie stellte das Haus von oben bis unten auf den Kopf, auf der Suche nach Hinweisen, die erklären würden, warum Vaughn sie nicht mehr wollte. Und es war überraschend einfach, denn Vaughn hielt weder Schubladen noch Schränke verschlossen. Doch bis auf ein paar Schokoriegel war nichts zu finden. Hatte er so wenig übrig für Sentimentalität? Er kaufte Kunstwerke und verkaufte sie wieder, und so war es mit allem, weil nichts und niemand ihm etwas bedeutete.

Grace kam mit ihrer Suche einfach nicht weiter – sie fand

nicht einmal die Quittung für die Marc-Jacobs-Tasche, mit der alles angefangen hatte. Und so beschloss sie zu tun, was jeder andere in ihrer Situation auch getan hätte:

Alex anzurufen.

Alex wollte sich mit ihr zum Lunch bei Cecconi's treffen, und Grace sollte einen Tisch bestellen. Als sie dort erschien, wartete er bereits und hielt ihr zur Begrüßung eine Wange hin. Sie deutete einen Kuss an, reichte dem Kellner ihre Jacke und setzte sich. »Wie geht's?«, fragte sie und konnte selbst hören, dass sie das eigentlich nicht interessierte.

»Nur, um es sofort klarzustellen, ich bin von der *Mail on Sunday* total falsch zitiert worden«, beeilte sich Alex zu sagen. »So etwas würde ich niemals behaupten.«

»Hatte ich längst vergessen«, versicherte Grace, obwohl auch das nicht stimmte.

Nachdem sie etwas zu essen und Wodka-Martini bestellt hatten, kam Grace zur Sache: »Ich will alles über die anderen Frauen wissen!«

»Ein bisschen spät, findest du nicht, Gracie? Das hatte ich dir vor sechs Monaten angeboten.«

»Aber ich frage dich jetzt, und ich weiß, du brennst darauf, es mir zu erzählen.«

»Wenn du versprichst, den Überbringer der Nachrichten nicht zu köpfen.«

»Erzähl es mir einfach, Alex!«

»Ich kann natürlich nur über die letzten zwei Jahre Auskunft geben, aber das sollte erst mal reichen. Tja, wo soll ich anfangen? Mit Natalia am besten.«

Als Alex nichts ahnend die Kunstszene betreten hatte, war Vaughn mit Natalia zusammen gewesen, die zur russischen Schickeria gehörte und gerade eine Durststrecke erlebte, als Vaughn auf die Idee kam, sowjetische Kunst anzukaufen. Danach kam Nancy, ein amerikanisches Exmodel jenseits der dreißig, deren Mann sie gegen eine Achtzehnjährige eingetauscht hatte. Wie der Zufall es wollte, kannte Nancy eine Menge Frauen, die ihr Schicksal teilten und sich auf der Suche nach Ehemann Nummer zwei in Galerien herumtrieben. Es folgte eine japanische Grafikerin, aber nur für ein paar Wochen, denn auf dem japanischen Kunstmarkt gab es eine Flaute. Und schließlich kam Lydia, Alex' Favoritin, Tochter eines Malers, der in den späten 1960ern als Hoffnungsträger der britischen Kunstbewegung gegolten und sich dann aber auf einen Bauernhof in Wiltshire zurückgezogen hatte, bis Vaughn eine Retrospektive seiner Werke plante. Dazwischen hatte es eine Reihe perfekt frisierter Mittdreißigerinnen gegeben, allesamt Blondinen. Aber keine von denen hatte sich länger als einen Monat gehalten.

»Und damit wären wir bei dir, Gracie«, sagte Alex betont höflich. »Eigentlich bist du nicht sein Typ. Viel jünger. Nicht so aufgedonnert. Rein zufällig hatte Vaughn so eine Ahnung, dass eine neue Welle der Young British Artists heranrollte. Aber keiner von denen war scharf darauf, sich mit einem professionellen Kunsthändler einzulassen. Also suchte Vaughn nach einer jungen Freundin, die ihm den Weg ebnete, so wie vorher die anderen. Ein paar Mal sah man ihn mit einer Galeristin und mit einer Konzeptkünstlerin, die ihr Atelier in der Nähe von Noahs hatte. Dann bist du auf der Party in Kensington erschienen. Und ich muss schon sagen, keine hat es so lange ausgehalten. Bei ihm einzuziehen war wirklich mutig. Wie lange geht das jetzt schon, sechs Monate?«

»Sieben.«

»Dann hast du wirklich einen Rekord aufgestellt. Normalerweise liegt Vaughns Grenze bei sechs Monaten. Er langweilt sich nämlich ziemlich schnell. Aber interessant wird es erst, wenn er merkt, dass Noah nicht mitspielt.«

»Was meinst du damit?«

»Na, es war doch klar, dass Noah sich in dich vergucken würde. Du bist viel hübscher als Lola, und Noah stand schon immer auf zierliche Figürchen. Dann kann er sich stark und männlich fühlen. Wie weit solltest du bei ihm gehen? Oder hat Vaughn dir das selbst überlassen? Aber offenbar hast du sowieso gekniffen.«

»Was soll das heißen, gekniffen?«

»Noah hat mir erzählt, Vaughn sei vor seiner Reise nach New York in seinem Atelier gewesen. Und er sagt, er hat Vaughn klargemacht, dass er ihn mal kreuzweise kann. Aber dafür, dass Noah behauptet, er wäre gar nicht daran interessiert, gesponsert zu werden, klang er ganz schön sauer. Wenn ich mir das also richtig zusammenreime, glaube ich eher, Vaughn war derjenige, der einen Rückzieher gemacht hat. Nach seinen anfänglichen Erfolgen hat Noah doch nur noch Mist produziert. Und das wirft die Frage auf: Was wird aus dir, Gracie? Erzähl mir bloß nicht, du hast dich in ihn verliebt!«

»Nein!«, dementierte Grace hastig. »Wir haben nur eine Vereinbarung.«

»Dann wirst du richtig gut dastehen«, sagte Alex. »Vaughn hat sich so ins Zeug gelegt, und wenn ihr euch trennt, werden die Männer bei dir Schlange stehen.«

Was für eine Horrorvorstellung!

»Du siehst mich an, als wäre ich das größte Arschloch aller Zeiten.«

»Und – willst du etwa behaupten, das wäre eine neue Erfahrung?«, gab Grace mit einem breiten Lächeln zurück, so breit, dass sie fürchtete, eine Maulsperre zu bekommen. »Wenn du irgendjemandem auch nur ein Wort davon …«

Alex sah keine Veranlassung, sich darüber Sorgen zu machen. »Das weiß doch ohnehin schon jeder.«

»Komm nicht auf die Idee, Tratsch über mich zu verbreiten und mich anderen unbedarften Mädchen vorzuführen!«, sagte Grace und stand auf.

Dann verließ sie das Lokal, ohne sich noch einmal umzudrehen.

Das Ausmaß der Blamage war kaum auszumachen. Nicht nur, dass Noah und seine Leute sich wohl über sie kaputtgelacht hatten, ebenso wie alle anderen. Nein, das Schlimmste war, dass Grace trotz des ganzen Theaters gedacht hatte, Vaughn hätte einen guten Kern.

Montagabend war ihr noch immer nicht eingefallen, was sie machen sollte – abgesehen davon, Vaughn den Kopf abzuschlagen. Und in dem Moment, als sie das dachte, kam er ins Wohnzimmer, wo sie auf dem Sofa saß und auf ihn wartete.

»Da bist du ja«, sagte er seelenruhig. »Schönes Wochenende gehabt?«

Grace war sprachlos, doch als Vaughn sich zu ihr herunterbeugte, um ihr einen Kuss auf die Wange zu geben, zischte sie ihn an: »Du hast vielleicht Nerven! Fass mich bloß nicht an!«

»Dann hast du den Brief also bekommen«, sagte Vaughn und warf sein Jackett auf die Sofalehne. »Ich kann verstehen, dass du dich aufregst, aber …«

»Aufregst?«

»Also Grace, ich bin gerade erst aus dem Flugzeug gestiegen, und das hatte einige Stunden Verspätung. Das ist jetzt weder die richtige Zeit noch der richtige Ort.«

»Ich war mit Alex essen«, sagte Grace triumphierend und nahm zur Kenntnis, dass Vaughn erstarrte. »Das hattest du mir doch streng verboten, oder? Und jetzt weiß ich auch warum. Ich weiß alles über dich und deine anderen Frauen, und über die Vereinbarungen, die du mit denen hattest.«

»Was unsere Vereinbarung betrifft, habe ich dir nie etwas vorgemacht«, sagte Vaughn frostig und verschränkte die Arme. »Und ich sehe keinen Grund, dermaßen …«

»Ach, Scheiße! Du hast mir vorgemacht, du würdest mir einen riesigen Gefallen tun und mich aus dem Elend ziehen. Dabei hast du mich nur benutzt, um an Noah heranzukommen! Und ich war nicht mal deine erste Wahl! Jetzt sägst du mich ab, weil Noah nichts mehr mit dir zu tun haben will. Und die ganze Zeit hast du mir vorgemacht, ich würde dir etwas bedeuten.«

»Ich habe dir nichts erzählt von meinen vorherigen Begleiterinnen, weil …«

»Mätressen!«, kreischte Grace, denn nun war sie dabei, die Fassung, um die so sehr gerungen hatte, zu verlieren. »Nenn sie doch beim Namen! Billige Nummern für ein paar Kröten. Aber ich wette, die Investition hat sich gelohnt. Die haben dir zigmal mehr an Provision eingebracht, als du für sie bezahlen musstest.«

Vaughn hatte tatsächlich den Nerv, ergeben zu seufzen. »Meine früheren Arrangements gehen dich nichts an. Und du hast nie verstanden, was ich von dir wollte. Es ist eine simple Abmachung, aber du musst alles verkomplizieren.«

»Kompliziert wurde es erst, als wir ins Bett gegangen sind.«

»Aber Grace …« Vaughn ging auf sie zu und nahm ihre Hände, mit denen sie wild in der Luft herumgefuchtelt hatte.

»Du sollst mich … nicht anfassen!«, stammelte sie, aber Vaughn ignorierte ihre Wut und massierte ihr den Nacken.

»Du bedeutest mir sehr viel«, sagte er so leise, dass Grace nichts anderes übrig blieb, als sich zu ihm hinüberzubeugen, um überhaupt ein Wort zu verstehen. »Und daran hat sich nichts geändert. Als ich dich das erste Mal sah, habe ich nicht daran gedacht, wie nützlich du für meinen machiavellistischen Plan sein könntest, die Herrschaft über die Kunstwelt an mich zu reißen. Ich habe nur gedacht, wie sehr du mir gefällst und dass ich dich unbedingt küssen möchte.«

»Na klar, das hast du den anderen sicher auch erzählt«, gab Grace zurück und entwand sich Vaughns verräterischen Händen.

»Du bist nicht wie die anderen. Das ist es ja gerade. Ich fühlte – fühle – mich sehr zu dir hingezogen, aber davon kann ich meine geschäftlichen Entscheidungen nicht abhängig machen.«

»Bilde dir bloß nicht ein, ich würde noch einen Monat bleiben, damit du Zeit hast, dir die Nächste für so einen dämlichen Vertrag zu suchen.«

»Was den Vertrag angeht, Grace«, redete Vaughn in eisigem Tonfall weiter, »den wirst du erfüllen. Sonst werde ich dich verklagen.«

»Das ist nicht fair!«, rief Grace.

»Das Leben ist nicht fair«, konterte Vaughn und klang erschreckend nach ihrer Großmutter. »Wir haben eine Abmachung, und die ist dann vorbei, wenn ich es sage.« Er sprang auf, als könne er sich gar nicht schnell genug von Grace entfernen. »Du hast diesen Vertrag unterschrieben. Und solange du so hysterisch bist, will ich nichts mehr davon hören.«

Kapitel 29

Vaughn hatte sich den ganzen Abend nicht mehr blicken lassen, und das war Grace auch lieber gewesen. Irgendwann hatte sie Lily angerufen. »Du *musst* dich morgen mit mir zum Frühstück treffen, aber nur wir beide.«

Lily – mittlerweile im achten Monat – hatte keine Lust auf Brunch in einem schicken Highgate-Café, sondern bestand darauf, sich in einem schmierigen Laden an der Junction Road zu treffen, um ihre Gelüste nach Speck und pappigen Brötchen zu befriedigen – mit Ketchup aus einer roten Plastiktomate.

»Er lässt mich fallen«, verkündete Grace, während Lily sich bemühte, das Speckbrötchen zum Mund zu führen, ohne sich zu bekleckern.

»Warum denn das?«, fragte sie. »Ich dachte, es würde so gut mit euch laufen.«

»Weil er ein berechnender, hinterhältiger Drecksack ist!«, blaffte Grace.

»Was hat er gemacht?«, fragte Lily.

»Er hat mir einen Monat Kündigungsfrist gegeben. Wie abgefuckt ist das denn?«

»Oh, Grace.« Lily sah hinauf zur Decke, und Grace wusste, sie würde versuchen, irgendeinen Lichtblick zu finden. »Ich weiß, du hast gesagt, dass du ihn wirklich gern hast und dass ihr tollen Sex habt, und meine Güte, dieses Haus! Aber du wusstest doch, es würde nicht ewig dauern. Es war eine Vereinbarung, keine Beziehung, darüber wart ihr euch doch beide einig.«

»Ich weiß. Aber man kann nicht mit jemandem leben und all diese Kleinigkeiten zusammen machen wie Hemden bügeln, ohne etwas für denjenigen zu empfinden. Aber er hat mir die ganze Zeit etwas vorgemacht und …«

»Du hast seine Hemden gebügelt?« Lily wirkte erschüttert.

»Nur, wenn wir ausgehen wollten. Was denn? Ich bügele eben gern.« Grace lehnte sich auf die Tischplatte. »Und als er meine Schulden bezahlt hat, dachte ich, er hätte sich geändert. Ich dachte, *wir* hätten uns geändert, aber …«

»Warte mal! Er hat deine Schulden bezahlt? *Alle?*« Lily sackte ein wenig in sich zusammen, während Grace sie anstarrte. »Ist dir das denn nicht komisch vorgekommen? Als hätte er dir ein Schild aufgeklebt, auf dem ›Verkauft‹ steht?«

Grace zuckte die Achseln. »Vielleicht ein bisschen, aber in erster Linie war ich erleichtert. Und er hat das so unglaublich locker gesehen. Er wollte nicht mal, dass ich ›Danke‹ sage und ihm alles zurückzahle.«

»Dann ist er ja wohl derjenige, den wir hier bedauern müssen. Weil er dich ausnutzen wollte. Warum sonst sollte er deine Schulden bezahlen? Ich hab doch sein Haus gesehen, der hat Geld wie Heu. Ich wette, das hat er nur getan, um sich vor dir aufzuspielen, damit du machst, was er will«, erklärte Lily. »Beim Sex und so«, fügte sie verschwörerisch hinzu.

»Nein, so war es nicht«, murmelte Grace. »Jedenfalls nicht, was Sex angeht.«

»Ach, Gracie, es wird schon wieder werden. Großer Gott, wenn er jetzt hier wäre, hätte ich das eine oder andere Wörtchen mit ihm zu reden. Was für ein blöder Wichser!«, schnaubte Lily. Und sämtliche Zweifel, die Grace bezüglich ihrer Freundschaft noch gehabt hatte, verflogen. Keine Schuldzuweisungen, keine Vorträge darüber, wie dumm sie sich verhalten hatte. Lily stand absolut hinter ihr und konnte nachempfinden, wie sehr Vaughn sie verletzt hatte – und dass er eindeutig einen Tritt in den Hintern verdiente. »Ich konnte diesen Blödmann sowieso nie leiden – seit er mir den schönsten Tag im Leben versaut hat.«

»Aber er hat auch gute Seiten«, sagte Grace leise. Aus einem unerklärlichen Grund wollte sie nicht, dass Lily eine durchweg schlechte Meinung von Vaughn hatte.

»Dann hoffe ich, es wird nicht so schlimm, wie du befürchtest. Und wenn doch, kannst du bei uns auf dem Sofa schlafen.«

Als Grace an diesem Abend nach Hampstead zurückkehrte, war sie froh, dass von Vaughn keine Spur zu sehen war. Sie rannte hinauf in das Gästezimmer und beschloss, ihre Sachen zu packen. Doch kaum hatte sie den ersten Kleiderbügel in der Hand, klopfte Vaughn an die Tür.

»Komm rein.«

Das tat Vaughn nicht. Stattdessen steckte er nur den Kopf durch die Tür, als erwarte er, ihm würde etwas entgegenfliegen.

»Ich dachte, wir könnten zu dem kleinen Italiener am Parkway gehen. Da bist du doch so gerne, oder?«

»Ja, warum nicht. Willst du essen gehen, weil du hoffst, dass ich da nicht herumschreien werde?«

»Könnte sein«, antwortete Vaughn mit einem leichten Lächeln.

Beim Essen sprachen sie über Graces Shooting in Dungeness und das neue Trainingsprogramm, das Gustav für Vaughn aufgestellt hatte. Doch obwohl sie versuchten, das Problem in der Größe eines Elefanten im Raum zu ignorieren, ließ es sich nicht verleugnen.

»Ich habe versucht, eine Tiara für dich zu finden«, sagte Vaughn mit einem gewinnenden Lächeln, das absolut nicht zu ihm passen wollte.

»Tatsächlich?«, schnaubte Grace verächtlich.

»Ja, wirklich. Ich wusste ja, dass Tiffany's keine haben, also habe ich es bei Cartier, Van Cleef & Arpels und bei Asprey's versucht. Ich war sogar bei ein paar Händlern, aber ich konnte keine finden.«

»Aha«, sagte Grace und beschloss mitzuspielen. Sie wollte wissen, wie weit Vaughn gehen würde.

So weit, dass er eine kleine Samtschachtel aus der Jackentasche holte und verkündete: »Deshalb habe ich dir das hier gekauft.«

Grace öffnete die Schachtel mit zitternden Fingern: eine Brosche – in Form eines Blumengebindes mit funkelnden blauen Steinen als Blüten und Stängeln aus Diamanten.

»Art déco«, sagte Vaughn. »Ich dachte, Aquamarine und Platin passen gut zu der Kette und dem Armband, die ich dir zu Weihnachten geschenkt habe.«

»Sie ist schön«, sagte Grace seufzend. »Danke.«

»Wollen wir wieder Freunde sein?«

»Nein. Und ich glaube nicht, dass wir das jemals waren.«

»Du wirst darüber hinwegkommen, Grace. Und du sollst wissen, dass ich für dich sorgen werde. Ich werde dir eine Wohnung kaufen, vielleicht in der Nähe von Dartmouth Park, aber das kannst du selbst entscheiden.«

»Willst du mich verarschen?«, stieß Grace hervor und musste sich an der Tischkante festhalten. »Nein, das ist mir wirklich zu viel!«

Und obwohl sie nicht darüber gesprochen hatten, war sie sich zu hundert Prozent sicher, dass sie nie wieder mit ihm schlafen würde – Vertrag hin oder her!

Was genau in dem Vertrag stand, spielte keine Rolle. Denn als sie nach Hause kamen und Grace auf ihr Zimmer eilte, während Vaughn das Taxi bezahlte, hörte sie ihn kurz darauf die Treppe hinaufgehen. Sollte er doch verflucht noch mal alleine schlafen! Aber Vaughn stand bereits in der Tür.

Eigentlich wollte sie ihm sagen, er könne gleich wieder verschwinden, aber als er sich an den Türrahmen lehnte, blieben ihr die Worte im Halse stecken. Er sah so schön aus im dämmrigen Licht. Schön vielleicht nicht unbedingt, dafür hatte er zu markante Züge, aber ungeheuer attraktiv.

Eine Weile standen sie da, ohne ein Wort zu sagen, aber es war keine peinliche Stille. Dann winkte Vaughn ihr mit dem Finger. »Komm her«, sagte er mit suggestiv tiefer Stimme, und Grace hatte das Gefühl, unter ihrer Haut zu vibrieren.

Sie ging zu ihm hinüber und konnte an nichts anderes mehr

denken, als die Kluft zwischen ihnen zu schließen. »Wollen wir uns nicht wieder vertragen?«, flüsterte Vaughn ihr ins Ohr, und sie verfluchte ihn, weil er diese Macht über sie hatte.

Doch ihr blieb nur noch ein Monat, um mitzunehmen, was sie danach wahrscheinlich nie wieder erleben würde. Und wenn schon, dann sollte es so leidenschaftlich sein wie immer, wenn sie sich gestritten hatten und noch auf Kampf eingestellt waren. Vaughn aber hauchte ihr sanfte Küsse auf Hals und Nacken.

»Nein. Nicht so.«

»Wie hättest du es denn gern?«, fragte Vaughn und wirkte äußerst selbstzufrieden.

Auf den Knien. Auf dem Rücken. Gefesselt. Im Stehen. Wie auch immer. Grace wäre zu allem bereit gewesen.

»Weiß nicht«, flüsterte sie, denn auch wenn Vaughn ihr längst alle Hemmungen genommen hatte – wenn sie ihn so sehr wollte wie in diesem Moment, konnte sie kaum noch sprechen, geschweige denn exakte Angaben machen.

»Wenn du es tun kannst, kannst du es auch sagen«, redete Vaughn weiter – und Grace wusste, warum er so verflucht selbstgefällig grinste. Der Gedanke, sie könnte ihn abweisen, war ihm überhaupt nicht gekommen.

»Nimm mich einfach, irgendwie!«, presste sie hervor, und es klang so verzweifelt, dass Vaughn das Grinsen verging.

Kaum hatte sie es ausgesprochen, lag sie auch schon auf dem Rücken. Vaughn schob ihr das Kleid über die Hüften und nahm sich die Zeit, ihr den Slip auszuziehen, und als seine Finger in sie hineinglitten und er mit dem Daumen ihre Klitoris berührte, kam Grace augenblicklich. Sie presste ihren Mund an seine Schulter, und das Hemd, das er noch gar nicht ausgezogen hatte, wurde feucht von ihrem Atem.

Es war so intensiv, dass es ihr fast Angst einflößte, dermaßen außer Kontrolle zu geraten, und als Vaughn in sie eindrang und sich so quälend langsam bewegte, als hätten sie alle Zeit der Welt, konnte sie nicht anders, als ihn zu kratzen und zu beißen, bis er von ihr abließ, ohne auf ihren Protest zu achten, sie an den Handgelenken packte und ihre Arme auf die Matratze presste.

»Nicht aufhören!«, flehte sie und versuchte, sich zu befreien, damit Vaughn weitermachte.

»So nicht«, flüsterte er und küsste ihr die schweißnasse Beuge zwischen Hals und Schulter. »So ist es mir lieber.«

Grace wandte den Kopf ab, als Vaughn versuchte, sie zu küssen, doch er hielt sie noch immer fest und küsste sie auf die Wangen, auf die Nase, auf die Lider ihrer Augen, die sie fest geschlossen hatte, um nicht sehen zu müssen, wie er sie betrachtete – als wäre sie der einzige Grund, um zu leben. Und jedes Mal, wenn sie seine Lippen spürte, ließ sie sich weiter fallen, bis er ihre Handgelenke freigab. Sie schlang die Arme um seinen Nacken und öffnete den Mund zu einem Kuss, den Vaughn ihr nur zu gerne geben wollte.

Als er wieder in sie eindrang, legte sie die Beine um seine Hüften und setzte seinen langsamen Bewegungen nichts mehr entgegen.

Sie kam so oft, dass sie gar nicht mehr mitzählen konnte – oder war es nur ein einziges Mal, das gar nicht aufhören wollte? –, und als sie Vaughns raues Stöhnen hörte, vibrierte ihr Körper noch immer vor Erregung.

Vaughn rollte sich auf die Seite und zog Grace an sich. Seine Hand glitt zwischen ihre Beine, um ihr einen weiteren Orgasmus abzuluchsen, bis sie um Gnade flehte. Ihr Herz schlug wie wild, und ihre Hände hatten Striemen, nachdem sie sich an das Kopfende des Bettes geklammert hatte, um nicht abzuheben. Und ihre Augen brannten von ungeweinten Tränen.

Vaughn küsste sie auf Nacken und Schultern. »Siehst du! Es gibt gar keinen Grund, sich nicht zivilisiert zu benehmen.«

Kapitel 30

Grace hatte gedacht, den nächsten Monat zu überstehen, würde Mut und Tapferkeit erfordern, und andere Fähigkeiten, über die sie leider nicht verfügte. Aber so war es gar nicht.

Es fiel nicht schwer, so zu tun, als wäre nichts gewesen, denn abgesehen von Vaughns Ultimatum hatte sich nichts geändert. Sie kochte für ihn, bügelte seine Hemden und schlief jede Nacht mit ihm.

»Ehrlich?« fragte Lily und konnte es kaum glauben, als sie in der Mittagspause unterwegs waren, um einen Kinderwagen auszusuchen.

»Ich weiß, es klingt komisch«, sagte Grace und tippte mit dem Fuß gegen einen Sportwagen. »Willst du den nehmen?«

»Eigentlich wollte ich den 3-in-1-Reisekinderwagen mit der herausnehmbaren Babytragetasche«, antwortete Lily mit einem Anflug von Bedauern. »Aber der ist zu teuer. Mein Vater musste einen seiner Läden schließen, und Dan sagt, wir müssen auch mal allein zurechtkommen.«

»Dann werde ich ihn bezahlen«, sagte Grace und zückte die schwarze Amexcard. »Gestiftet von Vaughn, weil er dir den schönsten Tag im Leben versaut hat.«

»Echt? Ist das denn nicht zu teuer?«, fragte Lily und gab sich Mühe, zweifelnd zu klingen, aber wäre sie nicht hochschwanger gewesen, hätte sie wohl einen Luftsprung gemacht.

»Geht schon klar«, antwortete Grace mit Bestimmtheit. »Es wird Zeit, dass ich die Karte mal für etwas Sinnvolles einsetze. Er hat übrigens gesagt, ich kann sie noch ein Jahr lang behalten, mit einem Limit von 5000 im Monat.«

Lily zog Grace beiseite. »Bist du sicher, dass du zurechtkommst, Grace? Selbst die Behandlungen in diesem Spa-Center und das mineralhaltige Make-up können nicht über die dunklen Ringe unter deinen Augen hinwegtäuschen.«

»Es geht schon, ehrlich«, versicherte Grace, in der Hoffnung, dass es irgendwann so wäre, wenn sie es sich nur oft genug einredete.

»Wenn du meinst«, sagte Lily und watschelte zurück zu dem Kinderwagen. »Aber dunkle Ringe unter den Augen können nicht lügen.«

Kaum saß Grace wieder an ihrem Schreibtisch, klingelte das Telefon. »Hallo, Grace? Hier ist Noah. Hast du einen Moment Zeit?«

Noahs Name war zu einem unausgesprochenen Schimpfwort geworden, und wäre Grace nicht so überrascht gewesen, hätte sie ihn sofort abgewimmelt. So aber fragte sie nur: »Was gibt es?«

»Hör mal, das klingt vielleicht komisch, deshalb komme ich am besten gleich zur Sache: Kannst du heute Abend bei mir vorbeikommen? Ich brauche einen Rat von dir.«

»Wozu denn das? Wenn es nicht um Rocklängen geht, fragt mich sonst niemand etwas. Können wir das nicht am Telefon besprechen?«

»Eigentlich will ich dir etwas zeigen«, sagte Noah. Grace hatte nichts dagegen. Aber er war Noah, und sie war Grace, und es hätte Vaughn ganz bestimmt nicht gefallen. Nicht dass Grace noch etwas darauf hätte geben müssen, was Vaughn gefiel und was nicht, aber sie hatten eine Vereinbarung, und die lief noch ein paar Tage.

»Ich kann nicht«, sagte Grace seufzend.

»Nur für eine halbe Stunde, Gracie. Ich bezahle auch das Taxi, hin und zurück«, bat Noah. Was waren das denn für ungewöhnliche Töne? Sonst war doch Arroganz Noahs Grundeinstellung.

Also schleppte Grace sich um Punkt sieben die fünf Etagen des renovierungsbedürftigen Lagerhauses in Dalston hinauf, wo Noah auf dem obersten Treppenabsatz stand und sie mit ungeahnter Begeisterung empfing. »Ich habe was zu trinken«, rief er und winkte mit einer Flasche.

»Das höre ich immer wieder gern«, sagte Grace mit einem Grinsen.

Sein Atelier erstreckte sich über die gesamte Etage: Geruch nach Terpentin, abgelatschte Dielenböden, uralte Möbel – alles über und über mit Farbe bekleckert, ebenso wie sein löchriges T-Shirt und die zerrissene Jeans. So stellt man sich einen Vertreter der Young British Artists vor, dachte Grace, während Noah sie umarmte.

»Alles in Ordnung?«, fragte er und sah Grace prüfend an, länger, als ihr lieb war.

»Alles okay«, antwortete sie.

»Ich weiß nicht, aber du wirkst so traurig«, sagte Noah.

»Nichts, was ein Glas Wein nicht kurieren könnte«, erklärte Grace mit fester Stimme.

Noah verteilte die halbe Flasche Pinot Noir auf zwei angeschlagene Kaffeebecher und fragte: »Soll ich dir mal zeigen, woran ich gerade arbeite?«

Grace dachte, sie hätte nicht richtig verstanden. »Du hast mich angerufen, damit ich mir deine Bilder ansehe?«

»Wenn ich gewusst hätte, dass das ein Ansporn ist, hätte ich es gleich erwähnt«, sagte Noah mit einem gerissenen Lächeln. Grace boxte ihn gegen den Arm, und sogleich herrschte das flirthafte Geplänkel, in das Noah verfiel, wenn er mit Grace allein war. Eine willkommene Abwechslung nach Wochen des Schweigens und gespannter Atmosphäre zu Hause.

Noah begann, ihr seine neuesten Werke vorzuführen. »Die Mohnblumen waren reine Provokation«, gestand er, als wäre Grace nicht selbst schon darauf gekommen. »Aber Blumenmotive finde ich toll, auch wenn man das von einem männlichen Künstler nicht erwartet. Ich will sie einfangen, wenn sie verwelken. Sie verlieren nichts von ihrer Schönheit, aber ihren Tod zu dokumentieren, hat so etwas Morbides.«

»Hmmm.« Grace betrachtete die Leinwände: welkende Blumen in gläsernen Vasen mit verrottendem Wasser. Um die visuelle Erfahrung besser zur Geltung zu bringen, stand eine Vase mit verwelkten Lilien auf dem Tisch neben Noahs Staffelei und verbreitete einen Geruch, der Grace den Hals zuschnürte.

»Gefallen sie dir?«, fragte Noah und ließ Grace nicht aus den Augen. »Welche Gefühle lösen sie in dir aus?«

»Na ja, sie sind ganz gut. Irgendwie melancholisch«, antwortete Grace. »Aber ganz ehrlich, ich will nie wieder einen Strauß Blumen geschenkt bekommen.« Grace hatte die Botschaft verstanden und konnte den Anblick kaum noch ertragen. Nichts währte ewig, alles Schöne schon mal gar nicht. Was blieb, waren Erinnerungen, und selbst die würden mit der Zeit verfliegen.

Noah schien hocherfreut, dass seine Blumen Grace in eine Existenzkrise gestürzt hatten. »Das ist echt mal eine intuitive Reaktion«, verkündete er zufrieden. »Ich will den Betrachter mit seinen Schattenseiten konfrontieren. Oh, jetzt wirkst du wieder so traurig.«

»Nein, nein. Nur nachdenklich«, sagte Grace hastig. »Was hält Vaughn denn von den Blumen?«

»Der hat gesagt, sie wären ausdrucksstärker, wenn ich sie konserviert hätte, anstatt sie zu malen.«

»Wohnst du auch hier?«, wechselte Grace das Thema.

»Ja, wenn du willst, zeige ich es dir.« Er führte Grace zu einem

Raumteiler aus Leinwänden, schob sich durch eine Lücke und zog Grace hinterher.

Der Wohnbereich sah nicht so wild aus wie das Atelier, aber den Frühjahrsputz hatte Noah offenbar ausgelassen. An der Wand hing ein riesiger HD-Fernseher, darunter standen eine Reihe Spielekonsolen und ein abgewetztes Ledersofa. »Sorry wegen der Unordnung, meine Mutter hat sich auch schon beschwert.«

»Sollen wir erst mal über Vaughn und dich sprechen?«, fragte Grace und ließ sich auf das Sofa fallen. »Dann ist das erledigt, und wir können uns betrinken.«

»Woher wusstest du, dass ich über Vaughn sprechen wollte?«, fragte Noah.

»Eine begründete Annahme. Was ist mit euch beiden? Ich schätze, sein Interesse hat nachgelassen.«

»Ja, er beachtet mich kaum noch«, gab Noah zu. »Er hat sich meine Bilder gar nicht richtig angesehen, und er hat gesagt, er glaubt, wir passen doch nicht zueinander.«

»Ich dachte, du wolltest dich sowieso nicht von ihm unter Vertrag nehmen lassen«, erinnerte Grace ihn ein wenig bissig.

»Dass ich ihm erst mal die kalte Schulter gezeigt habe, heißt doch nicht, dass ich mich am Ende nicht doch hätte breitschlagen lassen. Vaughn betreut immer nur einen neuen Künstler«, erklärte Noah und fügte hinzu: »Deshalb wollte ich dich fragen, warum er mich nicht zurückruft?«

»Das fragst du mich? Woher soll ich das denn wissen?«

»Ich gehe mal davon aus, dass du es weißt. Hat er sich irgendwie dazu geäußert oder dich gefragt, was du davon hältst?«

Grace schnaubte verächtlich. »Abgesehen davon, dass er mich seine Hemden kaufen lässt, fragt Vaughn nicht, was ich von irgendetwas halte. Und mal ehrlich, das ist doch einfach nicht sein Stil, oder?«

»Ich habe Gerüchte gehört, er würde sich für eine andere Gruppe Künstler interessieren. Und auf eure Partys werde ich auch nicht mehr eingeladen.« Noah klang, als wäre die Welt zusammengebrochen, weil er nicht mehr auf der Gästeliste stand.

»Mann, diese Partys gingen dir doch sowieso auf die Nerven«, sagte Grace und tätschelte Noah das Knie – eine aufmunternde Geste, wie sie hoffte. »Vaughn spricht nicht mit mir über solche Sachen.«

Noah legte seine Hand auf ihre. »Einem Mistkerl kann man keinen Mist erzählen, Gracie! Hilf mir raus aus dieser Misere, am besten schnell.«

»Pass auf, es sind ein paar neue Namen im Spiel. In erster Linie irgendein Japaner. Der Name klingt so ähnlich wie ›Rüschen‹, aber so kann ja keiner heißen.«

»Scheiße!« Vor lauter Entsetzen ließ Noah den leeren Kaffeebecher fallen. »Ruichi … Roo! Diese Arschgeige! Ist ein Kumpel von mir. Gestern Abend habe ich ihn noch gesehen, und er hat mir nichts von Vaughn erzählt.«

»Tut mir leid, Noah.«

»Ich weiß, ich hätte Vaughn nicht so lange auflaufen lassen dürfen.« Noah nahm die Baseballkappe ab und strich über seine Haarstoppeln. »Aber eigentlich ist das alles deine Schuld!«

»Was kann *ich* denn dafür?«

»Weil du dich nach eurer Party mit mir betrunken hast«, setzte Noah sie in Kenntnis. »Danach hat Vaughn sich deutlich abgekühlt. Aber erst hat er mich in den Boden gestampft und gesagt, ich soll mich von dir fernhalten. Fünf Meter Bannmeile!«

Da sie momentan nebeneinander auf dem Sofa saßen, schien Noah sich wohl nicht mehr daran zu halten.

»Man sollte gar nicht erst versuchen, Vaughn zu verstehen«, riet Grace in bitterem Ton. »Nicht, wenn man bei Verstand bleiben will.«

»Aber du, Gracie, scheinst ihm echt was zu bedeuten. Das sieht doch jeder. Könntest du nicht deinen Einfluss geltend machen und ihn davon überzeugen, mir noch eine Chance zu geben?«

Grace seufzte und beschloss, Noah die Wahrheit zu erzählen. »Ich habe keinen Einfluss mehr. Ich bin auch abgemeldet. Noch eine Woche, dann hat es sich erledigt.« Grace nahm sich eine Zigarette. »Ich war nur dafür da, junge Künstler für ihn aufzureißen.«

»Gracie, das ist doch eigentlich nichts Neues«, sagte Noah und rückte ein Stück näher. »Außerdem weiß doch jeder, dass du nur wegen seines Geldes mit ihm zusammen bist.« Nun war es an Noah, Grace das Knie zu tätscheln.

Und Grace kam der Gedanke in den Sinn, dass, wenn sie erst mal mit Vaughn fertig wäre und sich gebührend Zeit gelassen hatte, um über ihn hinwegzukommen, Noah vielleicht der ideale Tröster wäre.

»Wahrscheinlich gar nicht so schlecht, dass ihr euch trennt«, sagte Noah, während er sich fachmännisch einen Joint drehte. »Er macht dich nicht glücklich. Das sieht doch jeder. Findest du nicht, du verdienst es, glücklich zu sein, Gracie?«

»Das bin ich aber – also ich war es zumindest. Aber jetzt bin ich der Situation nicht mehr gewachsen.«

»Du solltest dir jemanden suchen, der dich wirklich versteht«, sagte Noah leise. Irgendwie hatten sie die gleiche Wellenlänge, auch das war kein Nachteil. Und obwohl Grace anfangs gar nicht daran gedacht hatte, drehte sie sich zu ihm und küsste ihn – denn was spielten ein paar Tage schon für eine Rolle?

Die Küsse bestanden nur aus Zunge und Zähnen. Keine guten Küsse. Nicht einmal schlechte – nur dafür gedacht, gleich zur Sache zu kommen. Und so presste Noah Grace gegen die

Sofalehne, um sich auf sie zu legen und ihr seinen Ständer zu präsentieren, während ihr siedend heiß einfiel, dass sie bislang nur das Für aufgezählt und das Wider vollkommen außer Acht gelassen hatte. Das wiederum bestand aus einem einzigen Grund: Er war nicht Vaughn, und bei Gott, sie wollte keinen anderen! Auch wenn Sex mit Noah für Vaughn ein spektakulärer Tritt in den Hintern gewesen wäre. Grace wusste, dass sie das hier nicht durchziehen konnte. Denn sie wollte nicht in den Dreck ziehen, was sie hatte – *was sie gehabt hatte* –, auch wenn es Vaughn nichts mehr bedeutete. Grace zog die Knie an, ohne Noah anzusehen.

»Ich muss jetzt gehen«, sagte sie mit leiser Stimme, und in dem Moment wurde ihr klar, dass sie nie wieder die alte Grace sein würde.

»Lässt du mich jetzt abblitzen? Ach, komm schon, Gracie! Oder soll ich dich etwa anflehen?« Noah lächelte, als ginge es nur um Graces Gewissensbisse.

»Tut mir leid. Ich weiß, ich habe damit angefangen. Aber ich kann nicht.«

»Ich dachte, du wärst cool, und das warst du auch, bis du Monate mit einem arroganten Spinner verbracht hast, der wahrscheinlich nicht mal einen hochkriegt.« Mehr hätte sich Noah gar nicht irren können, aber Grace konnte verstehen, dass er sauer war.

Sie stand auf und wollte nur noch so schnell wie möglich verschwinden. »Tut mir leid, Noah. Aber mit Vaughn und mir ist alles so kompliziert. Und du bist einfach da reingeraten.«

Noah ging hinüber in sein Atelier, und Grace konnte es ihm nicht verdenken. »Warum hast du mich dann überhaupt geküsst?«, fragte er mit einem Blick über die Schulter.

»Ich war auf der Suche nach einem Ausweg, und du schienst im Moment die Lösung zu sein«, sagte Grace und folgte ihm.

Noah sah aus, als wollte er ihr eine runterhauen, doch er warf ihr nur ihre Tasche zu. »Raus hier!«

Er brachte Grace zur Tür und schob den Riegel zurück. »Warst du schon immer so gestört, oder hat Vaughn das angerichtet?«

»Früher hatte ich ganz andere Probleme«, gab Grace bissig zurück.

»Da muss ich ja vor lauter Mitleid in mein Bierglas heulen.« Noah öffnete die Tür, und Grace schob sich an ihm vorbei. »Wenn man neben Hunden schläft, darf man sich nicht wundern, wenn man mit Flöhen aufwacht.« Er knallte die Tür zu, so laut, dass Grace die Ohren klingelten.

Gleiche Wellenlänge? Von wegen! Noahs Seele war so schwarz wie der Nagellack der letzten Saison.

Grace brachte es nicht fertig, sofort nach Hause zu fahren. Vaughn würde auf den ersten Blick erkennen, dass etwas nicht stimmte. Also nahm sie ein Taxi nach Hampstead und setzte sich in ein Café, um einen Orangensaft zu trinken. Eine Stunde später schüttete es wie aus Eimern, und sich bis auf die Knochen nass regnen zu lassen, schien Grace eine gerechte Strafe. Sie lief durch den Regen und spuckte Rotz und Wasser, während ihre Sneakers mit jedem Schritt schwerer wurden.

Vaughn hatte das Licht in der oberen Etage angelassen, ansonsten war es vollkommen dunkel. Durchnässt schlich Grace hinauf in ihr Zimmer, um sich sofort ins Bett zu legen. Doch eine ganze Weile später starrte sie noch immer an die Decke, und die Kissen fühlen sich an wie Steine. So weit war es gekommen: Sie konnte nicht mehr einschlafen, ohne neben einem Mann zu liegen, der sich die halbe Nacht im Bett herumwarf und jeden Zentimeter Decke beanspruchte, den er kriegen konnte.

Vaughn schlief tief und fest, als Grace sich zu ihm legte, aber unbewusst schien er ihre Gegenwart zu spüren. Er machte ihr Platz und legte einen Arm um ihre Taille.

Warum nur war alles so schiefgelaufen?

Kapitel 31

Die letzte Woche ihrer Vereinbarung verbrachte Grace mit wachsender Angst vor dem, was danach kommen würde. Und das regnerische Wetter passte zu ihrer düsteren Stimmung.

Sie hatte sich bereits mehrere Wohnungen angesehen, doch keine wollte ihr so recht gefallen. »Du sollst gehen? Blöder Idiot!«, hatte Nadja die Situation kommentiert und auch gleich eine Lösung parat gehabt: »Ich habe Wohnung in Kensington. Kannst du nehmen. Ich bin nie da. Zu weit weg von Harvey Nichols.«

Am Freitagmorgen hatte Grace verschlafen und war mit einer Stunde Verspätung zu einem Meeting mit Kiki erschienen.

»Als Redakteurin der neuen Rubrik bist du noch in der Probezeit«, rief Kiki ihr ins Gedächtnis. »Und erzähl mir nie, *nie* wieder, du hättest verschlafen!« Kiki schnaubte verächtlich. »Du hättest wenigstens so schlau sein können, Termine vorzuschieben. Was ist eigentlich los mit dir, Gracie?«

Grace annelieselenoir@hotmail.com beschränkte sich darauf, die Highlights zu erzählen, aber damit gab sich Kiki nicht zufrieden. Sie wollte Details: Wie großzügig gedachte Vaughn sie abzufinden, wo würde sie wohnen, und wie hatte sie sich überhaupt breitschlagen lassen können, noch zu bleiben? Als Grace erzählte, dass Vaughn gedroht hatte, sie zu verklagen, entgleisten Kiki dank schierer Willenskraft tatsächlich die Gesichtszüge.

»Du hast dir doch hoffentlich einen guten Anwalt genommen!«, empörte sie sich.

»Es ist ein Arbeitsvertrag, da komme ich nicht raus«, erklärte Grace. »Ich weiß nicht mal mehr, wo ich mein Exemplar hingelegt habe.«

»Herrgott, du schaffst es immer wieder, mich mit deiner Naivität zu überraschen«, sagte Kiki. »Mit einer Geliebten kann man doch keinen Arbeitsvertrag abschließen. Ich wette, damit würde er vor Gericht nicht durchkommen. Warum hast du ihm nicht gedroht, dass du dich an die Presse wendest? Die hätten sich sofort auf die Story gestürzt. ›Londons reichster Kunsthändler gibt seiner Geliebten einen Monat Kündigungsfrist‹.«

»Das bringe ich nicht fertig.« Grace zuckte zusammen. »Damit würde ich mich doch selbst zum Gespött machen, und ich würde es Vaughn auch nicht antun wollen. Ich bin nicht mehr sein größter Fan, aber er hat mich gut behandelt. Und wenn er nicht mehr mit mir zusammen sein will, wird sich das nicht ändern, wenn ich ihn den Klatschspalten ausliefere, oder? Dann würde er mich nur hassen.«

»Ich kenne solche Typen, eigentlich bist du gut dabei weggekommen«, sinnierte Kiki kryptisch. »Jedenfalls hat es dir nicht geschadet. Du bist erwachsener geworden, und das war überfällig, aber Männer wie er bleiben nun mal nicht lange am Ball.«

»Ja, aber …«

»Grace, ich bin nicht deine Mutter«, blaffte Kiki. »Tröstende Worte liegen mir genauso wenig wie Keilabsätze. Du wirst jetzt die Entwürfe noch mal überarbeiten, aber so, dass nichts an die letzte Ausgabe von *Elle* erinnert.«

An einem Freitag sollte man bessere Laune haben, dachte Grace, als sie sich nach der Mittagspause wieder an den Schreibtisch setzte. Doch das Wochenende stand vor ihr wie eine Bedrohung.

Sie starrte vor sich hin, und als sie den Kopf hob, kam Vaughn ihr entgegen. Oder war das eine Erscheinung? Grace rieb sich die Augen. Er war es tatsächlich. War er von Außerirdischen entführt worden, und hatten die ihn einer Gehirnwäsche unterzogen? Er lächelte nämlich.

»Ist das nicht dieser reiche, ältere Typ, mit dem du zusammen bist, Gracie?«, zwitscherte Lucie, als Grace Vaughn entgegenlief, um ihn aus der Schusslinie zu bringen.

»Was machst du denn hier?«, stammelte Grace und wollte Vaughn in Richtung Kleiderkammer zerren, um ohne Zuhörer mit ihm zu reden, worüber auch immer – während das Getuschel in den offenen Büroräumen lauter wurde und sämtliche Augenpaare sich auf Vaughn richteten. Meine Güte, war das peinlich, aber immerhin trug er einen Anzug von Prada und war beim Friseur gewesen, sodass sein Haar nicht ganz so widerspenstig schien wie sonst.

»Sieht anders aus hier, als ich dachte«, bemerkte Vaughn, ohne sich darum zu kümmern, dass alle die Arbeit unterbrochen hatten, um ihn anzustarren. »Ich bin mal in den Räumen von *Vanity Fair* gewesen, und die sind riesig …«

»Was willst du hier eigentlich?«, fragte Grace und schob Vaughn weiter.

»Oh, ist das die berühmte Kleiderkammer?« Vaughn spähte durch die Tür. »Kleiner als ich dachte.« Er drehte sich um zu Grace, die mit beklommener Miene auf eine Antwort wartete. »Ich wollte vorher anrufen, aber wir reden ja nicht mehr miteinander. Außerdem wollte ich dich überraschen.«

»Mission erfüllt. Was willst du?«

»Dich übers Wochenende nach Paris einladen – in die Suite, die wir schon mal hatten, im Plaza Athenée. Ich habe schon für dich gepackt und Kiki angerufen, um ihr Bescheid zu geben, dass du früher gehen musst. Sag mal, hat die was gegen mich?« Wenn ja, schien es Vaughn nichts auszumachen. »Soll ich noch mal mit ihr reden?«

Immerhin das blieb ihnen erspart, denn wie jeden Freitag war Kiki längst gegangen.

»Vaughn …«, sagte Grace seufzend. »Ich will nicht nach Paris.«

»Ich weiß, aber sollen wir in London bleiben und uns hier weiter angiften?«, fragte Vaughn spöttisch. »Außerdem habe ich schon alles gebucht. Eine Stornierung würde eine Menge Gebühren kosten. Also hopp, hopp, hol deinen Mantel … Oh Grace, tu mir das nicht an!«

Grace hatte angefangen zu weinen. »Wie kannst du von mir verlangen, dass ich so tue, als wäre alles in Ordnung?«, schluchzte sie, während ihr Tränen die Wangen hinunterliefen. »Ist dir das alles egal?«

Vaughn nahm sie in die Arme und drückte ihren Kopf an seine Brust. »Das hatten wir doch schon«, sagte er, aber sein heiterer Tonfall war verflogen. »Du weißt, dass du mir viel bedeutest, aber das ändert nichts an der Tatsache, dass all das ein Ende haben muss.«

»Ich werde dich bestimmt vermissen, auch wenn ich dich im Moment einfach nur hasse.«

Vaughn hielt Grace auf Armeslänge entfernt, und er schien nicht verärgert über ihre Bemerkung – allenfalls ein wenig betroffen. »Nur damit du es weißt, ich werde dich auch vermissen.«

»Nein, wirst du nicht!«

»Doch«, sagte Vaughn so ernsthaft, dass Grace dachte, es würde ihr das Herz zerreißen.

Vaughn hatte im Plaza Athenée eine riesige Suite im Art-déco-Stil gebucht, mit Blick auf den Eiffelturm. Wenn man auf den

Balkon ging, konnte man sich beinahe fühlen wie Carrie Bradshaw in der letzten Folge von *Sex and the City* – abgesehen davon, dass es in Strömen regnete.

Als Grace am Samstagmorgen aufwachte und Vaughn nichts weiter zu erzählen hatte, als dass es noch immer Bindfäden regnete, hätte sie sich am liebsten die Decke über den Kopf gezogen und bis Sonntagabend durchgeschlafen. Und als Vaughn plötzlich feststellte, dass sich bei der Arbeit eine Krise anbahnte, die seine umgehende Aufmerksamkeit erforderte, fühlte sie sich ein wenig irritiert. Es war das letzte Mal, dass sie zusammen sein würden – noch 36 Stunden, und mindestens sechs davon wollte er mit Arbeit verbringen!

»Ich glaube, ich gehe mal ein bisschen nach draußen, um ein paar Besorgungen zu machen«, sagte sie.

»Bei diesem Regen?«

»Ich bin ja nicht aus Zucker.«

Der Regen machte Grace nichts aus. Alles war besser als die angespannte Atmosphäre. In einem Laden, der aussah wie die französische Version von New Look, kaufte sie eine wasserfeste Jacke, und anschließend nahm sie sich ein Taxi zu dem altmodischen Süßwarenladen auf der Île Saint-Louis. Dort kaufte sie Berge von Schokolade für die kommende Woche und für Vaughn eine Schachtel Pralinen. Die wollte sie ihm mit einer entsprechenden Rede überreichen.

Als sie die Tür zu ihrer Suite öffnete, war sie noch dabei, ihre Worte einzustudieren. Sie hatte erwartet, Vaughn über sein Notepad gebeugt vorzufinden, doch der Wohnraum war leer. Vaughns Mantel lag noch auf der Sofalehne, also konnte er nicht ausgegangen sein. Grace betrat die Suite und blieb stehen. Es war seltsam still, aber mit Spannung geladen. Da wurde ihr bewusst, dass etwas ganz und gar nicht stimmte.

Kapitel 32

Vaughn kam aus dem Schlafzimmer, in der Hand ein Glas Whisky. »Ich habe mich schon gefragt, wann du zurückkommen würdest«, sagte er, und wenn man ihn nicht kannte, hätte es geklungen wie eine beiläufige Frage. Aber Grace kannte ihn, und sie hörte die Wut, die hinter jedem Wort steckte. Aber warum, konnte sie sich beim besten Willen nicht erklären.

Und seine Augen! Sein Blick wirkte, als ginge er vollkommen ins Leere, bis er Grace ins Visier nahm und sie instinktiv zurückweichen musste. »Noah hat angerufen. Dafür dass er total betrunken war, hatte er erstaunlich lichte Momente«, sagte Vaughn zynisch.

Grace verschanzte sich hinter dem Sofa. »Vaughn, das ist wirklich nicht der Rede wert. Wäre es nächste Woche passiert, bräuchte es dich gar nicht mehr zu interessieren. Dann wäre ich nicht mehr an den Vertrag gebunden. Okay, ich hätte natürlich …«

»Halt den Mund!« Vaughn war so schnell bei ihr, dass Grace sich fragte, wie er das hingekriegt hatte. Er packte sie an den Handgelenken und kam noch näher.

»Es interessiert mich verflucht noch mal sehr wohl, Grace, dass du mit mir ins Bett gegangen bist und mir schöne Worte ins Ohr gesäuselt hast, um anschließend bei ihm die gleiche Show abzuziehen. Oder meinst du es ehrlich, wenn du Noah als den besten Fick aller Zeiten bezeichnest?«

Grace versuchte, sich aus Vaughns Griff zu befreien, denn sie wollte sich die Ohren zuhalten. Aber er hielt sie nur fester und zwang sie, sich auf das Sofa zu setzen. So blieb ihr nichts anderes übrig als zu schreien: »Ich habe nicht mit ihm geschlafen, das schwöre ich dir!«

»Wann hat das angefangen? Nach der Party? Oder lief schon vorher was?« Vaughn ließ sie los, aber nicht für lange. Er setzte sich neben sie und nahm ihren Kopf in beide Hände – und Grace spürte, dass ihm die Finger zitterten, als wäre er kurz davor, ihr eine Ohrfeige zu geben. Sie zwang sich, ruhig zu bleiben und ihm in die Augen zu sehen.

In dem Moment musste sie weinen, denn in Vaughns Blick lag keine Wut mehr, nur noch tiefe Verwundbarkeit. Grace kannte dieses Gefühl, denn sonst war sie immer diejenige gewesen, die eine solche Qual erleben musste – als würde einem jemand das Herz herausreißen und darauf herumtrampeln.

»Ich habe nicht … niemals«, begann sie. »Bitte, du musst mir zuhören, damit ich dir erzählen kann, was passiert ist!«

Vaughn nickte und ließ die Arme sinken, als brächte er es nicht über sich, Grace zu berühren. Und er durfte sich so fühlen. Grace wischte sich die Tränen ab und berichtete zögernd, was an dem Abend geschehen war. Sie schilderte alle Einzelheiten, die verwelkten Blumen, den Rotwein aus angeschlagenen Bechern – das musste sein, um Vaughn zu überzeugen, dass sie die Wahrheit sagte.

Vaughn schlug die Hände vors Gesicht, als Grace erzählte, was auf dem Sofa passiert war, die Küsse, die unbeholfenen Annäherungsversuche. »Wir hatten keinen Sex, obwohl ich daran gedacht hatte. Aber ich konnte es nicht, weil er nicht du war und …«

»Das nehme ich dir nicht ab, aber alle Achtung für deine Bemühungen, mich einzubeziehen«, sagte Vaughn tonlos. »Wenn du dich wirklich davongemacht hast, was ich stark bezweifle, dann doch wohl nur, weil dir aufgefallen ist, dass Noah sich nicht als Gönner eignet. Du hast gesagt, er hätte einfach nicht genug Geld.«

»Das stimmt nicht! Ich habe ihm erklärt, warum ich nichts

von ihm wollte, und mich entschuldigt«, widersprach Grace mit schriller Stimme. »Daraufhin ist er richtig sauer geworden.«

»Tja, in diesen Teil eurer Unterhaltung hat er mich nicht eingeweiht. Er hatte auch genug damit zu tun, deine oralen Fertigkeiten zu preisen. Leider konnte ich ihm da nur zustimmen.«

»Wenn Noah behauptet, mich diesbezüglich zu kennen, hättest du doch merken müssen, dass er lügt. Ich habe im Traum nicht daran gedacht, so was mit ihm zu machen! Aber du … du müsstest wissen, wie es sich anfühlt. Wie ich dich berühre, wie ich mich anhöre, was ich mit dir mache. Jedes Mal, Vaughn! Wenn Noah dir einen detaillierten Bericht geliefert hat, müsste dir eigentlich klar sein, was für ein Unsinn das ist. Und sag mir nicht, du kannst dich nicht daran erinnern.«

Vaughns Blick ließ einen Funken von Zweifel erkennen. Immerhin etwas, dachte Grace, doch dann machte er ihre Hoffnung zunichte. »Aber du hattest nichts Besseres zu tun, als sofort zu ihm zu rennen, obwohl ich dir erklärt hatte, wie ich dazu stehe.«

»Du verfluchter Mistkerl!«, schrie Grace ohne Rücksicht auf Verluste, denn ihr war eingefallen, warum sie überhaupt mit Noah auf dem Sofa gelandet war. Was wollte Vaughn eigentlich? Schließlich war sie hier die Verletzte! »Ich war total fertig, deshalb bin ich zu ihm gefahren. Ich wollte Antworten, weil du mich ohne Erklärung abgeschossen hast. Es ging mir beschissen in den letzten Wochen, aber du hast erwartet, dass ich mich einfach damit abfinde. Und als ich das nicht geschafft habe, hast du gesagt, ich wäre hysterisch. Du kannst mich mal! Ich wünschte, er hätte mich gevögelt!«

Vaughn öffnete den Mund, um etwas zu sagen, und schloss ihn wieder. Ihm fehlten die Worte. So saßen sie schweigend nebeneinander, bis Vaughn aufstand. Er mischte Grace einen

Wodka-Tonic und reichte ihn ihr – zusammen mit einem Päckchen Papiertaschentücher.

Dann setzte er sich wieder. »Grace, genau deshalb müssen wir uns trennen. Du bist emotional viel zu sehr involviert. Irgendwann wirst du es einsehen und mir dankbar sein«, sagte er beschwörend.

Grace starrte ihn an, mit Tränen in den Augen. »Das bin ich nicht«, widersprach sie. »Immer wenn ich anfange, dich zu mögen, schaffst du es, alles zu zerstören.«

»Dann ist es also nur mein Geld, wovon du dich nicht trennen kannst?«, fragte Vaughn in barschem Ton.

»Willst du mir unterstellen, ich wäre eine Hure, weil dir nichts Besseres einfällt?«

»So habe ich das nicht gemeint.« Vaughn stand auf und ging rastlos hin und her. »Das Ganze ist unmöglich. *Du* bist unmöglich.«

»Na klar, ich bin unmöglich, weil ich echte Gefühle habe und eine Meinung vertrete, anstatt lächelnd die Gedecke bei deinen Dinnerpartys zurechtzurücken und deine Launen einfach hinzunehmen«, sagte Grace in bitterem Ton. »Noch mal: Ich habe nicht mit Noah geschlafen. Aber warum macht dich der Gedanke eigentlich so wütend? Ich kann dir sagen, warum: Weil du glaubst, mich gekauft zu haben, wie deine blöden Kunstwerke. Und damit darf um Gottes willen kein anderer spielen.«

»Ich weiß gar nicht, was du von mir willst«, sagte Vaughn, und Grace hörte die Panik in seiner Stimme – als käme es nicht oft vor, dass man ihn mit der unbequemen Wahrheit konfrontierte. »Ich kann das nicht«, sagte er und ging hinaus.

Grace saß auf dem Sofa und starrte auf die Zeiger der blattgoldgerahmten Uhr auf dem Kaminsims. Vaughn würde so bald nicht wiederkommen. Warum auch? Es war alles gesagt.

Sie stand auf und begann, ihre Sachen zu packen. Sorgfältig faltete sie Kleider und Wäsche, steckte Schuhe in Plastiktüten – und musste noch einmal von vorn anfangen, als sie feststellte, dass sie Vaughns Socken mit eingepackt hatte. Dabei ging es lediglich darum, einen dämlichen Koffer zu packen und nicht darum, ein Atom zu spalten! Ihr wurde alles zu viel, und so legte sie sich einfach auf den Boden.

Dort lag sie immer noch, als Vaughn hereinstürmte, mit wildem Blick und durchnässt bis auf die Knochen.

»Weißt du was, du hast ja keine Ahnung!«

»Wo bist du gewesen?«

»Spazieren«, antwortete Vaughn mit einem Blick auf das nasse Hemd, das ihm auf der Haut klebte.

»Ohne Mantel, mitten im Monsunregen? Leg dich in die heiße Wanne!«

Vaughn ignorierte den Ratschlag und stieß mit dem Fuß gegen den Koffer. »Wolltest du flüchten?«

»Ja, ich habe ein Zimmer im Eldorado reserviert.«

»Ich will nicht, dass du gehst, Grace«, sagte Vaughn. »Ich muss mit dir reden.«

»Ich dachte, das hätten wir erledigt.«

Vaughn schüttelte den Kopf. »Du hast ja keine Ahnung, was ich für dich empfinde.«

»Anscheinend nicht viel. Das versuchst du mir doch immer wieder beizubringen. Ich passte in deinen Masterplan, und das kam dir gelegen«, gab Grace tonlos zurück und spürte, wie der Schmerz wieder in ihr hochstieg.

»Ganz und gar nicht. Du bist die unbequemste Frau, mit der ich jemals zu tun hatte«, sagte Vaughn und ging ins Badezimmer. »Aber darüber will ich nicht sprechen, während ich in der Wanne liege. Kannst du mir Kaffee bestellen und warten, bis ich fertig bin?«

Am besten sollte sie sich davonschleichen, dachte Grace, aber als Vaughn in Jeans und Sweatshirt aus dem Bad kam, saß sie noch immer auf der Sofakante. »Da steht der Kaffee«, sagte sie und wippte unruhig mit dem Fuß. »Und ein Eclair, das mochtest du doch letztes Mal so gern.«

»Du solltest dir auch eine Tasse nehmen«, sagte Vaughn und setzte sich neben Grace. »Du siehst müde aus.«

Grace hatte eigentlich nicht vor, die quälende Situation mehr als nötig in die Länge zu ziehen. Doch dann schenkte sie zwei Tassen ein und nahm sich die Hälfte des Eclairs.

»Du hast recht, du warst nicht meine erste Wahl«, begann Vaughn unvermittelt. »Du warst nichts weiter als eine nette Abwechslung an einem ganz normalen Nachmittag – ein junges, verzweifeltes Mädchen. Mir war sofort klar, dass du zu jung bist. Ich hätte einfach weitergehen sollen, anstatt dich in meinen Club mitzunehmen. Und ich weiß nicht, was in mich gefahren war, als ich dir diese unselige Marc-Jacobs-Tasche geschickt habe.«

Grace schnappte nach Luft. Sie war geschockt. Sie hatte gehofft, Vaughn würde sie bitten zu bleiben, um den Rest des Wochenendes zu retten, anstatt nun alles zu sezieren. »Herzlichen Dank!«, sagte sie bissig.

»Aber du hast mich so glücklich gemacht, Grace. Und damit hatte ich nicht gerechnet.«

Das klang so bittersüß, dass Grace nicht anders konnte, als Vaughns Hände zu nehmen. »Das mit Noah tut mir so leid. Ich wollte dich nicht verletzen.«

»Ich wusste ja gar nicht, dass man mich überhaupt verletzen kann. Ich dachte, lästige Gefühle dieser Art hätte ich mir längst abgewöhnt«, sagte Vaughn mit einem leichten Lächeln, das seine Augen aber nicht erreichte. »Es war nicht angenehm, dass der Gedanke, du hättest etwas mit Noah angefangen, mich dermaßen …«

»Aber ehrlich, es ist nichts passiert«, sagte Grace verzweifelt. Es war ihr wichtig, dass Vaughn ihr glaubte. »Auf den ersten Blick würde er vielleicht besser zu mir passen, aber als er mich geküsst hat, habe ich nichts empfunden, weil du der einzige Mann bist, den ich küssen möchte. Das Einzige, was Noah und ich gemeinsam haben, ist die Erfahrung, von dir fallen gelassen zu werden, und das ist schrecklich.«

»Ich habe das vorhin übrigens ehrlich gemeint«, sagte Vaughn zögernd. »Ich möchte nicht, dass du gehst.«

Einen Herzschlag lang schöpfte Grace neue Hoffnung. »Nicht?«

Vaughn schüttelte den Kopf, und nie zuvor war der Blick aus seinen blauen Augen so aufrichtig gewesen. »Ich habe mit Schrecken an die nächste Zeit gedacht.« Er holte tief Luft. »Ich würde dich gern für ein weiteres Jahr verpflichten, unter Hinzunahme einiger weiterer Klauseln. Ich werde einen Treuhandfonds für dich einrichten …«

»Nein!« Es war das Schönste, was er hatte sagen können, und sofort folgte die größte Geschmacklosigkeit. »Auch wenn wir uns noch so oft einreden, wir hätten keine Beziehung, haben wir doch eine. Und Beziehungen lassen sich nicht durch Verträge regeln. Ich bin nun einmal nicht deine Angestellte. Verstehst du nicht, wie kränkend das ist?«

»Schh!« Vaughn legte eine Hand auf ihre Schulter, und Grace ließ sich beruhigen. Sie wollte glauben, dass sie die Situation in den Griff bekamen, dass Vaughn seine festgefahrenen Vorstellungen ad acta legte. »Nein«, sagte er, »nicht so wie vorher. Wir sollten den ganzen Schwachsinn vergessen und einen neuen Vertrag ausarbeiten. Gemeinsam.«

»Ich bin nicht wie deine anderen Frauen«, sagte Grace und schob seine Hand von ihrer Schulter. »Du lässt uns Verträge unterschreiben, mit vereinbartem Ablaufdatum.«

»Ehrlich gesagt …«, Vaughn rieb sich über die Stirn, »habe ich mit den anderen keine Verträge abgeschlossen. Die hätten mich wahrscheinlich ausgelacht. Nur mit dir, Grace, weil mir klar war, dass du nicht wusstest, worauf du dich einlässt. Und ich wollte nicht das Risiko eingehen, dass du die Nase voll hast, sobald du es merkst.«

»Wenn ich so wenig geeignet war als Geliebte, warum hast du mich überhaupt genommen?«, fragte Grace, obwohl sie wusste, dass sie die Antwort nur schwer ertragen würde.

Vaughn machte ein Gesicht, als würde er lieber nichts mehr sagen. »Ich fühlte mich zu dir hingezogen, das weißt du ja. Aber um bei der Wahrheit zu bleiben, war es so, dass zwei andere Frauen abgelehnt hatten, sodass meine Pläne mit Noah in Gefahr gerieten. Er war ziemlich schwierig, und in solchen Fällen scheint es mir hilfreich, wenn die Frau an meiner Seite die Dinge ein wenig vorantreibt.«

»Mein Gott, du hast mich instrumentalisiert«, sagte Grace und legte eine Hand auf ihr Herz, denn es schmerzte bei jedem Atemzug.

»Deshalb war unsere Vereinbarung von Anfang an zum Scheitern verurteilt«, sagte Vaughn und wandte den Blick ab. »Die anderen Frauen … die wussten, wie so was lief. Da wurde gar nicht über Geld gesprochen. Die schickten mir einfach die Rechnungen für ihre Auslagen oder wiesen Madeleine an, den entsprechenden Betrag zu überweisen. Und irgendwann ging man wieder getrennte Wege, ohne Bedauern. Man hatte sich ein wenig miteinander amüsiert, aber mehr auch nicht. Aber du Grace … du bist viel mehr wert, als ich dir überhaupt geben kann. Das wirst du selbst früher oder später merken. Und ich kann mich nicht auf eine Beziehung einlassen, ohne Sicherheiten zu haben. Ich kann es einfach nicht. Du musst einen Vertrag unterschreiben.«

»Traust du mir nicht, wegen der Sache mit Noah? Obwohl ich dir gesagt habe, es ist nichts passiert?«

»Ich traue niemandem«, sagte Vaughn unumwunden. »Mir selbst am allerwenigsten. Und du? Kannst du mir vertrauen?«

Das konnte Grace nicht, und Vaughn hatte ihr auch keinen Grund dafür gegeben. Aber eins hatte sie aus ihren früheren Beziehungen gelernt: Man war voller Hoffnung, dass dieses Mal alles anders wäre. Eine Beziehung bedeutete, dass zwei Menschen versuchten, das Beste daraus zu machen, aber ohne Klauseln und Zusätze, die von Anwälten aufgesetzt wurden.

Grace stand auf. Sie konnte nicht länger neben Vaughn sitzen bleiben, ohne das Bedürfnis zu verspüren, ihm eine Portion gesunden Menschenverstand einzuprügeln. »Hättest du mich in den letzten Wochen gebeten, einen neuen Vertrag zu unterschreiben, ich hätte es getan. Aber jetzt ist alles anders, und ich kann es nicht mehr. Was ist denn mit meinen Bedürfnissen? Ich möchte … Ach, verdammt noch mal!«

Sie stand auf und machte sich wieder an ihrem Koffer zu schaffen.

»Aber Grace, du kennst deine Bedürfnisse doch gar nicht«, sagte Vaughn und stellte sich ihr in den Weg, als sie zur Tür wollte. »Ich möchte, dass du bei mir bleibst. Du kannst dir gar nicht vorstellen, wie sehr ich mir das wünsche. Wenn wir versuchen wollen, eine Beziehung zu führen, würde ein Vertrag doch vieles einfacher machen. Dann wüssten wir beide, woran wir wären.«

»Nein, das macht es nicht einfacher. Hat es nie getan«, widersprach Grace. »Es wäre keine Beziehung. Es wäre genau wie vorher. Deshalb werde ich jetzt gehen.«

»Es tut mir leid.«

Mehr hätte Vaughn Grace nicht überraschen können. »Du wolltest dich doch nicht entschuldigen. Niemals.« Aber nie zuvor hatte Vaughn sie so angesehen – so direkt, dass sein Blick alles offenbarte: Angst, Panik und tiefe Verzweiflung.

»Es gibt eine Menge, wofür ich mich entschuldigen müsste, aber das werde ich nicht, denn ich habe dir gleich zu Anfang gesagt, was für ein Mensch ich bin. Aber es tut mir leid, dass ich mich nicht ändern kann, dass ich nicht der Mann sein kann, den du gerne hättest. Es tut mir leid, dass ich dich vertreibe. Und es tut mir leid, dass wir all das so furchtbar vermasselt haben. Es tut mir leid, dass ich dich so sehr verletzt habe.«

»O Gott, all das ist doch jetzt nicht mehr wichtig. Nichts davon. Ich muss jetzt gehen.«

Vaughn nahm ihr Gesicht in beide Hände und küsste sie. Grace wusste, sie hätte sich dagegen wehren sollen, doch stattdessen klammerte sie sich an seine Schultern, um seinen Kuss erwidern.

Es wurde dunkel, der Abend wurde zur Nacht und die Nacht zum Tag. Sie schliefen nur wenig, ineinander verschlungen, und sobald einer von ihnen wach wurde, begann alles mit einem Kuss oder einer leichten Berührung aufs Neue.

Das erste Mal hatten sie sich Zeit gelassen, als müssten sie jede Sekunde auskosten, doch mit jedem weiteren Mal war es wilder und gieriger geworden, denn das letzte Mal rückte immer näher.

Als es so weit war, behielt Grace die Augen offen, und es kam ihr vor, als müsse sie in Vaughn versinken. Sie krallte ihre Nägel in seinen Rücken, atmete seinen Geruch ein und biss ihn in die Schulter.

Vaughn hielt inne und küsste sie auf den Hals. »Ich wollte dich glücklich machen, Grace«, flüsterte er. »Was auch immer passiert ist, das musst du mir glauben.« Grace war glücklich gewesen. Und nur zu gern hätte sie es ausgesprochen, aber er küsste sie so leidenschaftlich, dass sie es nicht sagen konnte.

Als es vorbei war, nahm Vaughn sie in seine Arme und bedeckte ihre Haut mit sanften Küssen. »Du wirst gehen.« Es war ein Statement, keine Frage.

»Ich werde gehen.«

»Wenn du bleibst, zahle ich dir zehntausend im Monat, ich kleide dich neu ein, und du kannst haben, was immer du willst. Du brauchst es nur zu sagen«, flüsterte Vaughn.

Noch vor wenigen Wochen hätte Grace ihre Seele dafür verkauft. Aber diese Wochen waren die Hölle gewesen, und sie wollte nichts weiter als die Frau sein, die zu ihm gehörte. »All diese Sachen will ich nicht. Wenn du mich so sehr brauchst, kannst du auf einen Vertrag verzichten. Dann bleibe ich, weil ich bleiben will und weil ich möchte, dass wir zusammen sind. Glaub mir, Vaughn, das ist wichtiger, als einen Vertrag zu unterschreiben.«

»Ich wünschte, ich könnte darauf eingehen, aber das reicht mir nicht«, sagte Vaughn seufzend.

»Warum nicht?«

»Es reicht einfach nicht. Was soll ich noch dazu sagen?«

Grace suchte fieberhaft nach einer Lösung, die sie beide zufriedengestellt hätte. Und alles, was ihr einfiel, waren drei kleine Worte, aber sie schaffte es nicht, sie auszusprechen.

»Sag es nicht.« Vaughn musste ihre Gedanken gelesen haben. »Wir wissen doch beide nicht, was Liebe ist.«

»Das stimmt. Ich würde es auch nicht über die Lippen bringen.«

»Grace, es muss nicht so enden«, sagte Vaughn.

»Wird es aber. Und keine Sorge, ich komme schon zurecht. Ich werde erst mal bei Lily wohnen, bis ich eine neue Wohnung gefunden habe.«

»Was ist mit der Wohnung, die ich dir kaufen wollte?«

»Es ist sicher besser, einen Schlussstrich zu ziehen.«

»Aber Grace, ich muss doch sichergehen, dass du gut versorgt bist.«

Grace löste sich aus Vaughns Umarmung. »Mit Geld hat alles angefangen, aber damit soll es nicht enden.«

Sie stand auf, und Vaughn versuchte nicht mehr, sie zurückzuhalten. Als sie aus dem Badezimmer kam, war er vollständig angezogen und hielt ihre Jacke über seinem Arm. »Ich habe dir einen Platz im Eurostar gebucht«, sagte er. »Ich dachte, du würdest lieber zurück nach London fahren.«

»Ja, danke.« Der Gedanke, in einem Hotel ganz in der Nähe zu übernachten, war ohnehin unerträglich gewesen.

Grace ließ sich von Vaughn in die Jacke helfen und drehte sich um, damit er sie zuknöpfen konnte. Dann gab er ihr den Koffer. »Werde glücklich, Grace.«

»Du auch.« Sie strich ihm über die Wange und spürte seine Bartstoppeln. »Lass dich nicht zu sehr von Gustav quälen.«

»Ich werde es versuchen. Was tust du denn da, du dummes Mädchen?«

Grace hielt ihm die Amexcard hin. »Dir das hier zurückgeben.«

Vaughn hob abwehrend die Hände. »Aber die kannst du doch behalten. Grace, ich weiß diese Geste wirklich zu schätzen, aber du musst doch irgendwie über die Runden kommen.«

»Das kann ich doch lernen, oder?« Grace schob die Karte in Vaughns Hemdtasche und ließ ihre Hand für eine Sekunde dort ruhen, um seinen Herzschlag zu spüren. »Mach dir keine Sorgen.«

»Wenn du irgendetwas brauchst – *irgendetwas* –, lass es mich wissen.«

Grace nickte, und wenn sie es zugelassen hätte, hätten sie noch ewig dort gestanden – mit unsicherem Lächeln und ineinander verschlungenen Händen. Sie suchte nach einem prägnanten Schlusswort, das der Situation angemessen wäre, doch alles, was ihr einfiel, war ein inbrünstiges »Herrgott, was für eine Scheiße!«

Dann öffnete sie die Tür.

Kapitel 33

Dieses Mal war alles anders. Normalerweise war Grace wütend, wenn eine Beziehung zu Ende ging. Aber dieses Mal nicht. Sie war traurig. Und die Traurigkeit saß so tief, dass sie zu einer schweren Bürde wurde. Aber seit Paris hatte sie nicht eine Träne vergossen, und darauf war sie stolz, denn es war ein Zeichen dafür, dass sie bereit war, ihre Trauer mit stiller Würde zu ertragen.

Und noch etwas war anders. Denn dieses Mal hatte Grace neue Chancen. Sie hatte keine Schulden mehr – aber auch keine Kreditkarten und erst recht nicht die Möglichkeit, ihr Konto zu überziehen, um sich in einen sinnlosen Kaufrausch zu flüchten. Stattdessen kannte sie nun eine Menge Leute, die sie wegen eines Nebenjobs hätte ansprechen können. Und sie hatte Lilys Sofa, bis diese in Mutterschaftsurlaub gehen und Lilys Mutter kommen würde.

Auch Nadja hatte Wort gehalten und war bereit, Grace ihre Wohnung in Kensington zu überlassen. Grace brauchte lediglich die Nebenkosten zu bezahlen, die sich allerdings in astronomischer Höhe bewegten.

»Bleib, solange du willst«, hatte Lily angeboten, als Grace spät an jenem Sonntagabend mit ihrem Reisetrolley und leerem Blick vor der Tür gestanden hatte. Doch mittlerweile war die Wohnung bis auf den letzten Zentimeter vollgepackt mit

Babysachen. Und wenn Dan von der Arbeit nach Hause kam, lächelte er tapfer und sagte: »Na, immer noch hier, Gracie?«

Lily selbst sah aus, als würde sie einen Elefanten erwarten. Wenn sie sich in der Redaktion mühsam von ihrem Stuhl wuchtete, hielten alle den Atem an, weil sie fürchteten, ihr könnte die Fruchtblase platzen.

Weil Grace Lily und Dan nicht zur Last fallen wollte, ging sie an den meisten Abenden aus. Doch es schien ihr so sinnlos, sich schick zu machen. Partys waren etwas für fröhliche Menschen, und es fiel ihr schwer, in gut gelaunte Gesichter zu blicken und die Avancen der Männer abzuwehren, die keine Chancen hatten, weil sie nicht Vaughn waren. Auch das Kino bot keine Alternative. Bei romantischen Komödien hätte sie sich übergeben können, bei Filmen mit Untertiteln musste sie an Vaughn denken, also blieben nur Actionfilme, und auch da bekam der Held am Ende immer das Mädchen. Grace kam das Leben vor wie eine Dusty-Springfield-Ballade.

Nicht dass irgendjemand großes Mitleid gehabt hätte. Bei *Skirt* war man sich darüber einig, es sei ohnehin ein Wunder gewesen, dass die Sache mit Vaughn so lange gehalten hatte. »Hätte es dich denn umgebracht, wenigstens die Kreditkarte zu behalten?«, hatte Lily in dem Zusammenhang wissen wollen.

»Das ist eine Frage des Prinzips«, hatte Grace geantwortet.

»Ich glaube, er hat dir echt das Herz gebrochen«, hatte Lily daraufhin seufzend bemerkt und hinzugefügt: »Weißt du eigentlich, dass Liam noch gar keine Neue hat? Er fragt immer, was du so machst. Ich glaube, er steht noch auf dich.«

»Hör bloß auf!«, hatte Grace abgewehrt.

Normalerweise versuchte sie, Liam aus dem Weg zu gehen, wenn er Dan abholte, aber am Samstag, dreizehn Tage, nachdem sie Vaughn zum letzten Mal gesehen hatte, stand er plötzlich vor ihr, als sie auf der Treppe saß und auf ein Taxi wartete.

»Hey«, sagte er und blieb vor den Stufen stehen. »Alles klar bei dir?«

Es war Mitte Mai und schon recht warm, und Liams aschblondes Haar glänzte in der Sonne. Als er den Arm hob, um sich vor dem Licht zu schützen, stellte Grace fest, dass er richtig Muskeln bekommen hatte. Was unerklärlich schien, denn vom Biergläserheben und Kartons-mit-gebrannten-DVDs-Schleppen konnte es ja wohl kaum sein.

»Alles okay«, antwortete Grace und blies den Rauch durch die Nase.

»Ziehst du heute um?«, fragte Liam.

Am Abend zuvor war Lilys Mutter angereist, um sich im Kinderzimmer häuslich niederzulassen – und Grace einmal mehr vorzuhalten, dass sie Lily den schönsten Tag im Leben ruiniert hatte. Dann aber hatte sie Grace umarmt. »Lily hat mir von dem Kerl erzählt, mit dem du zusammen warst. Ein Verlust für *ihn,* Gracie.«

»Ja, ich warte nur noch auf das Taxi«, beantwortete Grace Liams Frage. Früher hatten sie sich stundenlang unterhalten können, aber nun wusste sie nicht recht, was sie sagen sollte. Sie hatte ein ganz anderes Bild von Liam vor Augen gehabt, irgendwie hatte er sich verändert. Doch das konnte auch daran liegen, dass Bewunderung in seinem Blick mitschwang – und das war etwas ganz Neues.

»Du siehst gut aus«, sagte er. »Wirklich toll mit den Haaren.«

»Hm, danke«, murmelte Grace und versuchte zu lächeln. »Du siehst auch gut aus. Treibst du neuerdings Sport?«

»Ach was. Ich habe einen Job beim Zustellservice einer Druckerei. Hätte nicht gedacht, dass Papier so schwer sein kann.« Liam zeigte auf den Reisetrolley und die Wäschetüten. »Soll ich dir die restlichen Sachen runtertragen?«

»Das ist erst mal alles«, sagte Grace. »Der Rest ist … ist noch in seinem Haus. Ich bin noch nicht dazu gekommen, die Kartons abzuholen. Hatte viel zu tun.«

»Wenn du willst, kann ich mir den Van von meinem Chef leihen und dir helfen«, bot Liam an. »Danach könnten wir noch was trinken gehen.«

Grace überlegte, wie sie das Angebot taktvoll ablehnen konnte, doch da ertönte auch schon die Hupe des Taxis. »Ich muss los«, rief sie und rannte Liam beinahe um.

Eigentlich war alles seine Schuld, dachte sie, während sie ihr Gepäck auf die Rückbank stellte und sich danebensetzte. Hätte Liam nicht bei Liberty's mit ihr Schluss gemacht, wäre sie Vaughn niemals begegnet. Doch als er die Treppe hinaufrannte, um ihr eine Tüte hinterherzutragen, die sie vergessen hatte, wurde ihr bewusst, dass es an der Zeit war, ihre Ressentiments fallen zu lassen. Liam hatte aus gutem Grund mit ihr Schluss gemacht, denn sie hatte nichts dafür getan, dass ihre Beziehung funktionierte. Sie war davon ausgegangen, dass sie ohnehin höchstens drei Monate halten würde und hatte sich einfach treiben lassen. Man konnte Liam sicher nicht als den besten Freund bezeichnen, aber sie als Freundin war auch alles andere als berauschend gewesen, dachte Grace und lächelte Liam an, als er ihr die Tüte reichte.

»Weißt du, im Moment bin ich nicht die angenehmste Gesellschaft«, sagte sie. »Nicht öffentlichkeitstauglich, verstehst du?«

»Dann frage ich dich in einem Monat noch mal«, sagte Liam und lehnte sich gegen die Wagentür, sodass Grace sie nicht schließen konnte.

»Drei Monate«, gab Grace zurück. »Mindestens.«

Als das Taxi in Knightsbridge vor einem herrschaftlichen Backsteingebäude an einer breiten, von Bäumen gesäumten Straße hielt, konnte Grace gar nicht verstehen, was Nadja an der Wohnlage auszusetzen hatte. Harvey Nichols war so nah, dass es ihr neues Lieblingsgeschäft hätte werden können. Nicht dass sie ernsthaft daran dachte. Sainsbury's Central war gut genug.

Nadjas Agentin hatte die Schlüssel und den Mietvertrag geschickt, aber das reichte dem Portier nicht – als ob Schirmmütze und Klemmbrett ihn zum Allmächtigen machten! Also kramte Grace mit hochrotem Gesicht in ihrer Tasche, bis sie Pass und Führerschein vorweisen konnte.

Die Wohnung lag in der fünften Etage, und als Grace den großen, sonnigen Wohnraum betrat, sah sie auf den ersten Blick, dass Nadja nie eingezogen war. Um sich zu vergewissern, ging sie in die Küche und öffnete Schubladen und Schränke: nichts. Nicht einmal ein Teelöffel oder ein Spüllappen – geschweige denn ein Möbelstück. Das hieß, sie musste am Montagmorgen Madeleine Jones anrufen, um sich ihre Sachen schicken zu lassen.

»Den BlackBerry habe ich noch«, sagte Grace, als sie mit ihr telefonierte. »Was soll ich damit machen?«

»Oh, den können Sie behalten.«

»Wirklich?«, fragte Grace hoffnungsvoll. Abgesehen von Madeleine war Vaughn der Einzige, der die Nummer kannte. Vielleicht konnte er ja doch nicht damit leben, alle Brücken …

»Der Vertrag läuft noch bis September. Dann können Sie ihn übernehmen oder auf ein anderes Telefon umsteigen. Wie Sie wollen.« Grace hatte Madeleines frostig-offiziellen Tonfall fast vergessen, aber nun erinnerte sie sich an alte Zeiten. Es war verständlich, dass Madeleine auf Vaughns Seite war.

»Tja, wenn Sie meinen«, sagte Grace, aber Madeleine hatte längst aufgelegt.

Auch wenn Madeleine nun weniger freundlich war, ihre effiziente Arbeitsweise blieb Grace erhalten. Am nächsten Abend stapelten sich Kartons zwischen Aufzug und Wohnung, und Grace machte sich bei dem Nachtportier ebenso unbeliebt wie bei dem Kollegen, der die Tagschicht hatte. »Würden Sie bitte Rücksicht nehmen auf die anderen Bewohner, Miss Reeves«, wies er sie zurecht, als sie den letzten Karton in die Wohnung schleifte. Es wäre ihm sicher kein Zacken aus der Krone gebrochen, wenn er mit angefasst hätte, aber er rückte sich nur seine dämliche Schirmmütze zurecht und machte sich schimpfend davon.

Als Grace sich den Inhalt der Kartons ansah, musste sie feststellen, dass sie den Anblick kaum ertragen konnte. Teure Klamotten, die sie sich im Kaufrausch angeschafft hatte, und teure Klamotten, die sie sich mit Vaughns Geld angeschafft hatte. Und sie hatte die Nase voll von teuren Klamotten – von den einen ebenso wie von den anderen. Zu viele Erinnerungen waren damit verbunden, schlechte und gute. Und was besonders schmerzte, waren die guten.

Alles über eBay zu verkaufen hätte zu lange gedauert und wäre auch zu lästig gewesen. Also rief Grace eine Secondhandboutique an, die Designerkleidung führte, und vereinbarte einen Termin. Es war eine Erfahrung der ganz anderen Art, Barb, der Besitzerin des Ladens, zuzusehen, wie sie Graces Sachen durchstöberte. »Sie haben Geschmack«, lobte Barb, doch Grace fühlte sich nur geringfügig geschmeichelt, denn abgesehen davon, dass man Barb an der ledrigen Haut ansah, dass sie zu oft unter der Sonnenbank gelegen hatte, trug sie enge, weiße Jeans, die selbst bei einer Frau halb so jungen Alters eine Zumutung gewesen wären. »Schade, dass nichts von Versace und Gucci dabei ist. Wollen Sie noch irgendwas behalten?«

»Nur das«, sagte Grace und zog die knallrote Marc-Jacobs-Tasche unter dem Stapel hervor. Sie war schwerer, als sie gedacht hatte, und als sie sie öffnete, fand sie drei Schmuckschachteln darin. Die beiden kleineren reichte sie direkt weiter. Aber dass Barb an einer Tiara von Claire's Accessoires interessiert war, konnte sie sich kaum vorstellen, außerdem wollte sie die Tiara behalten. »Von Tiffany's«, sagte sie. »Die können Sie auch gleich mitnehmen.«

»Entweder Sie haben Ihre Kreditkarten so richtig überzogen, oder es war eine schlimme Trennung«, sagte Barb wissend, während sie die Kette mit den Aquamarinen und Diamanten ins Licht hielt.

»Trennung«, sagte Grace. »Und Kreditkarten überzogen. Ist kompliziert.«

Ein flüchtiges Lächeln huschte über Barbs tief gebräunte Wangen. »Da sollte man lieber keine Erinnerungen herumliegen lassen«, sagte sie und sah aus, als wäre sie kurz davor, sich die manikürten Hände zu reiben. »Ich gebe Ihnen ein paar Minuten Zeit, um noch mal drüber nachzudenken. Nichts, was Sie sonst noch behalten wollen?«

Grace schüttelte den Kopf. »Nein, nehmen Sie alles mit.«

Das tat Barb – bis auf die Fendi-Stiefeletten, denn die hatten ein paar Wasserflecken, und ein paar Kleider von Designern, die sie gar nicht kannte. Grace war froh, als alles hinausgetragen wurde, von Barbs Mann und den beiden schlaksigen Teenager-Söhnen. Im Gegenzug erhielt Grace per Scheck eine Summe, die nicht einmal zwanzig Prozent dessen abdeckte, was die Sachen neu gekostet hatten. Trotzdem war es eine Menge Geld.

Dann machte sich Grace auf den Weg, um Nahrungsmittel einzukaufen, damit sie ihren Großeltern am nächsten Tag etwas zum Lunch bieten konnte.

Kapitel 34

»Das war ja abzusehen«, sagte Graces Großmutter, nachdem Grace sich schon gefragt hatte, wie sie sich so lange hatte beherrschen können. Vor einer Stunde waren ihre Großeltern angekommen, mit drei Klappstühlen, einer Luftmatratze und einem Kartentisch, den der Portier ins Haus tragen musste, nachdem Graces Großmutter kurz auf ihn eingewirkt hatte. Über die kleine Coco, die drei Tage zuvor mit zwei Wochen Verspätung das Licht der Welt erblickt hatte, wurde kaum eine halbe Stunde lang geredet. Den Rest der Zeit hatte sich Graces Großmutter darüber ausgelassen, wie Lily und Dan auf die unsinnige Idee hatten kommen können, ihre Tochter nach Lilys Lieblingsparfum zu nennen. »Du kannst froh sein, dass du diesen Vaughn los bist«, sagte sie schließlich.

»Ja, wahrscheinlich.« Grace spießte eine Erbse auf die Gabel und dachte, dass sie sich am liebsten ins Bett gelegt hätte, um nie wieder aufzustehen.

»Sag mal, Liebes, war das denn der Grund, dir die Haare wieder so schrecklich dunkel zu färben?«

»Ich brauchte eine Veränderung.«

»Na, jedenfalls ist es eine schöne Wohnung. Wandverkleidungen sieht man heutzutage nur noch selten.«

Das war das Stichwort für Graces Großvater, Messer und Gabel beiseitezulegen. »Warum hat mir eigentlich niemand erzählt, dass du bei dem Kerl gewohnt hast?«

»Ich habe überlegt, ob ich nicht selbst etwas kaufe«, lenkte Grace das Gespräch in eine andere Richtung. Der Scheck von Barb würde gerade so reichen, um die Anzahlung auf eine kleine Wohnung in einem der Londoner Außenbezirke zu leisten –

vorausgesetzt, Grace würde sich nie wieder ein Kleidungsstück gönnen. »Kannst du mir erklären, wie das mit einer Hypothek so funktioniert, Opa?«

Das Ablenkungsmanöver funktionierte bestens. Graces Großvater war voll in seinem Element. »Hast du an einen festen Zinssatz gedacht oder an flexible Raten?«, fragte er eifrig.

»Hä? An eine ganz normale Hypothek, wo ich jeden Monat einen Haufen Geld bezahle, und nach 25 Jahren gehört mir dann die Wohnung.«

Ihr Großvater tätschelte ihr die Hand. »Ich erkläre es dir, dann verstehst du es besser.«

Und Graces Großmutter strahlte. Ihre Enkelin war den Fängen dieses unseligen älteren Mannes entkommen und hatte auf wundersame Weise auch noch Geld gespart, um über den Kauf einer Immobilie nachzudenken. Tief innen war ihr vermutlich klar, dass reiche Mittvierziger gewisse Vorteile mit sich brachten, aber sie hatte wohl beschlossen, dieser Kleinigkeit keine weitere Bedeutung beizumessen.

Sie saß auf einem der Klappstühle und nickte anerkennend, während Grace und ihr Großvater sich über Finanzierungsmöglichkeiten unterhielten. Von unterhalten konnte eigentlich nicht die Rede sein, denn Grace hatte nicht die leiseste Ahnung, was Begriffe wie Basiszinssatz oder Tilgungsrate überhaupt bedeuteten. So zeichnete ihr Großvater Tabellen und Diagramme, während Grace mit halbem Ohr zuhörte und ihre Großmutter aufstand, um Wasser aufzusetzen. »Gestern habe ich Scones gebacken, mit Käse. Um dich aufzuheitern. Die magst du doch so gerne.«

Grace gab ihrem Großvater einen Kuss auf die Wange, während er weiter über Zinssätze redete. »Ich hab dich so lieb, Opa«, sagte sie. »Euch beide. Ihr seid immer da, wenn ich euch brauche«, fügte sie hinzu, als ihre Großmutter mit einem Tablett aus der Küche kam.

»Wir haben dich auch lieb«, sagte Graces Großmutter zärtlich. Und dann: »Aber wir werden natürlich nicht ewig da sein.«

»Oh, fang bloß nicht wieder damit an«, gab Grace lachend zurück. »Ihr habt noch viele Jahre vor euch.«

»Das sagst du so einfach. Einer von Opas Golfkameraden – du kennst doch Stan? – musste wegen eines eingewachsenen Zehennagels operiert werden, und da hat er sich so einen Killervirus geholt. Nach einer Woche war er tot!«

»Ja, aber das muss doch nicht heißen, dass …«

»Jane, zwei Häuser weiter, hat Krebs, und Barney aus der Rentnergruppe muss sich einen dreifachen Bypass legen lassen.« Dessen ungeachtet trank Graces Großmutter genüsslich einen Schluck Tee. »Mir wäre es am liebsten, mich abends ins Bett zu legen und am nächsten Tag nicht wieder aufzuwachen.«

»Wenn man erst mal in unser Alter kommt, dreht sich alles um Krankenhausbesuche und Beerdigungen«, meldete sich Graces Großvater zu Wort.

»Können wir nicht über etwas anderes reden?«, fragte Grace, aber dafür war es zu spät. Ihr Großvater zog einen Schnellhefter aus einer Waitrose-Tüte. »Gut, dass du angerufen hast, wir wollten das hier sowieso mit dir besprechen.«

Grace starrte auf das oberste Blatt Papier: eine Aufstellung von Maßnahmen für den Fall des Ablebens beider Großeltern innerhalb einer Woche. Grace war entsetzt. Seit sie denken konnte, waren sie da gewesen, mit bedingungsloser Liebe, hartnäckigen Ratschlägen und unerschütterlichem Glauben, auch wenn Grace ihre Erwartungen immer wieder enttäuschte. Und jetzt wollten sie ihr weismachen, dass sie das nächste Weihnachtsfest möglicherweise nicht mehr erlebten?

»Ich will mir das gar nicht ansehen. Großer Gott, wenn einem von euch etwas zustoßen würde, oder gar euch beiden, wüsste ich nicht mehr, was ich machen sollte. Das wäre das Schlimmste, was mir passieren könnte.«

»Unsinn«, sagte ihre Großmutter ungerührt. »Irgendwann wirst du verheiratet sein und selbst eine Familie haben.«

»Ich kann mir nicht vorstellen, dass das jemals passiert. Euch bleibt ja nichts anderes übrig, als mit mir zurechtzukommen, aber ansonsten will das keiner.«

»Schluss mit dem Gerede.« Graces Großvater war schon bei der nächsten Liste. »Wir wollen natürlich niemanden bevorzugen, aber du kannst dir als Erste ein paar von den Royal-Doulton-Figuren aussuchen. Das bleibt aber unter uns. Deine Tante Alison muss das nicht erfahren.«

»Ich will keine Figuren!« Was sogar stimmte – das modernere Clarice-Cliff-Porzellan wäre ihr wesentlich lieber. »Hört auf damit, bitte! Ich werde mir die Papiere durchlesen, aber jetzt will ich nichts mehr davon hören. Das ist doch alles schrecklich! Das zieht mich nur runter.«

Graces Großeltern tauschten amüsierte Blicke. »Kein Grund, sich so aufzuregen, Grace«, sagte ihre Großmutter. »Was das betrifft, bist du genau wie deine Mutter.«

In den vergangenen Wochen hatte Grace so einiges nicht hören wollen, aber das war wirklich das Allerletzte. »Ich bin nicht so wie sie. Kein bisschen!«

»Sie hat das Gleiche gesagt wie du, als wir am Telefon mit ihr darüber sprechen wollten. »Fast wortwörtlich.«

»Sie muss jedenfalls nicht allein leben«, gab Grace bissig zurück. »Und wenn doch, ist sie wieder diejenige, die geht.«

»Jetzt ist aber Schluss mit dem Theater, Grace! Wie wäre es, wenn wir den Tisch abräumen und ein bisschen Scrabble spielen? Das haben wir extra mitgebracht.«

Um vier Uhr machten sich Graces Großeltern auf den Weg, um nicht in einen Stau zu geraten – wobei Grace sich fragte, wer auf die Idee käme, an einem Samstagnachmittag von Kensington nach Worthing zu fahren. Nun saß sie allein in dem riesigen Wohnzimmer, dessen stilvolles Ambiente natürlich unter den Klappstühlen litt. Aber die fehlenden Möbel waren nicht das Schlimmste. Viel schlimmer waren die fehlenden Menschen. Und Vaughn war derjenige, der ihr am meisten fehlte. Nur zu gern hätte sie ihn jetzt angerufen. »Wurde verflucht noch mal Zeit, Grace«, würde er dann wohl sagen und es wie eine Zärtlichkeitsbekundung klingen lassen.

Aber Grace konnte ihn nicht anrufen, denn sie hatte ihn verlassen. Auch das war etwas Neues. Zu gehen war nie ihr Stil gewesen. Das taten immer nur die anderen.

Sie warf einen Blick auf die Papiere, die ihre Großeltern ihr dagelassen hatten, und plötzlich stach ihr ein Name ins Auge. Und den konnte sie nicht mehr länger verdrängen.

Sie machte sich auf den Weg zu Oddbins, um sich eine Flasche Pinot Grigio zu kaufen, denn die würde sie sicher brauchen. Zurück in der Wohnung nahm sie das Telefon und wählte die Nummer, die sie längst auswendig kannte, obwohl sie noch nie dort angerufen hatte.

Es klickte und rauschte in der Leitung, dann hörte sie das Echo des Klingelns. Und das Klingeln dauerte ewig, aber in dem Moment, als Grace auflegen wollte, meldete sich jemand.

»Hallo?«

»Caroline … hier ist Grace.«

In der Leitung war die typische Verzögerung, die man immer hatte, wenn man mit jemandem am anderen Ende der Welt telefonierte. Das machte die Pause noch länger, und Grace fragte sich, ob das Telefon überhaupt noch funktionierte.

»Hi.« Caroline klang ein wenig erschrocken. »Mum und Dad ist doch nichts passiert, oder?«

Warum auch sonst hätte Grace anrufen sollen. »Denen geht es gut. Abgesehen davon, dass sie andauernd von Beerdigungen reden.«

»Tun sie das bei dir auch?«

»Ständig. Heute haben sie mir eine Liste gegeben, für den Fall, dass sie bald sterben, und einen Stapel Briefe, die dann abgeschickt werden müssen. Ach ja, eine Spende an das Rote Kreuz wäre ihnen lieber als Blumen«, gab Grace Auskunft, und nachdem das geklärt war, fiel ihr nichts Besseres ein, als nach dem Wetter zu fragen.

In Australien wurde es allmählich kalt und stürmisch, Gary war unterwegs, um Kirsty zum Ballettunterricht zu bringen, und Caroline wartete auf den Monteur, der die Waschmaschine reparieren sollte, die machte nämlich in letzter Zeit komische Geräusche, aber nur im Schleudergang und …

»Warum bist du eigentlich gegangen?« Es gab keine einfache Möglichkeit, diese Frage zu stellen, deshalb hatte Grace sie einfach ausgesprochen.

»Wie bitte?«

»Warum hast du mich verlassen? Was habe ich falsch gemacht?«, krächzte Grace, denn plötzlich fühlte sich ihr Hals an wie ausgetrocknet.

»Du hast nichts falsch gemacht, Gracie. Warum fragst du mich das nach all den Jahren?«

»Weil ich es wissen muss. Ich will wissen, warum mich immer alle verlassen. Dann kann ich etwas ändern, damit das aufhört. Du warst die Erste, und du musst doch einen Grund dafür gehabt haben. Irgendetwas, das an mir nicht stimmte, sodass du mich nicht mehr haben wolltest.«

»Es war nicht deine Schuld, Grace, es war meine«, sagte Caroline paradoxerweise. »Du wolltest nicht bei mir bleiben. Als der Richter dich fragte, hast du gesagt, du willst nicht bei mir wohnen.«

»Aber ich war erst acht! Wie kann man ein achtjähriges Kind denn so etwas fragen? Wenn du mich geliebt hättest, hättest du mich nicht zurückgelassen und wärst nicht nach Australien gegangen.«

»Grace, der Richter hat dich immer wieder gefragt. Dann hat die Sozialarbeiterin mit dir den Saal verlassen, und es hat Ewigkeiten gedauert, bis ihr zurückkamt. Und du hast wieder gesagt, du willst nicht bei mir wohnen, und bei deinem Vater auch nicht.«

Das konnte doch nicht stimmen. »Nein, es war anders. Sie hat mich nur einmal gefragt.«

»Es war genau so. Und als wir eine Woche später wieder da waren, hatte sich nichts geändert. So ging es einen ganzen Monat weiter.«

Grace sah noch vor sich, wie sie mit den Fingern über die polierte Tischplatte gestrichen hatte, sie erinnerte sich an das Portrait der Königin an der Wand hinter dem Richter, und anschließend hatte ihr Großvater ihr ein Eis spendiert. »Daran kann ich mich nicht erinnern«, sagte sie ungehalten.

»Aber ich. Es war der schlimmste Monat in meinem Leben, und den werde ich niemals vergessen«, gab Caroline ebenso ungehalten zurück.

»Aber das kann doch nicht sein! Ich weiß noch, dass die Sozialarbeiterin mich gefragt hat, und du hast erst Dad und dann mich angesehen, aber so böse, als würdest du mich hassen, und da habe ich gesagt, ich will nicht bei dir wohnen. Dann warst du nicht mehr da, und alles ist meine Schuld gewesen. Aber du hättest bleiben können!«

Grace hörte Caroline an, dass sie mit den Tränen kämpfte. »Grace, du weißt gar nicht, wie sehr ich es bereut habe, dass ich nicht geblieben bin und um dich gekämpft habe. Ich denke so oft an dich. Und jedes Mal frage ich mich, was gewesen wäre, wenn ich dich einfach nach Hause gezerrt hätte. Ich weiß, die Scheidung war schlimm, aber ich dachte, vorher wären wir glücklich gewesen.«

»Ich werde immer wütend, wenn ich an dich denke. Dad und du, ihr habt euch ständig gestritten. Du hättest ihn doch gar nicht geheiratet, wenn ich nicht gewesen wäre. Ihr wolltet mich nicht, und das zieht sich durch mein ganzes Leben. Weil ich einfach nicht gut genug bin.«

»Das ist absoluter Unsinn, Grace!«, schnaubte Caroline, halb weinend, halb lachend. »Du konntest doch nichts für die Scheidung. Du warst das Beste, was diese Ehe mir überhaupt gebracht hat. Mit deinem Vater hast du nicht darüber gesprochen?«

Das wäre Grace nicht im Traum eingefallen. »Nein, der ist ein blöder Scheißer. Ich hasse ihn.«

»Und mich hasst du nicht?«

»Mit dir ist es komplizierter. Das verdränge ich lieber. Dann hast du dich auf einmal gemeldet, und ich soll damit zurechtkommen. Aber ich schaffe es nicht.« Mit zitternder Stimme sprach Grace weiter. »An dem Tag, als du mir gemailt hast, dass du Kirsty bekommen hast, habe ich mein Studium hingeschmissen. Dabei waren es nur noch zwei Wochen bis zur Prüfung. Aber es kam mir so sinnlos vor. Ich war doch sowieso nicht gut genug.«

»Genauso ist es mir nach der Scheidung gegangen«, sagte Caroline. »In einem Reisebüro hatte ich gesehen, dass es billige Flüge nach Australien gab. Und als mir alles zu viel wurde, weil du nicht bei mir sein wolltest, bin ich abgehauen.«

»Ich wünschte, du wärst geblieben. Alles spielt sich immer nur im Leben der anderen ab, und ich gehöre eine Weile dazu, aber nie hinterlasse ich einen Eindruck. Ich möchte, dass ich jemandem etwas bedeute, dass jemand mich akzeptiert, mit all dem Mist, der zu mir gehört.« Die gespannte Atmosphäre war nahezu verflogen, und zum ersten Mal wünschte Grace, Caroline wäre bei ihr gewesen. »Liebst du Gary?«

»Ja, ich liebe ihn«, sagte Caroline leise. »Manchmal geht er mir unglaublich auf die Nerven, aber ich kann mir nicht vorstellen, ohne ihn zu sein.«

»Woher weißt du, dass du ihn liebst?«, wollte Grace wissen. »Alle reden von Liebe, aber was heißt das?«

»Warum machst du dir darüber Gedanken, Gracie? Hat es mit dem Mann zu tun, mit dem du zusammen warst? Mum war überhaupt nicht von ihm begeistert.«

»Dabei war er wirklich nett zu ihr. Aber sie blieb bei ihrem Vorurteil, er wäre ein Schmeichler.«

»Seid ihr denn noch zusammen?«, fragte Caroline.

»Nein, es hat nicht funktioniert. Wir konnten keinen gemeinsamen Nenner finden.« Das klang so ungewollt komisch, dass Grace lachen musste. Doch dann wurde ihr Lachen fast zu einem Schluchzen, und sie erzählte alles. Alles. Nicht die zensierte Fassung für ihre Großmutter, nicht die redigierte Fassung für Lily. Caroline bekam die ganze Geschichte zu hören, sie musste sogar den Waschmaschinenmonteur auf einen anderen Tag vertrösten.

»Lieber Himmel, was für eine verfahrene Situation! Jetzt müsste ich wohl irgendetwas Aufmunterndes sagen, dass du dein Schicksal selbst in die Hand nehmen musst und so weiter, aber leider bin ich darin auch nicht besonders gut.«

»Darauf würde ich wahrscheinlich sowieso nicht hören oder genau das Gegenteil machen«, sagte Grace. Sie streckte die Beine aus und gähnte. »Wenn er wirklich gewollt hätte, dass ich bleibe, hätte er doch auf diesen blöden Vertrag verzichten können. Oder er hätte sich was anderes überlegen müssen. Aber das hat er nicht.«

»Na ja, du auch nicht«, bemerkte Caroline.

»Ja, aber dafür wäre doch Vaughn zuständig gewesen. Er hätte eine Lösung finden müssen. Ich kann es nicht, weil …«

»Weil du es lieber verdrängst?«, fragte Caroline, und ihre Stimme klang bitter wie Medizin. »Vielleicht solltest du dir selbst etwas einfallen lassen. Er macht mir eher den Eindruck, als könnte er links nicht mehr von rechts unterscheiden.«

»Da hast du recht. Meine Güte, er hat immer nur von diesem dämlichen Vertrag geredet, um mich noch ein weiteres Jahr zu verpflichten. Ich verstehe ihn einfach nicht.«

Caroline seufzte. »Was gibt es denn da zu verstehen? Selbstverständlich will er einen Vertrag, möglichst einen wasserdichten. Demnach, was du mir erzählt hast, fürchtet er wahrscheinlich, du könntest eines Tages aufwachen, dich besinnen und einfach verschwinden.« Grace hörte, dass Caroline sich eine Zigarette ansteckte. »Er ist ja nicht gerade ein Charmebolzen, oder?«

»Doch!«, rief Grace entrüstet. »Er ist attraktiv, und er ist witzig – na ja, eher sarkastisch, sodass man nicht immer genau weiß, ob er es wirklich so meint. Er hat Geld, und er ist gut im Bett, und …«

»… er ist geschieden, benimmt sich manchmal wie ein Arschloch, neigt zu Suchtverhalten und hat eine Phobie vor dauerhaften Beziehungen«, rezitierte Carolin. »Kannst du dir nicht einen netten Jungen in deinem Alter suchen?«

»Hast du dir die Jungs in meinem Alter mal *angesehen?* Die sind doch schrecklich! Laufen in Jeans rum, wo man die Unterhose sieht. Ich will keinen anderen. Ich will ihn.« Es tat gut, es endlich auszusprechen – als würde das Universum Graces Botschaft verstehen und ihr Vaughn zurückschicken. »Ich glaube, ich sollte jetzt auflegen. Es ist richtig spät.«

»Ich will ja nicht zu viel verlangen, aber wenn ich dir das nächste Mal eine E-Mail schicke, könntest du antworten«, schlug Caroline vor. »Damit ich weiß, wie es dir geht und wie Mum die Sandwiches auf ihrer Trauerfeier will. Betreff: mit oder ohne Kruste.«

»Vielleicht fliege ich nach Australien zur Fashion Week«, sagte Grace beiläufig. Es stand noch nicht fest, aber Kiki wäre froh, sie für eine Weile loszuwerden. Sie hatte gesagt, sie könnte Graces Trauermiene nicht mehr ertragen. »Wenn, muss ich fast die ganze Zeit arbeiten, aber wir wären schon mal auf demselben Kontinent.«

»Gib mir Bescheid«, sagte Caroline ebenso beiläufig, aber dann seufzte sie. »Es ist schön, dass du dich gemeldet hast, Gracie. Wenn dir danach ist zu reden, über Vaughn oder was auch immer, weißt du, wie du mich erreichst. Ich will dir keinen Druck machen. Ich war bestimmt nicht die beste Mutter, aber wir könnten Freundinnen werden oder zumindest darauf hinarbeiten.«

Grace legte auf, und ihr zitterten ein wenig die Hände. Sie hätte nicht sagen können, wie sie sich fühlte, nun da Caroline wieder zu ihrem Leben gehörte, wenn auch nur durch gelegentliche E-Mails oder Telefonate. Sie trank den Rest Wein und entschied, es war gut so. Für eine Bindung zwischen Mutter und Tochter war es zu spät, aber eine weitere Freundin zu haben, wäre schön. Vielleicht – nur vielleicht – könnte Caroline den Rang einer älteren Schwester einnehmen. Sie hatte ein Gespür dafür, Grace ihre Probleme aufzuzeigen. Und ansonsten gab es nur einen, der das konnte.

Grace wünschte nur, Caroline hätte Vaughn in ein besseres Licht gerückt und ihr einen besseren Rat gegeben. Sie konnte doch nicht einfach zu ihm zurückkehren. Ohne ein Zeichen, dass er bereit war, ihr entgegenzukommen, schon mal gar nicht, denn das Einzige, womit man bei Vaughn immer rechnen musste, war seine Unberechenbarkeit.

Sie befand sich in einer Sackgasse. Auf keinen Fall würde sie einen neuen Vertrag unterschreiben, den Vaughns hoch bezahlte Anwälte in seinem Sinne ausarbeiten würden, auch wenn Vaughn behauptete, es sei von Vorteil für sie beide. Sie sollte verdammt sein, wenn sie das täte – und verdammt bis in alle Ewigkeit, wenn sie sich weigerte. Denn dann würde sie Vaughn nicht zurückbekommen.

Sie mochte ja zu großen Gesten neigen, aber es lag ihr nicht, die Initiative zu ergreifen. Dann aber kam Grace ein zündender Gedanke, und plötzlich wusste sie, wofür sie ihr Geld ausgeben würde.

Kapitel 35

Ein paar Wochen später ging Grace zu Liberty's und investierte den Rest des Geldes, das sie von Barb bekommen hatte, in ein kleines Schwarzes, knallrote Strumpfhosen und ein Paar Schuhe, die eigentlich einen Fick-mich!-Stempel unter den Sohlen hätten haben müssen. Von den zehn Pfund, die danach noch übrig waren, nahm sie sich ein Taxi nach Thirlestone Mews.

»Ich möchte Vaughn sprechen«, sagte sie, als Piers sich über die Gegensprechanlage meldete. »Hier ist Grace.«

»Hi Grace – ähm, bedaure, aber du stehst nicht im Terminkalender.«

»Piers, sag ihm einfach, dass ich mit ihm sprechen will«, gab Grace ungehalten zurück. Sie hatte die Szene zigmal durchgespielt, und vor der Tür auf der Treppe zu hocken, war nicht darin vorgekommen.

»Er ist sehr beschäftigt.«

Na immerhin. Besser beschäftigt als abwesend. »Er hat gesagt, wenn ich etwas brauche, soll ich mich melden. Also stell dich nicht so an, und mach endlich auf!«

Plötzlich packten Grace Zweifel. Möglicherweise hatte Vaughn seinen Mitarbeitern ja die Anweisung erteilt, sie abzuwimmeln. Und die schönen Worte bei ihrem Abschied waren nur blödes Gerede.

In dem Moment wurde die Tür geöffnet, und Piers stand vor ihr, verlegen wie immer. »Freut mich, dich zu sehen, aber du hättest anrufen sollen.«

»Freut mich ebenfalls.«

Unsicher beäugten sie einander. Grace versuchte, ein ernstes Gesicht zu machen, denn sie wusste, dann hatte Piers ihr nichts entgegenzusetzen. Aber noch stand er ihr im Weg. »Er ist in einem Meeting.«

»Dann warte ich eben«, gab Grace zurück und trat entschlossen über die Schwelle, sodass Piers nichts anderes übrig blieb, als zur Seite zu treten. Sie schwenkte ihre Marc-Jacobs-Tasche. »Ich habe mir extra was zu lesen mitgebracht.«

Grace schaffte fünf weitere Kapitel von *Die unglaublichen Abenteuer von Kavalier und Clay.* Zumindest blätterte sie so viele Seiten um, während sie tat, als würde sie gar nicht bemerken, dass sämtliche Mitarbeiter der Galerie unter irgendeinem Vorwand vor dem Empfangsschalter herumlungerten und sie anstarrten.

Um Punkt sechs eilte Piers die Treppen herunter, noch verlegener als vorher. »Tut mir leid, Grace, wirklich. Aber er ist schon gegangen.«

Grace nahm Piers ins Visier, denn sie hatte Vaughn nicht herunterkommen sehen. »Ist er nicht!«

»Er ist hinten rausgegangen«, sagte Piers – mit hochrotem

Gesicht. Das Überbringen unangenehmer Nachrichten gehörte wohl nicht zu seiner Jobbeschreibung.

»Es gibt überhaupt keinen Hinterausgang«, rief Grace ihm ins Gedächtnis. Und dann ging ihr ein Licht auf. »Er ist die Feuertreppe runtergeklettert? Das ist doch nicht zu fassen!« Nie zuvor in ihrem Leben war sie sich dermaßen albern vorgekommen – und es gab eine Menge Gelegenheiten, aus denen sie hätte auswählen können.

»Er musste zu einem Geschäftsessen«, sagte Piers mit einer hilflosen Geste.

Unerbittlich fixierte Grace ihn. »Wohin?«

»Du weißt doch, Grace, das kann ich dir nicht sagen«, antwortete Piers mit der gebotenen Vorsicht, um keinen Wutausbruch zu provozieren. »Ich könnte dir einen Termin geben, aber im Moment ist er leider ziemlich ausgebucht …«

»Na klar, und vor Weihnachten ist da nichts zu mehr machen«, half Grace ihm weiter.

Allmählich verließ sie ihr Mut. Zwei Wochen hatte sie gebraucht, um sich selbst zu überzeugen, dass sie einen absolut genialen Plan hatte und alles gut werden würde. Und mit einem Satz über die Feuertreppe fegte Vaughn alles beiseite. »Schon gut. Ich gehe.«

»Willst du ihm eine Nachricht hinterlassen?«

Einen Augenblick spielte Grace mit dem Gedanken, Piers den Umschlag zu überreichen. Aber was sollte das Ganze? Vaughn hatte eindeutig klargemacht, wie er zu ihr stand. Nie wieder wollte sie seine heiligen Hallen betreten.

»Nein, nicht nötig.«

Auf der Straße sah sie sich um nach einer schwarzen Limousine, aber da stand keine. Also machte sie sich auf den langen Weg zurück. Fußmärsche gehörten ebenfalls zu ihrem neuen Lebensstil, auch wenn man die Strecke von Mayfair nach Kensington nicht auf zehn Zentimeter hohen Hacken zurücklegen sollte – und an einem warmen Tag im Juni ganz sicher nicht in blickdichten Strumpfhosen.

Als Grace zu Hause ankam, war sie durchgeschwitzt. Und zu allem Überfluss standen vor der Tür ihre beiden Erzfeinde, sowohl der Tag- als auch der Nachtportier, denn es war Schichtwechsel. Mit gesenktem Kopf rannte Grace an ihnen vorbei.

Erst als sie die Wohnungstür hinter sich geschlossen hatte, sank sie auf den Boden und fing an zu weinen. Das erste Mal seit Paris, und es tat nicht gut. Nein, es tat weh – körperlich, so sehr, dass ihr die Rippen schmerzten, aber das war nichts im Vergleich zu ihrem Herzen. Vaughn hatte sie nicht einmal sehen wollen. Es war zu Ende – wenn das Wort Ende überhaupt noch eine Bedeutung hatte.

Grace weinte, als sie in die Badewanne stieg. Sie weinte, als sie sich abtrocknete und als sie versuchte, etwas zu essen. Und nach einer Flasche Pinot Grigio weinte sie sich in den Schlaf.

Sie schlief den Schlaf der Hoffnungslosen, und wahrscheinlich hätte sie am nächsten Morgen einfach weitergeschlafen, wenn es nicht mitten in der Nacht an der Tür geklingelt hätte. Grace wollte sich wieder umdrehen, aber dann klopfte auch noch jemand.

Sie wuchtete sich hoch von ihrer Luftmatratze und schwankte zur Tür. »Wer ist denn da?«

»Miss Reeves? Hier ist ein Besucher für Sie.«

Grace schob den Riegel zurück und streckte den Kopf aus der Tür. Dort stand der Nachtportier, und hinter ihm eine schattenhafte Gestalt.

»Der Mann behauptet, Sie zu kennen«, sagte der Portier, und zum ersten Mal klang er besorgt und nicht verärgert, als gehörte es auch zu seinen Pflichten, die Bewohnerinnen vor potenziellen Frauenschändern zu schützen.

Grace strich sich das Haar aus dem Gesicht und sah genauer hin. Hinter dem Portier stand Vaughn, und er machte ein so grimmiges Gesicht, dass Grace kurz davor war, abzustreiten, dass sie ihn kannte. »Ja – das stimmt«, sagte sie stattdessen, aber so zögernd, dass sich der Portier veranlasst sah, eine drohende Haltung einzunehmen – für den Fall, dass Vaughn eine hastige Bewegung machte.

»Ich weiß nicht, was es bringen soll, das Ganze noch mal durchzukauen«, sagte Vaughn ungehalten, und da wusste Grace, warum der Portier ihm nicht traute. Vaughn hatte getrunken – zumindest so viel, dass er ein wenig lallte. »Wir können das natürlich auch im Hausflur regeln. Aber es wäre besser, wenn du mich reinlassen würdest, Grace.«

»Oder wenn Sie gehen?«, legte der Portier ihm nahe und machte eine weitere Drohgebärde, obwohl er im Ernstfall sicher den Kürzeren gezogen hätte, denn er war etwa zwanzig Jahre älter als Vaughn und wesentlich korpulenter.

»Ist in Ordnung«, sagte Grace hastig. »Komm rein.«

Mit einem entschuldigenden Lächeln schob sich Vaughn vorbei an dem Portier, der Grace zuraunte: »Sollte er zudringlich werden, brauchen Sie nur die Sterntaste zu drücken, dann bin ich sofort oben.«

»Danke«, raunte Grace zurück, »aber ich glaube, damit müssen wir nicht rechnen.«

Womit zu rechnen war, konnte sie nicht beurteilen, aber wie es aussah, war es nichts Gutes.

Er hatte abgenommen. Das war das Erste, was Grace auffiel, als sie ihm hinterher ins Wohnzimmer eilte. Er war nicht mehr nur schlank, sondern fast schon hager. Wahrscheinlich machte ihm Gustav jeden Morgen zwei Stunden lang richtig Beine und hatte bis auf Proteinriegel alles andere vom Speiseplan gestrichen.

»Du brauchst mir nichts zu erklären«, sagte Vaughn mit dem Rücken zu ihr. »Ich weiß, warum du mich sprechen wolltest, also spar dir die Rede.« Mit einem spöttischen Blick auf die Klappstühle reichte er Grace die schwarze Amexcard.

»Na, wenn schon! Musstest du dich deshalb über die Feuerleiter wegschleichen und dir erst mal ein paar harte Drinks genehmigen? Nachdem ich stundenlang auf dich gewartet hatte!«

»Nimm die Karte«, sagte Vaughn tonlos.

»Die kannst du behalten. Das war nicht der Grund, warum ich dich sprechen wollte«, gab Grace zurück. »Setz dich doch einfach hin!«

»Da drauf?« Skeptisch ließ sich Vaughn auf einen der Klappstühle sinken und schien überrascht, dass der Stuhl nicht zusammenbrach. »Grace, was willst du von mir?«

Grace holte tief Luft. »Du hast mir gefehlt ... Ich dir auch?«

»Was dir gefehlt hat, war wohl eher mein Geld.« Vaughn klopfte auf den Spieltisch. »Wenn ich das hier schon sehe!«

»Wie kommst du eigentlich darauf? Findest du nicht, dass du dich unter Wert verkaufst?«

Vaughn gab keine Antwort. Mit missbilligendem Blick sah er sich in dem ganzen Raum um. Das musste sein böser Zwilling sein, dachte Grace, und den hatte sie noch nie leiden können.

»Dann werde ich dir jetzt mal ein paar Wahrheiten erzählen«, fing sie wütend an. »Natürlich fehlt mir dein Geld. Ebenso wie es mir fehlt, nicht mehr jeden Morgen zur Arbeit kutschiert zu werden und nicht mehr einkaufen zu können, ohne vorher einen Blick auf die Preisschilder zu werfen. Mir fehlt sogar der gegossene Harzfußboden in deiner Küche.« Vaughn verzog den Mund zu einem ironischen Grinsen, aber er ließ Grace nicht aus den Augen. »Ich habe jetzt mein eigenes Geld und diese tolle Wohnung. Bei der Arbeit komme ich auch ganz gut zurecht. Und trotzdem ist alles schrecklich ohne dich. Ach, noch schlimmer!«

»Grace, bitte …« Vaughn ließ seine arrogante Haltung fallen. Er stützte die Ellbogen auf den Tisch und rieb sich über die Augen. »Du bist gegangen. Das hast du entschieden, du allein.«

»Fehle ich dir trotzdem?«

»Ja.« Es klang, als hätte Grace dieses Eingeständnis durch Folter erzwungen. »Ja, aber sicher. Oder hast du vergessen, dass ich dich gebeten hatte zu bleiben?«

Vaughn schob den Stuhl zurück und baute sich vor Grace auf. Und selbst das hatte Grace gefehlt.

»Du hast fünf Minuten, um zur Sache zu kommen. Dann gehe ich.« Das klang ernst gemeint, auch wenn er sich dazu hinreißen ließ, Grace eine Haarsträhne aus dem Ausschnitt ihres T-Shirts zu ziehen. Und diese Berührung war alles, was Grace noch brauchte, um sich endlich zu überwinden.

»Ich hatte viel Zeit, um nachzudenken«, begann sie. »Mit dir habe ich nämlich auch nicht in jeder Hinsicht das große Los gezogen. Du bist geschieden, du neigst zu Suchtverhalten, und du hast eine ernsthafte Essstörung. Außerdem bist du ein Kontrollfreak, und du hast mich mehr verletzt, als ich mir jemals hätte vorstellen können.«

»Und was bewegt dich plötzlich dazu, mir das zu erzählen?«, fragte Vaughn mit schwankender Stimme, und Grace sah, dass er ziemlich schlucken musste. All das war wahrscheinlich keine Überraschung, aber er hörte es sicher nicht gern. »Du bist auch alles andere als perfekt.«

»Ich weiß«, sagte Grace und nickte eifrig. »Ich neige dazu, die Wahrheit zu verdrehen, das ist so schlimm, dass ich mich oft gar nicht mehr erinnere, was ich überhaupt erzählt habe. Ich bin oberflächlich, und ich habe einen Putzfimmel. Und manchmal fällt mir auf, so toll bin ich eigentlich gar nicht.«

Vaughn sah sie abschätzend an. »Du heulst andauernd, das hast du vergessen. Und ich kenne sonst niemanden, der so passiv-aggressiv ist. Also gut, wir sind beide total widerwärtig. Kann ich jetzt gehen?«

»Wir sind nicht widerwärtig«, widersprach Grace. »Wir sind angeschlagen. Und die meisten Leute haben Angst, sie könnten sich an den scharfen Kanten schneiden. Aber unsere scharfen Kanten passen genau zusammen, und zusammen sind wir dann wieder ein Ganzes.« Irgendwie hatte diese Metapher beeindruckender geklungen, als Grace sie im Stillen geprobt hatte. Aber noch war Vaughn nicht zur Tür gegangen. Er stand immer noch da. Und es sprach nichts dagegen, seine Hände zu nehmen – was Grace dann auch tat.

»Nicht«, sagte Vaughn leise, aber als Grace seine Handgelenke umfasste und spürte, wie sein Puls raste, wich er nicht zurück. »Wir hatten viele gute Momente, aber sechs Monate waren immer meine Obergrenze.«

»Dann habe ich also einen Monat Zuschlag bekommen?« Sie standen so dicht beieinander, dass Grace beinahe schwindelig wurde – der Hauch vom Zitrusduft seines Rasierwassers und die leichte Whiskyfahne. Sie hätte ihren Kopf an seine Brust legen und seinen Herzschlag hören können. »Und meine Obergrenze lag bei drei Monaten. Aber mir ist bewusst geworden, dass ich es länger gar nicht aushalten konnte, und deshalb habe ich mir nie richtig Mühe gegeben. Du aber auch nicht. Deine Arrangements waren genau das Richtige für dich, weil du dich damit sicher gefühlt hast. Du brauchtest dich überhaupt nicht anzustrengen. Es hat gereicht, den Frauen Geld zu geben und nach sechs Monaten abzurechnen. Du hattest nämlich Angst, dass sie allmählich merken, wie du wirklich bist, und dass sie dich nicht mögen würden.«

»Nur damit wir uns hier richtig verstehen: Ich war nicht

derjenige, der wollte, dass du gehst«, sagte Vaughn und strich Grace über das Haar – und sie fragte sich, ob er sie jetzt küssen würde. Aber dann machte er einen Schritt zurück. »Ich habe dich angefleht zu bleiben.«

»Du hast mir einen neuen Vertrag angeboten. Das ist ja wohl etwas ganz anderes.«

Nie zuvor hatte Vaughn so alt ausgesehen. Älter, ja das war klar. Nun aber schien er um Jahre gealtert, in diesem Moment, hier vor Graces Augen. »Vielleicht dachte ich, nach sechs Monaten ist der Reiz des Geldes verflogen«, sagte er schwermütig. »Dann reichten die Geschenke und die Partys nicht mehr, um es weiter mit mir auszuhalten. Aber offensichtlich habe ich unterschätzt, welchen Einfluss Geld haben kann, wenn man noch so jung ist wie du.«

Grace ließ seine Hände los und ging ein paar Schritte zurück. »Herrgott noch mal, Vaughn, du hast mir überhaupt nicht zugehört!«

»Ich weiß auch gar nicht, worauf du hinauswillst, Grace, abgesehen davon, mir meine Fehler vorzuhalten und die alte Diskussion noch mal anzufangen.«

»Ich habe darauf gewartet, dass du endlich über deinen Schatten springst und wir Verträge gar nicht mehr brauchen, weil wir eine viel tiefere Verbindung haben.« Grace überlegte einen Moment, um nicht irgendetwas Unbedachtes zu sagen. »Ich dachte, eine Vereinbarung heißt, dass ich dir nichts bedeute.«

»So habe ich das nie gemeint«, gab Vaughn wütend zurück, und Wut war auf jeden Fall besser als Sarkasmus. »Mit einem Vertrag wüssten wir beide, woran wir sind. Dann gibt es keine Missverständnisse und keine Enttäuschungen.«

»Hat ja wohl nicht funktioniert, oder?« Am liebsten wäre Grace auf Vaughn zugegangen und hätte ihn berührt – oder ihm ein paar Schläge auf den Hinterkopf gegeben. Da war sie sich nicht sicher. »Von Beziehungen haben wir beide keine Ahnung, und wir haben uns Schreckliches angetan. Ich weiß, du hast keinen Grund, mir zu vertrauen. Aber ich bin bereit, dir mein Vertrauen zu geben. Ich möchte daran glauben, dass es funktioniert mit uns beiden, aber du bestehst darauf, dass wir dafür einen Vertrag haben müssen. Ich sehe das anders, nach wie vor, aber wenn es für dich eine Bedingung ist, dann sollst du deinen Vertrag haben. Ich habe nämlich einen neuen aufsetzen lassen ...«

»Einen neuen Vertrag? Was soll das heißen?«

»Das wirst du gleich sehen. Warte einen Moment!« Grace lief in den Flur, um die Marc-Jacobs-Tasche zu holen. Sie zog einen Schnellhefter heraus und überreichte Vaughn eine Ausfertigung der Vereinbarung, die sie von ihrem Anwalt hatte aufsetzen lassen.

Und es war wieder einer dieser Schicksalsmomente, in denen man nicht wusste, was als Nächstes passierte – nur, dass nichts mehr so sein würde wie vorher. Grace musste sich setzen, weil sie fürchtete, dass ihr die Beine versagten.

Vaughn starrte auf die Schrift in Dolphin-Lettern. »Soll das ein Scherz sein?«

»Nein, es ist die einzige Möglichkeit, mit der wir beide leben können. Weil ich unbedingt mit dir zusammen sein möchte. Und ich habe eine Scheißangst davor, von dir abgewiesen zu werden.«

»Aber das ist ein Ehevertrag«, sagte Vaughn und zeigte auf die entsprechende Stelle, als könnte Grace das nicht selbst entziffern. »Der ist hierzulande überhaupt nicht rechtsverbindlich. Das weißt du doch sicher.«

»Und du hättest eigentlich wissen müssen, dass es vor Gericht niemals standgehalten hätte, seine Geliebte einen Arbeitsvertrag unterzeichnen zu lassen und sie wegen Vertragsbruch zu verklagen.«

Vaughn zog die Augenbrauen zusammen, und wäre Grace noch die Alte gewesen, hätte er sie mit seinem finsteren Blick verunsichern können. Nun aber blieb sie ganz ruhig sitzen und wartete, bis ihm klar wurde, dass es so nicht mehr funktionierte. »Gut, natürlich habe ich das gewusst, aber ich dachte, du nicht.«

Grace tippte mit dem Finger auf den Briefkopf auf der ersten Seite. »Du magst dich ja für schlau halten, Vaughn, aber ich bin schlauer. Deshalb habe ich den Vertrag in New York aufsetzen lassen. Das heißt natürlich, wir müssten da heiraten – zum Leidwesen meiner Großeltern. Aber es heißt auch, dass der Vertrag dann absolut rechtskräftig ist.«

»Du bist wirklich unglaublich!«

»Im guten Sinne oder im schlechten?«

»Da bin ich mir nicht sicher.« Vaughns Stimme klang samtweich, und seine verkrampfte Miene entspannte sich. »Ach Grace, was soll ich nur mit dir machen?«

Das konnte Grace ihm auch nicht sagen, doch dann hockte sich Vaughn vor ihr auf den Boden, legte seine Hände auf ihre Knie und sah sie so lange an, dass sie in seinen blauen Augen hätte versinken können. »Hey«, sagte Grace leise und dachte, dass er nun sicher zulassen würde, dass sie ihn berührte. Mit einem Finger strich sie ihm über die markanten Wangenknochen. »Du bist so dünn geworden.«

Vaughn verzog den Mund zu einem schiefen Lächeln, und zu gern hätte Grace ihm einen Kuss gegeben. »Wenn es mir richtig mies geht, hilft Essen auch nicht weiter. Gustav hat sich schon Sorgen gemacht. Er hat sogar gesagt, ich soll mehr Kohlehydrate essen.«

»Es geht mir gar nicht darum, dass du unterschreibst, weißt du.« Grace zuckte die Achseln. »Aber es war das Einzige, was mir einfiel, um uns wieder zusammenzubringen. Ich dachte, vielleicht lässt du dich ja von so einer großen Geste beeindrucken. Manchmal bin sogar ich in der Lage, etwas zu kapieren.«

»Gibt es hier noch eine andere Sitzgelegenheit oder nur diese wackeligen Stühle?«, fragte Vaughn, während er den Stapel Papiere durchblätterte.

»Im Moment nicht. Aber die Interieur-Redakteurin will mir ihre Discountkarte für Habitat leihen«, sagte Grace, und Vaughn lächelte wieder. »Ich habe sonst nur noch eine Luftmatratze, aber nicht, dass du das falsch verstehst …«

Vaughn zog Grace von ihrem Klappstuhl. »Wie könnte ich das denn verstehen?«

»Ich gehe nicht mit dir ins Bett«, sagte Grace mit fester Stimme, während sie Vaughn ins Schlafzimmer führte. »Jedenfalls nicht in dieser ungeklärten Situation, solange ich nicht weiß, ob du vielleicht wieder verschwindest und ich dich nie wiedersehe.«

Vaughn gab ihr einen Kuss auf die Stirn. »Du hast mir gefehlt, Grace. So oft war ich kurz davor, dich anzurufen und dir zu sagen, du sollst zurückkommen, und der Vertrag spielt keine Rolle, aber jedes Mal habe ich mir eingeredet, dass du ohne mich besser dran bist.«

Grace hoffte, er würde noch mehr erzählen – dass er auch nicht mehr hatte schlafen können und nachts durch sein großes, leeres Haus gelaufen war, um noch einen Hauch ihres Parfums einzuatmen. Aber Vaughn ging zur Luftmatratze und setzte sich zögernd und mit leicht kritischem Blick. »Herrgott, auf diesem Ding kann man doch nicht schlafen.«

»So schlimm ist es gar nicht«, sagte Grace und ließ sich an seine Seite ziehen, obwohl sie nicht sicher war, ob die Luftmatratze das aushalten würde. Unter sich fühlte sie schon den harten Boden, aber Vaughn legte seinen Kopf in ihren Schoß, sodass sie ihm durchs Haar streichen konnte, während er begann, den Vertrag zu lesen.«

Als er bei der zweiten Seite angekommen war, musste er lachen. »Du wirst mich einmal die Woche ausführen?«

»Genau. Muss ja nichts Tolles sein. Vielleicht zum Bowling oder zu einer Pizza. Aber du musst endlich begreifen, dass es noch etwas anderes gibt als den An- und Verkauf von Kunstwerken.«

»Und du wirst einmal die Woche für mich kochen«, las Vaughn lächelnd weiter. »Welcher Anwalt hat sich eigentlich breitschlagen lassen, so was zu formulieren?«

Eine berechtigte Frage. Sowohl Graces Anwalt als auch sein Vorgesetzter hatten zweifelsfrei klargemacht, dass sie dachten, Grace hätte sie nicht alle – natürlich in Form einer höflichen Umschreibung. Bei der ersten Klausel des zweiten Absatzes konnten sie die Welt dann überhaupt nicht mehr verstehen. Denn im Falle einer Trennung, ganz gleich, wessen Schuld es auch sein mochte, würde Grace auf alles verzichten, bis auf die Besitzstände, die sie selbst eingebracht oder mit ihrem eigenen Geld finanziert hatte.

Als Vaughn diese Zeilen las, sah Grace, dass er die Stirn in Falten legte und seine Augen sich hastig von links nach rechts bewegten. »An welche Besitzstände hattest du denn gedacht?«

»Ich besitze ein paar coole Tiki-Wodkagläser und eine Menge Secondhandklamotten. Aber das kommt im nächsten Absatz.«

»Aha.« Grace hätte schwören können, Vaughn verkniff sich ein Grinsen, aber da er davon ausgehen konnte, dass sie jede seiner Regungen beobachtete, las er mit zusammengepressten Lippen weiter und sparte sich jeglichen Kommentar.

»Ich weiß, Vaughn, das ist eine verrückte Idee, aber mir ist nichts anderes eingefallen, um dir klarzumachen, dass ich lange, lange bei dir bleiben möchte und bereit bin, alles zu tun, damit es funktioniert. Wenn du in junge Berliner Künstler investieren willst, werde ich Deutsch lernen. Wenn du sagst, Collagen sind im Kommen, werde ich mir alle möglichen Bücher darüber reinziehen.« Was noch sollte sie ihm denn sagen? Allmählich wurde Grace ein wenig ärgerlich. Sie war wohl die Einzige hier, die bereit war, alles Mögliche auf sich zu nehmen, um Vaughn zu versichern, dass sie mit ihm zusammen sein wollte. Sein Beitrag hielt sich bislang in Grenzen.

»Zu alldem wärst du bereit, um bei mir zu bleiben?«, fragte Vaughn zweifelnd. »Und das hat nichts mit meinem Geld zu tun?«

Grace war kurz davor, Vaughn mit dem Handtuch eins überzuziehen oder ihn einfach vor die Tür zu setzen, denn mittlerweile zweifelte sie daran, dass ihre Initiative sie weiterführte. Aber etwas an seinem Tonfall ließ sie innehalten. Es war die Angst in seiner Stimme. Und nun war sie bereit, ihren letzten Trumpf auszuspielen, um ihm die Last von den Schultern zu nehmen, die er sonst niemals loswerden würde – weil er sich in mancher Hinsicht selbst nicht mochte und gar nicht verstehen konnte, dass es jemanden gab, der sich ein eigenes Bild machte.

»Vaughn, du ohne Geld! Das ist doch unvorstellbar«, sagte Grace seufzend. »Es ist Teil deines Wesens. Ich würde also sagen, zu neunzig Prozent geht es um dich und zu zehn Prozent um deine Kohle.« Grace überlegte kurz. »Na ja, wenn du dich wie ein Drecksack aufführst, dreißig-siebzig.«

Ein zufriedenes Lächeln zeigte sich auf Vaughns Lippen. »Dann bin ich jetzt wohl am Zug. Lass dir was mit deinen Haaren einfallen!«, sagte er und setze sich auf. »Und nie wieder diese Pyjamahosen!«

»Was hat das denn damit zu tun?«, fragte Grace bissig.

»Das beleidigte Gesicht kannst du dir auch gleich abgewöhnen«, fügte Vaughn hinzu. »Versprochen?«

»Meinetwegen.«

»Na, das ist doch ein Anfang«, sagte Vaughn und zog einen Kugelschreiber aus der Innentasche seines Jacketts, während er den Rest des Vertrags überflog. »Diese Klausel ist sowieso nicht wasserdicht«, sagte er und strich den Absatz durch, in dem Grace erklärte, dass sie auf jegliche Ansprüche verzichten würde. Er setzte den Stift zur Unterschrift auf der gestrichelten Linie an.

»Was soll denn das?« Grace wollte ihm den Kugelschreiber aus der Hand reißen, aber Vaughn streckte den Arm aus und hielt sie auf Entfernung. »Diese großzügige Geste kannst du doch nicht einfach streichen! Außerdem muss dein Anwalt den Vertrag noch lesen und …«

»Ich weiß«, sagte Vaughn und setzte seine schwungvolle Unterschrift darunter. Dann legte er den Vertrag zur Seite und drehte sich um – mit einem Lächeln, das Graces armes Herz höherschlagen ließ. »Schön, dass wir das geklärt haben. Gehst du jetzt mit mir ins Bett?«

Was für eine eigenwillige Art, »Ich liebe dich« zu sagen, dachte Grace.

Danke

Gordon und Joanne Shaw, Sarah Bailey und Kate Hodges für die langwierige, leidvolle Unterstützung. Meiner Tante, Lesley Lawson, für geteiltes Leid unter Schriftstellern. Und Pavel Zoubok von der Pavel Zoubok Gallery in New York für die Erlaubnis, sein Wissen anzuzapfen.

Meiner Agentin, Karolina Sutton, Laura Sampson und all den anderen von Curtis Brown. Catherine Cobain, Harriet Evans und Sara Porter von Headline.